# OP-CENTER 8

## Ligne de contrôle

DANS LA MÊME SÉRIE
*CHEZ POCKET*

Op-center
Rapports de force
État de siège
Diviser pour régner

TOM CLANCY, STEVE PIECZENIK & JEFF ROVIN

**Thomas Lanier Clancy Jr.** est né à Baltimore, État de Maryland aux États-Unis, le 12 avril 1947. Fasciné dès l'enfance par les machines militaires et la technologie spatiale, il rejoint pendant ses études l'« U.S. Army Officers Training Corp. », mais sa myopie l'empêche de servir pendant la guerre du Vietnam.
À sa sortie de l'université, Tom Clancy devient agent d'assurance. Quatre ans plus tard, il publie *À la poursuite d'Octobre Rouge* aux Presses de l'Institut naval. Fort de ce succès mondial, à 37 ans, Tom Clancy abandonne son travail et se consacre à l'écriture. Ses livres, de *Jeux de guerre* à *Danger immédiat* sont tous des succès internationaux et beaucoup ont été adaptés au cinéma ou à la télévision.

**Steve Pieczenik** est spécialiste de stratégie politique et militaire. Après avoir suivi des cours en psychiatrie à Harvard, il s'est spécialisé dans les relations internationales. Il a ainsi participé à la résolution de nombreuses crises en Asie, en Amérique de l'est et en Amérique latine, en Europe, et même aux États-Unis.

Longtemps, **Jeff Rovin** a mis sa plume au service de différents ténors du thriller ou du scénario américains. Il a repris notamment, à la suite de Steve Pieczenik, la célèbre série *Op-center*, en collaboration avec Tom Clancy, et écrit sous son propre nom plusieurs romans, parmi lesquels *La nuit des chauves-souris* (Albin Michel, 1999). Jeff Rovin vit aujourd'hui à New York.

TOM CLANCY
ET STEVE PIECZENIK
AVEC JEFF ROVIN

# TOM CLANCY
# OP-CENTER 8
## Ligne de contrôle

*Traduit de l'américain*
*par Jean Bonnefoy*

ALBIN MICHEL

Édition originale :
*TOM CLANCY'S OP-CENTER*
*LINE OF CONTROL*
A Berkley Book
publié avec l'accord de Jack Ryan Limited Partnership
et S & R Literary, Inc.

Ceci est une œuvre de fiction. Les personnages et les situations décrits dans ce livre sont purement imaginaires : toute ressemblance avec des personnages ou des événements existant ou ayant existé ne serait que pure coïncidence.


ISBN 978-2-266-14989-1

# Prologue

## *Base 3 de Siachen, Cachemire, mercredi, 5 h 42*

Le commandant Dev Puri n'arrivait pas à trouver le sommeil. Il ne s'était toujours pas fait aux minces lits de camp employés par l'armée indienne en campagne. Ni à l'air raréfié des montagnes. Ni au silence. À l'extérieur de sa première garnison, en Udhampur, il régnait en permanence un brouhaha de camions et de voitures, de soldats, d'activité. Le silence ici lui évoquait celui d'un hôpital. Ou d'une morgue.

Alors, il passa son uniforme vert olive et coiffa son turban. Puri quitta sa tente et s'approcha des tranchées de première ligne. Et là, il contempla le paysage tandis que le soleil de l'aube se levait, radieux, derrière lui. Il regarda la lueur orange vif s'insinuer dans la vallée pour se déployer lentement sur l'étendue déserte et plate de la zone démilitarisée. La plus fragile des barrières dans la région la plus dangereuse du monde.

Car ici, sur les contreforts de l'Himalaya au Cachemire, la vie humaine était sans cesse menacée. Elle l'était déjà en temps normal à cause des conditions météorologiques extrêmes et du terrain escarpé. À plus basse altitude, dans les zones plus chaudes, elle l'était aussi quand on avait le malheur de déranger un cobra royal ou un naja, le cobra indien, tapi dans la brousse. Elle l'était aussi chaque fois qu'on tardait trop à écraser un moustique vecteur d'infection ou quelque araignée venimeuse comme la veuve noire.

Le péril pour la vie était encore plus grand quelques kilomètres plus au nord, sur le redoutable glacier himalayen de Siachen. Là-bas, il y avait tout juste assez d'air pour respirer au milieu de ces reliefs escarpés d'une blancheur aveuglante. Avalanches et températures glaciaires étaient un danger de tous les jours pour les patrouilles de fantassins.

Néanmoins, ce n'étaient pas les risques naturels qui faisaient de cet endroit la région la plus dangereuse du globe. Ils n'étaient rien en effet, comparés à la menace que faisaient peser les hommes sur leurs congénères. Une menace qui ne dépendait ni de l'heure ni de la saison. Elle était en effet demeurée constante, chaque minute de chaque heure de chaque jour, depuis près de soixante ans.

Puri était juché sur une échelle d'alu posée contre la plaque de tôle d'alu ondulé bordant la tranchée. Juste devant lui étaient posés cinq sacs de sable hauts d'un mètre trente, protégés par du fil rasoir tendu entre des piquets de fer. À une dizaine de mètres sur sa droite, on apercevait un petit poste de garde, guérite en bois érigée à l'abri des sacs de sable. Elle était surmontée d'un filet de camouflage tressé de végétation. Quinze mètres plus loin se dressait un autre poste.

Cent vingt mètres devant lui, plein ouest, s'étendait la tranchée pakistanaise, quasiment identique.

Avec une lenteur délibérée, l'officier sortit de sa poche de pantalon une blague de ghutka, du tabac à chiquer. Les mouvements brusques étaient fortement déconseillés dans le secteur ; ils risquaient d'être remarqués ou, pis, interprétés comme un geste hostile. Il ouvrit la poche et glissa délicatement une petite chique dans sa bouche. On dissuadait les soldats de fumer car l'embout incandescent d'une cigarette pouvait trahir la position d'un éclaireur ou d'une patrouille.

Tout en mastiquant sa chique, Puri contempla les escouades de mouches noires qui entamaient elles aussi leurs patrouilles matinales. Elles étaient à la recherche des excréments laissés par les écureuils rouges, les chèvres markhors et autres herbivores qui s'éveillaient avant l'aube pour se nourrir. On était à l'orée de l'hiver. Puri avait entendu dire que, l'été, les insectes étaient si nombreux dans la région qu'on aurait dit des nuages de fumée flottant au ras des roches et des broussailles.

Le commandant se demanda s'il vivrait assez longtemps pour les voir. Certaines semaines, les victimes dans chaque camp se chiffraient par milliers. C'était inévitable quand plus d'un million de soldats fanatiques se faisaient face de part et d'autre d'une étroite « Ligne de contrôle » longue de plus de sept cents kilomètres. Le commandant Puri en apercevait certains à présent, de l'autre côté de l'étendue sablonneuse séparant les tranchées. Ils avaient la bouche masquée par un fouloir islamique noir pour se protéger des vents d'est. Mais les yeux dans ces visages burinés par le vent flamboyaient d'une haine allumée depuis le huitième siècle. C'était en effet dès cette époque qu'hindous et musulmans s'étaient affrontés dans cette région. Paysans et négociants d'autrefois avaient tour à tour pris les armes pour défendre des routes commerciales, leurs droits à la terre et à l'eau, une idéologie. Combats qui étaient devenus encore plus farouches en 1947 quand la Grande-Bretagne avait abandonné son empire sur le sous-continent. Les Britanniques avaient offert aux rivaux hindous et musulmans deux nations, respectivement l'Inde et le Pakistan. À la faveur de cette partition, l'Inde avait hérité du contrôle de la région du Cachemire à majorité musulmane. Dès ce moment, les Pakistanais avaient toujours considéré les Indiens comme une force d'occupation au Cachemire. Les conflits ne devaient quasiment plus cesser dans la région, devenue dès lors le cœur symbolique du conflit.

*Et me voici au cœur de ce cœur*, songea Puri.

Aménagement fortifié proche à la fois de la Chine et du Pakistan, la Base 3 était une zone potentiellement explosive. Quelle ironie ! se dit le soldat de métier. Ce « cœur » lui faisait très précisément penser à Dabhoï, la petite ville où il avait grandi au pied des monts Satpura, en Inde centrale. Dabhoï n'avait aucune valeur particulière, sinon pour les autochtones ou pour qui désirait rallier la ville côtière de Broach, dans le golfe de Cambay. C'était là qu'on pouvait acheter du poisson bon marché. Il était toujours déroutant de constater à quel point la haine – plutôt que la coopération – pouvait donner plus ou moins de valeur à tel ou tel endroit. Au lieu de chercher à développer ce qu'ils avaient en commun, les hommes essayaient de détruire ce qui les différenciait.

Le regard de l'officier balaya la zone de cessez-le-feu. Tout au long de la rangée de sacs de sable étaient disposées des paires de jumelles orange montées sur de petits pieds métalliques. C'était le seul point sur lequel Indiens et Pakistanais avaient réussi à s'accorder : peindre les jumelles pour éviter qu'on puisse les confondre avec des armes. Mais en ce moment, Puri n'en avait pas besoin. Un soleil radieux se levait dans son dos, lui permettant de distinguer sans peine les visages basanés des Pakistanais, installés derrière leurs blocs de parpaings. Des visages tout à fait identiques à des visages indiens, sauf qu'ils étaient situés du mauvais côté de la LOC[1], la Ligne de contrôle.

Puri s'efforçait de respirer régulièrement. La Ligne de contrôle formait une bande de terrain si étroite à certains endroits que les sentinelles, de part et d'autre, pouvaient apercevoir distinctement le panache de l'haleine de leurs vis-à-vis, qui trahissaient de la sorte leur inquiétude par une respiration saccadée ou leur assoupissement par une respiration régulière. En ces endroits, une parole malheureuse murmurée à un camarade et surprise par le camp adverse suffisait à rompre une trêve fragile. Lorsqu'on devait planter un clou, il fallait envelopper le marteau dans un chiffon pour éviter que le bruit soit confondu avec un coup de feu et déclenche une riposte à l'arme lourde, susceptible de déboucher sur un barrage d'artillerie puis un engagement nucléaire. Un échange qui pourrait se produire si vite que les bases lourdement fortifiées se retrouveraient

1. Voir le glossaire des acronymes et des organisations, p. 533. (*Toutes les notes sont du traducteur.*)

vaporisées avant même que les échos des premiers échanges de tirs ne soient retombés entre les parois montagneuses.

Du point de vue physique et mental, cet environnement était si éprouvant, si impitoyable que tout officier qui réussissait à terminer une année de service sur le terrain avait d'emblée le droit de postuler à un poste de bureau dans une « zone sûre » de l'arrière, comme Calcutta ou New Delhi. À quarante et un ans, c'était du reste l'objectif que s'était assigné Puri. Trois mois auparavant, on l'avait muté du commandement du QG de l'armée du nord où il assurait l'instruction des patrouilles de la Force spéciale des frontières. Neuf mois encore à diriger cette petite base, à marcher sur le fil du rasoir – pour reprendre l'expression de son prédécesseur – et il pourrait enfin jouir d'une sinécure jusqu'à la fin de ses jours. Se consacrer à sa passion pour l'anthropologie, se plonger avec délices dans l'étude de l'histoire de son peuple. La civilisation de la vallée de l'Indus était vieille de plus de quatre mille cinq cents ans. En ces temps reculés, les peuples indien et pakistanais étaient unis. Ils avaient connu un millénaire de paix. C'était avant que la religion ne pénètre la région.

Le commandant Puri mastiqua sa chique. L'odeur du thé en train d'infuser lui parvint de la tente du mess. Il était temps de prendre le petit déjeuner, après quoi il retrouverait ses hommes pour le point matinal. Il s'attarda quelques instants encore à savourer l'aube. Non pas que le jour nouveau dût apporter un nouvel espoir. Tout au plus signifiait-il que la vie s'était déroulée sans incident.

Puri fit demi-tour et descendit l'escalier. Il doutait qu'il y eût encore beaucoup de matins semblables dans les semaines à venir. Si les rumeurs colportées par ses amis du QG devaient se vérifier, la poudrière était sur le point d'exploser.

À très, très brève échéance.

# 1.

## *Washington, DC,*
## *mercredi, 5 h 56*

L'atmosphère était d'une fraîcheur bien peu de saison. De lourds nuages gris et bas pesaient comme une chape sur la base aérienne d'Andrews. Mais, malgré ce temps lugubre, Mike Rodgers avait une pêche d'enfer.

Le général de division descendit de sa Mustang 70 noire garée au parking des officiers. Marchant d'un pas vif, il traversa la pelouse impeccablement tondue pour rejoindre les bureaux de l'Op-Center. Il y avait dans ses yeux noisette clair un éclat qui leur donnait presque un reflet doré. Il fredonnait encore le morceau qu'il avait écouté sur l'autoradio-CD. L'interprétation par Victoria Bundoni du « Witch Doctor » de David Seville, un titre qui datait des années cinquante. La voix grave et enflammée de la jeune chanteuse lui donnait toujours de l'énergie pour commencer la journée du bon pied. D'habitude, quand il traversait la pelouse, il était dans une autre disposition d'esprit. En cette heure matinale, la rosée mouillait ses chaussures cirées lorsqu'elles s'enfonçaient dans l'herbe. Les plis de son uniforme parfaitement repassé comme ses cheveux grisonnants taillés court ondulaient sous la forte brise. Mais Rodgers n'était de manière générale guère affecté par la terre, l'air ou l'eau – trois des quatre éléments de la tradition antique. Il ne percevait que le dernier, le feu. Et c'était parce qu'il le portait en lui. Avec un luxe de précaution, comme s'il s'agissait de nitroglycérine. Au moindre mouvement brusque, il risquait d'exploser.

Mais pas aujourd'hui.

Un jeune planton se tenait dans une guérite dotée de vitres pare-balles, juste derrière la porte. Il adressa un salut militaire à Rodgers quand celui-ci entra.

« Bonjour, mon général, dit la sentinelle.

— Bonjour, répondit Rodgers. *Glouton.* »

C'était son mot de passe personnel du jour. Il avait été laissé sur son messager électronique personnel GovNet la veille au soir par Jenkin Wynne, responsable de la sécurité intérieure de l'Op-Center. Si le mot de passe n'avait pas correspondu avec celui enregistré sur l'ordinateur de la sentinelle, Rodgers n'aurait pas eu le droit d'entrer.

« Merci, mon général », dit le garde avec un nouveau salut. Il pressa un bouton et la porte s'ouvrit sur un déclic. Rodgers pénétra dans le bâtiment.

Il y avait un unique ascenseur droit devant. Tandis qu'il se dirigeait vers celui-ci, Rodgers s'interrogea sur l'âge de la sentinelle, un aviateur de première classe. Vingt-deux ? Vingt-trois ans ? Quelques mois plus tôt, Rodgers aurait tout donné, ses galons, son expérience, tous ses biens et tout son savoir pour se retrouver dans la situation de ce jeune aviateur. Sain, vigoureux, avec tout l'avenir devant lui. C'était juste avant sa désastreuse expérience de test sur le terrain du ROC, l'Op-Center régional[1]. L'équipe et son système high-tech de détection et d'intervention mobile avaient été capturés au Moyen-Orient. Rodgers et ses hommes avaient été emprisonnés et torturés. Après leur libération, le sénateur Barbara Fox et la Commission parlementaire de surveillance du renseignement avaient révisé le programme ROC. Ce groupe de cerbères avait jugé que laisser un PC mobile du renseignement américain opérer à découvert sur un sol étranger était plus provocant que dissuasif. Et comme le ROC avait été de la responsabilité de Rodgers, ce dernier avait eu le sentiment d'avoir trahi la confiance de l'Op-Center. Il avait par ailleurs l'impression d'avoir gâché sa meilleure chance, l'ultime, de reprendre du service actif.

Rodgers se trompait. Les États-Unis avaient besoin d'informations sur la situation nucléaire au Cachemire. Plus précisément, de savoir si le Pakistan avait ou non déployé des ogives nucléaires dans les montagnes encaissées de la région. Il était exclu que des agents indiens se rendent sur le terrain. Si jamais les Pakistanais les découvraient, cela risquait en effet de déclencher justement la guerre que l'Amérique voulait éviter à tout prix. En revanche, une unité américaine aurait les coudées un peu plus franches. Surtout si elle pouvait apporter la preuve qu'elle livrait en fait au Pakistan des renseignements sur les capacités nucléaires indiennes, renseignements qu'un agent de liaison de la NSA devrait fournir à Rodgers dans la ville de Srînagar. Bien entendu, les militaires indiens ignoreraient

1. Lire *Op-Center 4 : Actes de guerre*. Albin Michel, 1997.

qu'il disposait de ces éléments. Tout cela constituait un énorme coup de bluff, une dangereuse partie de bonneteau. Tout ce qu'avait à faire le donneur, c'était mémoriser la position de toutes les cartes et surtout ne jamais se faire pincer.

Rodgers pénétra dans la petite cabine brillamment éclairée et descendit au premier sous-sol.

L'Op-Center – de son nom officiel, Centre national de gestion de crises – était hébergé dans un bâtiment d'un seul étage situé à proximité du service de logistique aérienne des forces de réserve de la marine. Au temps de la Guerre froide, cette bâtisse anonyme aux murs ivoire servait de zone de transit aux équipages d'élite de l'aéronavale. Dans l'éventualité d'une attaque nucléaire, leur mission aurait été d'évacuer de la capitale fédérale les hauts responsables de l'État. Avec la chute de l'Union soviétique et la réduction des NuRRD – les divisions de réaction rapide nucléaire de l'armée de l'air –, le bâtiment avait été cédé à l'organisme nouvellement créé.

Les bureaux du haut étaient réservés aux opérations non confidentielles : surveillance des médias, comptabilité, ressources humaines. Le sous-sol abritait les bureaux où travaillaient Hood, Rodgers, Bob Herbert – le chef du renseignement – et le reste du personnel de collecte et de traitement de l'information.

Rodgers descendit au sous-sol. Il traversa les box installés au milieu pour gagner son bureau personnel. Il sortit sa vieille serviette rangée sous le bureau. Replia son portable et se mit à récupérer les disquettes dont il aurait besoin pour son voyage. Les fichiers contenaient les rapports de renseignements recueillis en Inde et au

Pakistan, des cartes du Cachemire, la liste des contacts et des planques dans toute la région.

Tandis qu'il préparait ses affaires, il se sentait presque comme quand il était petit, à Hartford, Connecticut. Hartford était soumis à de redoutables tempêtes hivernales. Mais c'étaient des blizzards humides qui apportaient de la neige collante formant des congères. Et avant d'enfiler son anorak, Rodgers prenait son seau, une pelle, une corde, sans oublier ses lunettes de plongée et il fourrait le tout dans son sac de gym. Les lunettes, c'était à cause de sa mère. Elle savait qu'elle ne pourrait pas l'empêcher de se livrer à des batailles de boules de neige, mais elle n'avait pas envie qu'il en reçoive une dans la figure et perde un œil. Sitôt dehors, alors que les autres gamins se bâtissaient des forts, Rodgers escaladait un arbre et se confectionnait un igloo en hauteur, sur une planche de contre-plaqué. Ça, c'était de l'inédit : une pluie de boules de neige dégringolant d'une grosse branche.

Dès qu'il aurait fini de bourrer sa serviette, Rodgers se dirigerait vers la « voiturette du Golfe » garée juste derrière le bâtiment. C'était en effet ainsi que les militaires avaient baptisé les petits engins électriques chargés de véhiculer les officiers de réunion en réunion lors des opérations Bouclier et Tempête du Désert. Le Pentagone en avait acheté plusieurs milliers alors même que la guerre du Golfe devait sonner le glas des réunions stratégiques en tête à tête, bientôt remplacées par les vidéo-conférences cryptées. Par la suite, ces voiturettes, devenues inutiles, avaient été distribuées dans toutes les bases du pays, comme cadeaux de Noël aux officiers supérieurs.

Sa voiturette du Golfe n'aurait pas à rouler bien loin. Un C-130 Hercules était en attente à quatre cents mètres de là, sur l'aire de stationnement du terrain d'aviation dont les pistes passaient juste derrière le bâtiment du Centre de gestion de crises. Dans un peu moins d'une heure, l'avion-cargo devait entamer un vol d'approvisionnement de l'OTAN à la faveur duquel Rodgers et son groupe d'Attaquants seraient transférés en secret de la BA d'Andrews, via la base RAF d'Alconbury en Grande-Bretagne, jusqu'à une base de l'OTAN située à proximité d'Ankara. Là, ils devaient retrouver un cargo AN-12 de l'armée de l'air indienne appartenant à l'escadron aérien des Aigles de l'Himalaya. Ils seraient alors transférés sur la base à haute altitude de Shushan près de la frontière chinoise, avant de redescendre en hélicoptère vers Srînagar où ils rencontreraient leur contact. Un périple long et difficile qui devait prendre un peu plus de vingt-quatre heures. Et une fois parvenus en Inde, ils n'auraient pas une minute pour souffler. L'équipe devait être prête à l'action sitôt le pied mis à terre.

Mais ce n'était pas un problème pour Mike Rodgers. Cela faisait des années qu'il était toujours « sur le pied de guerre ». Pas question pour lui d'être à la traîne, dans quelque domaine que ce soit. Déjà, durant la guerre hispano-américaine, son trisaïeul, le capitaine Malachai T. Rodgers, était passé de chef d'unité à officier en second de cet arriviste de lieutenant-colonel Teddy Roosevelt. Et comme le confiait alors le capitaine Rodgers dans une lettre à son épouse : « Rien ne vaut la direction des opérations. Et rien n'est pire que d'être numéro deux, même s'il se trouve que c'est sous les ordres d'un homme que l'on respecte. »

Malachai Rodgers était dans le vrai. La seule raison qui avait poussé Mike Rodgers à accepter le poste de directeur adjoint était qu'il n'avait jamais envisagé que Paul Hood resterait bien longtemps à la tête de l'Op-Center. Il avait fait le pari que l'ancien maire de Los Angeles était un politicien dans l'âme qui lorgnait le Sénat ou la Maison-Blanche. Or Rodgers s'était trompé. Le général connut un nouvel obstacle sur sa route quand Hood démissionna de l'Op-Center pour mieux se consacrer à sa famille. Rodgers avait bien cru alors que le service allait enfin tomber dans son escarcelle. Mais Paul et Sharon Kent Hood n'avaient pas réussi à résoudre leur conflit conjugal. Ils s'étaient en définitive séparés et Hood était revenu à l'Op-Center. Et Rodgers au poste de numéro deux.

Rodgers avait besoin de commander. Quelques semaines auparavant, Hood et lui avaient mis un terme à une prise d'otages aux Nations unies[1]. Rodgers avait dirigé cette opération. Cela lui rappela combien il aimait risquer son va-tout en se fiant à sa capacité à doubler l'adversaire par la ruse ou par la force. Faire la même chose, bien au chaud derrière son bureau, ça n'avait franchement aucun rapport.

Rodgers se retourna vers la porte ouverte quelques secondes avant que n'apparaisse Bob Herbert. L'arrivée du numéro trois de l'Op-Center était toujours annoncée par le léger ronronnement de son fauteuil roulant motorisé.

« Bonjour, dit Herbert en apparaissant sur le seuil.

— Bonjour, Bob.

1. Lire *Op-Center 6 : État de siège*, Albin Michel, 2001.

— Je peux entrer ?

— Mais bien sûr. »

Herbert fit pivoter sa chaise et entra dans la pièce. Trente-neuf ans, le crâne dégarni, le crack du renseignement avait perdu l'usage de ses jambes lors de l'attentat à la bombe contre l'ambassade de Beyrouth en 1983. L'attaque terroriste avait également coûté la vie à son épouse adorée. Matt Stoll, le génie de l'informatique du service, avait participé à la conception de ce fauteuil roulant high-tech. Celui-ci intégrait un ordinateur incorporé rétractable dans l'accoudoir et une minuscule parabole satellite qui se déployait depuis son logement fixé derrière le dossier.

« J'étais juste venu vous souhaiter bonne chance, expliqua Herbert.

— Merci, dit Rodgers.

— Ah, et puis, Paul a demandé si vous pourriez faire un saut dans son bureau avant de partir, reprit le chef du renseignement. Il est au téléphone avec le sénateur Fox et il ne voudrait pas manquer votre départ. »

Rodgers jeta un coup d'œil à sa montre. « Bien matinale, la sénatrice. Une raison quelconque ?

— Pas à ma connaissance, même si Paul n'a pas l'air ravi-ravi, confia Herbert. S'pourrait qu'il y ait encore de nouvelles retombées de votre intervention à l'ONU. »

Si c'était le cas, alors il y avait quand même un avantage à être le numéro deux, estima Rodgers. Il n'avait pas à se carrer ces conneries. Ils avaient fait exactement ce qu'il devait faire. Sauver les otages et tuer les méchants.

« Ils vont sans doute nous éreinter jusqu'à ce que la secrétaire générale crie pouce, observa Rodgers.

— Le sénateur Fox est en effet devenue experte en la matière, convint Herbert. Elle vous flanque un bon coup dans le dos en racontant à vos adversaires que c'est une peignée. Et à vos amis que c'est une petite tape amicale. À vous de faire le tri. Enfin, Paul saura bien nous régler ça », poursuivit Herbert. Il tendit la main. « Je tenais juste à vous souhaiter bon voyage. C'est dans une région distante et hostile que vous allez vous aventurer. »

Rodgers serra la main d'Herbert et sourit. « Je sais. Mais je suis un mec distant et lointain. Le Cachemire et moi, on devrait bien s'entendre. »

Rodgers s'apprêtait à retirer sa main. Herbert la retint.

« Il y a autre chose.

— Quoi ? s'enquit Rodgers.

— Je n'arrive pas à découvrir qui est votre contact sur place.

— Nous devons être accueillis par un officier de la Garde de sécurité nationale, le capitaine Prem Nazir, répondit Rodgers. Rien d'anormal là-dedans.

— Pour moi, si, affirma Herbert. Deux-trois coups de fil, deux-trois promesses, quelques échanges de tuyaux, ça me suffit en général à obtenir ce que je cherche. Ça me permet de mener ma petite enquête, m'assurer qu'il n'y a pas de coup fourré. Or, pas ce coup-ci. Impossible d'avoir le moindre renseignement sur ce capitaine Nazir.

— Pour être franc, je serais plutôt soulagé de constater que, pour une fois, les mesures de sécurité soient renforcées, nota Rodgers avec un rire.

— La sécurité renforcée, c'est quand notre adversaire ignore ce qui se passe, observa Herbert. Ce qui m'inquiète, c'est quand nos propres hommes ne sont pas fichus de le dire, eux.

— Pas fichus ou pas enclins ? demanda Rodgers.

— Pas fichus.

— Et si vous appeliez Mala Chatterjee ? suggéra Rodgers. Je parie qu'elle serait ravie de nous rendre service.

— C'est pas drôle », ronchonna Herbert.

Chatterjee était la jeune Indienne élue au poste de secrétaire générale de l'ONU. Véritable Pasionaria du pacifisme, elle n'avait pas de mots assez durs contre l'Op-Center et sa façon de prendre en main et de résoudre la crise.

« J'ai contacté mes gars à la CIA et à nos ambassades d'Islamabad et de New Delhi, poursuivit Herbert. Ils ignorent tout de cette mission. C'est inhabituel. Et la NSA n'a pas franchement l'air de maîtriser la situation. Le plan n'a pas suivi la filière habituelle. Lewis est trop occupé à faire le ménage pour avoir eu le temps de s'en charger.

— Je sais », concéda Rodgers.

La « filière habituelle », c'était celle du test en simulation informatique. Y passaient tous les plans approuvés pour être mis en œuvre sur le terrain. En temps normal, le service responsable passait des journées à les faire tourner pour traquer d'éventuelles failles dans l'organisation générale mais aussi fournir des solutions de rechange aux agents désignés pour la mission. Or, l'Agence de sécurité nationale avait été récemment ébranlée par la démission de son directeur, Jack Fenwick. Démission survenue après que Hood eut identifié en Fenwick l'un des meneurs d'un complot qui visait à démettre le président des États-Unis de ses fonctions. Son remplaçant, Hank Lewis, ancien assistant du président et coordinateur de la planification stratégique, s'employait pour l'heure à débarrasser le service des partisans de Fenwick.

« Tout se passera bien, lui assura Rodgers. Quand j'étais au Viêt-nam, tous mes plans ont toujours tenu avec trois bouts de ficelle.

— Ouais, mais au moins, à l'époque, vous saviez identifier l'ennemi, observa Herbert. Tout ce que je vous demande, c'est de garder le contact. Si jamais on devait soupçonner le moindre coup tordu, je veux être en mesure de vous prévenir sans délai.

— Entendu », promit Rodgers.

Ils seraient équipés de leurs téléphones satellite TAC-SAT. La liaison cryptée permettait aux Attaquants d'appeler le QG depuis quasiment n'importe quel endroit de la planète.

Herbert repartit et le général finit de récupérer les fichiers et les disquettes qu'il désirait emporter. Derrière la porte de son bureau, le hall s'animait à mesure que la relève de jour prenait son service. L'effectif était presque le triple de celui de la permanence de nuit. Et pourtant, Rodgers éprouvait une curieuse sensation de détachement. Qui n'avait aucun rapport avec le « mode mission », cette phase de concentration intense qui l'envahissait au moment de quitter la base. Non, c'était autre chose. Une sorte de méfiance, comme s'il était déjà sur le terrain. À Washington ou aux alentours, ce n'était pas tout à fait faux…

Rodgers avait beau se rassurer, les remarques d'Herbert résonnaient en lui. L'homme n'était pas un alarmiste et ses inquiétudes l'amenaient à s'interroger. Pas sur sa propre sécurité, ni même celle de son vieil ami le colonel Brett August – August commandait le détachement d'intervention de l'Op-Center, un corps de soldats d'élite baptisé les Attaquants. Non, Rodgers se faisait du souci surtout pour les jeunes multispécialistes qui devaient les rejoindre au Cachemire. Surtout ceux qui avaient charge de famille. Une inquiétude qui ne l'abandonnait jamais vraiment et que les remarques d'Herbert avaient encore accrue.

Mais le risque était lié à l'uniforme et compensé par une pension généreuse. Rodgers ferait tout pour protéger les hommes et la mission. Parce qu'au bout du compte, quoi qu'on pense des actions et des dangers encourus par les hommes comme Mike Rodgers et Brett August, une vérité demeurait, indéniable : le jeu en valait la chandelle.

## 2.

## *Srînagar, Inde, mercredi, 15 h 51*

Cinq heures après avoir donné une fausse identité aux fonctionnaires du service régional d'enregistrement des résidents étrangers à l'aéroport de Srînagar, Ron Friday déambulait dans les rues de la ville qu'il espérait devenir sa résidence pendant un an ou deux. Il était descendu dans un petit hôtel bon marché, du côté de Shervani Road. C'est lors de son dernier séjour qu'il avait pour la première fois entendu parler du Palais de Binoo. Il y avait un tripot dans l'arrière-salle, ce qui signifiait qu'on avait soudoyé la police locale pour en garantir la tranquillité. Friday y serait donc à la fois anonyme et en sûreté.

L'agent de la NSA n'était pas mécontent d'avoir quitté Bakou. Et pas seulement le territoire de l'ancienne république soviétique d'Azerbaïdjan, mais de se retrouver ici, à Srînagar, à moins de quarante kilomètres de la Ligne de contrôle. Il s'était déjà rendu dans la capitale de cet État du nord et trouvait son ambiance revigorante. Le grondement lointain des tirs d'artillerie était constant. Tout comme les détonations assourdies des mines terrestres dans les collines. En début de matinée, s'y ajoutaient le hurlement des réacteurs des avions d'attaque, le chuintement caractéristique de leurs bombes en grappes et le fracas plus intense de leurs missiles guidés.

Mais la peur aussi baignait l'atmosphère, jour et nuit. L'ancienne cité de villégiature était désormais gouvernée par les soldats indiens de religion hindoue qui en patrouillaient les rues tandis que le commerce restait contrôlé par des musulmans cachemiris. Pas une semaine ne s'écoulait sans que l'on compte quatre ou cinq morts dans des attentats terroristes, des fusillades ou des prises d'otages.

Friday adorait cela. L'air n'était jamais plus suave que lorsqu'on le respirait en traversant un champ de mines.

L'Américain, natif du Michigan, âgé de quarante-sept ans, parcourait le grand marché en plein air, situé dans la partie orientale de la ville, à proximité des collines jadis recouvertes de gras pâturages. C'était avant que l'armée ne se les accapare pour y installer une zone de transit destinée aux hélicoptères et aux convois routiers desservant la Ligne de contrôle. À deux pas du marché, vers le nord, s'élevait l'hôtel Centaur Lake View où descendaient la plupart des touristes étrangers. L'établissement était situé dans cette zone de la rive du lac connue sous le nom de jardins des Mughal. Ces jardins d'origine naturelle avaient contribué à donner à l'ensemble de la région ce nom de Cachemire qui signifiait « paradis » dans la langue des colons mughal.

Il tombait une petite pluie fraîche qui ne suffisait pas à dissuader la foule habituelle d'autochtones et d'étrangers. Le marché dégageait une odeur comme Friday n'en avait rencontré nulle part ailleurs. C'était un mélange de musc – odeur du suint des moutons et des nattes en rotin couvrant les stands et mouillées par la pluie –, d'encens, de lavande, de gazole et d'essence, ces derniers crachés par les taxis, les minibus et les innombrables scooters pousse-pousse qui desservaient le quartier. On voyait aussi bien des femmes en sari que de jeunes étudiantes habillées à l'occidentale. Toutes jouaient des coudes pour accéder aux petits étals en bois et choisir les fruits ou les légumes les plus frais, les meilleures denrées cuites. À l'aide de petites badines, des marchands repoussaient les moutons venus divaguer depuis les prés voisins, affamés faute d'herbe à brouter, ou chassés par les soldats qui les prenaient pour cibles. Les bêtes égarées essayaient de voler choux ou carottes. Plus loin, d'autres clients, en général des hommes d'affaires arabes ou asiatiques, déambulaient d'un pas tranquille, en quête de châles, de boîtes à babioles en papier mâché, de sacs en cuir. Comme Srînagar et le reste du Cachemire étaient sur la liste des « zones de non-droit » du Département d'État, du Foreign Office britannique ou des services des Affaires étrangères d'autres pays européens, on voyait fort peu d'Occidentaux.

Quelques marchands colportaient des tapis. Des fermiers, qui avaient garé leur camion ou leur charrette à un bout du marché, trimbalaient des paniers de pain ou de produits frais pour les distribuer aux divers stands. Et puis, il y avait des soldats. À part en Israël, jamais Friday n'avait vu dans un lieu public presque autant de militaires que de civils. Et encore, en ne comptant que les seuls visibles, en uniforme. Il était sûr qu'il y avait également des membres de la SFF, la Force spéciale des frontières, création commune de la CIA et de la Division d'analyse et de recherche, le service indien de contre-espionnage. La mission de la SFF était de perturber la circulation de matériel et d'informations entre les positions ennemies. Friday était également certain qu'il y avait, dans la foule, des membres du Groupe des services spéciaux pakistanais. Division de la direction des renseignements interarmes, le groupe était chargé de surveiller les mouvements derrière les lignes ennemies. L'unité s'appuyait en outre sur des agents autonomes pour commettre des actes terroristes contre les ressortissants indiens.

Il n'y avait rien eu de comparable à Bakou, où les marchés étaient calmes et bien organisés, où la population locale était réduite avec un comportement relativement civilisé. Friday préférait cette situation : être toujours aux aguets, même pendant qu'on cherche simplement à nourrir sa famille.

Si le poste à l'ambassade de Bakou avait été intéressant, ce n'avait certainement pas été pour le travail effectué pour la vice-ambassadrice Dorothy Williamson. Friday avait passé des années comme avocat pour la compagnie pétrolière Mara Oil, raison pour laquelle Williamson l'avait accueilli dans son équipe. Officiellement, il était chargé de l'aider à rédiger ses prises de position visant à modérer les prétentions de l'Azerbaïdjan sur les gisements de la mer Caspienne. Non, ce qui avait réellement rendu sa fonction passionnante, c'était le travail de sape qu'il avait effectué clandestinement pour Jack Fenwick, l'ancien conseiller à la Sécurité nationale du président.

La NSA l'avait recruté quand il faisait encore ses études de droit. L'un de ses professeurs, Vincent Van Heusen, avait été agent de l'OSS pendant la Seconde Guerre mondiale. Le professeur Van Heusen avait décelé chez Friday une partie des qualités que lui-même possédait étant jeune homme. Entre autres l'indépendance. Friday l'avait apprise alors qu'il grandissait dans les bois du Michigan où il allait chasser avec son père pour se nourrir – pas seulement au fusil mais à l'arc. Sitôt décroché son diplôme de l'université de New York, Friday était entré comme stagiaire à la NSA. Quand il était passé dans l'industrie pétrolière un an plus tard, il travaillait en même temps comme espion. Chargé d'établir des contacts en Europe, au Moyen-Orient et dans la région de la Caspienne, il s'était vu confier le nom des agents de la CIA qui opéraient dans ces pays. De temps à autre, on lui demandait en outre de les surveiller. Espionner les espions, s'assurer qu'ils travaillaient exclusivement pour les États-Unis.

Il avait finalement quitté le secteur privé voilà cinq ans. Il en avait marre de bosser à plein temps pour l'industrie pétrolière et à temps partiel pour la NSA. Il en était en outre venu à éprouver une certaine frustration à voir les missions de renseignements à l'étranger partir à vau-l'eau. Une bonne partie des agents qu'il rencontrait sur le terrain étaient inexpérimentés, trouillards et ramollis. C'était en particulier notable dans le tiers-monde et dans toute l'Asie. Ces gars voulaient leur petit confort douillet. Pas Friday. Lui, ce qu'il cherchait, c'était l'inconfort. Connaître la chaleur, le froid, la douleur, le risque.

Le défi. La vie.

L'autre problème était la place envahissante de l'espionnage électronique qui avait pris le pas sur la surveillance humaine. Le résultat était une bien moindre efficacité dans la collecte d'informations. Pour Friday, c'était comme d'aller s'approvisionner à l'abattoir au lieu de chasser soi-même le gibier. La viande n'était pas aussi bonne quand elle était produite en masse. L'expérience était moins gratifiante. Et à la longue, le chasseur se ramollissait.

Friday n'avait aucunement l'intention de se ramollir. Quand Jack Fenwick lui avait dit qu'il voulait lui parler, Friday avait eu hâte de le rencontrer. Il était donc allé le voir au « Hors micros », le bar privé de l'hôtel Hay-Adams. Cela se passait lors de la semaine de l'investiture du président, aussi le bar était-il bondé. Les deux hommes étaient passés à peu près inaperçus. Fenwick avait recruté Friday pour une opération baptisée « Nettoyage » – c'était le terme qu'il avait utilisé – qui visait à renverser le président et mettre à sa place au Bureau ovale une figure nouvelle, plus dynamique. L'un des problèmes les plus graves auquel était confrontée l'Amérique était la menace terroriste. Le vice-président Cotten aurait su, lui, traiter la question d'une manière radicale. Il aurait informé les nations terroristes que, si jamais elles finançaient des attaques contre les intérêts américains, leurs capitales seraient rasées par les bombes. Rassurer les Américains à l'étranger aurait encouragé le développement du commerce et du tourisme, ce qui aurait par contrecoup aidé les services secrets à infiltrer les organisations nationalistes, les groupes religieux et autres formations extrémistes.

Mais le complot avait été stoppé. Le monde était à nouveau livré aux seigneurs de la guerre, aux anarchistes et au grand banditisme international.

Point positif, la démission du vice-président et des hauts personnages appartenant à la conjuration avait joué le rôle du fer pour cautériser une plaie. L'administration avait trouvé ses coupables. La manœuvre avait arrêté l'hémorragie et, jusqu'à présent, elle semblait avoir détourné l'attention des autres personnes susceptibles d'avoir trempé dans le plan. Ainsi, on n'avait toujours démasqué ni le rôle joué par Friday dans le coup monté contre le terroriste connu sous le nom du Harponneur ni son assassinat d'un agent infiltré de la CIA. En fait, Hank Lewis essayait de collecter au plus vite un maximum de renseignements pour faire de la prévision, pas de la rétrospective. On battait le rappel de tous les agents de la NSA en poste à l'extérieur de Washington pour qu'ils aillent faire un tour dans les zones à haut risque et donner un coup de main aux opérations de renseignement avant de rendre compte *de visu*. Raison pour laquelle Friday avait quitté Baker. À l'origine, il avait essayé d'obtenir son transfert au Pakistan, mais on l'avait envoyé plutôt en Inde à la demande du gouvernement de ce pays. Il y avait travaillé un certain temps pour Mara Oil – il s'agissait d'évaluer pour eux les perspectives de productivité dans la région ainsi que le long de la frontière traversant le désert de Thar entre la province indienne du Rajasthan et le Pakistan. Il connaissait le pays, la population, et il parlait la langue.

L'ironie, bien sûr, était que sa mission première était d'aider une unité de l'Op-Center à mener à bien une opération d'une importance vitale pour le maintien de la paix dans la région. L'Op-Center, le groupe même qui avait empêché le succès du « Nettoyage ».

Si la politique entraînait la formation de tandems bizarres, que dire alors de l'espionnage… Il y avait néanmoins une différence entre les deux milieux. La diplomatie exigeait des politiques qu'ils sachent aplanir leurs différends si nécessaire. Les espions, non. Ils entretenaient leurs rancunes.

Éternellement.

## 3.

## *Washington, DC,*
## *mercredi, 6 h 32*

C'est d'un pas alerte que Mike Rodgers emprunta le couloir reliant son bureau à celui de Paul Hood. Sa serviette était prête et il fredonnait encore « Witch Doctor ». Il se sentait revigoré par le défi imminent, par le changement de sa routine habituelle, par la simple perspective de quitter enfin cette pièce aveugle.

Stephen « Bugs » Benet, l'assistant du patron, n'était pas encore arrivé. Rodgers traversa la minuscule zone de réception pour gagner le bureau de Hood. Il frappa à la porte et l'ouvrit aussitôt. Le directeur de l'Op-Center arpentait la pièce, un micro-casque sur la tête. Il terminait sa conversation téléphonique avec le sénateur Fox. Avisant le général, il lui fit signe d'entrer. Rodgers se dirigea vers le canapé à l'autre bout de la pièce. Il posa sa serviette mais ne s'assit pas. Il le resterait bien assez longtemps le lendemain.

Même si, à quarante-cinq ans, Hood était à peu près du même âge que Rodgers, son allure avait quelque chose de bien plus juvénile. C'était peut-être juste parce qu'il souriait beaucoup et qu'il était foncièrement optimiste. Rodgers pour sa part était un réaliste – un terme qu'il préférait à pessimiste. Et les réalistes semblaient toujours plus âgés, plus mûrs. Comme l'avait dit un vieil ami de Rodgers, Layne Maly, représentant de Caroline du Sud, à sa manière si élégante : « Suffit pas qu'on m'enfile un rayon de soleil dans le cul pour que j'arbore un sourire radieux. » Rodgers trouvait pour sa part que cela résumait assez bien son état d'esprit.

Même s'il n'avait guère matière à sourire pour l'instant. Son mariage était parti à vau-l'eau et sa fille Harleigh souffrait d'un syndrome de stress post-traumatique après avoir été victime de la prise d'otages au bâtiment des Nations unies. Hood s'était en outre fait éreinter par la presse internationale et par les médias américains de gauche pour sa façon musclée de régler cette crise. Rodgers n'aurait pas été surpris outre mesure d'apprendre que le sénateur Fox venait de lui passer un savon à cause de cette histoire. Le plus rageant était que rien n'aidait plus vos rivaux que lorsque vous vous bouffiez le nez entre vous. Il entendait d'ici les cris de délire des Japonais, des fondamentalistes islamistes, sans oublier les Allemands, les Français et tout le reste du bloc eurocentrique. Et eux, ils continuaient de discutailler après avoir sauvé la vie de tous leurs ambassadeurs.

Ce monde marchait sur la tête. Raison pour laquelle sans doute ils avaient besoin d'un homme comme Paul Hood pour diriger l'Op-Center. Si cela n'avait tenu qu'à lui, Rodgers aurait volontiers descendu deux ou trois de ces foutus ambassadeurs avant de ressortir du bâtiment de l'ONU.

Hood ôta les écouteurs et contempla Rodgers. Une lueur de frustration était bien lisible dans ses yeux noisette. Détail insolite, ses cheveux bruns ondulés étaient en bataille. Il ne souriait pas.

« Alors, ça avance ? demanda Hood. Tout est paré ? »

Rodgers acquiesça.

« À la bonne heure.

— Et comment ça se passe, ici ? s'enquit Rodgers.

— Pas si bien que ça, convint Hood. Le sénateur Fox pense que nous sommes devenus trop visibles. Elle a l'intention d'y remédier.

— Quoi ?

— Elle veut nous ratiboiser, expliqua Hood. Elle va proposer aux autres membres de la Commission parlementaire de surveillance du renseignement de redéfinir les attributions de l'Op-Center, de réduire sa taille et de le rendre plus confidentiel.

— Je sens là-dessous la main de Kirk Pike », observa Rodgers.

Pike était le nouveau patron de la CIA. Cet homme ambitieux, ancien chef des services de renseignement de la marine, était fort bien vu de l'Exécutif et il avait accepté le poste avec une idée bien arrêtée : regrouper le plus possible sous le même toit les moyens en renseignement du pays.

« J'en suis à peu près certain moi aussi, mais je crois que ce n'est pas uniquement parti de lui, précisa Hood. Fox a dit que la secrétaire générale Chatterjee menacerait encore de nous traîner devant le Tribunal pénal international. Pour meurtre et violation de territoire.

— Malin, admit Rodgers. Elle n'aura jamais le premier chef d'inculpation, mais les juristes peuvent lui accorder le second.

— Tout juste. Cela renforce son image et permet de réaffirmer le statut de souveraineté des Nations unies.

Cela lui permet en outre de marquer des points auprès des pacifistes et des gouvernements hostiles aux États-Unis. Il semble que Fox pense que ces poursuites tomberont d'elles-mêmes si l'on nous relève de nos attributions pour redéfinir celles-ci à tête reposée.

— Je vois, fit Rodgers. La CPSR préfère prendre les devants et ainsi faire passer l'action de Chatterjee pour de l'acharnement inutile.

— Gagné !

— Et c'est ce qui va arriver ? insista Rodgers.

— Je n'en sais trop rien, reconnut Hood. Fox n'en a pas encore discuté avec les autres membres de la commission.

— Mais c'est ce qu'elle voudrait bien. »

Hood acquiesça.

« Alors, on y aura droit, dit Rodgers.

— Je ne suis pas vraiment prêt à le concéder. Mais, écoutez, je n'ai pas envie de vous ennuyer avec la cuisine politique. Je veux que vous alliez me régler cette histoire au Cachemire. Chatterjee a beau être secrétaire générale, elle reste avant tout une Indienne. Si vous arrivez à marquer un point pour son camp, elle aura du mal à s'en prendre à nous ensuite.

— Pas si elle repasse le bébé à Pike, observa Rodgers.

— Pourquoi le ferait-elle ?

— Pour leur mettre de la pommade, et avoir des tuyaux, expliqua Rodgers. Une bonne partie de mes informations sur le Cachemire proviennent de la CIA. L'agence travaille en étroite collaboration avec son homologue indienne.

— L'IIB, leur service de renseignement intérieur ?

— C'est cela. »

Selon la loi indienne sur la télégraphie, l'Indian Intelligence Bureau est en droit d'intercepter toutes sortes de communications électroniques. Au nombre desquelles une bonne quantité de fax et de courriers électroniques envoyés d'Afghanistan et d'autres États islamiques. C'est l'IIB qui avait révélé la fraude irakienne sur les produits pharmaceutiques, en 2000. Les médicaments à but humanitaire étaient exclus de l'embargo des Nations unies. Au lieu de parvenir toutefois aux hôpitaux et cliniques irakiens, ils étaient stockés par le ministre de la Santé. Quand la pénurie faisait croître la demande, les médicaments étaient revendus au marché noir en échange de devises étrangères fortes permettant aux fonctionnaires gouvernementaux de s'acheter des produits de luxe en contournant les sanctions.

« Les renseignements que collecte l'IIB sont partagés avec la CIA pour analyse, poursuivit Rodgers. Si le directeur Pike aide Chatterjee, les Indiens continueront à travailler exclusivement avec lui.

— Pike peut bien remporter le trophée s'il le désire, nota Hood. Tant qu'on obtient les renseignements.

— Mais il ne veut pas que ça. Ces gens ne se contentent pas d'une victoire à Washington. Il faut qu'ils éliminent toute compétition. Et si ça ne suffit pas, ils s'en prennent à leur famille et leurs amis.

— Mouais, eh bien, il faudra qu'on y engage un corps expéditionnaire, observa tranquillement Hood. Chez les Hood, en ce moment, on aurait tendance à être quelque peu dispersés… »

Rodgers se sentit tout con. Paul s'était séparé de sa femme, et sa fille Harleigh passait une bonne partie de son temps en thérapie. Il n'était pas très malin d'avoir suggéré qu'ils puissent courir un risque.

« Désolé, Paul, c'était juste façon de parler.

— Pas de problème, répondit Hood. Je vois ce que vous voulez dire. De toute façon, je doute que Pike en arrive à cette extrémité. On a d'excellents dénicheurs de scandales et une attachée de presse qui connaît son boulot. Il n'aura pas envie d'exposer notre rivalité en public. »

Rodgers était loin d'en être convaincu. L'attachée de presse de Paul Hood était Ann Farris. Depuis quelques jours, le service bruissait de la rumeur insistante qu'il aurait une liaison avec la jeune divorcée. Ann s'attardait au bureau et tous deux avaient été vus un beau matin quittant l'hôtel où résidait Hood. Rodgers n'en avait strictement rien à cirer, aussi longtemps que leur relation n'entravait pas le bon fonctionnement du Centre national de gestion de crises.

« À propos de famille, comment va Harleigh ? » s'enquit Rodgers. Le général avait hâte de régler cette question Pike avant de partir pour l'Inde. L'idée qu'on puisse s'en prendre à son personnel le révulsait. Et, sans être un intime de Hood, Rodgers en était assez proche pour s'autoriser à lui demander des nouvelles de sa famille.

« Elle doit à la fois surmonter le contrecoup des événements de New York et de mon déménagement, expliqua Hood. Mais elle est bien soutenue et son frère est un vrai complice.

— Alexander est un chic garçon. Je suis content d'apprendre qu'il se montre à la hauteur. Et Sharon ? ajouta Rodgers.

— Elle est furieuse. À bon droit, d'ailleurs.

— Ça lui passera.
— Liz dit que ce n'est pas évident. »
Liz était Liz Gordon, la psychologue du centre. Sans être personnellement en charge d'Harleigh, elle conseillait son père.
« J'espère qu'à la longue sa colère s'apaisera, poursuivit Hood. Mais je doute qu'on puisse à nouveau être amis. Enfin, avec de la chance, on aura des relations courtoises.
— Vous y arriverez, répondit Rodgers. Merde, c'est déjà mieux que ce que j'ai jamais pu espérer d'une femme. »
Hood réfléchit quelques secondes puis esquissa un sourire : « C'est vrai, hein ? Ça remonte à votre petite copine Biscuit, en CM2.
— Ouais, concéda Rodgers. Écoutez, vous êtes un diplomate. Moi, je suis un soldat. Prisonnier de mon penchant pour la terre brûlée. »
Le sourire de Hood s'élargit. « J'aurais bien besoin de vous emprunter une partie de cette flamme pour mes relations avec le sénateur Fox.
— Faites-la patienter jusqu'à ce que je revienne, conseilla Rodgers. Et tenez simplement à l'œil l'ami Pike. Je m'occuperai de lui à mon retour.
— Marché conclu. Et vous, soyez prudent, d'accord ? »
Rodgers acquiesça et les deux hommes échangèrent une poignée de main.
Le général Rodgers gagna l'ascenseur, habité par un léger malaise. Il avait horreur de laisser les choses en plan – surtout quand la cible des attaques se montrait aussi vulnérable que Paul Hood. Rodgers le devinait à son comportement. Un comportement qu'il avait déjà

observé, au combat. C'était un calme étrange, presque comme si Hood se refusait à voir que la pression était en train de monter. Mais tel était pourtant bien le cas. Hood était déjà distrait par l'imminence de son divorce, par l'état de santé de sa fille et par les exigences quotidiennes de sa fonction. Et Rodgers avait l'impression que les pressions du sénateur Fox allaient s'accroître encore après la réunion de la commission parlementaire. Il comptait appeler Bob Herbert depuis le C-130 pour lui demander de garder l'œil sur le directeur de l'Op-Center.

Un guetteur pour guetter le guetteur, songea Rodgers. Le chef du renseignement du service chargé de surveiller son patron, qui lui-même pistait Kirk Pike. Entre tous ces drames humains qui faisaient rage autour de lui, filer sur le terrain traquer des missiles nucléaires devenait presque une mission de routine.

Mais Rodgers eut tôt fait de remettre les pieds sur terre. Lorsqu'il s'engagea sur la piste, il vit le groupe d'Attaquants qui commençait à se rassembler près du cargo Hercules. Ils étaient en uniforme, au repos, armes et barda déposés à leurs pieds. Le colonel Brett August était en train de vérifier une liste de contrôle avec le lieutenant Orjuela, son nouveau second.

Derrière lui, au rez-de-chaussée du CNGC, des carrières se jouaient. Et là, dehors, des hommes et des femmes étaient sur le point de s'introduire en Inde à tout prix, y compris celui de leur vie.

Le jour où cela lui paraîtrait de la routine, oui, ce jour-là, Rodgers se jurait de raccrocher son uniforme.

D'un pas décidé, Rodgers s'avança, tête haute, vers l'ombre du grand avion et les saluts impeccables de ses hommes qui n'attendaient plus que lui.

# 4.

## *Kargil, Cachemire, mercredi, 16 h 11*

Apu Kamar était assis sur le vieux lit de plumes moelleux qui avait jadis appartenu à sa grand-mère. Il contempla les quatre murs nus de sa petite chambre. Ils n'avaient pas toujours été ainsi. Y avaient été accrochés les portraits encadrés de sa défunte épouse, de sa fille et de son gendre, ainsi qu'un miroir. Mais leurs hôtes les avaient ôtés. Le verre brisé pouvait servir d'arme.

Le lit était poussé dans un angle de la pièce qu'il partageait avec sa petite-fille Nanda, âgée aujourd'hui de vingt-deux ans. Pour l'heure, la jeune femme était sortie nettoyer le poulailler. Quand elle aurait fini, elle se doucherait dans la petite cabine ménagée derrière la maison puis regagnerait la chambre. Elle déplierait une petite table à jouer, l'installerait près du lit de son grand-père, approcherait une chaise en bois. La porte de la chambre serait maintenue entrouverte et leur repas végétarien leur serait servi dans de petites écuelles. Puis Apu et Nada écouteraient la radio en jouant aux échecs, ils liraient, méditeraient et prieraient. Ils prieraient pour leur édification mais aussi pour le père et la mère de Nanda, tués l'un et l'autre dans la tempête infernale qui s'était abattue sur Kargil quatre années plus tôt. Parfois, vers dix ou onze heures du soir, ils finissaient par s'endormir. Avec de la chance, Apu faisait toute sa nuit. Mais le moindre bruit avait tendance à le réveiller aussitôt et ramener le souvenir des avions et de ces interminables semaines de bombardements et de raids aériens.

Au matin, le paysan natif de Kargil avait le droit de sortir soigner ses volailles. Un de ses hôtes l'accompagnait toujours pour s'assurer qu'il ne tenterait pas de s'échapper. Le camion d'Apu était resté garé près du poulailler. Les Pakistanais avaient beau lui avoir confisqué les clés, Apu n'aurait aucun mal à court-circuiter les fils de contact, démarrer et filer. Bien entendu, il ne le ferait que si sa petite-fille l'accompagnait. Raison pour laquelle on leur interdisait de sortir ensemble.

Le mince vieillard aux cheveux argentés nourrissait les poules, il leur parlait, récupérait les œufs qu'elles avaient pu pondre. Puis on le ramenait dans la chambre. En fin d'après-midi, c'était au tour de Nanda de sortir pour se charger de la tâche, plus difficile, de nettoyer le poulailler. Il aurait pu le faire mais leurs hôtes tenaient à ce que ce soit elle. La fatigue contribuait à calmer les élans de l'impétueuse jeune femme. Quand ils avaient suffisamment d'œufs pour les proposer au marché, c'était toujours un de leurs hôtes qui se rendait à Srînagar. Mais ils restituaient toujours au vieil homme le produit de la vente. Les Pakistanais n'étaient pas là pour gagner de l'argent. Apu avait eu beau essayer d'écouter aux portes, il n'avait toujours pas cerné la raison de leur présence ici. Ils ne faisaient pas grand-chose, en dehors de bavarder.

Depuis cinq mois, depuis que les cinq Pakistanais avaient débarqué au beau milieu de la nuit, l'activité physique du paysan de soixante-trois ans avait été définie par cette routine. Mais même si elle se limitait à ces visites quotidiennes au poulailler, Apu n'en avait pas moins conservé sa présence d'esprit, son énergie et – surtout – sa dignité. Il y était parvenu en se consacrant à la lecture et à la méditation pour affermir ses convictions hindouistes. Il le faisait pour lui-même mais aussi pour montrer à ses geôliers musulmans que sa foi et sa résolution valaient bien les leurs.

Apu glissa la main dans son dos pour redresser légèrement son oreiller, tout défoncé à la longue. C'est qu'il avait connu trois générations de Kumar. Un sourire joua sur son visage tanné. Le duvet avait bien assez souffert. Peut-être le canard qui l'avait fourni trouverait-il l'apaisement dans une autre incarnation.

Son sourire s'effaça bien vite. C'était une idée sacrilège. De celles qu'aurait fort bien pu émettre sa petite-fille. Il devrait faire attention. Peut-être ces longs mois de captivité avaient-ils affecté sa santé mentale. Il regarda autour de lui.

Nanda dormait dans son sac de couchage à l'autre bout de la chambre. Apu s'éveillait parfois aux petites heures de la nuit pour l'écouter respirer. C'était son plaisir. Faute de mieux, leur détention leur avait permis de mieux se connaître. Et même si ses opinions religieuses non conformistes le tracassaient, il n'était pas non plus mécontent de les connaître. Pour combattre l'ennemi, encore faut-il en avoir vu le visage.

Il y avait deux autres pièces dans la petite maison de pierre. La porte du séjour était ouverte. C'était là que se tenaient les Pakistanais durant la journée. La nuit, ils occupaient la chambre qui était naguère la sienne. Tous, sauf celui chargé de la garde. Il en restait toujours un debout. Obligé. Non seulement pour s'assurer qu'Apu et Nanda restent à l'intérieur mais pour éviter aussi qu'un intrus n'approche de la ferme. Même si les parages étaient inhabités, il arrivait que des patrouilles de l'armée indienne franchissent ces collines basses. Quand ce groupe de Pakistanais avaient débarqué, ils avaient promis à leurs hôtes forcés de ne pas séjourner plus de six mois. Et si Apu et Nanda faisaient ce qu'on leur disait, on ne leur ferait ensuite aucun mal. Apu n'était pas certain de croire les quatre hommes et la femme du commando, mais il était prêt à leur accorder le délai qu'ils réclamaient. Avait-il le choix, après tout ?

Même s'il n'aurait vu aucune objection à ce que les autorités viennent et les abattent. Mais aussi longtemps qu'il se garderait de nuire à ses geôliers, il n'aurait rien à craindre pour son avenir dans ce monde ou dans l'autre. Le plus regrettable était qu'à titre individuel, ils se seraient tous entendus à merveille. Mais la politique et la religion avaient tout bouleversé. C'était l'histoire de toute la région depuis qu'Apu était adolescent. Vos voisins restaient vos voisins jusqu'à ce que des étrangers viennent les transformer en ennemis.

La chambre était dotée d'une petite fenêtre mais ses volets avaient été cloués. Le seul éclairage provenait d'une petite lampe sur la table de nuit. Son cône lumineux tombait sur un vieil exemplaire, petit format, relié cuir, des Upanishad. Les écrits mystiques qui guidaient la foi d'Apu. Les Upanishad ou « Corrélations » étaient un recueil de spéculations philosophiques et de commentaires sur les quatre Veda, les textes révélés de l'hindouisme.

Apu reporta son attention sur le texte. Il était en train d'en lire les tout premiers, ceux qui commentaient la notion de Brahman, l'Être suprême en tant qu'énergie universelle. Le but de l'hindouisme, à l'instar des autres religions orientales, était le nirvâna, l'État de sérénité ultime, Délivrance du cycle des renaissances et des souffrances déterminées par les actions – ou karma – accomplies dans les vies précédentes. On n'y parvenait qu'en suivant la voie spirituelle du yoga qui aboutissait à l'union avec le Divin.

Apu était résolu à suivre cette voie, même si son aboutissement n'était en fait qu'un rêve. Il s'était en outre consacré à l'étude des Purâna ou « Antiquités », textes post-védiques qui traitaient de la structure de l'existence – au sens social ou individuel – tout en guidant le lecteur au long des kalpa, ces cycles perpétuels de création/destruction de l'univers tels que représentés par Brahmâ, l'ordonnateur, Vishnu, le conservateur, et Çiva, le destructeur. Il avait connu une vie difficile, comme tout membre de la caste paysanne. Mais il lui fallait croire que cela ne représentait guère plus qu'un clin d'œil dans le grand cycle cosmique. Rien sinon ne valait un effort, aucune fin ultime.

Nanda était différente. Elle se fiait plus à ces saints-poètes qui avaient écrit épopées et chants religieux. La littérature était essentielle à l'hindouisme mais elle répondait plus aux débordements des hommes qu'aux doctrines qu'elle décrivait. Nanda avait toujours aimé les héros qui exprimaient leur pensée. En cela, elle était tout le portrait de sa mère. Toujours dire ce qu'on croit. Lutter. Résister.

C'est ce qui avait contribué à lui enlever sa fille et son gendre. Dès l'arrivée des envahisseurs, le couple de bergers avait fabriqué des cocktails Molotov pour la résistance qui s'était organisée en hâte. Au bout de deux semaines, Savitri et son mari Manjay avaient été capturés alors qu'ils en transportaient cachés dans des sacs de laine. Les Pakistanais y avaient mis le feu après avoir ligoté le couple dans la cabine de leur camion. Le lendemain, Apu et Nanda avaient retrouvé les corps dans l'épave carbonisée. Pour Nanda, c'étaient des martyrs. Pour Apu, des inconscients. Pour Pad, l'épouse d'Apu de santé chancelante, le choc avait été le coup de grâce. Elle était morte huit jours plus tard.

« Toutes les erreurs humaines naissent de l'impatience », était-il écrit. Si seulement Savitri et Manjay lui avaient posé la question, Apu leur aurait conseillé d'attendre. Du temps naît l'équilibre.

L'armée indienne avait finalement réussi à chasser la majorité des Pakistanais. Ses enfants n'avaient aucune raison de recourir à la violence. Ils n'avaient fait que nuire à d'autres et lester un peu plus le fardeau de leur inventaire spirituel.

Les larmes lui montèrent aux yeux. Un tel gâchis. Même si, bizarrement, il en chérissait d'autant plus Nanda. Elle était tout ce qui lui restait de son épouse et de sa fille.

Il y eut une agitation soudaine dans la pièce voisine. Apu ferma son livre et le déposa sur la table de nuit branlante. Il enfila ses chaussons et s'avança sans bruit sur le parquet, glissa un coup d'œil par la porte entrouverte. Quatre des Pakistanais étaient là. Leurs hôtes mijotaient quelque chose, il voyait leurs bras et leur tête s'agiter au-dessus d'un objet posé entre eux. Les trois hommes lui tournaient le dos, l'empêchant de voir ce qu'ils faisaient. Seule la femme lui faisait face. Mince, le teint très basané, de courts cheveux bruns et un regard sévère, intense. Les autres l'appelaient Sharab mais Apu ignorait si c'était son vrai nom.

Sharab brandit une arme dans sa direction. « Barre-toi ! » ordonna-t-elle.

Apu s'attarda quelques secondes encore. À sa connaissance, jamais ses hôtes n'avaient encore agi de la sorte. Ils allaient, venaient et discutaient. Parfois, ils consultaient des cartes. Il se mijotait quelque chose. Il s'avança encore un peu. Un sac en toile était posé par terre entre les hommes. L'un d'eux était accroupi à côté. Il avait l'air de tripatouiller quelque chose à l'intérieur.

« Barre-toi, on t'a dit ! » gueula de nouveau la femme.

Il y avait dans sa voix une tension qu'Apu n'avait encore jamais connue chez elle. Cette fois, il obéit.

Il ôta ses chaussons et se rallongea. C'est alors qu'il entendit s'ouvrir la porte d'entrée. C'était Nanda et sans doute le cinquième Pakistanais. Il le reconnut au craquement violent du battant. La jeune femme l'ouvrait toujours à toute volée, comme si elle rêvait d'assommer celui qui aurait le malheur de se trouver derrière.

Apu sourit. Il avait toujours hâte de revoir sa petite-fille. Quand bien même elle ne s'était absentée qu'une heure ou deux.

Cette fois, cependant, les choses se passaient autrement. Il n'entendit pas le bruit de ses pas. Mais, à la place, une conversation assourdie. Apu retint son souffle, cherchant à surprendre ce qui se disait. Mais son cœur battait plus fort que d'habitude, l'empêchant d'entendre. Sans bruit, il se releva pour se glisser derrière la porte. Il se pencha, prenant soin de ne pas se montrer. Il tendit l'oreille.

N'entendit rien.

Lentement, il entrouvrit à peine la porte. Un des Pakistanais était là, qui regardait par la fenêtre. Il avait en main son pistolet argenté et fumait une cigarette. L'homme se retourna vers Apu.

« Retourne dans la chambre », lui dit-il, d'une voix tranquille.

« Où est ma petite-fille ? » demanda Apu. Il n'aimait pas ça. Quelque chose ne tournait pas rond.

« Elle est partie avec les autres, répondit l'autre.

— Partis ? Où sont-ils allés ? »

L'homme se remit à regarder dehors. Il tira une bouffée de sa cigarette avant de répondre : « Ils sont allés au marché. »

# 5.

## *Washington, DC, mercredi, 7 h 00*

Le colonel Brett August avait perdu le compte du nombre de fois où il s'était fait secouer dans les entrailles caverneuses de cargos C-130. Mais il se souvenait au moins d'une chose : celle d'avoir détesté tous ces putains de vols, sans aucune exception.

Ce type-ci d'Hercules était une des dernières variantes, le SAR HC-130H modifié pour réduire sa consommation. Le colonel August avait volé sur quantité de C-130 modifiés : du C-130D équipé de skis pour l'atterrissage sur glace lors des missions d'entraînement dans l'Arctique au ravitailleur KC-130R en passant par le C-130F de transport d'assaut, et bien d'autres. Le plus incroyable était que pas une de ces versions n'offrait le moindre confort. Les fuselages étaient entièrement déshabillés pour alléger l'appareil et accroître son rayon d'action. Conséquence, un minimum d'isolation acoustique et thermique. Et les quatre puissants turbopropulseurs faisaient un bruit assourdissant pour élever dans les airs l'imposant appareil. Les vibrations étaient si intenses que la chaîne portant les plaques d'identité du colonel dansait littéralement autour de son cou.

Le confort n'avait pas non plus été inscrit au cahier des charges. Les sièges de ce modèle-ci étaient de simples baquets à coussins de plastique disposés côte à côte le long des parois du fuselage. Ils étaient dotés de hauts dossiers et de larges repose-tête au rembourrage épais, censés tenir au chaud leur occupant. Idée efficace en théorie, encore eût-il fallu que l'air ne soit pas aussi froid. Il n'y avait pas d'accoudoirs et fort peu d'espace sous les sièges. Ceux qui les avaient conçus devaient être sans doute du même genre que ceux qui concevaient les plans de bataille : toujours parfaits… sur le papier.

Le colonel August ne se plaignait pas pour autant. Il gardait souvenance d'une anecdote narrée par son père, du temps où lui-même servait sous les drapeaux. Sid August avait appartenu à la 101e Division aéroportée, celle-là même qui avait été prise au piège par la 15e Division de Panzer Grenadier, peu avant le début de la bataille des Ardennes. Les hommes n'avaient à manger que des rations K. Inventées par un physiologiste apparemment sadique du nom d'Ancel Benjamin Keys, ces rations de survie étaient composées de biscuits secs insipides, d'une tranche de viande séchée, de morceaux de sucre, de bouillon en poudre, de chewing-gum et de chocolat concentré. Le chocolat portait le nom de code de ration D. Pourquoi le chocolat avait-il droit à un code spécifique, nul ne le savait, mais les hommes soupçonnaient que les Allemands même affamés redoubleraient de vigueur au combat s'ils apprenaient qu'il n'y avait que des biscuits cartonneux et de la viande séchée dans les bunkers ennemis.

Les paras grignotèrent leurs rations K avec parcimonie, tout en se tenant planqués. Au bout de quelques jours, l'armée de l'air réussit à leur larguer de nuit plusieurs caisses de rations C avec des stocks de munitions pour les fantassins. Les rations C contenaient des portions de viande et de pommes de terre lyophilisées. Mais cet apport de nourriture « normale » rendit les hommes tellement malades et provoqua chez eux de telles flatulences que le bruit et l'odeur trahirent leur position à une patrouille allemande. Les paras furent contraints de se dégager de force. L'anecdote rendait toujours Brett August méfiant vis-à-vis de l'excès de confort.

Mike Rodgers était assis à sa droite. August sourit dans sa barbe. Rodgers avait un grand nez busqué, brisé à quatre reprises lorsqu'il jouait au basket à l'université. Mike Rodgers ne connaissait guère d'autre méthode que de foncer dans le tas. Ils venaient de décoller à peine et ce nez était déjà plongé dans une serviette remplie de dossiers. August avait volé en compagnie de Rodgers depuis assez longtemps pour prévoir le coup. Dès que le pilote leur donnerait l'autorisation d'utiliser leur matériel électronique, Rodgers sortirait certains desdits dossiers, les poserait sur le genou gauche, avec son ordinateur portable en équilibre sur le droit. Puis, dès qu'il en aurait terminé, il filerait le tout à August. Parvenus à peu près au milieu de l'Atlantique, ils se mettraient à discuter franchement et ouvertement de ce qu'ils venaient de lire. C'était ainsi qu'ils avaient toujours procédé depuis plus de quarante ans qu'ils se connaissaient. Dans la plupart des cas, les mots étaient inutiles. Chacun devinait déjà ce que pensait l'autre.

Brett August et Mike Rodgers étaient amis d'enfance. Ils s'étaient connus à Hartford, Connecticut, à l'âge de six ans. Outre leur goût commun pour le base-ball, ils partageaient une véritable passion pour l'aviation. Les week-ends, les deux jeunes gens enfourchaient leur vélo pour parcourir sur la route 22 les huit kilomètres qui les séparaient de l'aérodrome de Bradley. Et là, ils s'asseyaient dans un champ désert pour regarder les avions décoller et atterrir. Ils étaient assez vieux pour se souvenir de l'époque où les appareils à turbopropulseurs avaient laissé place aux avions à réaction. L'un et l'autre devenaient dingues chaque fois qu'un de ces nouveaux 707 les survolait en vrombissant. Les avions à hélices émettaient un ronronnement familier, rassurant. Mais ces nouveaux zincs... ils vous tordaient leurs boyaux de jeunes gamins. August et Rodgers adoraient.

Après l'école, les deux garçons expédiaient leurs devoirs, en se relayant pour résoudre les problèmes de maths ou de sciences afin de terminer plus vite et de pouvoir ainsi se consacrer à leurs constructions de maquettes d'avions, de bateaux, de tanks et de jeeps. Ils prenaient grand soin de les peindre dans les teintes les plus exactes possibles et de poser les décalques avec précision aux bons endroits.

Quand vint l'âge de s'engager – les adolescents comme eux n'attendaient pas la conscription – Rodgers opta pour l'armée de terre et August pour l'aviation. Tous deux se retrouvèrent au Viêt-nam. Pendant que Rodgers effectuait ses périodes de service sur le terrain, August effectuait des missions de reconnaissance au-dessus du Nord. Alors qu'il se trouvait au nord-ouest de Hué, son appareil avait été abattu. Il avait pleuré la perte de son zinc, qui était presque devenu un prolongement de lui-même. Capturé, il avait passé plus d'un an dans un camp de prisonniers avant de réussir à s'évader avec un compagnon en 1970. August avait passé trois ans pour regagner le Sud avant d'être enfin découvert par une patrouille de Marines.

Hormis la perte de son appareil, ces aventures ne l'avaient aucunement aigri. Bien au contraire. Il s'était senti encouragé par la détermination qu'il avait rencontrée chez les prisonniers de guerre. Il rentra aux États-Unis, se refit une santé, puis retourna au Viêt-nam organiser un réseau d'espionnage destiné à retrouver d'autres prisonniers de guerre américains. August demeura clandestinement sur place un an après le retrait de ses troupes. Après qu'il eut épuisé tous ses contacts pour retrouver les disparus au combat, il fut muté aux Philippines. Il y passa trois années à entraîner des pilotes pour aider le président Marcos à lutter contre les rebelles du Front de libération national moro. Par la suite, il collabora brièvement avec la NASA pour le compte de l'Air Force, les aidant à organiser la sécurité des missions d'espionnage. Mais il n'avait plus à voler et, même s'il côtoyait les astronautes, c'était frustrant pour lui de travailler avec des hommes et des femmes qui, eux, avaient l'occasion d'aller dans l'espace. Aussi August se fit-il verser au SOC, le commandement des opérations spéciales de l'armée de l'air, où il resta dix ans avant de rejoindre les Attaquants, le bras armé de l'Op-Center.

Rodgers et August ne s'étaient revus que par intermittence depuis l'époque du Viêt-nam. Mais, chaque fois qu'ils se parlaient ou se retrouvaient, c'était comme si jamais le temps n'avait passé. Quand Rodgers s'était engagé dans l'Op-Center, il avait d'emblée demandé à August d'embarquer avec lui pour diriger le bras armé du service. Par deux fois, August avait décliné l'offre. Il n'avait pas envie de passer le plus clair de son temps sur une base à collaborer avec de jeunes spécialistes. Le poste échut au lieutenant-colonel Charlie Squires. Après que Squires eut été tué lors d'une mission en Russie[1], Rodgers avait à nouveau pressenti son vieil ami. Deux années seulement s'étaient écoulées depuis sa première offre. Mais les choses étaient différentes. Les gars étaient ébranlés par cette perte et ils avaient besoin d'un chef capable de les remettre en piste au plus vite. Cette fois, August ne pouvait décemment refuser. Ce n'était pas une simple question d'amitié : la sécurité de l'État était en jeu.

Le CNGC était devenu dans l'intervalle une force vitale en matière de gestion de crises et l'Op-Center avait besoin de ses Attaquants.

Le colonel tourna son regard vers l'arrière du fuselage et balaya du regard le petit groupe de soldats assis en silence, alors que l'appareil poursuivait sa lente et vrombissante ascension. La force de réaction rapide avait de loin dépassé les attentes d'August. Pris individuellement, chacun de ces hommes était extraordinaire. Avant d'intégrer les Attaquants, le sergent Chick Grey s'était fait remarquer dans deux domaines : le premier était les opérations de parachutage en HALO – haute altitude et ouverture retardée. Comme l'avait souligné son commandant à Fort Bragg dans sa lettre de recommandation pour le poste, « ce type avait des ailes ». Grey était capable de tirer sa poignée d'ouverture plus bas et de se poser avec plus de précision que n'importe

1. Cf. *Op-Center 2, Image virtuelle*, Albin Michel, 1997.

quel autre soldat dans toute l'histoire de la Force Delta[1]. Il attribuait ce talent à une exceptionnelle finesse de perception des courants aériens. Grey pensait que c'était aussi une des raisons de sa seconde qualité : l'adresse au tir. Non seulement le sous-officier était capable de toucher n'importe quelle cible qu'il se désignait, mais il s'était entraîné à rester sans ciller aussi longtemps que nécessaire. Il avait développé cette aptitude après s'être rendu compte qu'il suffisait d'un clin d'œil pour rater le « trou de serrure » – comme il qualifiait la fenêtre de tir. L'instant où la cible est dans la position idéale pour être abattue.

August éprouvait une complicité particulière avec Grey parce que le sergent se sentait dans son élément lorsqu'il était dans les airs. Mais August était proche de tout son personnel. Les soldats David George, Jason Scott, Terrence Newmeyer, Walter Pupshaw, Matt Budd et Sondra DeVonne. Le toubib William Musicant, le caporal Pat Prementine et le lieutenant Orjuela. Tous étaient plus que des spécialistes. C'était une équipe. Et tous avaient plus de courage et de cœur que dans toutes les autres unités qu'avait connues August.

Leur dernière recrue, le caporal Ishi Honda, était encore un autre prodige. Fils d'une Hawaïenne et d'un Japonais, Honda était un véritable sorcier de l'électronique et l'expert en transmissions de l'unité. Il n'était jamais loin de son TAC-SAT, son téléphone-satellite qui permettait à Rodgers et au colonel de rester en contact avec l'Op-Center. Le sac à dos abritant

1. Sur cette force antiterroriste, on pourra lire Eric L. Haney, *Delta Force*, Albin Michel, 2003.

l'appareil était doublé de Kevlar pour l'empêcher d'être endommagé au cours d'une fusillade. À cause du vacarme régnant dans la cabine, Honda avait pris le TAC-SAT sur ses genoux. Il ne voulait pas risquer de manquer un appel. Quand il était sur le terrain, Honda portait un col en Velcro avec casque de son invention, directement connecté à l'appareil. Dès que le col était branché, le « bip » d'appel était automatiquement coupé, remplacé par un vibreur intégré au col. Si les Attaquants étaient en mission de surveillance, aucun bruit ne risquait ainsi de les trahir. De surcroît, le col était doté d'un minuscule micro à condensateur qui lui servait de laryngophone. Il n'avait qu'à murmurer pour que sa voix soit transmise à son correspondant avec une intelligibilité parfaite.

Mais les Attaquants étaient plus qu'une unité de soldats d'élite issus de différents services. Le lieutenant-colonel Squires avait accompli un boulot extraordinaire pour en faire une unité de combat intelligente et disciplinée. C'était sans doute le groupe le plus impressionnant avec lequel August ait eu l'occasion de servir.

L'avion s'inclina pour mettre le cap au sud et la vieille serviette en cuir d'August glissa de sous son siège. Il la remit en place d'un coup de talon. La sacoche contenait des cartes et des rapports officiels sur le Cachemire. Le colonel les avait déjà parcourus avec son équipe. Il comptait y jeter à nouveau un coup d'œil d'ici quelques minutes. Pour l'heure, August voulait faire comme chaque fois à l'orée d'une mission. Tâcher de deviner pourquoi il était là, pourquoi il partait. Une discipline à laquelle il s'était astreint chaque jour depuis qu'il s'était retrouvé prisonnier de guerre : faire le point sur les motivations de chacun de ses actes. Que ce soit dans un camp des Viêtcongs, le matin dans son lit avant de gagner la base des Attaquants, ou au départ d'une mission. Il ne lui suffisait pas de se dire qu'il servait son pays ou menait la carrière de son choix. Il avait besoin d'un élément susceptible de l'amener à se surpasser, à faire toujours mieux que la veille. Sinon, la qualité de son travail – et de sa vie – en pâtirait.

Ce qu'il avait découvert, c'était qu'il était incapable de trouver d'autre raison. Dans les périodes d'optimisme, l'honneur et le patriotisme avaient constitué ses motivations essentielles. Aux jours sombres, il décidait que les hommes étaient des carnivores territoriaux, prisonniers de leur nature. Le combat et la survie étaient un impératif génétique. Pourtant, ce ne pouvait pas être leur seule motivation. Chacun devait avoir ses spécificités propres, quelque chose qui transcendât les frontières politiques ou professionnelles.

Alors, ce qu'il cherchait lors de ces parenthèses de calme, c'était cette autre motivation mystérieuse. La clé qui ferait de lui un meilleur soldat, un meilleur meneur d'hommes, qui le rendrait plus efficace et plus fort.

Chemin faisant, bien sûr, il découvrit quantité de choses, eut quantité de réflexions intéressantes. Et, en l'occurrence, il en vint à se demander si le voyage en soi ne pouvait pas constituer la réponse. Compte tenu du fait qu'il se rendait vers un des berceaux des religions orientales, une telle révélation serait appropriée. Peut-être serait-ce là sa seule découverte. Car, contrairement à la mission, il n'avait à sa disposition aucune carte pour lui montrer le terrain, aucun avion pour l'y conduire.

Mais cela ne l'empêcherait pas de continuer à chercher.

## 6.

## *Srînagar,*
## *mercredi, 16 h 22*

Il y avait deux heures et demie de décalage horaire entre Bakou et le Cachemire. Encore à l'heure de l'Azerbaïdjan, Ron Friday acheta quelques brochettes d'agneau à l'un des vendeurs du marché. Puis il alla s'asseoir à la terrasse d'un café et commanda du thé pour accompagner son repas. Il devrait se dépêcher de dîner. Les ressortissants étrangers étaient soumis au couvre-feu. Un couvre-feu strictement appliqué par l'armée qui patrouillait dans les rues avec gilet pare-balles et fusil automatique.

La pluie avait cessé mais les grands parasols étaient toujours déployés au-dessus des tables. Friday dut baisser la tête pour se frayer un passage. Il choisit une table déjà occupée par un couple de pèlerins hindous qui lisaient en dégustant leur thé. Tous deux étaient vêtus de longues tuniques de coton blanc nouées à la ceinture par un cordon marron. C'était la tenue des saints hommes des Provinces unies proches du Népal, au pied de l'Himalaya. Ils avaient près d'eux de lourdes sacoches. Sans doute se rendaient-ils en pèlerinage à Pahalgam[1] qui se trouvait à quelque quatre-vingt-dix kilomètres au sud de Srînagar. Les sacoches suggéraient qu'ils comptaient rester un certain temps sur place. Ils n'eurent aucune réaction lorsque Friday s'assit. Nulle impolitesse de leur part : ils ne voulaient pas troubler sa tranquillité. L'un des pèlerins lisait l'*International Herald Tribune*. Friday trouva cela bizarre, même s'il n'aurait su dire pourquoi. Même les hommes de foi avaient besoin de se tenir au fait de l'actualité. Son compagnon qui était assis à la droite de Friday lisait pour sa part un volume de poèmes en édition bilingue sanskrit-anglais. Friday jeta un coup d'œil par-dessus son avant-bras.

« *Vishayairindriyagraamo na thrupthamadhigachathi ajasram pooryamaanoopi samudraha salilairiva* », lut-il en sanskrit. La traduction donnait : « Les sens ne seront jamais satisfaits, même après l'apport continuel d'objets sensoriels, tout comme l'océan ne sera jamais empli, même par un apport d'eau continuel. »

Friday ne pouvait le contester. Les hommes devaient boire à toutes les sources qui se présentaient. Ils consommaient objets ou expériences et métamorphosaient cette manne. En quelque chose qui portait leur empreinte. Faute de cela, vous existiez, mais sans vivre.

Un musulman aborda les deux pèlerins assis à table. L'homme leur proposa le gîte contre une modique somme s'ils désiraient passer la nuit chez lui. Bien souvent, les pèlerins n'avaient ni le temps ni l'argent

1. Ville de pèlerinage surmontée par la grotte d'Amarnath qui abrite à 3 880 mètres d'altitude un temple consacré au dieu Çiva.

pour descendre dans une auberge. Les hommes déclinèrent aimablement son offre, expliquant qu'ils allaient tâcher d'attraper le prochain car et qu'ils se reposeraient une fois parvenus à destination. Le musulman indiqua que, si jamais ils rataient celui-ci ou le dernier à partir, il pourrait demander à son beau-frère de les conduire le lendemain au lieu de pèlerinage. Et de leur donner une carte portant son adresse manuscrite. Les pèlerins le remercièrent de son offre. L'homme s'inclina et prit congé. Tout cela était fort civil. Les contacts entre populations hindoues et musulmanes étaient en général cordiaux. C'étaient les généraux et les politiciens qui déclenchaient les guerres.

Derrière Friday, deux hommes s'étaient installés pour boire un thé. À leur conversation, l'Américain comprit qu'ils s'apprêtaient à prendre leur service de nuit dans une briqueterie voisine. Sur sa gauche, trois policiers cachemiris en uniforme kaki observaient la foule, debout. À la différence du Moyen-Orient, au Cachemire, les bazars et marchés n'étaient pas la cible privilégiée des attentats terroristes. C'était parce que bien souvent hindous et musulmans s'y mêlaient. C'étaient les sites spécifiquement hindous qui étaient leur cible. Des endroits comme la résidence de fonctionnaires locaux, les entreprises, les institutions financières, les postes de police et les bases militaires. Même paramilitaires, les groupes comme le Hezb-ul Mudjahiddin ne s'en prenaient pas couramment aux civils, surtout pendant les heures de bureau. Ils n'avaient aucune envie de s'aliéner les populations. Leur guerre était contre les leaders hindous et ceux qui les soutenaient.

Les deux pèlerins s'empressèrent de finir leur thé. Leur car venait d'arriver, trois cents mètres sur la droite. Il freina bruyamment devant un petit abribus situé à l'extrémité ouest du marché. L'autocar était une antiquité, peinte en vert, mais propre. Le toit était équipé d'une galerie. Le chauffeur en uniforme descendit pour aider les voyageurs à descendre tandis qu'un bagagiste sortait de l'abri un escabeau. Pendant qu'il entreprenait de décharger les bagages des voyageurs qui débarquaient, ceux en partance se mirent à faire la queue en bon ordre. Dès que les deux employés eurent achevé leur tâche, ils entrèrent dans le petit abribus en bois.

Les deux pèlerins installés à la table de Ron Friday avaient mis de côté leur lecture pour saisir leurs grosses sacoches. Non sans effort, ils les passèrent à l'épaule, puis s'engagèrent dans la rue encombrée. En les regardant partir, Friday se demanda comment le vol était puni par ici. Avec une telle densité de clients affairés, le marché devait être un paradis pour les pickpockets. Surtout s'ils montaient ensuite dans un bus et décampaient en vitesse.

Friday continua de siroter son thé tout en grignotant sa brochette d'agneau. Il regarda d'autres pèlerins passer en hâte. Certains étaient vêtus de longues robes blanches ou noires, d'autres étaient en tenue occidentale. Les hommes et les femmes qui ne portaient pas la tenue traditionnelle avaient le droit de présenter leurs dévotions à l'entrée du lieu de culte mais pas de pénétrer dans la grotte. Quelques-uns traînaient des enfants. Friday se demanda si leur expression affamée trahissait l'anxiété à l'idée de monter dans le car ou la manifestation physique de leur ferveur religieuse. Sans doute un peu des deux.

Un des policiers en faction se dirigea vers l'arrêt de bus pour s'assurer que l'embarquement se déroulait sans encombre. Il passa devant le commissariat de police qui était situé sur la gauche. C'était une bâtisse en bois, d'un étage, aux murs blancs et à l'avant-toit peint en vert. Les deux fenêtres de façade étaient dotées de barreaux. Jouxtant quasiment l'édifice, un vieux temple hindou. Friday se demanda si les autorités locales avaient construit le commissariat tout à côté d'un temple pour mieux le protéger d'attaques terroristes. Friday s'était déjà rendu une fois dans ce temple. C'était un dvibheda, un lieu de culte dévolu au culte de deux divinités, aussi bien Çiva, le destructeur, que Vishnou, le conservateur. Le portail était surmonté du Rajagopuram, la Tour royale haute de cinq étages. De part et d'autre se dressaient des tours plus petites, surmontant les entrées secondaires. Ces structures de brique blanche garnies de céramiques vert et or honoraient les deux divinités. Les murs étaient décorés de baldaquins, de lions rugissants, de gardiens à forme humaine sculptés dans des poses de danse et de toutes sortes d'autres figures. Friday n'y connaissait pas grand-chose en iconographie. Il se remémorait cependant que la disposition intérieure du temple était censée symboliser une divinité au repos. La première salle en était la crête, suivie du visage, de l'abdomen, du genou, de la jambe et du pied. Le corps entier était important aux yeux des hindous, pas uniquement le cœur ou l'âme. Toute partie du corps humain séparée du reste était incomplète. Et un individu incomplet ne pouvait exprimer la perception ultime qu'exigeait la foi.

Malgré leur hâte, les pèlerins prirent le temps de se tourner vers le temple et de s'incliner légèrement avant de poursuivre leur chemin. Si importantes que fussent leurs préoccupations personnelles, les hindous étaient conscients de l'existence de quelque chose qui les transcendait. D'autres pèlerins sortaient du temple pour prendre le car, eux aussi. D'autres hindous, habitants du quartier sans doute, mais aussi des touristes allaient et venaient, passant sous la voûte du portail.

Un pâté de maisons plus loin se dressait un vieux cinéma surmonté de sa grande enseigne. L'Inde produisait plus de films que tout autre pays au monde. Friday en avait vu plusieurs en cassettes, dont *Fit to Be a King* et *Flowers and Vermilion*. Friday était convaincu que les rêves des gens – et donc leurs faiblesses – étaient révélés dans les scénarios, les thèmes et les personnages de la majorité des films populaires. Les Indiens avaient un penchant tout particulier pour les films d'action de trois heures truffés de séquences musicales. Les rôles principaux étaient toujours tenus par des personnages simplement baptisés « le héros » et « l'héroïne ». C'étaient des monsieur et madame Tout-le-monde embarqués dans des luttes épiques mais qui gardaient toujours la musique au cœur. C'était ainsi que se voyaient les Indiens. La réalité était un obstacle dérangeant qu'ils préféraient ignorer. Comme un système de castes souvent cruel. Friday avait une théorie à ce sujet. Il avait toujours pensé que les castes étaient l'incarnation des croyances indiennes. La société, comme les individus, était dotée d'une tête, de pieds, et de tout ce qu'il y avait entre eux. Et toutes ces parties étaient indispensables pour créer un tout.

Friday reporta son attention sur le marché. L'activité se poursuivait sans discontinuer. Elle avait même tendance à s'accroître maintenant que beaucoup de gens, sortant du travail, passaient faire leurs emplettes avant de rentrer dîner. À pied ou en vélo, les clients parcouraient les étals. Des paniers, des brouettes, voire des camions de denrées continuaient d'affluer. Les marchés restaient en général ouverts jusque après le coucher du soleil. À Srînagar et dans les environs, les travailleurs étaient des lève-tôt. Ils se présentaient en général aux ateliers, dans les champs et les boutiques aux alentours de sept heures.

Friday termina sa brochette et reporta son attention vers l'autocar. Le chauffeur était remonté en voiture et il aidait les voyageurs à embarquer. L'employé de l'arrêt s'était à nouveau juché sur son escabeau pour charger leurs bagages sur le toit. Le plus incroyable pour Friday était qu'un ordre sous-jacent régnait au milieu de l'apparent chaos. Chaque système individuel fonctionnait à la perfection, des étals aux clients du marché, de la police aux employés de l'autocar. Même les factions religieuses censées être antagonistes se côtoyaient sans heurts.

Une fine bruine se remit à tomber. Friday décida de se rendre à l'arrêt de bus. Il semblait avoir noté par là des constructions nouvelles et il était curieux de voir ce qui se trouvait derrière. Tout en emboîtant le pas aux derniers pèlerins, il regarda le chauffeur prendre les billets des voyageurs et les aider à monter.

Quelque chose avait changé.

C'était le chauffeur. Celui-ci était un homme de forte carrure mais de stature plutôt élancée. Peut-être était-ce un nouveau. C'était possible ; ils portaient tous la même veste. Puis il nota un autre détail : l'employé qui chargeait les paquets sur le porte-bagages manipulait ceux-ci avec un luxe de précautions. Friday n'avait pas pu l'examiner à loisir. Les voyageurs qui descendaient lui avaient bouché la vue. Il n'aurait su dire si c'était le même homme.

L'autocar était encore à deux cents mètres. L'Américain hâta le pas.

Soudain, l'univers sur sa gauche se volatilisa, englouti dans un éclair de lumière blanche éblouissante, de chaleur blanche infernale, de bruit blanc assourdissant.

## 7.

## *Washington, DC, mercredi, 7 h 10*

Paul Hood était assis, seul, dans son bureau. Mike Rodgers et les Attaquants étaient en route et rien d'autre ne pressait. Il avait fermé la porte et un fichier intitulé « OSIOC_en_cours » était ouvert sur son ordinateur. La mention « en_cours » indiquait que ce n'était pas l'ébauche originale mais une copie. L'OSIOC était un organigramme interactif de la structure intérieure de l'Op-Center. Sous chaque subdivision, on y trouvait la liste de chaque service avec son personnel. En regard de chaque nom, il y avait un sous-dossier. Chacun recueillait les journaux de bord remplis quotidiennement par chaque employé. Ces derniers y consignaient à grands traits leurs activités quotidiennes. Seuls Hood, Rodgers et Herbert avaient accès à ces fichiers. Leur but était de permettre aux responsables de l'Op-Center de garder trace et de comparer les travaux de chacun, la liste de ses coups de téléphone, de ses courriers électroniques et autres journaux d'activité. En cas de désaccord avec le reste de l'équipe – dans le cadre d'une coopération avec un autre service, voire un autre gouvernement –, c'était le premier garde-fou. L'ordinateur signalait en effet automatiquement toute activité effectuée sans ordre direct ou sans confirmation de suivi.

Pour l'heure, Paul Hood ne cherchait pas de taupes. Mais plutôt des agneaux. Du genre sacrificiel. Si le sénateur Fox et la Commission parlementaire de surveillance du renseignement voulaient opérer des coupes sombres, il était prêt à les faire. La question était de savoir où.

Hood cliqua sur le service de renseignement de Bob Herbert. Il fit défiler les noms. Herbert pourrait-il s'en tirer en se limitant à une surveillance de jour des communications par courrier électronique en Europe ? Pas vraiment. Les espions travaillaient vingt-quatre heures sur vingt-quatre. Garder un agent unique pour assurer la liaison avec la CIA et le FBI, au lieu d'un pour chaque service ? Sans doute. Il faudrait qu'il demande à Herbert lequel il était disposé à perdre. Hood fit glisser le curseur vers la division technique. Et Matt Stoll ? Pourrait-il survivre sans spécialiste des interfaces satellitaires ou sans responsable de la mise à niveau des ressources informatiques ? Matt pouvait toujours débrouiller seul les données indispensables chaque fois qu'ils devaient écouter des satellites de communications étrangers ou changer de matériel ou de logiciel. Ce serait certes ennuyeux mais pas rédhibitoire. Il double-cliqua sur le responsable de mise à niveau et le poste disparut.

Hood sentit le rythme de son cœur s'accélérer quand il passa au service suivant. C'était celui des relations avec la presse. L'Op-Center avait-il réellement besoin d'une personne pour diffuser des communiqués officiels ou leur organiser des conférences de presse ? Si le sénateur Fox redoutait que le service soit trop visible, alors l'attachée de presse et son assistant devraient être les premiers à disparaître.

Hood fixa l'écran. Au diable l'opinion du sénateur Fox. Qu'en pensait-il, lui ?

Hood ne voyait pas la liste. Il voyait le visage d'Ann Farris. Après des années de flirt réciproque, ils avaient finalement passé une nuit ensemble. La rencontre avait été à la fois la plus merveilleuse et la plus dévastatrice de toute son existence. Merveilleuse parce que Ann et lui s'aimaient profondément. Dévastatrice parce que Hood devait reconnaître l'existence d'un lien. Plus fort encore que celui qu'il avait cru sentir quand il avait retrouvé par hasard en Allemagne son ancienne maîtresse Nancy Jo Bosworth. Et pourtant il était toujours marié avec Sharon. Il devait songer au bonheur de ses enfants – sans parler du sien. Et il devrait se préparer à réagir aux sentiments de Sharon si jamais elle venait à découvrir le pot-aux-roses. Bref, même s'il aimait être proche d'Ann, ce n'était pas vraiment le moment pour lui de nouer une nouvelle relation.

Et qu'en penserait la jeune femme ? Après avoir elle-même connu un divorce pour le moins difficile, Ann Farris n'était pas une femme très stable. Certes, elle était pleine d'assurance lorsqu'elle rencontrait la presse et se montrait une mère célibataire formidable. Mais c'étaient autant de traits que la psychologue Liz Gordon avait – à l'occasion d'un séminaire « conflit entre travail et éducation des enfants » – qualifiés de « qualités réactionnelles ». Ann répondait aux stimuli extérieurs par des réactions instinctives naturelles et efficaces. Mais intérieurement, là où elle avait laissé partir Paul, c'était une petite fille apeurée. Si Hood à son tour la laissait s'en aller, elle s'imaginerait que c'était pour l'éloigner d'elle. Si, en revanche, il la gardait auprès de lui, elle penserait qu'il faisait du favoritisme en cherchant à la protéger.

Que ce soit d'un point de vue personnel ou professionnel, c'était une impasse. Et Hood ne voulait même pas songer à la réaction du reste de l'Op-Center. Ils devaient forcément se douter de ce qui se passait entre Ann et lui, eux qui constituaient un groupe soudé, spécialisé dans la collecte de renseignements. Ce devait être le secret le plus mal gardé de toute la base.

Hood continua de fixer son écran. Il n'y voyait plus les traits d'Ann Farris. Juste son nom. Au bout du compte, il devait faire son boulot, quelles qu'en soient les conséquences. Et, pour cela, il ne devait pas laisser intervenir ses sentiments personnels.

Hood fit un double clic. Non pas sur un nom mais sur un service entier de deux personnes.

Quelques instants plus tard, la division presse avait disparu.

# 8.

## *Srînagar, mercredi, 16 h 41*

Ron Friday avait l'impression que quelqu'un lui avait enfourné deux diapasons au creux des oreilles. Ses conduits auditifs et l'intérieur de son crâne semblaient être entrés en vibration, une résonance aiguë qui masquait tout autre son. Il avait les yeux ouverts, mais il n'aurait su dire ce qu'il regardait. L'univers n'était plus que brume cotonneuse, comme si un épais brouillard l'avait envahi.

Friday plissa les paupières. De la poussière blanche lui tomba dans les yeux, déclenchant une brûlure intense. Il cligna plus fort, puis plaqua la paume sur un œil, sur l'autre. Il les ouvrit tout grands, regarda de nouveau. Il n'était pas trop sûr de ce qu'il voyait mais il se rendit au moins compte d'une chose. Il était étendu à plat ventre, le visage tourné de côté. Il glissa les mains sous lui et se souleva. De la poussière blanche dégringola de ses bras, de ses flancs, de ses cheveux. Il plissa de nouveau les paupières, se secoua pour s'en débarrasser. Il sentit dans sa bouche un goût crayeux et cracha. Sa salive avait une consistance pâteuse. Le goût crayeux était toujours là. Il cracha encore.

Friday ramena les genoux sous lui. Il était perclus de douleurs à cause de sa chute mais son ouïe commençait à revenir. Du moins le bourdonnement était-il en train de se dissiper, même s'il n'entendait toujours rien d'autre. Il regarda à gauche. Un instant, il se crut dans un nuage à l'intérieur d'un autre nuage. Puis la poussière dont il s'était débarrassé en se secouant se mit à retomber. Et il vit ce qu'il regardait quelques instants plus tôt, sans comprendre de quoi il s'agissait.

Des décombres. Là où s'étaient dressés le temple et le commissariat, il n'y avait plus qu'un amas de décombres entre des pans de murs déchiquetés. Derrière la brume de poussière, il entrevit le ciel.

Le bourdonnement se dissipait. Et maintenant il décelait des gémissements. S'appuyant d'une main sur le genou, il essaya de se relever. Il avait mal au dos, tout son corps tremblait. Puis un vertige le prit, sa vision s'obscurcit. Il se remit à genoux quelques instants. Il regarda devant lui et aperçut l'autocar derrière la poussière en suspension. Il vit aussi des gens se diriger vers le véhicule.

Soudain, derrière eux, la zone entourant le bus vira au jaune-rouge. Le temps parut s'écouler au ralenti tandis que les couleurs explosaient dans toutes les directions. Suivit une autre détonation assourdissante qui se mua presque aussitôt en grondement. Le véhicule parut éclater. Comme un ballon sur lequel quelqu'un vient de poser le pied, qui s'étire et gonfle aux deux bouts avant de céder. Une pluie de débris jaillit vers le haut, le bas, les côtés. D'autres glissèrent sur la chaussée, filant tout droit comme de la vermine. Les fragments les plus gros, comme les sièges ou les pneus, boulèrent et ricochèrent. Les badauds situés à proximité furent engloutis par la boule de feu. Ceux qui étaient un peu plus loin furent chassés à gauche, à droite, en arrière, en même temps que les plus gros débris de l'autocar.

Friday regardait toujours, tandis que se dilatait un épais nuage gris charbonneux. Tels des éclairs, des éclats de flamme et de sang ponctuaient l'obscurité déferlante.

Il ôta les mains de ses oreilles. Se releva lentement. Baissa les yeux, examina ses jambes et son torse pour s'assurer qu'il n'avait pas été blessé. Le corps avait en effet la capacité d'abolir toute douleur dans les cas de traumatisme extrême. Son flanc et son bras droit le brûlaient, aux endroits où ils avaient raclé l'asphalte. Ses yeux étaient collés par la poussière et il devait les cligner en permanence pour y voir à peu près clair. Mais, en dehors de cet enrobage de poussière après l'explosion du temple, il était apparemment entier.

Les feuilles de papier arrachées par le souffle et propulsées dans les airs commençaient seulement à redescendre avec lenteur. Une bonne partie n'était plus que fragments, la plupart roussis, les autres réduits en cendres. Certaines des pages les plus délicates semblaient avoir été arrachées à des livres de prière. Peut-être avaient-elles appartenu au texte en sanskrit que ce pèlerin étudiait à peine quelques minutes plus tôt.

Le nuage gris atteignit Friday et l'engloutit. Haut de près de trois mètres, il était imprégné de l'odeur nauséabonde caractéristique du caoutchouc brûlé. Derrière celle-ci, il y en avait une autre, moins suffocante. Celle de la chair humaine et des os carbonisés. Friday sortit de sa poche un mouchoir qu'il se plaqua sur la bouche et le nez. Puis il se détourna du nuage irritant. Derrière lui, le bazar était silencieux. Les gens s'étaient jetés au sol, ne sachant pas ce qui pouvait exploser encore. Ils s'étaient tapis sous les étals, derrière les brouettes et les charrettes. À mesure que revenait son ouïe, Friday distingua des sanglots, des prières et des gémissements.

Il se retourna vers les décombres du temple et du commissariat. La bruine contribuait à dissiper le nuage de fumée et étouffer les quelques incendies déclenchés par l'explosion. Son vertige s'étant apaisé, il se dirigea vers les décombres. Ce n'est qu'à ce moment qu'il se rendit compte que les policiers en faction à l'extérieur du bâtiment étaient morts. Le dos de leur uniforme, ensanglanté, était criblé d'éclats. L'engin qui avait provoqué ce carnage était à effet de souffle. Ce n'était pas une bombe incendiaire.

C'était étrange. En dehors du bus, il semblait y avoir deux traînées de souffle, deux sillages de débris rayonnant de l'épicentre de l'explosion. Un premier partait de la porte du commissariat. Un second venait des profondeurs du temple. Friday n'arrivait pas à comprendre pourquoi il y avait eu deux explosions distinctes sur ce même site. Il était déjà passablement inhabituel de voir deux cibles religieuses victimes d'une attaque terroriste – un temple et un bus rempli de pèlerins. Mais pourquoi par-dessus le marché un poste de police ?

Des sirènes transpercèrent le silence cotonneux, comme les policiers partis en patrouille commençaient à converger. D'autres agents, qui s'étaient trouvés juste à l'extérieur du bâtiment au moment de l'attentat, se précipitaient vers les décombres. Du côté du bazar, les gens se relevaient et commençaient à s'éloigner. Ils n'avaient pas envie d'être victimes de nouvelles explosions. Quelques personnes seulement s'approchèrent des décombres, afin de voir si elles pourraient aider à en extraire d'éventuels survivants.

Ron Friday n'était pas du nombre.

Il décida de rebrousser chemin vers l'auberge où il était descendu. Il voulait se mettre en rapport avec ses contacts en Inde et à Washington. Savoir s'ils avaient déjà des infos sur ce qui venait d'arriver.

Il y eut un bruit comme une dégringolade de quilles. Friday se retourna juste à temps pour voir s'effondrer l'un des derniers murs du fond du temple. D'épais rouleaux de poussière s'élevèrent des décombres, faisant reculer les témoins. Dès que les blocs de débris eurent fini de rouler, les gens se remirent à progresser. Beaucoup avaient le visage et les mains maquillés de blanc, tels des fantômes.

Friday continua d'avancer. L'esprit en vitesse surmultipliée.

Un commissariat de police. Un temple hindou. Un car entier de pèlerins. Deux cibles religieuses et un site laïc. Friday pouvait encore admettre que l'effondrement du temple soit accidentel, conséquence indirecte de l'attentat contre le poste de police. Beaucoup de poseurs de bombes n'avaient pas les compétences pour calculer des charges précises. Beaucoup se fichaient bien de faire sauter la moitié d'une ville. Mais là, il y avait deux traces de souffle indiquant deux explosions distinctes. Et l'autocar était la preuve qu'il s'agissait d'une agression ciblée contre des hindous, pas seulement des ressortissants indiens. Friday n'avait pas souvenance d'un événement similaire. En tout cas, sûrement pas de cette ampleur.

Toutefois, si les hindous étaient la cible des terroristes, pourquoi ces derniers auraient-ils en même temps attaqué le poste de police ? En frappant simultanément deux cibles religieuses, ils ne cherchaient manifestement pas à masquer leurs intentions.

Friday s'arrêta.

Quoique…, songea-t-il soudain. Et si les attentats contre le temple et le bus avaient été des diversions ? Peut-être qu'il se tramait autre chose.

Les explosions attiraient les foules. Et si c'était là le but de la manœuvre ? Attirer les gens en un lieu – ou les éloigner d'un autre.

Friday s'essuya les yeux et se remit en marche. Tout en avançant, il regardait autour de lui. Les gens, soit se précipitaient vers le lieu de la catastrophe, soit détalaient. Contrairement à ce qui s'était passé un peu plus tôt, il n'y avait pas de tergiversations possibles. Parce que désormais le choix était simple : secourir ou fuir. Il jeta un œil vers les rues latérales, observant par les fenêtres dans les maisons, guettant des individus qui n'auraient pas l'air paniqué. Peut-être remarquerait-il quelqu'un. Peut-être pas. Le colis piégé dans le bus avait pu être déposé à un arrêt précédent. On avait pu placer des explosifs munis d'un système de retardement à l'intérieur d'une valise ou d'un sac à dos bien capitonnés pour amortir les cahots de la route. Peut-être le voyageur qui avait apporté le bagage était-il descendu ici, avait-il déposé ses autres engins dans le temple et le commissariat avant de poursuivre sa route. Peut-être l'auteur de l'attentat s'était-il déguisé en pèlerin ou en agent de police. Peut-être l'un des clients que Friday avait vus ou côtoyés au café était-il dans le coup. Un ou plusieurs des terroristes avaient peut-être trouvé la mort dans la déflagration. Tout était possible.

Friday continua d'observer les alentours. Il ne découvrirait plus rien. En termes de terrorisme, des années s'étaient écoulées. Quels qu'ils soient, le ou les auteurs étaient morts ou envolés depuis longtemps. Et il ne voyait personne regarder de la rue, d'une fenêtre ou d'un toit.

Le mieux pour lui désormais était de se rabattre sur le renseignement. Recueillir les données extérieures au lieu même des attentats et s'en servir pour cerner d'éventuels suspects. Puis fondre sur eux. Parce qu'une chose était sûre, en tout cas : maintenant que des cibles hindoues avaient été attaquées, aussi longtemps que les coupables n'auraient pas été retrouvés et châtiés, la situation au Cachemire allait se détériorer à la vitesse grand V. Avec, au bout, le risque bien réel d'un conflit nucléaire.

## 9.

## *Srînagar, mercredi, 16 h 55*

Sharab était assis dans la cabine du vieux camion à plateau. À sa gauche, le chauffeur avait les mains crispées sur le volant. Il transpirait. Leur véhicule se dirigeait vers le nord par la route 1A, celle-là même qui avait amené l'autocar au marché. Nanda était assise entre eux, sa cheville droite attachée par une menotte à l'un des ressorts métalliques du siège. Deux autres hommes étaient installés à l'arrière, sur le plateau, appuyés à la cloison au milieu des ballots de laine. Ils s'étaient blottis sous une bâche pour se protéger de la pluie de plus en plus intense.

Les essuie-glaces battaient avec frénésie devant les yeux noirs de Sharab et l'air s'engouffrait en hurlant par la buse d'aération. La jeune femme hurlait, elle aussi. Au début, elle avait gueulé des ordres à son équipe. Quitter le bazar avec le camion et s'en tenir au plan, sauf informations complémentaires. Maintenant, elle hurlait des questions dans son téléphone portable. Si elle hurlait, ce n'était pas pour couvrir les bruits ambiants, c'était de frustration.

« Ishaq, as-tu déjà donné le coup de fil ? demanda-t-elle.

— Bien sûr que j'ai donné le coup de fil, comme on fait toujours », l'informa son correspondant.

Sharab envoya son poing gauche frapper le capitonnage de la planche de bord. La soudaineté du geste fit sursauter Nanda. Sharab recommença mais sans dire un mot, sans jurer. Blasphémer était pécher.

« Y a un problème ? » s'enquit Ishaq.

Sharab ne répondit rien.

« Tes ordres étaient bien précis, poursuivit-il. Tu voulais que j'appelle à seize heures quarante exactement. Je fais toujours comme tu me dis.

— Je sais, dit la femme, d'une voix basse, atone.

— Il y a un truc qui cloche, dit l'homme au téléphone. Je le sens bien à ta voix. C'est quoi ?

— On en causera plus tard, répondit la femme. Il faut que je réfléchisse. »

Puis elle se carra contre le dossier.

« Tu veux que je mette la radio ? proposa timidement le chauffeur. Peut-être qu'on aura des nouvelles, une explication.

— Non, coupa Sharab. Je n'ai pas besoin de la radio. L'explication, je la connais. »

Le chauffeur se tut. Sharab ferma les yeux. Sa respiration était légèrement sifflante. Les buses d'aération du camion avaient aspiré de l'air mêlé de la fumée âcre de l'explosion au bazar. Elle n'aurait su dire si c'était cet air irritant ou sa gueulante qui lui avaient irrité la gorge ainsi. Sans doute les deux. Elle secoua la tête. Le besoin de crier était toujours là, pressant. Elle avait envie d'évacuer sa frustration.

L'échec n'était pas ce qu'il y avait de pire. Non, ce qui préoccupait le plus Sharab était l'idée qu'elle et son équipe n'aient pu être que des pions. On l'avait pourtant mise en garde cinq ans plus tôt, quand elle était encore au Pakistan, à l'école de combat de Sargodha. Les agents du SSG, le Groupe des Services spéciaux, qui l'entraînaient lui avaient dit de se méfier du succès. Quand une cellule enchaînait les réussites, ce n'était pas forcément parce que ses membres étaient bons. Ce pouvait être parce que leurs hôtes les laissaient faire pour mieux les observer et pouvoir les utiliser par la suite.

Depuis des années, la FKM – Free Kashmir Militia[1] –, le groupe de Sharab financé par le Pakistan, frappait des cibles choisies dans toute la région. Le mode opératoire était toujours le même. Ils s'emparaient d'une maison, préparaient leur attaque et frappaient. Au même instant, le membre du groupe resté derrière téléphonait à la police ou à la caserne locale. Il revendiquait l'attentat au nom de la Milice du Cachemire libre. Juste après, le groupe déménageait pour une nouvelle planque. À la longue, les fermiers isolés dont ils empruntaient momentanément le domicile et l'existence pensaient plus à leur survie qu'à la politique.

1. « Milice du Cachemire libre ». Noter que le « vrai » FKM est en fait le Front Kedaulatan Maluku, ou « Front pour la souveraineté du Maluku », mouvement islamiste séparatiste indonésien qui se bat pour l'indépendance des Moluques et l'instauration d'une république des Moluques du Sud.

Bon nombre, du reste, étaient musulmans. Même s'ils répugnaient à coopérer au risque d'être arrêtés pour complicité, ils ne résistaient pas au FKM.

Sharab et ses hommes ne s'en prenaient qu'à des bâtiments de la police, de l'armée ou du gouvernement, jamais à des civils ou des édifices religieux. Ils ne voulaient pas braquer ou s'aliéner les populations hindoues du Cachemire ou de l'Inde, les transformer en adversaires belliqueux. Ils cherchaient seulement à désorganiser les ressources et faire fléchir la résolution des dirigeants indiens. Les contraindre à rentrer chez eux et quitter la région.

C'était ce qu'ils avaient voulu faire au bazar. Paralyser la police mais sans toucher aux marchands. Affoler la population et toucher l'économie locale juste assez pour amener les paysans et leurs clients à se soulever contre la présence incendiaire des autorités indiennes.

Ils avaient bien pris soin de cantonner ainsi leur objectif. Les soirs précédant l'attentat, un membre du groupuscule s'était rendu régulièrement au bazar de Srînagar. Il pénétrait dans le temple, vêtu d'une robe de prêtre, ressortait par l'arrière et montait sur le toit du poste de police. Là, il soulevait systématiquement des tuiles pour glisser en dessous des pains de plastic. Comme il agissait au beau milieu d'un quart de nuit, quand en général le calme régnait dans le quartier, les policiers étaient moins sur leurs gardes. Du reste, les attentats terroristes avaient rarement lieu de nuit. Leur but était de perturber la vie quotidienne, d'amener les gens à avoir peur de mettre le nez dehors.

Ce matin-là, plusieurs heures avant l'aube, les derniers pains d'explosif avaient été placés sur le toit avec un dispositif à retardement. La minuterie en avait été réglée pour que la détonation se produise à seize heures quarante très précisément. Sharab et les autres étaient revenus sur les lieux à seize heures trente pour observer la scène du bord de la route et s'assurer que l'explosion s'était bien produite.

Ce fut le cas. Et elle l'avait prise au sens propre en pleine gueule.

Dès la première déflagration, Sharab comprit qu'il se passait quelque chose d'anormal. Le plastic qu'ils avaient déposé n'était pas assez puissant pour occasionner de tels dégâts. Quand la seconde déflagration se produisit, elle devina qu'ils avaient été manipulés. Tout laissait croire que des musulmans avaient commis un attentat contre un temple et un bus rempli de pèlerins. Désormais, c'était près d'un milliard d'hommes qui allaient se retourner contre eux et tout le peuple pakistanais.

Mais les musulmans ne s'en étaient pas pris à des cibles religieuses hindoues, songea la jeune femme avec amertume. La FKM s'en était prise à un commissariat de police. C'était un autre groupe, non identifié, qui avait attaqué des cibles religieuses en s'arrangeant pour que les explosions coïncident avec l'attentat de la FKM.

Elle ne croyait pas à la trahison d'un membre de leur cellule. Les hommes à bord du camion étaient avec elle depuis des années. Elle connaissait leur famille, leurs amis, leur passé. C'étaient des militants d'une conviction inébranlable qui jamais n'auraient pu faire quoi que ce soit qui nuise à la cause.

Qu'en était-il d'Apu et Nanda ? À la ferme, ils n'avaient jamais été hors de vue, sauf lorsqu'ils dormaient. Et même dans ces moments-là, la porte restait toujours entrouverte avec un homme toujours en faction. Le paysan et sa petite-fille ne possédaient ni émetteur radio ni téléphone mobile. La maison avait été fouillée. Il n'y avait pas de voisins qui auraient pu les voir ou les entendre.

Sharab prit une profonde inspiration puis rouvrit les yeux. Pour l'heure, peu importait. La question était de savoir que faire à présent.

Le camion dépassa en trombe un groupe de pèlerins barbus en tuniques blanches et de montagnards ramenant leurs poneys du marché. Des rizières étaient visibles au loin, sur les contreforts embrumés de l'Himalaya. Des renforts de soldats en camions les croisaient, fonçant vers le bazar. Peut-être ignoraient-ils qui était responsable de l'attentat. Ou peut-être ne voulaient-ils pas les capturer tout de suite. Peut-être que les mystérieux auteurs du coup monté attendaient de les voir contacter d'autres terroristes au Cachemire pour leur fondre dessus.

Si tel était le cas, ils allaient être déçus.

Sharab ouvrit la boîte à gants et en sortit une carte de la région. La carte était divisée en dix-sept cases, définies chacune par une lettre et un numéro. Pour des raisons de sécurité, ceux-ci étaient intervertis.

« Bon, Ishab, dit-elle au téléphone. Je veux maintenant que tu quittes la maison pour te rendre au point 2E. » Le E équivalait au 5 et le 2 au B. Quiconque espionnerait leur conversation et disposerait d'un exemplaire de leur carte se rendrait au mauvais endroit. « Peux-tu nous y retrouver à dix-neuf heures ?

— Affirmatif. Et le vieux ?

— Laisse-le », ordonna-t-elle. Elle lança un coup d'œil à Nanda. La jeune fille la considérait avec arrogance. « Rappelle-lui que nous avons sa petite-fille. Si les autorités l'interrogent à notre sujet, il ne doit rien dire. Dis-lui aussi que, si nous rejoignons la frontière sans encombre, elle sera libérée. »

Ishaq répondit qu'il allait le faire puis qu'il retrouverait les autres plus tard.

Sharab raccrocha. Elle replia le téléphone et le glissa dans la poche de son anorak bleu.

Ils auraient bien le temps pour faire le point et se remobiliser. Une seule chose importait pour l'heure.

Sortir du pays avant que les Indiens n'aient sous la main de parfaits boucs émissaires à exhiber devant l'opinion internationale.

# 10.

## *Base 3 de Siachen, mercredi, 17 h 42*

Le commandant Dev Puri raccrocha le téléphone. Un frisson lui parcourut l'échine jusqu'au bas du dos.

Puri était assis derrière un petit bureau métallique peint en gris, dans son PC souterrain. Sur le mur face à lui, était placardée une carte de la région. Elle était piquetée de fanions rouges (symbolisant les positions pakistanaises) et gris (indiquant les bases indiennes). Derrière son dos, une carte de l'Inde et du Pakistan. Sur sa gauche, un tableau de service avec, punaisés dessus, des ordres, des listes d'effectifs, des emplois du temps et des rapports. Sur sa droite, un mur nu, percé d'une porte.

Connu sous le sobriquet affectueux de « Puits », l'abri était un trou de trois mètres cinquante sur quatre mètres cinquante, creusé dans le sol dur et le granit. Des panneaux de contre-plaqué doublé d'épaisses feuilles de plastique protégeaient l'abri de la poussière et de l'humidité mais pas du froid. Comment auraient-ils pu ? Le sol était constamment gelé, glacé comme un sépulcre et les reliefs environnants empêchaient la lumière directe du soleil d'atteindre le Puits. Il n'y avait ni fenêtres ni vasistas. La seule aération provenait de la porte ouverte et d'un petit ventilateur de plafond.

Ou, du moins, un semblant d'aération, rectifia Puri. C'était du bidon. Comme d'ailleurs tout ce qui se passait aujourd'hui.

Mais ce n'était pas la température régnant dans le PC qui donnait des frissons au commandant. C'était ce que l'agent de liaison de la SFF – la Force spéciale des frontières – lui avait dit au téléphone. L'homme qui était en poste à Kargil n'avait prononcé qu'un seul mot. Mais sa signification était lourde de sens.

Il avait dit : « Go ! »

L'opération Ver de terre était déclenchée.

D'un côté, le commandant était bien forcé d'admirer le cran de la SFF. Il ignorait jusqu'à quels échelons de la hiérarchie gouvernementale le plan était remonté, ni d'où il émanait. Sans doute de la SFF elle-même. Peut-être du ministère des Affaires étrangères ou de la Commission parlementaire de surveillance du renseignement. L'un comme l'autre avaient un droit de regard sur les activités des services de renseignement civils. Il ne faisait aucun doute que la SFF aurait besoin de leur approbation pour une opération de cette envergure. Mais ce que Puri savait avec certitude, c'est que, si la vérité sur l'opération devait être révélée au grand jour, la SFF serait désignée comme bouc émissaire et les instigateurs du complot exécutés.

D'un autre côté, une partie de lui-même estimait que les responsables méritaient peut-être d'être châtiés.

Une « vaccination ». C'est ainsi que l'officier de liaison avait défini l'opération Ver de terre lorsqu'il la leur avait présentée pour la première fois – cela remontait à trois jours à peine. Ils allaient infliger au corps de l'Inde un petit accès de fièvre pour empêcher un mal autrement plus grave de se répandre. Quand le commandant était petit, la variole et la polio étaient encore des maladies redoutables. Sa sœur avait survécu à la variole mais elle en était ressortie défigurée. En ce temps-là, *vaccination* était encore un mot magnifique.

C'était de la dépravation. Si nécessaires et justifiables qu'aient pu être de tels actes, en faisant sauter le bus et le temple, ils avaient agi de façon ignoble, odieuse.

Le commandant Puri avança la main pour prendre son paquet d'américaines. D'une pichenette, il en sortit une qu'il alluma. Il inhala lentement et se carra dans son siège. C'était plus agréable que de chiquer. Fumer l'aidait à avoir les idées plus claires, à moins être le jouet de ses émotions.

Moins catégorique.

Tout était relatif, se dit l'officier.

Dans les années 40 du siècle passé, ses parents étaient pacifistes. Ils n'avaient pas approuvé qu'il ait choisi l'armée. Ils auraient préféré le voir se joindre à eux et à d'autres citoyens de l'État d'Haryana dans le tout nouveau programme d'aide aux castes. La liste des castes défavorisées réservait une série de petits boulots de fonctionnaires aux déshérités de dix-sept États de la confédération. Mais Dev Puri n'en avait pas voulu. Il voulait réussir tout seul.

Et il y était parvenu.

Puri tira un peu plus nerveusement sur sa cigarette. Il se sentait soudain écœuré par ses jugements de valeur personnels. La SFF avait de toute évidence considéré cette action comme un indispensable élargissement de ses affaires habituelles. Formés conjointement par la CIA et le RAW, son homologue indien – Research and Analysis Wing, la « Division recherche analyse » –, les personnels de la SFF étaient passés maîtres dans la traque et la surveillance des espions étrangers et des éléments terroristes. Dans la plupart des cas, les agents ennemis et les suspects de collaboration étaient éliminés sans fanfare ou moyens lourds. À l'occasion, via une unité spécialement recrutée baptisée CNO – Civilian Network Operatives, les « Agents de réseau civil » –, les forces indiennes des frontières se servaient également d'agents étrangers pour pratiquer l'intoxication au Pakistan. Dans le cas de Sharab et de son groupe, la SFF avait passé des mois à élaborer un plan encore plus raffiné. Ils avaient senti la nécessité de piéger des Pakistanais terroristes en faisant retomber sur eux la responsabilité du meurtre de dizaines d'hindous innocents. Puis, une fois les éléments du groupe terroriste pakistanais capturés – et ils le seraient, grâce à l'agent du CNO infiltré en leur sein –, des documents et du matériel seraient à point nommé « découverts » sur les terroristes. Ils apporteraient la preuve que Sharab et son groupuscule avaient parcouru le pays pour y implanter des balises de guidage destinées à préparer des frappes nucléaires contre des villes indiennes. Cela donnerait à l'armée indienne l'impératif moral de procéder à une frappe préventive contre les silos de missiles pakistanais.

Le commandant Puri tira encore une fois sur sa cigarette. Il regarda sa montre. Il était presque l'heure de partir.

Ces dix dernières années, plus d'un quart de million d'hindous avaient quitté la vallée du Cachemire pour aller s'installer dans d'autres États de l'Union indienne. Avec l'accroissement de la majorité musulmane, les autorités indiennes avaient de plus en plus de mal à protéger la région contre les menées terroristes. D'autant plus que le Pakistan avait récemment déployé des armes nucléaires et s'activait à accroître son arsenal au plus vite. Puri savait qu'il fallait y mettre un coup d'arrêt. Pas seulement pour garder le Cachemire mais pour empêcher des centaines de milliers de réfugiés de venir inonder les provinces voisines.

La SFF avait peut-être raison. Peut-être le lieu et l'heure étaient-il venus de faire cesser l'agression pakistanaise. Le commandant Puri aurait simplement préféré un autre moyen de déclencher les événements.

Il tira vigoureusement une longue et ultime bouffée avant d'écraser sa cigarette dans le cendrier près du téléphone. Le réceptacle en fer-blanc débordait de mégots à peine fumés. Résidus de trois après-midi d'anxiété et de doute, avec la pression menaçante de son rôle dans l'opération. Son aide de camp l'aurait vidé si un obus pakistanais ne lui avait pas arraché le bras droit lors d'une partie de dames, la nuit de dimanche.

Le commandant se leva. C'était l'heure des rapports de fin d'après-midi avec les autres avant-postes de la base. Ceux-ci se tenaient toujours dans le bunker des officiers, un peu plus loin dans la tranchée. Cette réunion-ci allait différer sur un seul point. Puri demanderait aux autres officiers de se préparer à déclencher un exercice code jaune d'évacuation de nuit. Si l'aviation indienne avait l'intention d'« illuminer » les montagnes avec des missiles nucléaires, il faudrait évacuer les personnels des lignes de front bien avant le déclenchement de l'attaque. L'opération devrait se dérouler de nuit pour diminuer le risque d'être remarquée par les Pakistanais. L'ennemi serait lui aussi averti, mais à bien plus bref délai. Il serait vain en effet de frapper les sites si les missiles étaient mobiles et que l'adversaire avait le temps de les déplacer.

Vers dix-neuf heures, une fois la réunion terminée, le commandant prendrait son dîner et irait se coucher pour se lever tôt afin de lancer la phase suivante de cette opération ultra-secrète. Il était un des rares officiers à savoir qu'une équipe américaine venait au Cachemire aider l'armée indienne à localiser les silos de missiles pakistanais. La DAI – Direction du renseignement aérien –, responsable des frappes, connaissait la position approximative des silos. Mais elle avait besoin d'informations plus précises. Arroser d'un tapis de bombes la chaîne de l'Himalaya, c'était un gaspillage de moyens. Et, compte tenu de la profondeur à laquelle les silos étaient sans doute enfouis, il n'était pas exclu qu'on doive recourir à des moyens plus puissants que les moyens conventionnels. Là aussi, l'Inde devait en avoir le cœur net.

Bien entendu, ils n'avaient pas partagé ce plan avec leurs partenaires involontaires dans cette opération.

Les États-Unis cherchaient autant que l'Inde à en savoir plus sur la capacité nucléaire du Pakistan. Les Américains avaient besoin de savoir qui aidait Islamabad à s'armer, et si les missiles déjà déployés étaient en mesure d'atteindre d'autres pays non musulmans.

Washington et New Delhi savaient que, si jamais on découvrait qu'une unité américaine était présente au Cachemire, cela provoquerait certes un incident diplomatique mais sans déclencher de guerre. Aussi le gouvernement américain avait-il proposé d'envoyer une unité en dehors des structures militaires classiques. L'anonymat était important car la Russie, la Chine et d'autres pays avaient infiltré des taupes dans les divers services des forces armées américaines. Ces espions surveillaient les allées et venues des commandos de SEALs de la Navy, du 1er Détachement opérationnel de Forces spéciales de l'armée – la fameuse Delta Force – et d'autres unités d'élite. Les renseignements recueillis étaient à usage interne mais aussi revendus à d'autres nations.

L'équipe dépêchée de Washington, l'unité d'Attaquants du Centre national de Gestion des crises, avait une grande expérience de la surveillance de silos en site de montagnes. Expérience tirée de son opération réussie dans les Montagnes de Diamant de Corée du Nord, il y avait pas mal d'années[1]. Ils étaient en relation avec un agent de la NSA qui avait déjà collaboré avec le gouvernement indien et connaissait le secteur qu'ils devraient explorer.

Le commandant Puri devait s'assurer que, dès l'arrivée de l'escouade américaine, l'opération de recherche/identification se déroulerait rapidement et sans encombre. Les Américains ne seraient pas mis au courant de la capture du groupuscule terroriste pakistanais. Pas plus que de l'imminence d'une frappe. Cette dernière

1. Cf. *Op-Center*, Albin Michel, 1996.

information ne serait dévoilée que lorsqu'il s'avérerait indispensable de tempérer la condamnation internationale de l'initiative indienne. Si nécessaire, la participation de l'unité américaine serait elle aussi révélée. Les États-Unis n'auraient dès lors d'autre choix que de soutenir la frappe de l'Inde.

Puri tira sur le bas de sa veste d'uniforme pour la déplisser. Il saisit son turban, le coiffa, se dirigea vers la porte. Il était au moins satisfait d'une chose : son nom n'était en rien lié à l'action de la SFF. Si l'on s'en tenait strictement aux communiqués officiels, ses instructions se limitaient à aider les Américains à localiser les silos.

Il se contentait de faire son boulot.

De répercuter les ordres.

# 11.

## *Washington, DC,*
## *mercredi, 8 h 21*

« C'est pas bon », commenta Bob Herbert, les yeux rivés sur son moniteur. « Pas bon du tout. »

Le chef du renseignement de l'Op-Center était en train de parcourir les dernières images satellitaires des montagnes bordant le Cachemire lorsque soudain un communiqué du Département d'État s'était mis à clignoter à l'écran. Herbert avait cliqué sur le titre et il commençait la lecture de la dépêche quand son téléphone du bureau s'était mis à pépier. Il jeta un coup d'œil irrité vers la petite console noire. L'appel venait d'une ligne extérieure. Herbert pressa la touche et décrocha le combiné. Il poursuivit sa lecture.

« Herbert à l'appareil.

— Bob, c'est Hank Lewis. »

Le nom lui était familier mais, pour une raison quelconque, Herbert était incapable de le situer. D'un autre côté, il ne faisait pas de gros efforts. Il se concentrait sur la dépêche. D'après celle-ci, deux bombes de forte puissance avaient explosé à Srînagar. Les deux visaient des cibles hindoues. Voilà qui allait faire monter d'un cran la tension le long de la Ligne de contrôle. Il avait besoin de recueillir plus d'informations pour avertir au plus vite Paul Hood et le général Rodgers.

« J'avais bien eu l'intention de vous appeler depuis que j'ai repris la NSA, expliqua son correspondant. Mais les événements m'ont brutalement forcé la main. »

Bon Dieu, songea Herbert. Voilà qui était Hank Lewis. Le remplaçant de Jack Fenwick à la tête de l'Agence de Sécurité nationale. C'était Lewis qui venait de tiquer au sujet de la participation de son agence à la mission des Attaquants. Herbert aurait dû faire le point tout de suite. Mais il avait des excuses. Il avait des gars qui fonçaient vers un point chaud qui venait de se mettre à chauffer encore plus. Son cerveau était passé en pilotage automatique.

« Vous n'avez pas besoin de vous expliquer. Je suis conscient de votre charge de travail, lui assura Herbert. J'imagine que vous appelez pour cette dépêche des Affaires étrangères au sujet du Cachemire ?

— Je n'ai pas encore vu le rapport, admit Lewis. En revanche, j'ai bien reçu un coup de fil de Ron Friday, le gars censé retrouver votre équipe. Il m'a dit ce que vous avez sans doute déjà lu. Qu'il y a une heure environ, trois bombes de forte puissance ont explosé dans un bazar de Srînagar.

— Trois ? s'étonna Herbert. Les Affaires étrangères indiquaient qu'il y avait eu deux explosions.

— M. Friday se trouvait à portée de vue du site des explosions, l'informa Lewis. Il a indiqué qu'il s'était produit deux explosions simultanées au commissariat de police et dans le temple hindou. Qui furent suivies d'une troisième contre un car bourré de pèlerins. »

À cette description des événements, l'esprit d'Herbert revint à l'attentat contre l'ambassade à Beyrouth. Le moment même de l'explosion n'était pas ce qui lui était resté en mémoire. C'était comme si l'on avait précipité sa voiture droit contre un mur. Ce dont il se souvenait avec précision, c'était de cet écœurement lorsqu'on ressort de sous les décombres et qu'on prend conscience en un instant insupportable de ce qui s'est réellement produit.

« Votre homme a-t-il été blessé ? s'enquit Herbert.

— C'est incroyable, mais non. M. Friday a dit que les explosions auraient pu être pires si des engins à fort effet de souffle à l'impact n'avaient pas été employés. Cela a diminué le rayon des dégâts.

— Il a eu de la veine », confirma Herbert. Ce type d'engin tendait à produire une zone percussive intense au point d'explosion et une salve d'ondes de choc mais à limiter les dégâts collatéraux. « Alors, pourquoi Friday est-il si sûr que les deux premières détonations étaient dues à deux engins distincts ? La seconde aurait pu être occasionnée par l'explosion d'une bouteille de gaz ou d'un réservoir d'essence. Il y a souvent des détonations secondaires avec ce type d'attentat.

— M. Friday s'est montré formel : les explosions ont été simultanées, pas successives, répondit Lewis. Après l'attentat, il a par ailleurs repéré deux traînées de débris très similaires mais bien séparées, rayonnant des deux bâtiments. Cela suggère deux bombes identiques en deux points différents.

— C'est possible », admit Herbert.

Une expression de son enfance lui revint en mémoire : c'est celui qui dit qui y est. Le chef du renseignement de l'Op-Center se demanda fugitivement si Friday aurait pu être le responsable des explosions. D'un autre côté, il ne voyait pas pourquoi il aurait fait une chose pareille. Et il n'était pas devenu cynique au point de chercher une raison. Enfin, pas encore.

« Admettons qu'il y ait eu trois détonations, reprit Herbert. Qu'est-ce que vous dit votre petit doigt ?

— C'est bien sûr que les Pakistanais font monter la pression en s'attaquant à des cibles religieuses. Mais nous n'avons pas suffisamment d'éléments pour étayer cette hypothèse.

— Et si leur idée était de frapper directement les hindous, pourquoi dans ce cas s'attaquer aussi au poste de police ? objecta Herbert.

— Pour paralyser toute possibilité de poursuite, j'imagine, suggéra Lewis.

— Peut-être. »

Tout ce que disait Lewis se tenait. Et donc, de deux choses l'une : ou il avait raison, ou bien la réponse évidente était celle que les terroristes voulaient laisser croire aux enquêteurs.

« Vos Attaquants n'arriveront pas sur place avant vingt-deux, vingt-trois heures, observa Lewis. Je vais faire retourner Friday sur les lieux de l'attentat, voir ce qu'il peut glaner. Sur place, sur qui pouvons-nous compter ?

— Oui, confirma Herbert. Les services indiens du renseignement et le ministère de la Défense nous ont aidés à organiser la mission des Attaquants. Je verrai ce qu'ils ont et je vous le ferai parvenir.

— Merci, fit Lewis. Au fait, je me fais une joie de travailler avec vous. J'ai suivi votre carrière depuis votre voyage en Allemagne pour neutraliser ces néonazis[1]. J'aime les hommes comme vous qui n'hésitent pas à sortir de derrière leur bureau. Ça prouve qu'ils font passer leur boulot et leur pays avant leur sécurité personnelle.

— Ou qu'ils sont bien barrés, nota Herbert. Mais merci quand même. On reste en contact. »

Lewis acquiesça. Herbert raccrocha.

Il était rafraîchissant de parler avec un membre de la communauté du renseignement qui soit, pour une fois, prêt à partager ses informations. Il était de notoriété publique que les chefs du renseignement tendaient à garder leurs petits secrets. Qu'ils contrôlent l'information et ils pouvaient contrôler individus et institutions. Herbert refusait de jouer à ce jeu. S'il était bon pour la sécurité de l'emploi, il ne l'était sûrement pas pour la sécurité de l'État. Et comme Jack Fenwick en avait apporté la démonstration, un chef du renseignement qui gardait ses petits secrets pouvait également contrôler un président.

Mais Ron Friday avait beau être un agent aguerri, Herbert n'était pas non plus prêt à tout miser sur sa bonne mine. Il ne croyait que les individus avec qui il avait travaillé lui-même.

Herbert téléphona à Paul Hood pour le mettre au courant des derniers développements. Hood lui demanda à être mis en liaison lorsqu'il appellerait Mike Rodgers. Puis Herbert appela l'IIB, les services de renseignement

1. Cf. *Op-Center 3, Jeux de pouvoir*, Albin Michel, 1997.

indiens. Sujit Rani, vice-directeur des activités intérieures, lui dit en substance ce qu'il s'était attendu à entendre : que l'IIB enquêtait sur les attentats mais n'avait pas d'informations supplémentaires. L'idée qu'il ait pu y avoir trois bombes et non deux était une piste dont les services indiens avaient entendu parler et qu'ils étaient en train d'explorer. Cette nouvelle lava en partie Friday des soupçons qu'avait nourris sur lui Herbert. Son contact au ministère de la Défense lui dit en gros la même chose. Heureusement pour les Attaquants, ils n'arriveraient pas en Inde avant plusieurs heures. Il leur serait toujours possible d'annuler la mission, si nécessaire.

Herbert accéda au dossier du Cachemire. Il voulait étudier les autres attaques terroristes survenues récemment dans la région. Peut-être y trouverait-il des indices, un élément commun susceptible d'expliquer ce nouvel attentat. Il y avait là un truc qui ne collait pas. Si le Pakistan cherchait vraiment à faire monter la pression au Cachemire, il s'en serait pris à un lieu chargé d'une intense connotation religieuse. Le sanctuaire de Pahalgam, par exemple. Non seulement c'était le site le plus révéré de la région mais les terroristes n'auraient guère eu à s'y préoccuper de sécurité : les hindous avaient une confiance aveugle en leur sainte trinité. Si telle était la volonté de Vishnou le préservateur, alors ils n'avaient rien à craindre. S'ils mouraient de mort violente, alors Shiva le destructeur les vengerait. Et s'ils en étaient dignes, Brahma le créateur les réincarnerait.

Non. Bob avait le sentiment instinctif que le temple hindou, le car et le poste de police avaient été visés pour une autre raison. Simplement, il ignorait laquelle.

Mais il comptait bien le découvrir.

## 12.

## *Cabine du C-130, mercredi, 10 h 13*

Quand il était entré dans l'unité des Attaquants, le caporal Ishi Honda avait découvert qu'il n'avait guère de temps morts. Les exercices étaient constants. Surtout pour lui. Honda avait intégré l'unité assez tard – en remplacement du soldat Johnny Pucket, blessé au cours de la mission en Corée du Nord. Il avait été indispensable pour Honda, alors simple soldat âgé de vingt-deux ans, de se mettre à niveau.

Mais il était incapable d'en rester là. Sa mère lui disait toujours qu'il était condamné à ne jamais se reposer. Elle l'attribuait à son hérédité dans chaque branche : son grand-père maternel avait été chef coq au camp militaire de Wheeler. Il était mort en essayant de rentrer rejoindre sa famille lors de l'attaque japonaise sur Pearl Harbor. Son grand-père paternel avait été officier à l'état-major du contre-amiral Takajiro Onishi, alors chef d'état-major de la 11e Flotte aérienne. Onishi était le maître d'œuvre de l'attaque japonaise. Les parents d'Ishi étaient comédiens. Ils s'étaient rencontrés lors d'une tournée et avaient eu le coup de foudre, sans rien connaître de leurs origines réciproques. Ils avaient souvent débattu pour savoir si cela aurait fait une différence. Son père soutenait que non, sûrement pas. Avec un petit hochement de tête, les yeux baissés, sa mère disait que peut-être que si.

Ishi n'avait pour sa part aucune réponse et sans doute était-ce pour cela qu'il ne pouvait jamais s'arrêter de foncer. Quelque part, il était convaincu que, si jamais il cessait d'avancer, il envisagerait inévitablement cette question – celle de savoir si un simple élément d'information aurait pu l'empêcher de naître. Et il ne le voulait pas, parce que la question était sans réponse. Honda n'aimait pas les problèmes sans solution.

Ce qu'il aimait, en revanche, c'était la vie au sein de l'unité des Attaquants. Non seulement elle l'accaparait mentalement, mais elle lui posait un défi physique.

Dès le premier jour de son recrutement dans ce corps d'élite, il avait enchaîné quotidiennement courses de fond, parcours du combattant, combats rapprochés, exercices de tir, entraînements de survie et manœuvres. Le travail sur le terrain était toujours plus dur pour Honda que pour les autres. En plus de son barda, il devait trimbaler l'équipement de communication tactique par satellite.

Il y avait en outre les séances de formation tactique et politique, plus les cours de langue. Le colonel August avait tenu à ce que tous les hommes en apprennent au moins deux, au cas – fort probable – où ils en auraient un jour besoin. Au moins Honda avait-il là un avantage. Comme son père était japonais, il avait déjà les bases d'une des langues qu'on lui avait assignées. En second, il choisit le mandarin. Sondra DeVonne avait opté pour le cantonais. Il était fasciné de voir ces deux langues partager les mêmes caractères écrits, alors que, parlées, elles étaient entièrement différentes.

Si DeVonne et lui pouvaient lire les mêmes textes, ils étaient incapables de communiquer verbalement.

Même si le temps passé à terre était gratifiant, Honda avait appris que celui passé en l'air était tout sauf ça. Il était bien rare qu'ils aient des trajets courts et les vols interminables pouvaient s'avérer d'un ennui mortel. Raison pour laquelle il avait trouvé une façon constructive d'occuper son temps.

Où qu'ils aillent, Honda s'arrangeait toujours pour connecter son ordinateur personnel aux bases de données de Stephen Viens, au NRO, le Service national de reconnaissance, et à celles du responsable informatique de l'Op-Center, Matt Stoll. Le NRO était en charge de la majorité des satellites-espions américains. Comme Viens était un vieux pote de fac de Stoll, il avait été d'une aide inestimable pour fournir des informations à l'Op-Center quand d'autres services de renseignement plus assis – le renseignement militaire, la CIA et la NSA – se battaient pour avoir du temps de satellite. Viens devait être par la suite accusé d'avoir détourné deux milliards de dollars de fonds du NRO pour divers projets d'opérations « grises ». Innocenté grâce à l'aide de l'Op-Center, il avait été depuis peu réintégré à son poste.

Avant que les Attaquants ne se portent vers un territoire, Viens réservait du temps satellite pour effectuer toutes les reconnaissances photographiques indispensables au colonel August. Ces images étaient considérées d'importance vitale et transmises en début de mission, dans les dossiers du colonel. Pendant ce temps-là, Stoll consacrait le plus de temps possible à collecter un maximum de renseignements par l'écoute électronique de la région. Les services de police et l'armée ne partageaient pas tout ce qu'ils savaient – même avec les alliés. Dans bien des pays, surtout en Russie, en Chine et en Israël, les agents américains étaient souvent surveillés à leur insu par des agents étrangers. C'était à l'Op-Center de récupérer le maximum d'informations qu'ils pouvaient collecter afin de se protéger en conséquence. Et, pour cela, ils prenaient des itinéraires et des horaires différents de ceux prévus, en utilisant des éléments non indispensables pour attirer d'éventuels poursuivants sur de fausses pistes ou à tout le moins les contenir. Un pays hôte ne pouvait guère émettre de protestations si la personne qu'il avait chargé d'espionner un allié était retrouvée par la suite bâillonnée et ligotée dans un placard d'hôtel.

Les données d'origine électronique recueillies par Stoll allaient des télécopies aux mails en passant par les numéros de téléphone et les fréquences radio. Tous ces messages électromagnétiques transitaient entre les sources officielles ou les forces d'opposition et de résistance bien connues. Ces numéros, fréquences et codes de cryptage étaient ensuite passés à la moulinette de programmes d'analyse. Ils étaient comparés à ceux d'agents étrangers ou de terroristes connus. Si l'on soupçonnait la présence dans la région de « chiens de garde ou d'entraves », pour reprendre la terminologie des planificateurs de mission, ces scans contribuaient à les localiser et les identifier. La dernière chose que voulaient les patrons du renseignement américain, c'était que leurs agents clandestins se fassent photographier ou que leurs méthodes soient observées par des gouvernements étrangers. Non seulement cette information pouvait être revendue à un pays tiers, mais les États-Unis ne savaient jamais quel gouvernement amical pouvait un beau jour devenir la cible d'activités de renseignement.

« Songez à l'Iran », ne manquait pas de leur rappeler le colonel August chaque fois qu'ils partaient pour une mission conjointe avec des alliés.

Honda avait pris avec lui un des ordinateurs portables du service. La machine était équipée d'un modem sans fil ultra-rapide pour télécharger les données que Stoll continuait d'amasser. Il mémoriserait les plus pertinentes. Quand les Attaquants arriveraient en Inde, l'ordinateur resterait à bord du cargo et retournerait à la base. Le colonel August continuerait à y télécharger des données. Quand ils partaient en mission, moins le caporal Honda avait à trimbaler, mieux il se portait.

Alors que les nouvelles données arrivaient sur sa machine, un signal sonore retentit, l'informant d'une anomalie détectée par le programme de Stoll à l'Op-Center. Honda accéda aux données indexées.

Le programme « chasseur d'hôtel » embarqué sur le satellite-espion « Sanctity » de l'armée de l'air scannait en permanence les téléphones cellulaires et les radios utilisant les fréquences réservées à la police. L'Op-Center et les autres services de renseignement américains réservaient ces numéros à leurs communications avec des services étrangers. Il n'était guère sorcier de pirater les ordinateurs pour examiner les appels entrants.

Le Chasseur avait récupéré une série d'appels extérieurs sur un téléphone cellulaire déclaré comme appartenant à la police. L'appareil était codé « téléphone de campagne » dans le lexique du logiciel de traque. La plupart des appels avaient été passés sur une période de plus de cinq mois, entre Kargil et le QG de la police de district de Jammu – codé « central ». Durant ce laps de temps, il n'y avait eu qu'un seul appel descendant, du central vers le téléphone de campagne. Le programme de Stoll, qui intégrait les infos de l'Op-Center aux données du NRO, indiquait que l'appel avait été passé moins d'une seconde avant que le satellite ClusterStar 3, braqué sur le Cachemire, ne détecte une explosion dans un bazar de la ville de Srînagar.

« Bon Dieu », grommela Honda.

Il se demanda si le colonel August ou le général Rodgers avaient été informés de l'éventualité d'un attentat terroriste. Le fait qu'un téléphone cellulaire de la police appelle ce site un instant seulement avant l'explosion pouvait être une coïncidence. Peut-être un coup de fil à un vigile. D'un autre côté, il pouvait y avoir un rapport entre les deux. Honda déboucla sa ceinture, quitta le siège inconfortable et se dirigea vers l'avant de la cabine pour en informer ses supérieurs. Il devait avancer lentement, avec précaution, pour ne pas être projeté contre ses camarades par les brusques mouvements de la carlingue que secouaient les turbulences.

August et Rodgers étaient réunis autour de l'ordinateur portable du général.

« Excusez-moi, messieurs », lança Honda en arrivant auprès d'eux. Il devait crier pour couvrir le mugissement des moteurs.

August leva les yeux : « Qu'avez-vous trouvé, caporal ? »

Honda leur parla de l'explosion. August l'informa en retour qu'ils étaient en train de lire un mail de Bob Herbert à ce sujet. Il fournissait les rares détails qu'on détenait à ce moment sur l'attentat. Puis Honda informa ses supérieurs des coups de téléphone. Cela parut susciter l'intérêt du général.

« Il y a eu deux appels quotidiens durant cinq mois, toujours aux mêmes heures, précisa le caporal.

— Comme pour une vérification de routine, observa Rodgers.

— Exactement, mon général, répondit Honda. À l'exception d'aujourd'hui. Il n'y a eu qu'un seul appel et adressé cette fois au téléphone de campagne. Il a été passé quelques instants seulement avant l'explosion qui a détruit le temple. »

Rodgers se carra contre le dossier. « Caporal, voudriez-vous examiner le fichier de données, voir si ce motif d'appel se répète, sans doute à partir de plusieurs téléphones de campagne dotés de numéros de code différents ? Et si les appels extérieurs convergent vers une seule base et s'il y a eu une ou zéro réponse ?

— À vos ordres, mon général. »

Honda s'accroupit sur le caillebotis froid de la carlingue et leva un genou pour y poser l'ordinateur. Il ne savait pas trop ce que cherchaient au juste les officiers et ce n'était pas à lui de demander. Il entra le numéro de code du central et commanda au logiciel une recherche. L'intuition de l'officier était correcte. Le programme lui indiqua qu'en plus de cette série, on avait relevé sept semaines d'appels vers un autre téléphone de campagne à Kargil. Passés eux aussi deux fois par jour aux mêmes heures. Auparavant, il y avait eu six semaines d'appels d'un troisième téléphone, là aussi deux fois par jour. Treize semaines, c'était la durée maximale d'enregistrement du logiciel de traque.

« New Delhi doit avoir mis des agents civils sur la piste d'une cellule terroriste, observa Rodgers.

— Qu'en savons-nous ? objecta August. Il peut s'agir de simples rapports quotidiens d'agents en mission.

— Je ne pense pas, rétorqua le général. Pour commencer, un seul des appels de la liste du caporal Honda s'est effectué dans l'autre sens, de la base au terrain.

— Celui-là même passé au moment de l'explosion, nota August.

— Correct, répondit Rodgers. Ce qui tend à suggérer que les agents chargés d'effectuer de la reconnaissance ne voulaient pas voir leurs téléphones de campagne sonner au moment inopportun.

— Je l'admets, concéda August.

— Mais il y a plus, poursuivit Rodgers. Quand les Pakistanais ont été chassés de Kargil en 1999, la SFF indienne savait pertinemment que des cellules ennemies resteraient en place sur le terrain. Elles étaient impossibles à déloger par des militaires. Les autochtones auraient aussitôt repéré l'intrusion d'étrangers dans leurs villages. Et si les autochtones les repéraient, les membres d'une cellule également. Aussi la SFF avait-elle recruté une tripotée d'autochtones pour les intégrer à leur CNO, leur unité d'agents du Réseau civil. (Le général tapota son ordinateur.) Tout est là-dedans, dans la note de synthèse du renseignement. Mais ils ne pouvaient pas non plus fournir à leurs recrues des émetteurs-récepteurs militaires classiques parce que, si près du Pakistan, leurs canaux étaient régulièrement balayés par le personnel de surveillance électronique. Alors, la SFF leur a donné de banals téléphones mobiles. Les agents appelaient le bureau régional pour se plaindre de cambriolages, de disparitions d'enfants, de vols de bétail, et ainsi de suite. En réalité, autant de messages codés pour informer la SFF des mouvements et activités d'éléments suspectés de terrorisme.

— Fort bien, dit August. Mais qu'est-ce qui te fait penser que les appels consignés sur cette liste ne sont pas de banals rapports de routine ?

— Parce que les personnels du CNO ne transmettent jamais de rapports de routine, expliqua Rodgers. Ils ne rendent compte que lorsqu'ils ont quelque chose de tangible à signaler. Ils ont ainsi moins de risque de se faire espionner. Je suis prêt à parier qu'on retrouvera des attaques terroristes pour coïncider avec la fin de chacune de ces séries d'appels. Une fois un objectif touché, la cellule déménage, les coups de fil s'interrompent.

— Peut-être, convint August. Mais cela n'explique pas l'appel au temple juste avant l'explosion.

— En fait, si, justement, rétorqua August.

— Je ne te suis pas. »

Rodgers se retourna vers le caporal Honda. « Je m'en vais demander à Bob Herbert de vérifier les dates des attentats terroristes dans la région. Je veux voir si les envois de rapports des téléphones sur le terrain ont bien cessé après chaque frappe. Je veux aussi que Bob me regarde un autre truc.

— Quoi donc ? » s'enquit August.

Honda referma son portable et se redressa. Il s'attarda juste assez longtemps pour surprendre la réponse du général.

« Je veux savoir quel type de détonateur la SFF utilise pour ses frappes antiterroristes.

— Pourquoi ?

— Parce que le Mossad, l'Amn al-Khas irakien, le groupe Abou Nidal et les Grapos espagnols ont tous utilisé à l'occasion des EDT, expliqua Rodgers. Des explosifs déclenchés par téléphone. »

## 13.

## *Srînagar, mercredi, 18 h 59*

Il faisait presque nuit quand Ron Friday revint au bazar. Bien que curieux de voir comment les autorités menaient l'enquête, ce qui l'intéressait d'abord était ce qu'il pourrait découvrir sur l'attentat. Sa vie pouvait en dépendre.

La pluie avait cessé et un vent froid descendait des montagnes. Friday n'était pas mécontent d'avoir un anorak et une casquette de base-ball, même si la chute de température n'était pas la raison première de sa tenue. Même de sa chambre, il pouvait entendre les hélicoptères survoler le quartier. Quand il était arrivé, il avait découvert deux hélicos de la police en vol stationnaire à moins de cinquante mètres d'altitude. En plus de chercher des survivants, les engins, par leur bruit assourdissant qui résonnait d'un bout à l'autre de la place, contribuaient à empêcher les badauds de s'attarder. Mais ce n'était pas l'unique raison de leur présence. Friday soupçonnait que ce vol à basse altitude leur permettait de photographier la foule au cas où le terroriste serait resté dans le secteur. Les cabines étaient sans doute équipées de caméras numériques dotées de logiciels de reconstruction géométrique. Quel que soit l'angle de prise de vue, ceux-ci permettaient de redresser l'image pour la présenter « de face ». Interpol et la plupart des services de sécurité nationaux avaient des fichiers anthropométriques avec ce genre de photos ou de portraits-robots de la police. Comme les empreintes digitales, les portraits de face pouvaient être analysés par ordinateurs et comparés à des images d'archives. L'ordinateur superposait les traits communs. Si la corrélation était supérieure à 70 pour cent, elle était jugée suffisante pour entraîner une recherche du sujet aux fins d'interrogatoire.

Friday avait coiffé la casquette de base-ball parce qu'il ne désirait justement pas risquer d'être identifié par l'hélico. Il ne savait pas quels gouvernements pouvaient avoir fiché sa bobine – ni pour quelle raison, du reste. Mais il ne tenait certainement pas à leur offrir une photo pour ouvrir un nouveau dossier.

Les sites des attentats avaient été délimités et isolés par du ruban rouge. Tout autour du périmètre, on avait installé des projecteurs sur des mâts de trois mètres montés sur trépied. D'un point de vue matériel, la place du marché évoquait pour Friday une salle de gymnase après un bal : la fête était finie, les lieux étrangement sans vie, mais les reliquats d'activité présents partout. Sauf qu'ici, au lieu de taches de sangria, c'étaient des taches de sang. Au lieu de papier crépon, c'étaient des bâches déchirées. Et au lieu de sièges vides, il y avait des charrettes abandonnées. Quelques vendeurs étaient repartis avec elles, laissant au sol la trace bien nette de leur emplacement. Sous la lumière crue des projecteurs, on aurait dit ces ombres noires des arbres et des victimes inscrites sur les murs d'Hiroshima et Nagasaki par le feu nucléaire. D'autres charrettes avaient été simplement abandonnées. Peut-être que leurs propriétaires étaient absents au moment de l'explosion et que les employés qui les remplaçaient au stand n'avaient pas eu envie de s'attarder. Peut-être aussi que certains des vendeurs avaient été blessés ou tués.

Des miliciens de l'armée régulière étaient postés tout le long du périmètre. Ils étaient armés de pistolets-mitrailleurs MP5K, parfaitement visibles sous les projecteurs. Des policiers patrouillaient sur la place, armés pour leur part de leurs revolvers Webley. 455 si caractéristiques. Outre le fait de décourager les pillards – ce qui n'exigeait pas vraiment l'exhibition d'armes à feu –, il n'y avait qu'une seule raison de sortir l'artillerie après une frappe terroriste : restaurer l'orgueil blessé et rassurer l'opinion en lui montrant que les responsables demeuraient toujours une force sur laquelle compter. Tout cela était toujours si tristement prévisible.

On laissait tout juste aux journalistes le temps de présenter leur reportage ou de prendre quelques photos puis on leur demandait de quitter les lieux. Un agent de police expliqua à une équipe de CNN qu'il leur serait bien plus difficile d'identifier des pillards si un attroupement se formait.

Ou peut-être ne voulaient-ils pas voir des caméras les enregistrer eux-mêmes en train de voler, s'avisa Friday. Il aurait parié qu'une bonne partie des articles abandonnés sur le marché auraient disparu au matin.

Quelques badauds étaient venus juste pour regarder. Quoi qu'ils aient espéré découvrir – des corps brisés, un spectacle de destruction, l'actualité en train de se faire –, le résultat ne semblait guère les avoir comblés. La plupart quittaient les lieux complètement déprimés. Les sites d'attentats à l'explosif, les zones de combat, les épaves de voitures accidentées avaient souvent cet effet sur les gens. D'abord attirés, ils éprouvaient bien vite de la répulsion. Peut-être étaient-ils déçus en découvrant soudain leur propre soif de sang. Certains venaient avec des fleurs qu'ils déposaient sur le sol près du ruban de police. D'autres laissaient simplement un petit message de prière pour un ami, un parent, un inconnu.

Sur les lieux du temple et du poste de police détruits, des ingénieurs des travaux publics inspectaient les bâtiments avoisinants encore debout pour voir s'ils avaient été affaiblis ou endommagés par les explosions. Friday les reconnut à leur casque de chantier blanc et aux échomètres qu'ils tenaient dans la main. Ces appareils émettaient des ondes sonores uni- ou multidirectionnelles, dont la fréquence pouvait être ajustée à la composition d'un matériau – de la pierre au bois en passant par le béton. Si les ondes rencontraient une solution de continuité dans la composition du matériau – signe caractéristique d'une brèche –, un signal retentissait et les spécialistes examinaient le site de plus près.

En dehors des ingénieurs, on voyait les équipes habituelles de sauveteurs de la police et de personnels médicaux à l'œuvre sur les trois sites. Mais une chose surprit Friday. De manière générale, en Inde, les attentats terroristes étaient du ressort de la police de district et de la NSG, la National Security Guard. Cette Garde de sécurité nationale avait été créée en 1986 pour servir de force antiterroriste. Surnommés les *Black Cats*

– « Chats noirs » –, ces commandos se chargeaient aussi bien des situations de crise comme les rapts ou les détournements d'avions que des expertises sur les lieux d'explosions à la bombe. Toutefois, on ne voyait pas un seul agent du NSG avec sa tenue noire. Les trois sites d'attentats étaient sous le contrôle des hommes de la SFF, la Force spéciale des frontières, reconnaissables à leur uniforme marron. Friday ne s'était encore jamais trouvé sur les lieux d'un attentat à Srînagar. Peut-être s'agissait-il d'une simple répartition de la responsabilité dans les enquêtes antiterroristes : la SFF se chargeait des régions frontalières.

Friday se vit invité à circuler par un des agents de police. Il n'aurait pas la possibilité de parcourir les décombres. Mais il pouvait malgré tout faire quelques déductions logiques sur le déroulement de l'attentat. Tout en se dirigeant vers l'endroit où le bus avait explosé, il sortit son téléphone mobile pour appeler Samantha Mandor, aux archives photographiques de la NSA. Il lui demanda de chercher dans les fichiers de clichés numériques d'AP, UPI, Reuters et autres agences photographiques, pour en exhumer les images de sites attaqués par des terroristes au Cachemire. Il voulait en outre qu'elle y joigne les éventuels fichiers d'analyse associés aux photos. Il en avait sans doute déjà quelques-uns archivés dans son propre ordinateur, dans sa chambre d'hôtel. Mais il voulait une information mieux ciblée. Il dit à Samantha de le rappeler dès qu'elle aurait collecté les archives photographiques et textuelles.

L'agent américain s'approcha du site de la carcasse de l'autocar, délimité par des rubans. Contrairement aux deux bâtiment détruits, où les murs avaient partiellement protégé la rue, les débris du véhicule avaient été projetés en tous sens par la violence de l'explosion. Les cadavres avaient été évacués mais la rue était recouverte de fragments de métal, de cuir et de verre de l'autocar. Il y avait également des livres, des appareils photos, transportés par les voyageurs, ainsi que les accessoires de voyage, les vêtements et les images pieuses qu'ils avaient dans leurs bagages. Contrairement au site des bâtiments, cette scène était un instantané du moment de l'impact.

Le téléphone cellulaire de Friday se manifesta alors qu'il s'approchait du ruban rouge. Il s'immobilisa pour prendre l'appel.

« Oui ?

— Monsieur Friday ? Samantha Mandor. J'ai les photos et les informations que vous avez demandées. Voulez-vous que je vous envoie les images quelque part ? Il y a près d'une cinquantaine de clichés couleurs.

— Non, répondit Friday. À quand remonte le dernier attentat à Srînagar ?

— À cinq mois, lui répondit Samantha. Il visait une livraison d'obus d'artillerie à destination de la Ligne de contrôle. L'attaque a provoqué une spectaculaire explosion.

— Était-ce un attentat-suicide ?

— Non. Il y a une image microscopique de fragments d'un afficheur à cristaux liquides retrouvés près du point zéro de l'explosion. L'analyse de laboratoire indique qu'il s'agit d'un élément de détonateur à minuterie. Ils ajoutent qu'un capteur à distance a également été retrouvé parmi les débris mais qu'apparemment il n'a pas détoné. »

Sans doute un élément d'un plan de rechange, estima Friday. Les professionnels intégraient souvent un dispositif de déclenchement manuel à distance au cas où la minuterie tomberait en panne ou si jamais la bombe était découverte avant que la minuterie ait pu la déclencher. La présence d'un récepteur de déclenchement à distance était la preuve qu'au moins un des terrosites était presque à coup sûr à proximité de l'endroit où la bombe avait explosé.

« Qu'en est-il du personnel sur le site de l'explosion ? demanda Friday. Quel genre d'uniformes portaient-ils ?

— Il y avait des agents de la Garde de sécurité nationale ainsi que des membres de la police locale, l'informa sa correspondante.

— Personne de la Force spéciale des frontières ?

— Non, dit-elle. Il y a eu d'autres attaques contre des cibles militaires à Srînagar. Elles ont eu lieu six et sept semaines auparavant. Des officiers de la Garde de sécurité nationale étaient également présents.

— Quelqu'un a-t-il revendiqué ces attentats ?

— D'après les éléments en notre possession, les trois ont été revendiqués par le même groupe, lui dit Samantha. Le FKM, la Milice du Cachemire libre.

— Merci », dit Friday. Il en avait déjà entendu parler. On les disait soutenus par le gouvernement pakistanais.

« Aurez-vous besoin d'autre chose ? s'enquit la jeune femme.

— Pas pour l'instant, non. » Et il coupa.

Friday raccrocha le téléphone à sa ceinture. Il comptait appeler un peu plus tard son nouveau patron, dès qu'il aurait quelque chose de concret à signaler. Il regarda autour de lui. Pas de membres du commando des Black Cats. Peut-être significatif, peut-être pas. Leur absence pouvait tenir à une question de compétence territoriale. Ou peut-être que le NSG s'était montré incapable d'arrêter les terroristes et qu'on avait confié le problème à la SFF. Peut-être qu'un ancien responsable de la SFF avait été nommé à un poste gouvernemental important. Ce genre de promotion débouchait habituellement sur des réorganisations.

Bien entendu, il restait toujours la possibilité qu'il n'y ait là rien d'habituel. Quel genre de circonstances exceptionnelles pouvait mener à l'éviction d'un service d'une enquête ? Cela se produirait à coup sûr pour une question de sécurité. Friday se demanda si le NSG aurait pu être compromis par des agents pakistanais. À moins que la SFF ne se soit arrangée pour donner l'impression que les Black Cats avaient été infiltrés. Les restrictions budgétaires étant encore plus drastiques ici qu'aux États-Unis, la rivalité entre services y était encore plus vive.

Friday tourna lentement sur lui-même. Il y avait plusieurs bâtiments d'un et deux étages autour du marché. Mais aucun n'aurait valablement pu servir de position aux terroristes. S'ils avaient dû recourir aux détonateurs à distance, les charrettes des marchands avec leurs banderoles, leurs auvents et leurs bâches auraient risqué de bloquer leur ligne de visée. S'il y avait eu des stands de restauration chaude, la fumée des grils aurait également pu les gêner. En outre, les terroristes auraient été confrontés au problème de location des chambres. Il y avait toujours le risque de laisser une trace écrite, comme avec le fourgon loué par les auteurs du premier attentat contre le World Trade Center. Et seuls des terroristes amateurs payaient une chambre en liquide. C'était en général le plus sûr moyen d'amener un propriétaire à filer prévenir la police. Même le proprio le plus avide n'avait aucune envie de voir un poseur de bombe potentiel résider sous son toit.

Du reste, il n'y avait aucune raison de se planquer ici. Il n'était guère difficile pour un terroriste de garder l'anonymat au milieu de la foule de ce marché animé, même s'il devait rester plusieurs jours pour repérer les cibles, installer les explosifs, puis surveiller le site le jour J. Friday se posait néanmoins une question. Pourquoi le commissariat de police et le temple avaient-ils explosé simultanément quand l'autocar n'avait sauté que quelques secondes plus tard ? Il était plus que probable que les trois attaques étaient liées. Il restait possible que les minuteurs aient été légèrement désynchronisés. Ou peut-être y avait-il une autre raison.

Friday continua de se diriger vers l'endroit où s'était garé le bus. La circulation avait été déviée vers d'autres rues. Il put donc se tenir au milieu de la large avenue et se retourner pour embrasser le site. Cette artère était l'itinéraire le plus direct pour quitter les lieux. Elle desservait un grand nombre d'autres voies. Toute poursuite aurait été particulièrement difficile quand bien même la police aurait identifié le suspect ou su le genre de véhicule à rechercher.

Friday repéra l'emplacement idéal pour se poster et déclencher l'explosion en cas de défaillance de la minuterie. C'était sur le trottoir, près de l'arrêt de bus. À quatre cents mètres environ de la cible, ce qui était la portée maximale de la plupart des détonateurs à distance. De toute évidence, si un terroriste s'y était posté dans l'attente de l'explosion, il n'aurait pas voulu que l'autocar saute tout de suite. Il aurait d'abord attendu que le temple saute pour s'éloigner ensuite à distance de sécurité. L'explosion du bus avait dû être programmée pour lui en laisser le temps. Ou alors, c'est lui qui avait déclenché l'explosion en se servant du même déclencheur à distance que pour le temple.

Mais cela ne lui disait toujours pas pourquoi il y avait eu deux explosions distinctes pour le commissariat et le temple. Une seule, de forte puissance, aurait suffi à détruire les deux édifices.

Friday rebroussa chemin vers l'autre extrémité du marché. Sitôt regagné sa chambre, il comptait appeler la NSA. L'attentat du marché n'était pas son souci premier. Peu lui importait, à vrai dire, qui était en définitive le responsable sur place. Ce qui le tracassait, c'étaient les Black Cats. Ces gars auraient accès aux infos le concernant et concernant les Attaquants dès qu'ils auraient gagné les montagnes. S'il y avait la moindre possibilité de fuite au sein de la NSG, il voulait s'assurer qu'ils soient tenus hors circuit.

# 14.

## *Kargil, mercredi, 19 h 00*

Tandis que sa moto fonçait sur les routes sillonnant les contreforts de l'Himalaya, Ishaq Faseli n'avait qu'une idée en tête. Il avait quitté la ferme d'Apu sans dîner et il crevait de faim. Mais il n'avait pas envie de nourriture. Il avait piloté la bouche ouverte – mauvaise habitude – et sa langue était desséchée. Mais il ne voulait pas d'eau non plus. Non, ce qu'il voulait le plus, c'était un casque.

La Royal Endfield Bullet fonçait sur la route du col et ses roues étroites projetaient une pluie de gravillons plats. Et chaque fois que la route se rétrécissait, comme maintenant, et qu'il longeait d'un peu trop près la paroi rocheuse, les gravillons aux arêtes tranchantes ricochaient et revenaient sur lui comme des balles. Il se serait même contenté d'un turban s'il avait eu le temps de s'arrêter et l'étoffe pour s'en confectionner un. Alors, faute de mieux, Ishaq s'arrangeait pour piloter le visage légèrement tourné sur la gauche. Tant que les gravillons ne l'atteignaient pas aux yeux, tout allait bien. Et sinon, il devait se montrer philosophe : il lui resterait toujours l'œil gauche. Ayant grandi dans l'ouest du pays, près du col de Khyber, il avait appris depuis bien longtemps que les montagnes du sous-continent n'étaient pas pour les mauviettes.

Pour commencer, même lors d'un bref trajet de deux heures comme celui-ci, la météo changeait rapidement. Le soleil intense pouvait céder la place à des giboulées de neige en l'espace de quelques minutes et la neige fondue se muer en épais brouillard encore plus vite. Des voyageurs non préparés risquent de geler sur place, de se déshydrater ou de se perdre avant de parvenir en lieu sûr. Le soleil, le vent, les précipitations, les courants d'air chaud ou froid s'écoulant des fissures, des failles, des cavernes et des pentes – tous se ruaient et virevoltaient autour des pics immuables, s'affrontant et se heurtant de manière imprévisible. Sous cet aspect, les montagnes lui évoquaient les califes d'antan. Elles aussi étaient hautaines, impérieuses, ne rendant compte qu'à Allah.

D'un autre côté, les contreforts de l'Himalaya sont extrêmement difficiles à négocier à pied – et bien plus encore en moto. La chaîne est relativement jeune et ses pentes restent abruptes et escarpées. Ici même, au Cachemire, les quelques voies que l'on rencontre ont été tracées par les Britanniques en 1845, au tout début des guerres contre les Sikhs. L'élite des troupes alpines de la reine Victoria avait utilisé ces itinéraires pour prendre en étau les forces ennemies retranchées en contrebas. Trop étroites pour les camions, les voitures et l'artillerie, et trop précaires pour les chevaux ou autres animaux de bât, ces « coupes », comme on les appelait, étaient tombées à l'abandon à l'époque de la

Première Guerre mondiale et l'étaient restées pour l'essentiel jusqu'à ce que les Pakistanais les redécouvrent en 1947. Tandis que les Indiens employaient des hélicoptères pour transporter hommes et matériels d'un bout à l'autre de la région, les Pakistanais préféraient ces passages plus lents mais plus secrets. Les coupes culminaient aux alentours de 2 400 mètres, où les températures nocturnes étaient trop basses et l'air trop raréfié pour autoriser les bivouacs à la belle étoile ou les marches prolongées.

Même si les risques ou le manque de confort n'étaient guère un souci pour Ishaq en ce moment, il avait une mission à remplir et un chef à servir. Rien ne pouvait l'en écarter. Ni les chutes dans le ravin, ni les cailloux acérés qui voulaient l'y précipiter, ni les brusques variations de température.

Heureusement, sa moto se comportait avec un héroïsme bien digne de sa réputation. Ishak avait piqué la Royal Endfield Bullet derrière une caserne. C'était une machine superbe. Certes, ce n'était pas un de ces précieux modèles d'époque des années 50, quand le constructeur anglais avait installé ses usines en Inde. Mais cette machine était la dotation standard de toutes les unités de la police et de l'armée. À ce titre, elle ne risquait pas d'attirer l'attention. Et elle avait en outre des avantages tactiques. Comme toutes les Royal Endfield, cette machine à la robe rouge et noire si caractéristique était d'une endurance à toute épreuve, d'une sobriété exceptionnelle et avait une vitesse maximale de près de cent vingt kilomètres-heure. Elle était en outre robuste et son moteur de 22 chevaux était relativement discret. Enfin, son poids réduit de cent quatre-vingts kilos limitait les risques d'éboulement sur les portions de route à flanc de falaise. Et le niveau sonore réduit avait également son importance alors qu'il gravissait les vallées encaissées où des bruits intenses étaient toujours susceptibles de déclencher des éboulements.

Ishaq vit de petits chiffres gravés à flanc de montagne. Ils indiquaient que l'altitude était de douze cents mètres. Il était en retard sur son horaire. Il accéléra. Le vent le fouetta, faisant vibrer ses joues. Leur claquement ressemblait à celui du moteur. Par la grâce du Prophète, lui et sa machine ne faisaient désormais plus qu'un. Il sourit au mystère des voies d'Allah.

La section 2E était près du point le plus élevé de la route. Les troupes pakistanaises avaient passé des années à cartographier la région. Lors de leur retraite de Kargil, elles avaient laissé une vaste cache remplie d'armes, d'explosifs, de vêtements civils avec des passeports, mais aussi de fournitures médicales dans une caverne au point culminant du secteur. Sharab et son groupuscule venaient souvent s'y replier pour réapprovisionner leurs stocks.

Ishaq gardait l'œil sur sa montre tout en continuant son ascension parmi les collines. Il ne voulait pas faire attendre Sharab. Non pas parce que leur chef était intolérante ou impatiente mais parce qu'il voulait être là-bas pour elle – chaque fois qu'elle avait besoin de lui, quels que soient le lieu, l'heure ou la raison. Professeur de sciences politiques sans expérience préalable sur le terrain, son dévouement et son ingéniosité tactique lui avaient rapidement valu le respect et la totale dévotion de tous les membres du groupuscule. Ishaq était en outre un brin amoureux d'elle, même s'il prenait soin de n'en rien trahir. Il ne voulait pas qu'elle crût que c'était l'unique raison de sa présence auprès d'elle. Elle aimait travailler avec des patriotes, pas des admirateurs. Pourtant, Ishaq se demandait souvent si les leaders de la Milice du Cachemire libre lui avaient demandé de diriger ce groupe parce qu'elle était une femme. Quand les médecins d'antan cautérisaient les blessures des guerriers, il fallait au moins cinq hommes pour retenir le malheureux – mais une seule femme. Les membres de la cellule ne pouvaient rien refuser à Sarah, que ce soit pour ses beaux yeux ou pour ne pas manquer à leur virilité.

Un calibre 38 Smith & Wesson était logé dans l'étui sous son chandail en laine. Le pistolet était parvenu au FKM par la police de l'aéroport de Karachi – qui en avait acheté auprès des États-Unis près d'un millier, une trentaine d'années auparavant. Le poids du flingue chargé était rassurant contre ses côtes. La foi d'Ishaq lui enseignait que ce n'était que par Dieu et son Prophète qu'un homme devenait fort. Ishaq y croyait. Passionnément. La prière et le Coran lui donnaient cette force. Mais le fait d'avoir une arme au côté y contribuait aussi. La religion était comme un repas qui suffisait à vous faire tenir toute la journée. Le Smith & Wesson était un en-cas bien utile sur le moment.

Le chemin se fit plus accidenté, suite à un récent éboulement. Les bas-côtés devenaient plus précaires. Pour aggraver les choses, une bruine glaciale s'était mise à tomber. Elle lui piquetait le visage comme un vent de sable. Malgré tout, il accéléra encore. Si la pluie continuait et qu'il se mettait à geler, la piste allait devenir verglacée. Il devait également se méfier des lièvres et autres animaux. S'il en heurtait un, il risquait de déraper. Mais il ne pouvait pourtant se permettre de ralentir. Pas s'il désirait atteindre la zone à temps. Ils s'y retrouvaient toujours après une mission mais jamais jusqu'ici avec une telle urgence. Pour commencer, Sharab avait l'habitude de regagner la maison, la ferme ou la grange qu'ils avaient occupée pour un ultime entretien avec leurs hôtes. Qui que soient ces derniers, elle tenait à s'assurer qu'ils avaient compris qu'ils auraient la vie sauve aussi longtemps qu'ils garderaient le silence. Certains membres du groupe n'étaient pas d'accord avec son esprit charitable, surtout quand il s'agissait d'hindous comme Nanda et son grand-père. Mais Sharab ne voulait pas braquer les populations contre elle. Qu'ils soient ou non musulmans, la majorité de ces paysans, éleveurs ou ouvriers étaient d'abord des Pakistanais. Elle n'avait nulle intention de tuer d'innocents compatriotes, présents ou futurs.

Le ciel était sombre et Ishaq alluma les phares. Le puissant faisceau du projecteur illumina la piste sur près de deux cents mètres. Une distance tout juste suffisante pour lui permettre de garder sa vitesse actuelle. Les virages arrivaient si vite qu'il manqua par deux fois sortir de la route. Par moments, il ralentissait quelques secondes pour ne pas être enivré par l'impression de voler. Une illusion bien réelle à ces vitesses et à cette altitude. Il en profitait en outre pour jeter un œil derrière lui et s'assurer qu'il n'était pas suivi. Entre le fracas du moteur qui se répercutait contre les parois rocheuses et les flancs de vallées, le claquement de ses joues et le crépitement des gravillons, il n'était pas évident qu'il perçoive le bruit d'un véhicule ou d'un hélicoptère lancé à sa poursuite. Il avait certes interdit à Apu de sortir de la maison et il avait coupé la ligne de téléphone. Toutefois, nul ne pouvait deviner la réaction d'un individu quand un membre de sa famille était retenu prisonnier.

Ishaq avisa une autre marque au bord de la route. Il était maintenant à quinze cents mètres d'altitude. Il ne savait pas jusqu'où Sharab et le groupuscule pourraient aller avec leur plateau. Ils montaient par une autre piste. Peut-être qu'ils arriveraient jusqu'à dix-huit cents mètres avant que la piste ne devienne trop étroite pour leur véhicule. Les deux routes se rejoignaient quelques centaines de mètres plus haut. Une fois arrivé, s'il ne voyait pas leurs traces de pneus, il les attendrait dans la caverne. Mais il espérait bien qu'ils seraient déjà là. Il avait hâte de savoir ce qui était arrivé et surtout ce qui avait foiré.

Il priait que cela ne les empêchât pas de le rejoindre. Si, pour une raison quelconque, les autres n'étaient pas apparus dans les prochaines vingt-quatre heures, ses ordres étaient d'installer dans la caverne la radio qu'il transportait dans sa petite sacoche d'équipement. Puis il devait appeler la base du FKM à Abbottabad, de l'autre côté de la frontière pakistanaise. On lui donnerait la marche à suivre. À savoir, soit attendre des remplaçants, soit essayer de retourner au pays livrer son rapport.

Si les choses devaient en arriver là, Ishaq espérait qu'on lui dirait d'attendre. Retourner au pays, c'était en effet escalader les montagnes et franchir le glacier de Siachen[1]. Ou alors, il devrait tenter de passer par la

1. Zone située à l'est de la Ligne de contrôle, contre la frontière chinoise, elle est contestée par l'Inde et le Pakistan, le tracé « officiel » défini après la conférence de Simla de 1972 n'ayant pu y être

Ligne de contrôle. Ses chances de survivre étaient minces. Le commandement du FKM aurait aussi vite fait de lui demander de se tirer une balle dans la tête.

Alors qu'il approchait de la fourche où se rejoignaient les deux pistes, il vit le camion garé au milieu du chemin. Le plateau était recouvert d'une bâche brune et la cabine camouflée sous des branches. Sur ses traits, un sourire engagea contre le vent un combat perdu d'avance. Il était heureux qu'ils aient réussi. Mais sa satisfaction retomba quand le faisceau de son phare illumina le groupuscule. Comme un seul homme, ils se retournèrent et s'accroupirent, prêts à faire feu.

« Non, c'est Ishaq ! s'écria-t-il. C'est Ishaq ! »

Ils abaissèrent alors leurs armes et continuèrent d'avancer sans attendre leur compagnon. Sharab ouvrait la marche avec la fille. Nanda était poussée devant elle, sous la menace d'une arme.

Ça ne ressemblait pas à Sharab.

C'était mauvais signe. Très, très mauvais signe.

défini au-delà du point NJ9842 sur la chaîne de Saltoro à plus de 6800 mètres d'altitude : selon les parties en présence, la ligne passe à l'ouest du glacier (pour l'Inde) ou à l'est de celui-ci (pour le Pakistan). Pour l'heure (2004), le glacier reste occupé par l'Inde et les troupes des deux pays s'y affrontent depuis 1984.

## 15.

## *Washington, DC, mercredi, 10 h 51*

Bob Herbert était d'habitude un homme plutôt satisfait.

Pour commencer, il aimait son boulot. Il avait à ses côtés une bonne équipe de collaborateurs. Il était en mesure de fournir au personnel du service le genre d'informations préalables que son épouse n'avait pu avoir au Liban. Il était en outre satisfait de lui-même. Il n'était pas devenu un bureaucrate de Washington. Il faisait passer la véracité avant la diplomatie et le bien-être de l'Op-Center avant son avancement personnel. Cela voulait dire qu'il pouvait dormir la nuit. Il respectait les gens qui importaient – Paul Hood et Mike Rodgers, par exemple.

Mais Bob Herbert n'était pas satisfait en ce moment précis.

Hank Lewis, de la NSA, lui avait téléphoné pour lui dire que les dernières informations que Ron Friday avait transmises par mail étaient en cours de décryptage par les spécialistes. On les lui ferait suivre d'ici quelques minutes. En attendant, il fit ce qu'il avait eu l'intention de faire depuis que la mission des Attaquants avait reçu l'aval de la Commission parlementaire. Il ouvrit sur sa machine le dossier sur Ron Friday transmis par la NSA. Jusqu'à présent, Herbert et son équipe avaient été trop occupés à aider Mike Rodgers et son commando à préparer leur mission pour faire autre chose.

Il n'apprécia pas trop ce qu'il vit dans le dossier de Ron Friday. Ou plutôt, ce qu'il n'y vit pas.

Au titre de service de gestion de crises, l'Op-Center n'en conservait pas pour autant « au chaud » un catalogue complet de cartes d'état-major ou de services de renseignements. Les seuls fichiers qui étaient conservés et régulièrement révisés quatre fois par jour concernaient les situations et les lieux où des ressortissants ou des intérêts américains étaient directement impliqués ou affectés. Le Cachemire était certes une zone de crise. Mais s'il explosait, cela n'entraînerait pas automatiquement l'intervention de l'Op-Center. En fait, c'était précisément pour cela qu'on avait demandé aux Attaquants de se rendre dans la région pour y rechercher des armes nucléaires : parce que le renseignement pakistanais ne s'attendrait pas à leur présence.

Ron Friday avait été un rajout de toute dernière minute à la mission. Sa participation avait été exigée pendant le week-end par Satya Shankar, ministre d'État, ministre de l'Énergie atomique. Officiellement, l'une de ses missions était la vente de technologies nucléaires aux pays en voie de développement. Officieusement, il était chargé d'épauler l'armée dans son suivi de l'évolution de la technologie nucléaire dans les pays ennemis. Shankar et Friday avaient déjà collaboré, lorsque Shankar était secrétaire d'État chargé de l'exploration au ministère du Pétrole et du Gaz naturel. À l'époque, Friday avait été chargé par une multinationale pétrolière européenne d'évaluer les problèmes légaux soulevés par le forage dans un territoire controversé entre la province indienne du Râjâsthan et le Pakistan, une région baptisée Grand Désert indien ou désert de Thar, selon le côté de la frontière. Shankar avait été manifestement impressionné par la prestation de l'avocat.

Puisque l'Op-Center se retrouvait embringué avec Friday, lire son dossier n'avait pas été une priorité immédiate pour Herbert. D'autant moins que la CPSR avait déjà avalisé sa participation, en s'appuyant sur son indice « Bouclier bleu ». Cela voulait dire que Ron Friday était habilité à prendre part aux opérations de terrain les plus sensibles à l'étranger. Bouclier rouge indiquait qu'un agent était agréé par un gouvernement étranger. Bouclier blanc qu'il avait la confiance de son propre gouvernement, qu'il n'existait aucune preuve d'une activité d'agent double. L'indexation Bouclier jaune signifiait en revanche que l'élément s'était révélé être un agent double et qu'il était utilisé par son gouvernement pour faire de la désinformation, souvent à son insu, ou parfois avec sa coopération, en échange de la clémence de ses employeurs. L'indice Bouclier bleu signifiait qu'il avait la confiance des deux parties.

Ce que signifiaient en réalité les classements Rouge, Blanc et Bleu, c'est que, jusqu'à plus ample informé, aucun élément n'avait permis de suggérer que l'agent était corrompu. Cela suffisait en général à un responsable de projet pour accorder l'agrément à un élément pour une mission. Surtout un responsable qui était nouveau à ce poste et surchargé de travail, comme

Hank Lewis à la NSA. Mais le système d'indexation Bouclier n'était pas infaillible. Il pouvait simplement signifier que l'agent avait été assez prudent pour ne pas se faire prendre. Ou qu'il avait un complice infiltré pour faire le ménage dans son dossier.

Or, le dossier de Friday était des plus étiques. Il contenait de bien rares rapports d'activité en Azerbaïdjan, où il avait été récemment stationné – à l'ambassade des États-Unis à Bakou, au poste d'adjoint à la vice-ambassadrice Dorothy Williamson. Il n'y avait strictement aucune communication de sa part lors de la crise récente dans l'ancienne république soviétique. C'était peu commun. Herbert jeta un œil sur les dossiers des deux agents de la CIA qui avaient travaillé à l'ambassade. Ils étaient bourrés de rapports quotidiens. Coïncidence ou pas, ces deux hommes avaient été tués.

Le maigre dossier sur Friday et son apparent silence durant la crise étaient déroutants. Un de ses supérieurs à la NSA, Jack Fenwick, était l'homme qui avait engagé le terroriste connu sous le nom du Harponneur pour précipiter la confrontation en mer Caspienne entre l'Azerbaïdjan, l'Iran et la Russie[1]. Herbert n'avait pas lu toutes les analyses rétrospectives ultérieures. Il n'avait pas eu le temps. Mais le silence de Friday avant et durant la confrontation avait conduit Herbert à s'interroger : était-il vraiment inactif ou bien ses rapports étaient-ils directement transmis à un complice qui les faisait disparaître ?

Jack Fenwick, par exemple.

1. Cf. *Op-Center 7, Diviser pour régner*, Albin Michel, 2002.

Si tel était le cas, cela pouvait signifier que Ron Friday avait collaboré avec Jack Fenwick et le Harponneur pour déclencher une guerre. Bien sûr, il restait toujours l'éventualité que Friday ait aidé Fenwick sans savoir ce que tramait le chef de la NSA. Mais l'hypothèse semblait improbable. Ron Friday avait été avocat, c'était un spécialiste des négociations de marchés pétroliers et il était conseiller diplomatique. Bref, songea Herbert, tout sauf un naïf. Et ça, ça lui flanquait une trouille bleue.

Le message électronique décrypté de la NSA arriva et Herbert l'ouvrit. Le dossier contenait les observations de Friday assorties d'éléments précisant les fonctions antiterroristes dévolues auparavant à la Garde de sécurité nationale et à la Force spéciale des frontières. Herbert ne trouva rien d'étonnant à ce que la SFF ait remplacé les Black Cats après ce dernier attentat. Peut-être cette dernière unité avait-elle compétence pour les attentats visant les sites religieux. À moins que le pouvoir n'ait ainsi marqué son irritation devant l'inefficacité des Black Cats. Il était en tout cas manifeste qu'un groupuscule terroriste écumait le Cachemire. Et un service de sécurité qui se montrait incapable d'assurer celle-ci ne risquait pas d'assumer longtemps cette fonction.

Paul Hood ou lui-même pouvaient appeler leurs collègues du renseignement indien afin d'obtenir une explication de ce changement. Mais ses doutes au sujet de Ron Friday ne seraient pas aussi faciles à dissiper.

Herbert pianota le numéro 008 sur le téléphone intégré à son fauteuil roulant. C'était le poste de Paul Hood. Peu avant que l'Op-Center n'ouvre ses portes, Matt Stoll avait piraté le réseau informatique pour lui réserver le poste 007. Herbert n'avait pas trop apprécié l'intrusion de Stoll mais Hood avait apprécié l'initiative de son collaborateur. Tant que Stoll avait cantonné ses tentatives de sabotage interne à un acte isolé comme ce piratage du répertoire téléphonique, Hood avait décidé de fermer les yeux.

On décrocha dès la première sonnerie. « Hood à l'appareil.

— Patron, c'est Bob. Vous avez une minute ?

— Bien sûr.

— J'arrive », répondit simplement Herbert. Il tapa une adresse sur son clavier, pressa la touche « Entrée ». « D'ici là, j'aimerais que vous jetiez un rapide coup d'œil sur les documents électroniques que je vous envoie. L'un est un rapport de la NSA sur l'attentat de ce matin à Srînagar. L'autre est le fort maigre dossier de Ron Friday.

— Très bien. »

Herbert raccrocha, sortit et enfila le couloir jusqu'au bureau de Hood. Il roulait lorsqu'il reçut un coup de fil de Matt Stoll.

« Sois bref, avertit Herbert.

— J'étais juste en train de parcourir la dernière brassée de numéros ramassés par le Chasseur, lui dit Stoll. Tu sais, ce numéro qu'on avait mis sur écoute, le téléphone de campagne, à Srînagar ? Eh bien, il passe de bien curieux appels.

— Comment ça ?

— Il n'arrête pas de rappeler la base à Jammu, le poste de police, expliqua Stoll. Mais les appels ne durent qu'une seconde.

— C'est tout ?

— C'est tout, confirma Stoll. On détecte une connexion, un blanc d'une seconde, puis ça raccroche.

— Et cela se produit régulièrement ? demanda Herbert.

— On a eu un signal par minute depuis seize heures, heure locale. Six heures trente du matin pour nous, précisa Stoll.

— Ça fait plus de quatre heures, constata Herbert. Des impulsions brèves, régulières, sur une période prolongée. Ça ressemble à une balise de repérage.

— Ça se pourrait, admit Stoll. Ou ça pourrait également signifier que quelqu'un a appuyé accidentellement sur la touche bis. Une messagerie vocale répond aux appels non urgents adressés à la police. Le téléphone de campagne a pu être programmé pour détecter cela comme une coupure accidentelle, alors il raccroche et recompose le numéro.

— Ça paraît tiré par les cheveux, nota Herbert. Y a-t-il moyen de savoir si le téléphone de campagne se déplace ?

— Pas directement.

— Et indirectement, alors ? » insista Herbert alors qu'il arrivait devant le bureau de Hood. La porte était ouverte, aussi tapa-t-il contre le chambranle. Hood était en train d'étudier son écran d'ordinateur. Il fit signe à Herbert d'entrer.

« Si les coups de fil servent de balise, alors, à coup sûr, la police du Cachemire est en train de les filer, sans doute par triangulation, expliqua Stoll au téléphone. Tout cela pourrait être effectué par leurs ordinateurs. Ça prendra un peu de temps mais on devrait pouvoir s'introduire dans leur système.

— Vas-y, ordonna Herbert.

— D'accord, fit Stoll. Mais pourquoi ne pas plutôt les appeler et leur demander ce qui se passe ? Ce sont nos alliés, après tout. Est-ce qu'on n'est pas censés mener cette opération avec eux ?

— Certes, admit Herbert. Mais s'il y avait un moyen quelconque de l'effectuer à leur insu, j'aimerais autant. La police va se demander pourquoi nous leur posons une telle question. Les Black Cats et quelques fonctionnaires gouvernementaux triés sur le volet sont normalement les seuls censés être au fait de l'arrivée des Attaquants.

— Je vois, fit Stoll. O.K. On va tâcher d'intercepter leurs communications.

— Merci », dit Herbert qui raccrocha avant d'entrer dans le bureau de Hood. Il bloqua les freins de son fauteuil et ferma la porte derrière lui.

« Matinée chargée ? demanda Hood.

— Non, jusqu'à ce qu'un cinglé décide de déclencher un feu d'artifice à Srînagar. »

Hood acquiesça. « Je n'ai pas encore fini d'éplucher tous ces fichiers, expliqua-t-il, mais Ron Friday est manifestement préoccupé de nous voir fricoter avec les Black Cats. Et vous de votre côté, vous m'avez l'air apparemment préoccupé d'avoir à fricoter avec Ron Friday. »

Paul Hood ne travaillait pas depuis bien longtemps dans le milieu du renseignement et il avait encore pas mal de faiblesses. Néanmoins, une de ses plus grandes forces était que ses années passées dans la finance et la politique lui avaient enseigné à deviner intuitivement les inquiétudes de ses collaborateurs, quel qu'en soit le sujet.

« C'est surtout l'étendue de cette collaboration, admit Herbert.

— Parlez-moi de cette histoire de parasites sur la ligne de la police, demanda Hood sans cesser de lire.

— La dernière communication dans le sens base-terrain s'est produite quelques instants avant l'explosion. Mais Matt vient de me dire que l'émission de fréquences régulières remontant du terrain vers la base a commencé juste après. En renseignement électronique, on cherche à obtenir trois éléments avant de confirmer un lien éventuel avec un attentat terroriste : le bon minutage, la proximité et la source probable. Nous avons les trois.

— Cette source probable étant une cellule terroriste apparemment à l'œuvre à Srînagar, dit Hood.

— Exact. Je viens de demander à Matt d'essayer d'obtenir un complément d'informations sur ces salves de signaux. »

Hood acquiesça tout en poursuivant sa lecture. « Votre problème avec Friday est un peu plus épineux.

— Pourquoi ?

— Parce qu'il est là-bas à la demande du gouvernement indien, expliqua Hood.

— Les Attaquants aussi, remarqua Herbert.

— Certes, mais ils ont déjà travaillé avec Friday. Ils laisseront à nos Attaquants plus de liberté justement parce qu'ils se fient à Friday.

— Il y a quelque chose d'ironique là-dedans, observa Herbert.

— Écoutez, je sais ce que vous pensez, reconnut Hood. Friday a travaillé pour Fenwick. Fenwick a trahi son pays. Mais nous devons éviter les généralisations hâtives. Et la culpabilité par association.

— Et la culpabilité pour activités criminelles ? lança Herbert. Celles auxquelles il a pu se livrer à Bakou ont disparu de son dossier.

— À supposer qu'il travaillait pour la NSA, observa Hood. Je viens de passer un coup de fil à notre vice-ambassadrice à Bakou. Son dossier personnel indique que Friday a été son collaborateur. Il avait été prêté par la NSA pour assurer la collecte de renseignements sur la situation pétrolière. Il n'y a aucune raison d'imaginer que la CIA l'ait mouillé dans sa traque du Harponneur. Et puis Jack Fenwick jouait avec le feu. Il est fort possible qu'il n'ait pas dit à Friday ce que la NSA mijotait réellement du côté de la Caspienne.

— Comme il est possible que Fenwick l'y ait envoyé lui-même, fit remarquer Herbert. Ses qualifications dans le domaine pétrolier faisaient de lui l'informateur idéal.

— Encore vous faudra-t-il le prouver », nota Hood.

Herbert n'apprécia pas la réponse. Quand son petit doigt lui disait quelque chose, il avait tendance à l'écouter. Pour lui, cette manie qu'avait Hood de toujours jouer l'avocat du diable était une de ses grandes faiblesses. Pourtant, du strict point de vue de sa responsabilité, Hood agissait comme il fallait. C'était du reste pour cela qu'il était patron de l'Op-Center et pas Herbert. Ils ne pouvaient pas retourner voir la commission parlementaire et leur annoncer tout de go qu'ils annulaient la mission ou s'inquiétaient du rôle qu'y tenait Friday, sur de simples intuitions de leur chef du renseignement.

Le téléphone pépia. C'était Dorothy Williamson. Hood mit l'ampli. Il tapota sur son clavier tout en se présentant et en présentant Herbert. Puis il expliqua à la vice-ambassadrice qu'ils participaient à une opération en collaboration avec Ron Friday. Il lui demanda alors si elle ne voyait pas d'objection à leur donner son opinion personnelle sur l'agent.

« Il était très efficace, excellent avocat et négociateur, et j'ai beaucoup regretté de le perdre, leur dit-elle.

— A-t-il eu beaucoup de contacts avec les deux gars de l'Agence, ceux qui se sont fait tuer par l'homme de main du Harponneur ? demanda Hood.

— M. Friday passait beaucoup de temps avec MM. Moore et Thomas, confirma Williamson.

— Je vois. »

Herbert se sentit conforté dans son opinion. Les contacts entre Friday et les agents de la CIA auraient dû apparaître dans ses rapports à la NSA. Il avait désormais la confirmation que son dossier avait été expurgé.

« Entre nous, monsieur Hood, je tiens à vous signaler une chose, nota Williamson. Nos agents n'ont pas été tués par un assassin mais par deux. »

Voilà qui désarçonna Herbert.

« Il y avait deux assassins à l'hôpital, poursuivit la vice-ambassadrice. L'un d'eux a été tué. L'autre a réussi à s'enfuir. La police de Bakou le cherche toujours.

— Je l'ignorais, avoua Hood. Merci. »

Herbert sentit son estomac se retourner. Les deux agents de la CIA avaient été tués alors même qu'ils conduisaient à l'hôpital un de leurs collègues en visite qui avait été empoisonné par le Harponneur. Le plan de Fenwick de déclenchement d'une guerre autour de la Caspienne avait exigé l'élimination des trois hommes à l'hôpital[1]. Fenwick aurait sûrement demandé à

1. Cf. *Op-Center 7, Diviser pour régner, op. cit.*

Friday de l'informer des mouvements des agents de la CIA. Et tout aussi sûrement, cette information aurait été effacée par la suite des archives de Friday. Mais, après l'assassinat des deux hommes, Friday se serait bien douté que quelque chose clochait. Il s'en serait ouvert à Williamson ou aurait fait en sorte d'avoir un meilleur alibi.

Sauf s'il était de son plein gré dans le complot de Fenwick.

« Ici Bob Herbert, madame la vice-ambassadrice, intervint le chef du renseignement. Pouvez-vous me dire où se trouvait M. Friday, la nuit des meurtres ?

— Dans son appartement, si ma mémoire est bonne.

— M. Friday a-t-il fait une observation quelconque après avoir appris les assassinats ? insista Herbert.

— Pas vraiment.

— Était-il inquiet pour sa sécurité personnelle ?

— Il n'en a rien dit, en tout cas. Mais on n'a guère eu le temps de papoter. Nous faisions de notre mieux pour éviter une guerre », observa-t-elle.

Hood lança un œil noir à son chef du renseignement. Herbert se renfrogna, excédé, tandis que Hood rattrapait le coup en félicitant sa correspondante pour ses efforts durant la crise.

C'était tout lui. Quelle que soit la situation, il avait toujours la présence d'esprit de jouer les diplomates. Pas Herbert. Si le Harponneur éliminait les agents américains, il voulait savoir pour quelle raison il n'était pas venu à l'esprit de Mme Williamson de se demander pourquoi Friday n'avait pas été visé.

La vice-ambassadrice avait encore deux ou trois choses à dire sur Friday, en gros louer sa rapidité à saisir les problèmes concernant l'Azerbaïdjan et ses voisins.

Williamson conclut en demandant à Hood de saluer Friday de sa part lorsqu'il l'aurait au bout du fil.

Hood répondit qu'il n'y manquerait pas, puis il raccrocha. Il considéra Herbert. « Ce n'est pas en lui tombant sur le râble que vous en auriez tiré quelque chose, observa-t-il.

— Qu'est-ce que vous en savez ? contra Herbert.

— Pendant notre conversation, j'ai jeté un œil à son CV, expliqua Hood. La nomination de Williamson est politique. Elle était le consultant en communication du sénateur Thompson lors de sa dernière campagne pour les sénatoriales.

— Les coups tordus et la diffamation ? lança Herbert, dégoûté. C'est là toute son expérience en matière de renseignement ?

— En gros, oui, confirma Hood. Avec deux agents de la CIA en poste à Bakou, j'imagine que le président s'estimait à même de marquer des points contre les chefs de file de la majorité. Mais, surtout, je parie que toute cette histoire vous paraît un peu trop propre.

— Comme des boutons de guêtre un jour de revue.

— Je n'en sais trop rien, Bob, avoua Hood. Je ne suis pas Williamson, c'est tout. Et Hank Lewis avait suffisamment confiance en Friday pour l'envoyer en Inde.

— Ça, ça ne veut rien dire. J'ai parlé avec Lewis un peu plus tôt, ce matin. Il prend des décisions avec autant d'à-propos qu'un singe dans une capsule spatiale. »

Grimace de Hood. « C'est un type bien…

— Peut-être, patron, mais il est comme ça, j'y peux rien, insista Herbert. Qu'il reçoive une décharge électrique et il presse un bouton. Il n'a pas trop eu le temps de réfléchir sur Ron Friday ou quoi que ce soit d'autre. Bon, écoutez, Hank Lewis et Dorothy Williamson devraient être le cadet de nos soucis pour le moment...

— Entièrement d'accord. Bien. Imaginons que Ron Friday ne soit pas le bienvenu dans notre équipe. Comment procédons-nous pour refuser sa candidature ? Ce n'est pas Jack Fenwick qui va porter plainte.

— Pourquoi pas ? Peut-être que ce rat sera prêt à balancer en échange de l'immunité...

— Le président a eu ce qu'il voulait, la démission de Fenwick et de ses conjurés, dit Hood. Il n'a surtout pas envie d'un grand procès national qui cherche à établir s'il était au non au bord de la dépression nerveuse durant la crise, même si c'est au prix de la conservation de quelques sous-fifres dans le système. Fenwick s'en est bien tiré. Il ne va sûrement pas aller raconter des trucs susceptibles de faire changer d'avis le président.

— C'est parfait, râla Herbert. Le coupable se balade en toute impunité et la santé mentale du président n'a pas droit à l'examen qu'elle mériterait peut-être.

— Et les marchés ne s'effondrent pas, l'armée ne perd pas confiance en son commandant en chef, et tout un ramassis de dictateurs du tiers-monde ne profitent pas de la distraction du pays pour appliquer leur programme à marches forcées, rétorqua Hood. Merde, les systèmes sont bien trop interconnectés, Bob. Le bien et le mal ne veulent plus rien dire. Tout est devenu une subtile question d'équilibre.

— Pas possible ? railla Herbert. Eh bien, le mien est pour le moins chancelant, ces temps-ci. Je n'aime pas faire courir des risques à mon équipe, à mes amis, pour faire plaisir à je ne sais quelque nabab indien.

— Il n'en est pas question, dit Hood. Nous allons protéger la partie du système qu'on nous a confiée. (Il regarda sa montre.) J'ignore si Ron Friday a trahi son pays à Bakou. Et quand bien même, ce n'est pas pour autant qu'il a un autre fer au feu en Inde. Mais il nous reste encore dix-huit heures avant que les Attaquants ne débarquent en Inde. Comment faire pour en savoir plus sur Friday ?

— Je peux toujours demander à mes gars d'éplucher ses relevés de téléphone mobile, ses courriers électroniques, dit Herbert. Peut-être obtenir les bandes de vidéosurveillance de l'ambassade et voir si on y déniche quelque chose de suspect.

— Allez-y, dit Hood.

— Ça ne nous dira peut-être pas tout.

— On n'a pas besoin de tout, indiqua Hood. Juste d'une cause probable, quelque chose de plus consistant que l'éventualité que Friday ait aidé Fenwick. Si nous l'avons, alors nous pourrons nous adresser au sénateur Fox et à la commission parlementaire, leur dire que nous refusons de voir les Attaquants collaborer avec un individu qui s'est montré prêt à déclencher une guerre pour assouvir des intérêts personnels.

— Tout cela bien poliment, bougonna Herbert. Mais on est en train de prendre des gants avec un type qui pourrait bien être un salopard de traître.

— Non, dit Hood. On doit le présumer innocent jusqu'à preuve du contraire. Vous m'obtenez les informations. Je me charge de transmettre le message. »

Herbert acquiesça, à contrecœur.

Tout en roulant vers son bureau, le chef du renseignement songea au fait que la seule et unique réussite de la diplomatie était de retarder l'inéluctable. Mais Hood était le patron et Herbert ferait ce qu'il voulait.

Pour l'instant.

Parce que, plus que sa loyauté envers Paul Hood et l'Op-Center, plus que la sécurité de sa propre carrière, Herbert se sentait responsable de la sécurité des Attaquants et de la vie de ses amis. Le jour où les choses seraient devenues tellement interconnectées qu'il ne serait plus à même de l'assurer, ce jour-là, il serait un homme bien malheureux. Et, dès lors, il n'aurait plus qu'une seule chose à faire : raccrocher.

## 16.

## *Base 2E, Siachen, Cachemire, mercredi, 21 h 02*

Sharab et son groupe descendirent du camion camouflé et passèrent les deux heures suivantes à gravir la falaise où la caverne était située. Ishaq avait pris les devants avec sa moto. Il était allé le plus loin possible avant de terminer l'ascension à pied. Parvenu à l'entrée de la grotte, il y récupéra les petites lanternes à fente qu'ils mettaient de côté et les alluma pour les autres. Leur faible éclairage jaune aida Sharab, Samouel, Ali et Assan à hisser Nanda sur la corniche en contrebas de l'entrée. L'otage cachemirie ne cherchait pas à s'échapper mais ce n'était sûrement pas une alpiniste. Le sentier jusqu'ici avait été fort étroit, au bord de vertigineux précipices. Et cette dernière partie de l'ascension, bien que de quinze mètres à peine, était presque verticale.

Une fine brume s'accrochait à la roche, entravant leur visibilité à mesure qu'ils montaient. Les hommes progressaient avec Nanda entre eux. Sharab fermait la marche. Sa paume droite l'élançait, à cause du bleu qu'elle s'y était fait en frappant la planche de bord un peu plus tôt. La jeune femme se mettait rarement en colère mais c'était parfois indispensable. Comme ces destriers guerriers du Coran dont les sabots produisaient des étincelles, elle devait parfois évacuer son ire à doses mesurées. Sinon, à la longue, elle risquait d'exploser.

Nanda devait chercher à tâtons les prises que Sharab et les autres avaient taillées dans la paroi rocheuse l'année précédente. Les hommes l'aidaient de leur mieux.

Sharab avait tenu à emmener avec eux la Cachemirie, moins pour avoir une otage – des hommes prêts à faire sauter leurs compatriotes n'hésiteraient guère à en abattre un de plus si nécessaire – mais pour une seule raison : elle avait des questions à lui poser.

Les deux autres bombes au marché de Srînagar n'avaient pas été une coïncidence. Quelqu'un devait avoir appris les plans de Sharab et de son unité. Peut-être un groupuscule extrémiste pro-indien. Plus probablement une personne au gouvernement car il avait fallu une savante organisation pour coordonner les diverses explosions. Mais, quels qu'en soient les auteurs, ils avaient déclenché les autres bombes pour attribuer à la Milice du Cachemire libre la responsabilité d'un attentat contre des hindous.

Sharab n'était pas surprise que des Indiens tuent leurs compatriotes pour retourner la population contre la FKM. Certains gouvernements construisaient des usines de guerre bactériologique dans des établissements scolaires ou installaient des QG militaires sous des hôpitaux. D'autres arrêtaient les dissidents par charretées entières ou testaient des toxines dans l'air et l'eau à l'insu des populations. La sécurité du plus grand nombre passait fatalement avant le bien-être d'une minorité. Ce qui préoccupait Sharab était que les Indiens aient si bien réussi à comploter contre eux. Ils avaient su où et quand le FKM allait attaquer. Ils avaient su que le groupe revendiquait toujours ses attentats quelques instants seulement après l'explosion. Les Indiens avaient interdit à la cellule de poursuivre son activité. Car, même si les autorités ignoraient l'identité de ses membres ou leur lieu de résidence, elles avaient miné la crédibilité du groupe. Ils ne seraient plus perçus comme une force opposée au pouvoir de New Delhi. Mais comme un groupuscule terroriste anti-indien, anti-hindou.

Sharab ne pouvait strictement rien y faire. Pour l'heure, elle se sentait en sécurité. Si les autorités avaient connu l'existence de la grotte, elles les y auraient déjà attendus. Une fois qu'ils auraient refourbi leurs armes et récupéré leur équipement d'hiver, elle déciderait s'ils y passaient la nuit ou reprenaient la route aussitôt. Se déplacer de nuit dans le froid en haute montagne était risqué. Mais donner aux Indiens une chance de les pister le serait tout autant. Il était hors de question pour elle de laisser capturer son groupe, mort ou vif. Même leurs cadavres suffiraient à procurer aux extrémistes indiens une cible propre à rallier à leur cause la fraction la plus modérée de la population.

Mais Sharab avait une autre raison de vouloir survivre. Dans l'intérêt de futures cellules, Sharab devait tenter de découvrir comment les autorités indiennes avaient pu connaître ses activités et celles de son groupe. Quelqu'un avait dû les voir à l'œuvre sur le toit du poste de police. Mais cela aurait dû déboucher sur leur arrestation et leur interrogatoire, pas sur ce complot élaboré. Elle soupçonnait que quelqu'un les espionnait depuis un certain temps. Et puisque quasiment aucune des communications de la FKM ne s'effectuait par téléphone ou courrier électronique, et que personne au Pakistan ne connaissait leur localisation exacte, cet espion devait se trouver à proximité.

Elle connaissait tous les membres de son équipe et leur faisait entièrement confiance. Récemment, il n'y avait eu que deux autres personnes proches de leur cellule : Nanda et son grand-père. Apu avait eu trop peur pour lever le petit doigt contre eux et Sharab ne voyait pas comment Nanda aurait pu s'adresser à quiconque. Ils étaient sous surveillance à peu près constante, tous les jours. Et pourtant, d'une manière ou de l'autre, l'un d'eux avait dû trahir le groupe.

Ishaq se tenait penché, à l'entrée de la grotte, trois mètres environ au-dessus d'eux. Il tendit le bras et les aida à monter tour à tour. Sharab attendit qu'Ishaq et Ali aient littéralement hissé Nanda à l'intérieur. La roche était tiède et elle plaqua la joue dessus. Elle ferma les yeux. Malgré tout, ce n'était pas comme chez elle.

Quand elle était petite, son récit favori du Coran était la sourate des sept dormeurs dans la caverne. Deux versets lui revenaient sans cesse chaque fois qu'elle venait ici : « Alors, Nous avons assourdi leur oreilles, dans la caverne pendant de nombreuses années || Ensuite, Nous les avons ressuscités, afin de savoir lequel des deux groupes saurait le mieux calculer la durée exacte de leur séjour[1]. »

Sharab connaissait ce sentiment de désorientiion. Coupée de tout ce qu'elle aimait, séparée de tout ce qui lui était familier, le temps pour elle avait perdu sa signification. Mais elle savait ce que les dormeurs dans la caverne avaient appris. Que le Seigneur Dieu savait, Lui, combien de temps ils étaient restés endormis. S'ils gardaient confiance en Lui, ils ne seraient jamais perdus.

Sharab avait son Dieu et elle avait également son pays. Pourtant, ce n'était pas ainsi qu'elle aurait voulu regagner le Pakistan. Elle s'était toujours imaginée revenir victorieuse plutôt qu'en fuite devant l'ennemi.

« Grouille ! » lui cria d'en haut Samouel.

Sharab rouvrit les yeux. Poursuivit son ascension vers la caverne. L'instant de paix était passé. Elle sentit la colère remonter en elle. Elle se hissa à l'intérieur de la petite anfractuosité et se redressa. Le vent gémissait autour d'elle en s'engouffrant dans la grotte peu profonde puis ressortait après l'avoir contournée. Deux lanternes oscillaient à leur crochet fixé au plafond bas. En dessous, il y avait des piles de caisses de fusils, d'explosifs, de munitions, de boîtes de conserve, de vêtements et d'équipements divers.

À l'exception d'Ishaq, tous les hommes se tenaient contre les parois de la grotte. Ishaq quant à lui s'affairait à refixer une large bâche devant l'entrée. L'extérieur était peint de la même couleur que le flanc rocheux. La toile contribuait non seulement à camoufler cette

1. Le Coran, sourate 18 : *La Caverne*, versets 11 et 12.

cache naturelle mais aussi à la garder au chaud quand ils étaient à l'intérieur.

Nanda se trouvait près du fond. Elle faisait face à Sharab. Le plafond s'inclinait fortement et, pour rester debout, la femme cachemirie devait se tenir légèrement voûtée. Une traînée de sang maculait la cheville de son pantalon. L'anneau de la menotte avait dû lui entailler les chairs et pourtant Nanda n'avait émis aucune plainte. Les coins de sa bouche tremblaient, l'anxiété rendait sa respiration légèrement haletante. Elle se tenait les bras croisés. Sharab décida d'y voir plus une manière de se réchauffer qu'une attitude de défi. Ils étaient tous en nage après cette ascension et l'air glacial avait frigorifié leurs vêtements trempés de sueur.

Sharab s'approcha lentement de sa prisonnière.

« Des innocents sont morts aujourd'hui, observa-t-elle. Il n'y aura ni récompense ni nouveaux meurtres, mais je dois savoir. Est-ce que toi ou ton grand-père avez parlé à qui que ce soit de nos activités ? »

Nanda resta muette.

« Nous n'avons pas détruit le temple et le bus, tu le sais, ajouta Sharab. Tu as vécu avec nous, tu as dû nous entendre élaborer nos plans. Tu sais que nous ne nous en prenons qu'aux cibles gouvernementales. Qui que soient ceux qui s'attaquent aux hindous, ce sont tes ennemis. Vos ennemis. Ils doivent être dénoncés et traduits en justice. »

Nanda continua de rester où elle était, les bras serrés autour d'elle. Mais il y avait un changement dans sa posture, son expression. Ses épaules s'étaient légèrement redressées, ses yeux et sa bouche s'étaient durcis.

Cette fois, oui, elle la défiait.

Pourquoi ? se demanda Sharab. Parce qu'une Pakistanaise avait osé suggérer que des Indiens pourraient être les ennemis d'autres Indiens ? Nanda ne pouvait pas être naïve à ce point. Et si elle n'était pas d'accord avec elle, elle n'avait pas non plus envie de défendre ses compatriotes.

« Samouel ? » dit Sharab.

Le jeune homme barbu se leva : « Oui ?

— Occupe-toi du dîner, veux-tu ? Y compris celui de notre hôte, ajouta-t-elle. Elle aura besoin de reprendre des forces. »

Samouel ouvrit une boîte en carton couverte de givre, remplie de rations militaires. Il se mit à distribuer les boîtes à ouverture rapide. Chaque récipient plat, rouge, de dix sur quinze centimètres, était rempli de riz basmati, de lamelles de viande de chèvre précuite, assaisonnés de deux bâtons de cannelle. Une seconde caisse contenait des cartons de lait en poudre. Tandis que Samouel les distribuait aux hommes, Ali alla chercher une jarre d'eau au fond de la grotte. Il l'ajouta au lait en poudre, en la versant adroitement par petites giclées pour éviter que les glaçons qui s'étaient formés dans le récipient n'obstruent le col.

Sharab continuait de considérer Nanda. « Tu viens avec nous au Pakistan, l'informa-t-elle. Une fois là-bas, tu diras à mes collègues ce que tu refuses de me dire. »

Nanda restait muette. Cela parut étrange à Sharab. La jeune femme aux yeux sombres n'avait pas gardé sa langue dans sa poche lors des mois de leur séjour à la ferme. Elle s'était plainte de cette intrusion, des restrictions qu'on lui avait imposées, des dirigeants militaires du Pakistan et des activités terroristes de la

FKM. Il semblait bizarre qu'elle ne veuille plus rien dire à présent.

Peut-être l'ascension l'avait-elle épuisée. Cela dit, elle n'avait pas non plus ouvert la bouche dans la camionnette. Il se pouvait qu'elle craignît pour sa vie. Néanmoins, elle n'avait pas tenté de s'échapper sur le sentier de montagne ou même de s'emparer d'une des nombreuses armes pourtant bien en évidence.

Et puis, Sharab réalisa. Pourquoi Nanda ne voulait pas leur parler. Elle s'approcha de la Cachemirie, s'immobilisa devant elle.

« Tu travailles avec eux, dit soudain Sharab. Soit tu veux qu'on t'emmène au Pakistan avec nous, soit… » Elle se tut, appela Hassan. Avec son mètre quatre-vingt-quinze, l'ancien carrier de trente-six ans était le membre le plus imposant de son groupe. Il était obligé de se voûter pour tenir debout dans la caverne.

« Tiens-la », ordonna Sharab.

Cette fois, Nanda bougea : elle essaya de contourner Sharab. Apparemment pour s'emparer d'une des armes dans la caisse. Mais Hassan se glissa derrière elle. Il lui saisit les bras juste sous les épaules et les bloqua ensemble entre ses mains massives. La jeune Cachemirie gémit de douleur et se tortilla pour chercher à s'échapper. Mais le colosse accentua sa pression. Elle s'arqua en arrière puis cessa de bouger.

Hassan la repoussa de force vers Sharab. La Pakistanaise lui tâta les poches de jean, puis elle glissa les mains sous son épais chandail de laine pour lui palper les flancs et le dos.

Elle trouva aussitôt ce qu'elle cherchait. C'était du côté gauche, juste au-dessus de la hanche. Alors que

Nanda recommençait à se débattre, Sharab releva le chandail pour démasquer la taille de la jeune femme.

Il y avait une pochette de cuir fixée à une étroite ceinture élastique. Et, dans la pochette, un téléphone cellulaire. Sharab l'ôta puis s'approcha d'une des lanternes suspendues. Elle examina de près le petit boîtier noir à peine grand comme la paume. L'écran à cristaux liquides était vide. Mais si la fonction affichage avait été coupée, le téléphone fonctionnait, lui : il vibrait imperceptiblement, une pulsation d'une seconde, suivie d'un arrêt de même durée. Et cela se répétait sans interruption. Il y avait également une espèce de bulle de plastique sombre à l'extrémité supérieure du boîtier. On aurait dit le récepteur de télécommande infrarouge d'un téléviseur.

« Ali, Samouel, récupérez-moi les armes et les fournitures, ordonna Sharab. Grouillez-vous. »

Les hommes posèrent leur repas pour obtempérer aussitôt. Hassan tenait toujours Nanda. Ishaq observait la scène depuis le flanc de la caverne. Il attendait que Sharab lui dise quoi faire.

Sharab toisa Nanda. « C'est plus qu'un banal téléphone mobile, n'est-ce pas ? C'est un mouchard électronique. »

Nanda ne dit rien. Sharab adressa un signe de tête à Hassan et ce dernier resserra un peu plus les bras de sa captive. Elle étouffa un cri mais ne répondit toujours pas. Au bout d'un moment, Sharab fit signe au malabar de relâcher son étreinte.

« Tu n'aurais pas pu t'adresser à tes collaborateurs sans qu'on l'entende, poursuivit-elle. Tu as dû te servir du clavier pour taper les informations. Et en ce moment même, ils doivent être en train de repérer notre base grâce à ta position. Qui sont-ils ? »

Nanda ne répondit pas.

Sharab s'avança vers elle et lui balança une claque du revers de la main. « Qui est derrière ? hurla-t-elle. Qui est-ce ? La SFF ? L'armée ? Le monde doit savoir que ce n'est pas nous qui avons fait ça ! »

Nanda refusa de desserrer les lèvres.

« Est-ce que tu te rends compte de ce que tu as fait ? » ajouta Sharab en reculant d'un pas.

« Oui, dit enfin la femme cachemirie. Empêcher votre peuple de commettre un génocide.

— Un génocide ?

— Contre la population hindoue du Cachemire et du reste de l'Inde, poursuivit Nanda. Pendant des années, nous avons entendu les promesses d'extermination diffusées par la télévision, criées dans les mosquées.

— Vous avez entendu les extrémistes, les imams fondamentalistes qui défendent des positions radicales, insista Sharab. Tout ce que nous désirions, c'était la liberté pour les musulmans du Cachemire.

— En tuant…

— Nous sommes en guerre, déclara Sharab. Mais nous ne frappons que des objectifs policiers ou militaires. » Elle brandit le téléphone mobile et pianota sur le dessus du boîtier. « Veux-tu qu'on parle d'extermination ? C'est bien une commande à distance, non ? On t'a déposée près du site et tu t'en es servie pour déclencher à distance les bombes laissées par tes partenaires.

— Ce que j'ai fait était un acte d'amour pour protéger le reste de mon peuple, rétorqua Nanda.

— C'était un acte de trahison, répondit Sharab. Ils ont eu les coudées franches parce qu'ils savaient que nous ne leur ferions pas de mal. Vous avez abusé de notre confiance. »

Les membres du groupe de Sharab avaient pris part à ce type d'action essentiellement au Moyen-Orient où ils servaient de bombes humaines. La différence était que les compatriotes de Nanda n'avaient pas choisi de faire un tel sacrifice. Nanda et ses partenaires avaient pris la décision pour eux.

Mais, pour l'heure, ces questions de morale et de faute n'étaient pas le souci premier de Sharab. Nanda n'avait pas assez d'expérience pour être à l'origine de ce plan. Quels qu'en soient les auteurs, ils approchaient et sans doute seraient-ils puissamment armés. Et Sharab n'avait pas l'intention de les attendre ici.

Elle se tourna vers Ishaq. Installé près des caisses, le cadet des membres de leur groupuscule était en train de manger son plat de viande de chèvre et de riz. Le froid avait rendu ses lèvres livides et le vent du long trajet en moto avait parcheminé son visage. Mais ses yeux mélancoliques restaient vifs, pleins d'attente. Sharab préférait ne pas songer à ce qu'elle s'apprêtait à lui dire. Mais il fallait bien.

Elle lui tendit le téléphone. « J'aurai besoin que tu restes ici avec le mobile », lui dit-elle.

Le jeune homme cessa de mastiquer.

« Tu as entendu ce qui se passe, poursuivit Sharab. On s'en va mais ses complices doivent continuer à se figurer que nous sommes restés ici. »

Ishaq posa la gamelle et prit le téléphone. Les autres hommes derrière eux s'étaient immobilisés.

« Il est rudement lourd, constata Ishaq en soupesant l'appareil. Tu as raison. Ils ont dû y ajouter des trucs. (Il considéra Sharab.) Tu ne veux pas que les Indiens repartent d'ici, c'est ça ?

— C'est ça », confirma-t-elle calmement. Puis sa voix s'étrangla. Elle continua de fixer le jeune homme droit dans les yeux.

« Alors ils ne repartiront pas d'ici, lui promit-il. Mais t'aurais dû te méfier.

— Merci », répondit Sharab.

Elle se retourna pour aller aider les autres, moins parce qu'ils avaient besoin d'elle que pour qu'Ishaq ne la voie pas pleurer. Elle voulait qu'il garde d'elle l'image d'une femme forte. Il en aurait besoin pour affronter l'épreuve. Les larmes vinrent pourtant. Ils avaient vécu ensemble chaque jour depuis deux ans, que ce soit au Pakistan ou au Cachemire. Il était dévoué à elle et à la cause. Mais il n'avait pas les qualités d'alpiniste, les aptitudes à la survie de ses compagnons, qui seules leur permettraient de franchir les montagnes, contourner la Ligne de contrôle et regagner le Pakistan.

Les derniers membres du commando enfilèrent les grosses pelisses qu'ils gardaient entreposées dans la caverne pour les séjours prolongés. Ils passèrent leur arme automatique à l'épaule droite, un rouleau de corde à la gauche ; une torche électrique et des allumettes dans leurs poches. Ali prit le sac à dos qu'il avait rempli de vivres. Hassan empoigna Nanda après que Samouel lui eut donné le sac à dos contenant des pitons, un piolet, des torches de rechange et des cartes.

Puis, chacun son tour, les membres du groupuscule vinrent donner l'accolade à Ishaq. Il leur sourit, les larmes aux yeux. Sharab fut la dernière à l'étreindre.

« Je prie Dieu qu'il envoie à ton aide cinq mille anges, lui murmura la jeune femme.

— J'aimerais mieux qu'Il te les envoie pour t'aider à rentrer chez nous, répondit Ishaq. Je serais sûr alors que tout cela n'aura pas été vain. »

Elle le serra encore plus fort puis, après une tape dans le dos, tourna les talons et franchit la bâche de toile.

# 17.

## *Srînagar, mercredi, 22 h 00*

Ron Friday était dans sa petite chambre quand le téléphone posé sur la table de nuit branlante se mit à sonner. Il ouvrit les yeux, regarda sa montre.

À l'heure pile.

Le combiné datait des années cinquante : lourde enclume de bakélite noire prolongée par un épais cordon brun. Et il sonnait pour de bon. Une sonnerie, pas un bip. Friday était assis sur le lit ; après avoir transmis à Hank Lewis le message codé, il avait allumé la télé en noir et blanc. Elle passait un vieux film. Même avec les sous-titres en anglais, Friday avait du mal à suivre l'intrigue. Et le fait de piquer du nez à intervalles réguliers n'aidait pas non plus.

Il ne répondit pas dès la première sonnerie. Ni la seconde. Il ne décrocha qu'après la dixième. C'est ainsi qu'il savait que l'appel émanait de son contact chez les Black Cats. Dix sonneries à dix heures du soir.

À l'autre bout du fil, son correspondant, le capitaine Prem Nazir, lui donna rendez-vous en bas de l'hôtel dans un quart d'heure.

Friday enfila ses chaussures, saisit son anorak et dévala l'unique volée de marches. Il n'y avait que douze chambres au Binoo's Palace, en majorité occupées par des commerçants du marché, des femmes d'origine douteuse et des hommes qui mettaient rarement le nez dehors. Il était manifeste que la police ne fermait pas uniquement l'œil sur les activités du tripot.

L'auberge n'avait pour ainsi dire pas de hall. Un comptoir de réception était situé à l'angle gauche de l'escalier. Binoo s'en occupait la journée, sa sœur la nuit. Un tapis persan recouvrait le plancher, flanqué de chaque côté par des canapés avachis. Les fenêtres donnaient sur la ruelle étroite et sombre. L'odeur forte des cigarettes locales Juari était omniprésente. La salle de jeux était située dans une pièce derrière le comptoir de la réception. D'ailleurs, un épais voile de fumée flottait comme un rideau de scène derrière la sœur de Binoo.

Il en aurait fallu plus pour impressionner la femme à forte carrure installée à la réception. Elle ne leva même pas le nez de son magazine quand Friday descendit. C'était ce qu'il aimait bien dans cette turne. On vous fichait royalement la paix.

Le hall était vide. La rue aussi. Friday s'adossa au mur et attendit.

Il n'avait encore jamais rencontré le capitaine Nazir. Shankar, le ministre de l'Énergie, connaissait l'officier de cinquante-trois ans et se fiait entièrement à lui. Friday ne se se fiait à personne – pas plus à Shankar qu'à un autre. Mais le long passé du capitaine Nazir dans l'espionnage, d'abord derrière les lignes pakistanaises dans les années 1960, puis dans l'armée indienne et à présent auprès de la NSG, la Garde de sécurité nationale, suggérait que les deux hommes devaient entretenir de bonnes relations de travail.

À moins, bien sûr, qu'il n'y ait un problème entre la NSG et la SFF. C'était la première question que Friday avait eu l'intention d'aborder avec Nazir, avant même celle de la mission des Attaquants pour rechercher les missiles nucléaires pakistanais. Friday ne voyait aucun inconvénient à participer à une mission délicate avec les Black Cats, quand bien même ils n'auraient pas l'appui plein et entier de leur gouvernement. Une partie du travail de renseignement consistait à faire des choses sans l'aval du pouvoir. En revanche, il était nettement moins chaud si les Black Cats et la Force spéciale des frontières étaient en guerre, si un des groupes cherchait à entraver l'action de l'autre. Bloquer l'intervention de la NSG sur les lieux de l'attentat ne voulait pas forcément dire que c'était le cas. Mais Friday tenait à en être sûr.

Le capitaine Nazir arriva à l'heure pile. Il donnait l'impression de se balader sans destination précise, tout en fumant une Juari. Malin. L'officier venait de New Delhi mais il avait évité les cigarettes plus douces en faveur dans la capitale. La marque préférée des gens d'ici l'aiderait à mieux se fondre parmi eux.

Le capitaine était vêtu d'un chandail gris uni, d'un pantalon kaki et chaussé de Nike. Un mètre soixante-seize, soixante dix-sept, cheveux bruns taillés court, une cicatrice lui barrant le front. Glabre, basané, il ressemblait tout à fait aux portraits photographiques qu'avait vus Friday.

Lui aussi, manifestement, ressemblait à ses photos. Le capitaine Nazir ne prit même pas la peine de se présenter. Ils ne devaient pas non plus échanger d'autres noms. Il y avait encore des enquêteurs de la SFF dans le bazar. Il était possible qu'ils y aient installé des espions électroniques pour tenter d'intercepter les poseurs de bombes. Si oui, quelqu'un aurait pu surprendre leur conversation.

L'officier tendit donc simplement la main à Friday et dit d'une voix basse et rocailleuse : « Marchez avec moi. »

Les deux hommes poursuivirent leur route dans la direction initiale prise par le capitaine Nazir, qui s'éloignait de la rue principale, Shervani Road. L'étroite ruelle où était située l'auberge n'était guère plus qu'un passage. Des boutiques obscures s'alignaient de part et d'autre de celui-ci. On y vendait des articles rarement présentés au bazar, comme des vélos, des costumes pour hommes et du petit électroménager. La ruelle se terminait en cul-de-sac par un haut mur de briques à trois cents mètres de là.

Nazir tira sur le mégot de sa cigarette. « Le ministre pense le plus grand bien de vous.

— Merci », dit Friday. Il baissa les yeux et poursuivit d'une voix basse. « Dites-moi… que s'est-il passé aujourd'hui sur le marché ?

— Je n'en suis pas sûr…, répondit Nazir.

— Me le diriez-vous si vous l'étiez ? insista Friday.

— Je n'en suis pas sûr, admit Nazir.

— Pourquoi la SFF a-t-elle pris en main l'enquête au lieu de vos hommes ? » demanda Friday.

Nazir s'arrêta. Il récupéra de sous son chandail un paquet de cigarettes et en sortit une qu'il alluma à son mégot. Il considéra Friday à la lueur incandescente de sa nouvelle cigarette.

« Là aussi, j'ignore la réponse », répondit l'officier en se remettant en marche.

« Laissez-moi vous donner une piste, dit Friday. La SFF aurait-elle une prérogative particulière sur Srînagar ou les objectifs de type religieux ?

— Non, répondit Nazir.

— Et pourtant, leur personnel se trouvait sur la scène et pas vos hommes, répéta Friday.

— Oui », admit Nazir.

Ça commençait à devenir frustrant. Friday s'arrêta. Il saisit l'autre par le bras. L'officier ne réagit pas.

« Avant que je parte vers le nord risquer ma peau, j'ai besoin de savoir si oui ou non il y a une fuite dans vos rangs.

— Qu'est-ce qui vous ferait penser cela ?

— Le fait qu'il n'y avait pas un seul membre des Black Cats visible à la ronde, expliqua Friday. Pour quel motif les aurait-on écartés de l'enquête, sinon pour des raisons de sécurité ?

— L'humiliation, suggéra Nazir. Vous avez bien des conflits entre vos divers services de renseignement. Ils sont prêts à tout pour se faire des croche-pattes, quand bien même vous travaillez pour le même objectif. »

C'était incontestable, admit Friday. Lui-même avait bien tué un agent de la CIA, il n'y avait pas si longtemps.

« À vrai dire, la SFF s'est montrée des plus discrètes sur ses activités ces derniers temps, tout comme nous sur nos propres opérations, y compris celle-ci, poursuivit Nazir. Chaque groupe a ses alliés à New Delhi et, au bout du compte, toutes les informations recueillies par nos différents services se retrouvent incorporées au système pour être utilisées.

— C'est comme un abattoir, observa Friday.

— Un abattoir », répéta Nazir. Il approuva d'un signe de tête. « J'apprécie la comparaison. Beaucoup.

— Vous m'en voyez ravi, répondit Friday. À présent, dites-moi un truc que je puisse apprécier moi aussi. Par exemple, pourquoi nous devrions confier nos vies à un service de renseignement susceptible de les risquer en cherchant à se faire valoir à New Delhi ?

— Parce que c'est ce que vous pensez ?

— Je n'en sais rien, répondit Friday. Convainquez-moi du contraire.

— Connaissez-vous l'hindouisme ?

— Dans ses grandes lignes », répondit Friday. Il ne voyait franchement pas le rapport.

« Est-ce que vous savez que ce mot d'hindouisme n'est pas celui que nous utilisons pour nommer notre foi[1] ? C'est un terme inventé par l'Occident.

— Je l'ignorais, admit Friday.

— Nous avons un nombre incalculable de sectes et de castes, qui chacune ont leurs propres dénominations et leurs vues bien particulières des Véda, les Écritures sacrées, expliqua Nazir. Notre plus grand problème en tant que nation est que ce goût pour les divisions en factions se retrouve à tous les échelons du gouvernement. Chacun défend son unité, son service, son ministère ou son consulat avec la même ferveur que sa

1. Le terme est en effet *sanatana dharma*, qui en sanskrit peut se traduire par *« la Loi permanente »*.

religion personnelle. Et cela, sans songer à quel point nos actes individuels affectent l'ensemble. J'en suis coupable comme les autres. Mon "dieu", si vous voulez, sera celui qui pourra m'aider à m'acquitter de ma tâche. Pas obligatoirement celui qui pourra faire le meilleur boulot pour l'Inde. »

Il tira sur sa cigarette.

« La tragédie, c'est que l'ensemble est désormais menacé de destruction et que nous continuons de tirer à hue et à dia. Nous avons besoin d'en savoir plus sur la menace nucléaire du Pakistan. Nous ne pouvons pas aller recueillir cette information nous-mêmes, de peur de déclencher ce que nous cherchons précisément à éviter : un échange nucléaire. Vous et votre groupe êtes les seuls à pouvoir nous aider. » Nazir considéra Friday derrière les draperies sinueuses de sa fumée de cigarette. « Si vous êtes toujours prêt à entreprendre cette mission, je serai votre éclaireur. J'irai aussi loin qu'il est possible pour tout ce qui concerne les itinéraires, les autorisations, la reconnaissance sur le terrain. Mon ministre et moi veillerons à ce que nul ne vienne vous mettre de bâtons dans les roues. Il ne connaît pas les hommes qui viennent de Washington mais il a infiniment de respect pour vous. Il vous considère comme un membre de "sa" caste. C'est plus qu'un simple honneur. Cela signifie que, lors de vos entreprises à venir, vous pourrez toujours compter sur lui. Pour lui, les membres de son équipe passent au-dessus de tout. Mais nous devons obtenir les informations indispensables pour garantir que l'équipe continue. La force américaine va y aller de toute manière. Je suis là pour m'assurer que vous êtes toujours prêt à les accompagner. J'espère pouvoir le confirmer au ministre. »

Friday ne croyait jamais un homme qui prétendait faire passer le bien de son équipe avant le sien propre. Un ministre qui dirigeait une opération secrète avec les Black Cats chercherait d'abord à renforcer ses liens avec la communauté du renseignement et à s'établir une base solide. S'il était en mesure d'espionner le Pakistan aujourd'hui, alors il aurait de bonnes chances d'espionner la SFF ou le Premier ministre demain.

Qu'un homme politique nourrisse des ambitions personnelles, ce n'était pas un problème pour Friday. Il avait compris à demi-mot le capitaine Nazir. Le ministre Shankar désirait le voir accompagner les Attaquants pour s'assurer que les Américains travaillent pour New Delhi et pas seulement pour Washington. Si Friday entreprenait effectivement la mission, il aurait un allié haut placé au sein du gouvernement indien.

Les hommes parvinrent au mur de briques qui barrait l'impasse et Nazir alluma une autre cigarette. Puis ils firent demi-tour et repartirent vers l'auberge. Nazir gardait les yeux baissés. De toute évidence, il avait dit tout ce qu'il avait à dire. Au tour de Friday, à présent.

« Vous ne m'avez toujours pas convaincu qu'il n'y a pas de fuite dans vos services, observa Friday. Comment puis-je savoir que nous n'allons pas nous retrouver dans la merde jusqu'au cou, une fois rendus au Pakistan ?

— C'est fort possible, admit Nazir. C'est bien pourquoi nous ne pouvons nous y engager nous-mêmes. Quant aux fuites, je connais tout le monde chez les Black Cats. Nous n'avons jamais été trahis par le passé. À part ça, je ne suis pas en mesure de vous fournir les assurances que vous réclamez. » Nazir sourit. Pour la première fois. « Il se pourrait même que quelqu'un à Washington ait déjà informé les Pakistanais. Dans notre métier, le risque est toujours présent. Reste juste à savoir si les résultats escomptés en valent la peine. Nous pensons que oui. Pour nous – et pour vous. »

Tout cela ressemblait fort à l'exposé d'introduction d'un gourou dans un ashram. Mais, d'un autre côté, Friday aurait dû s'y attendre.

« Très bien, dit l'Américain. Je marche. À une condition.

— Qui est ?

— Je veux en savoir plus sur l'attentat qui a eu lieu aujourd'hui. Il y a un truc qui ne colle pas.

— Pouvez-vous me dire au juste ce qui vous préoccupe ? s'enquit Nazir.

— Le fait que le terroriste ait fait sauter deux charges séparées pour détruire le temple et le commissariat de police, expliqua Friday. Alors que cela ne s'imposait pas. Une unique explosion de forte puissance aurait abouti au même résultat. Et avec moins de complications. »

Nazir opina. « Je me suis posé la question, moi aussi. Très bien. Je vais voir ce que je peux découvrir et je vous en informerai à notre prochaine rencontre – qui aura lieu demain aux alentours de midi. Nous pourrons nous retrouver ici puis déjeuner ensemble. J'en profiterai pour vous apporter les éléments que je confierai à votre équipe.

— Bon, d'accord. »

Ils étaient arrivés à l'auberge. Friday considéra le capitaine.

« Encore une question.

— Dites.

— Pourquoi ne m'avez-vous pas offert de cigarette ? demanda l'Américain.

— Parce que vous ne fumez pas, répondit Nazir.

— Le ministre vous l'a-t-il dit ?

— Non.

— Alors vous m'avez surveillé, constata Friday. En interrogeant ceux avec qui j'ai travaillé pour savoir mes habitudes, découvrir mes faiblesses potentielles.

— C'est exact.

— Donc, vous ne vous fiez pas entièrement au jugement du ministre quant à l'opportunité de ma participation », fit remarquer l'Américain.

Nouveau sourire du capitaine. « Je vous ai dit que je connaissais tout le monde dans mon commando. Le ministre n'est pas un de mes hommes.

— Je vois, répondit Friday. Il y a quelque chose qui cloche, malgré tout. Vous m'avez vaguement parlé de vous, de vos méthodes, des personnes en qui vous avez confiance. Une imprudence indigne d'un professionnel.

— Vous avez raison, observa Nazir, sans se démonter. Mais comment savez-vous que ce n'était pas justement pour voir si vous sauriez le remarquer ? » Le capitaine lui tendit la main. « Allez, bonne nuit.

— Bonne nuit », répondit Friday. Il sentit le rouge de l'embarras l'envahir – en même temps qu'un léger doute – tandis qu'il serrait la main de l'officier.

Le chef des Black Cats tourna les talons et disparut dans la nuit, un épais nuage de fumée dans son sillage.

## 18.

### *Alconbury, Grande-Bretagne, mercredi, 19 h 10*

Mike Rodgers consultait les fichiers que Bob Herbert lui avait transmis par mail de l'Op-Center quand le C-130 se posa sur la base de la RAF à Alconbury. Alors que le lent et laborieux décollage avait paru mettre à rude épreuve le lourd appareil, l'atterrissage fut presque imperceptible. Peut-être parce que l'avion avait été tellement secoué durant le vol transatlantique que le général ne s'aperçut même pas qu'il avait enfin touché le sol. Il nota toutefois d'emblée l'arrêt des moteurs. La carlingue avait cessé de vibrer mais pas lui. Au bout de six heures et plus à ce régime, c'était comme s'il était secoué de la tête aux pieds par le passage d'un faible courant électrique. Il savait d'expérience qu'il faudrait trente à quarante minutes pour que l'impression se dissipe. D'ici là, évidemment, le commando aurait repris l'air et ce serait reparti pour un tour. Il y avait là, quelque part, comme un microcosme des sensations vécues mais il était trop distrait pour en faire le tri.

Le groupe descendit de l'avion mais sans quitter le terrain. L'escale ne devait durer qu'une heure environ, le temps pour deux chariots à fourche hydraulique de débarquer plusieurs caisses de pièces détachées.

Les officiers de la RAF avaient rebaptisé Alconbury « the Real American Field » – la vraie base américaine. Depuis la fin de la Seconde Guerre mondiale, c'était en effet une plaque tournante d'approvisionnements et d'opérations de l'US Air Force en Europe. C'était un vaste terrain, moderne, équipé du dernier cri en matériel de transmission, d'entretien et d'approvisionnement en munitions. Comme toutes les installations militaires – bases, terrains, casernes – avaient forcément un sobriquet, les Américains avaient surnommé celui-ci « Al ». Bon nombre des soldats affectés ici avaient la manie de fredonner la chanson de Paul Simon « You Can Call Me Al » – « Appelez-moi donc Al ». Les Rosbifs avaient du mal à comprendre cette éternelle manie des Américains de coller des sobriquets sur absolument tout et n'importe quoi – des présidents aux navettes spatiales en passant par les armes – Honest Abe, Friendship 7, Old Betsy. Mais Mike Rodgers comprenait, lui. Cela contribuait à rendre moins intimidants des institutions et des dispositifs par ailleurs formidables. Cela sous-entendait en outre une certaine familiarité, une forme de connivence propre à donner la sensation d'être plus ou moins sur un pied d'égalité.

C'était somme toute très américain.

Les membres du commando des Attaquants étaient descendus sur la piste par la rampe de déchargement de la soute. Deux des hommes allumèrent une cigarette et tinrent conciliabule dans leur coin. D'autres firent des étirements, des petits sauts à pieds joints ou allèrent simplement s'étendre dans l'herbe pour contempler le ciel bleu nuit. Brett August utilisa un des téléphones de campagne installés à l'écart de l'entrepôt. Sans doute appelait-il une des filles qu'il avait dans ce port. Peut-être qu'il se ferait la belle au retour pour lui rendre une petite visite vite fait. D'ici là, il avait le temps de voir venir. Tous autant que lui, du reste.

Mike Rodgers s'isola dans son coin. Il se dirigea vers le nez de l'appareil. Le vent balayait le vaste terrain dégagé, apportant avec lui ces odeurs familières de kérosène, d'huile et de caoutchouc chauffé des pneus du train d'atterrissage. Avec le coucher du soleil, le revêtement de la piste se refroidissait et les odeurs semblaient s'en échapper comme d'une éponge qui se rétracte. Quels qu'aient pu être les terrains d'aviation, Rodgers y avait toujours retrouvé ces trois odeurs. Il n'avait qu'à les déceler pour se sentir chez lui. L'air frais, le plancher des vaches, c'était super.

Les mains dans les poches, les yeux baissés vers la piste maculée d'huile, il songeait aux informations que Friday avait transmises à la NSA et aux documents qu'Herbert lui avait fait suivre. Il songeait également à Friday proprement dit. Et aux nombreux autres Ron Friday avec qui il avait eu l'occasion de collaborer en près de trente ans.

Rodgers avait toujours eu un problème avec les missions qui faisaient intervenir les organismes de pays tiers ou d'autres services au sein de son propre gouvernement. L'information fournie à un agent traitant n'était pas toujours aussi instructive. Parfois, elle était même carrément erronée, que ce soit par accident, par négligence ou à dessein. Le seul moyen de s'en assurer avec certitude, c'était d'être sur le terrain. Mais là, une mauvaise information ou des conclusions erronées tirées de données incomplètes pouvaient vous tuer.

L'autre gros problème auquel Rodgers était confronté avec ces missions à plusieurs était celui de l'autorité et de la responsabilité. Sous plus d'un aspect, les espions étaient pareils à des mômes. Ils adoraient jouer dehors et détestaient devoir écouter les « parents » d'un autre. Ron Friday pouvait être un type bien, responsable. Mais, d'abord et avant tout, il devait répondre aux chefs de la NSA et sans doute à son commanditaire au sein du gouvernement indien. Satisfaire leurs désirs, atteindre leurs buts, cela passait avant la nécessité de porter assistance à Rodgers, le chef de la mission. Dans l'idéal, leurs objectifs auraient dû être en tout point les mêmes, d'où une absence de conflit. Mais c'était rarement le cas. Et parfois, c'était même pire. Parfois, des espions ou des officiers se voyaient assigner une mission dans le seul but de voir celle-ci échouer, histoire d'embarrasser un service rival, sur les rangs pour décrocher l'attention du président, les faveurs d'un chef d'État, voire l'attribution des mêmes maigres subsides.

Dans une situation où un groupe se retrouvait déjà cerné par des adversaires, Mike Rodgers n'avait aucune envie d'avoir l'impression de ne même pas pouvoir compter sur ses propres forces. Surtout quand la vie des Attaquants était en danger.

Bien sûr, Rodgers n'avait pas encore eu l'occasion de rencontrer Ron Friday ou l'officier des Black Cats qui devait être leur contact, le capitaine Nazir. Il comptait donc faire comme à son habitude : les jauger dès les présentations. Il arrivait en général à sentir d'emblée s'il pouvait ou non se fier aux gens.

Mais pour l'heure, en tout cas, le truc qui le préoccupait le plus n'avait rien à voir avec Friday. Mais avec l'explosion à Srînagar. En particulier, avec ce dernier coup de fil entre la base et le téléphone sur le terrain.

D'autres pays faisaient un usage quotidien des téléphones mobiles dans leur collecte de renseignement et d'espionnage. Et pas seulement à titre passif – l'écoute des communications –, mais de manière active, en se servant du matériel même. En effet, leurs circuits électroniques ne déclenchaient pas les portiques d'alarme des aéroports. La majorité des fonctionnaires, militaires, hommes d'affaires, en avaient sur eux ; et ces appareils étaient déjà équipés à l'origine des puces et du câblage indispensables aux saboteurs. Les téléphones cellulaires étaient en outre positionnés idéalement pour tuer : il ne fallait qu'une noisette de plastic, insérée dans les circuits d'un mobile, pour exploser la tête d'une cible lorsque celle-ci répondait à un appel.

Mais Rodgers se remémorait un incident bien précis, survenu dans l'ex-colonie portugaise de Timor, qui avait des parallèles avec celui-ci. Il en avait entendu parler en consultant une étude de l'armée australienne alors qu'il se trouvait à Melville Island pour assister à des manœuvres navales en mer de Timor, en 1999. Le rapport révélait que des militaires de l'armée d'occupation indonésienne avaient distribué des téléphones cellulaires à de malheureux civils du Timor-Oriental, dans un prétendu geste de bonne volonté. Les civils avaient le droit d'utiliser le réseau militaire de communications mobiles pour passer leurs appels.

Mais ces mobiles étaient également des balises radio-émettrices. Les civils qui se trouvaient en relation avec des groupes fidèles au leader emprisonné Xanana Guasmao servaient ainsi à leur insu de mouchards pour espionner les activités des nationalistes. Par simple curiosité, Rodgers avait demandé à un collègue des services de renseignement stratégique et militaire du ministère de la Défense australien si les Indonésiens avaient mis au point eux-mêmes ce dispositif. Il avait répondu par la négative. La technologie venait de Moscou. Or les Russes étaient également parmi les fournisseurs attitrés de technologie à l'Inde…

Ce qui était significatif pour Rodgers, c'est que la fonction radio était activée par des signaux transmis depuis l'avant-poste militaire indonésien à Baukau. Les signaux étaient émis dès que des appels avaient signalé que tel ou tel individu allait bientôt se trouver en un point stratégique.

Rodgers ne pouvait s'empêcher de se demander si le téléphone de base n'avait pas d'une manière ou de l'autre envoyé au mobile sur le terrain le signal déclenchant la seconde explosion. Le minutage était un peu trop parfait pour qu'on puisse invoquer une simple coïncidence. Et la persistance de signaux à intervalles aussi réguliers suggérait que les terroristes étaient pistés.

Bon Dieu, cela faisait plus que le suggérer, s'avisa Rodgers. Du reste, plus il y réfléchissait, plus il était convaincu qu'ils se trouvaient à l'orée d'une crise grave. Les grosses têtes du groupe de réflexion du Pentagone – caché sous le nom anodin de Service des Effets théoriques – auraient qualifié ce processus de « déduction flou-gicielle ». Rodgers avait toujours été bon à ça, à l'époque où au Pentagone on parlait encore de pifomètre.

Il fallait absolument qu'il en touche un mot à Herbert.

Rodgers fit signe à Ishi Honda de venir. Son spécialiste des transmissions était couché sur le tarmac, le TAC-SAT posé à côté de lui. Il saisit son téléphone crypté et se précipita. Rodgers le remercia puis s'accroupit à côté du boîtier oblong et téléphona à Bob Herbert. Il avait coiffé les écouteurs pour entendre la conversation malgré le rugissement des appareils qui décollaient et se posaient sur la base.

Herbert décrocha aussitôt.

« Bob, c'est Mike, dit le général.

— Ravi d'avoir de vos nouvelles. Vous êtes à Al ? s'enquit Herbert.

— On se pose juste. Écoutez, Bob. J'ai réfléchi aux dernières infos que vous venez de me transmettre. J'ai comme le sentiment que les poseurs de bombes de Srînagar étaient pistés électroniquement, peut-être même par une taupe infiltrée dans leurs rangs.

— J'ai eu la même impression, admit Herbert. Surtout depuis que nous sommes parvenus à localiser les communications passées auparavant entre le terrain et la base. Elles provenaient d'une ferme située près de Kargil. Nous avons averti la SFF. Ils ont envoyé un flic du coin inspecter les lieux. Le paysan a refusé de dire quoi que ce soit et ils n'ont pas réussi à retrouver sa petite-fille. Ron et le gars de la SFF filent là-bas à la première heure demain matin voir s'ils réussissent à lui tirer les vers du nez.

— Tout ça ne me dit rien qui vaille, commenta Rodgers.

— Non, moi non plus, admit Herbert. Et il y a autre chose. La propre fille du paysan et son gendre étaient des résistants qui sont morts en luttant contre l'invasion pakistanaise.

— Donc, cet homme avait de bonnes raisons de participer à un complot contre la Milice du Cachemire libre, nota Rodgers.

— En théorie, oui, admit Herbert. Ce que nous sommes en train de chercher, c'est s'il y a bien eu complot et s'il aurait pu impliquer le commissariat de police de district où se trouvait la base du téléphone cellulaire. Matt Stoll a pu accéder à leurs dossiers personnels et mon équipe est en train d'éplucher le CV de chaque agent. Nous voulons savoir si l'un d'eux entretiendrait ou non des liens avec des groupes antiterroristes.

— Vous vous rendez compte, Bob, que, si jamais vous découvrez un lien entre la police et la cellule terroriste pakistanaise, nous risquons de nous retrouver avec sur les bras un incident international sans précédent ? objecta Rodgers.

— Je ne vous suis pas, là. Juste parce qu'ils auraient pu être au courant de l'attentat et qu'ils ont décidé de ne pas l'empêcher…

— Je pense que ça pourrait aller plus loin, l'interrompit le général. Il y a eu trois attentats distincts. Un seul était conforme au *modus operandi* habituel de la Milice du Cachemire libre : la bombe contre le poste de police.

— Attendez voir. Vous allez un peu loin, là. Vous êtes en train de dire que la police aurait pu monter elle-même cette action ? Que les Indiens auraient attaqué leur propre temple…

— Pour que ça coïncide avec l'attentat de la FKM, oui, dit Rodgers.

— Mais une opération de cette envergure devrait avoir impliqué plus que la police du Cachemire, souligna Herbert. Surtout s'ils pistent le groupuscule pour tenter de les capturer, ce qui est apparemment le cas.

— Je sais, admit Rodgers. N'est-il pas possible qu'ils aient bénéficié d'une aide extérieure ? D'un groupe un peu plus impliqué que d'habitude ?

— La SFF, suggéra Herbert.

— Pourquoi pas ? Cela pourrait expliquer leur désir de voir l'ensemble du bazar bouclé et les Black Cats tenus à l'écart. »

Herbert réfléchit un moment. « C'est possible, admit-il. Mais il est également possible qu'on aille un peu loin, là…

— Toujours mieux que de rester à la traîne, remarqua Rodgers.

— Touché, admit Herbert. Écoutez… Voyons voir déjà ce que Ron Friday et son partenaire nous auront dégoté dans la matinée. Je mettrai Paul au courant et je vous préviens dès que nous avons du nouveau.

— D'accord, dit Rodgers. Mais, tant qu'à aller loin, pourquoi ne pas faire encore un pas ?

— Très bien, hasarda Herbert, prudemment.

— Les Attaquants s'introduisent au Pakistan en quête d'engins nucléaires, dit Rodgers. Quid si on n'en trouve qu'un ou deux, voire zéro ? Supposez que le gouvernement indien ait donné le feu vert à l'attentat de Srînagar rien que pour soulever la population et déclencher la bagarre. Une bagarre que le Pakistan n'est pas en mesure de gagner ?

— Vous pensez qu'ils réagiront par une frappe préventive ? demanda Herbert.

— Pourquoi pas ?

— La communauté internationale ne le tolérerait pas ! répondit Herbert.

— Et que pourrait-elle faire ? contra Rodgers. Déclencher la guerre à l'Inde ? Lancer des missiles sur New Delhi ? Imposer des sanctions ? De quelle sorte ? Et dans quel but ? Et qu'arrivera-t-il quand la famine touchera des centaines de milliers d'Indiens et qu'ils commenceront à mourir ? Bob, il ne s'agit plus de l'Irak ou de la Corée du Nord. On parle là d'un milliard d'habitants et de la quatrième armée du monde en matière d'effectifs. De près d'un milliard d'hindous qui redoutent de devenir les victimes d'une guerre sainte islamique.

— Mike, aucun pays du monde ne va tolérer une frappe nucléaire contre le Pakistan, dit Herbert. Point final.

— La question n'est pas de tolérer ou non. La question est de savoir comment on répond si jamais cela se produit. Que feriez-vous, tout seul ?

— Tout seul ?

— Plus ou moins, expliqua Rodgers. Je parie que, déjà, Moscou et Pékin ne s'en plaindraient pas spécialement. En atomisant le Pakistan, l'Inde laisserait à Moscou un blanc-seing pour attaquer n'importe quelle république dissidente par des frappes nucléaires limitées. Fini les guerres d'enlisement comme en Tchétchénie aujourd'hui ou en Afghanistan naguère. Et la Chine ne râlerait sans doute pas trop non plus, car ça leur fournirait un précédent rêvé pour intervenir à Taïwan.

— Jamais ils ne feraient une chose pareille, objecta Herbert. C'est de la folie.

— Non, c'est de la survie, contra Rodgers. Israël a bien un plan de riposte nucléaire en cas d'attaque d'un front uni des Arabes. Qu'ils n'hésiteront pas à appliquer, vous le savez comme moi. Et si l'Inde avait le même genre de plan ? Et avec des justifications tout aussi solides, ajouterais-je. La persécution religieuse. »

Herbert ne répondit rien.

« Bob, tout ce que je veux dire par là, c'est que c'est comme dans la chanson : "Tout va très bien, madame la Marquise", expliqua Rodgers. Un premier incident conduit à un autre, puis à un autre, et ainsi de suite. Peut-être que ce n'est pas exactement le cas mais toujours est-il que ça n'annonce rien de bon.

— Non, rien de bon, admit Herbert. Malgré tout, je persiste à trouver notre réaction disproportionnée, mais je vous recontacte dès que nous en savons plus. D'ici là, j'aurai encore une suggestion.

— Laquelle ? s'enquit le général.

— Tâchez de dormir pendant le vol jusqu'en Inde. Quoi qu'il advienne, vous risquez d'en avoir besoin. »

# 19.

## *Kargil,*
## *jeudi, 6 h 45*

Ron Friday était embêté que l'appel ne vienne pas de Hank Lewis. Mais du capitaine Nazir. Pour l'Américain, cela voulait dire que, pour cette phase de la mission, il rendait compte à Delhi au lieu de Washington. Ce qui suggérait que les commandos indiens allaient le surveiller de près. Peut-être le gouvernement ne voulait-il pas le voir discuter avec la NSA (ou quiconque d'autre) de ce qu'ils risquaient de trouver ici. En tout cas, pas avant le départ de la mission.

Ils devaient se rendre dans un élevage de volailles situé en bas des collines de Kargil. Il semblait qu'un agent de renseignement de l'Op-Center aurait trouvé un lien possible entre cette ferme et l'attentat du bazar. Le service n'avait pas voulu s'étendre plus sur les raisons de ses soupçons. Tout ce qu'ils avaient daigné révéler à Hank Lewis ou à leurs contacts chez les Black Cats était que l'attentat survenu au marché était « atypique » et qu'ils désiraient voir les terroristes capturés vivants. Pour Friday, il fallait entendre : « On ne sait pas trop pourquoi les terroristes ont fait ça et on aimerait bien leur parler. »

Les deux hommes se dirigèrent vers leur objectif à bord d'un Kamov Ka-25. Le capitaine Nazir était aux commandes du petit hélico rapide et manœuvrable, couleur bleu ciel. L'appareil appartenait à la petite trentaine d'engins similaires que l'Inde avait achetés aux Russes après l'effondrement de l'Union soviétique et les réductions de budgets militaires concomitantes. Friday ne fut pas surpris de se retrouver à bord d'un appareil militaire. Un hélico noir de la Garde de sécurité nationale se serait fait remarquer. En revanche, le trafic militaire encombrait l'espace aérien indien. Comble de l'ironie, utiliser un appareil de l'armée de l'air restait encore le plus sûr moyen de rester invisible des radars pakistanais.

Ils volaient cap au nord à deux cents pieds d'altitude environ – une soixantaine de mètres – en suivant le terrain de plus en plus pentu et escarpé. Même si ces conditions de vol plutôt inhabituelles provoquaient une certaine panique dans les troupeaux de moutons et de chevaux, entraînant les jurons de leurs propriétaires, Nazir lui expliqua dans le casque que c'était une nécessité. Les courants aériens étaient délicats à négocier, surtout à cette heure matinale. À mesure que le soleil gagnait de la hauteur, les couches inférieures de l'atmosphère se réchauffaient. Elles se confrontaient à l'air glacé qui dévalait des montagnes, provoquant des zones de turbulences particulièrement dangereuses à traverser, entre cinq cents et deux mille pieds. Friday était mal à l'aise : un seul militant pakistanais muni d'un lance-roquettes aurait pu descendre leur Kamov sans le moindre problème. Il espérait que les informations reçues par l'Op-Center ne relevaient pas de ce que les pros du renseignement appelaient une TT – une « Tromperie tactique » –, mensonge improvisé dans le but de ralentir une poursuite en déployant un nuage de fumée pour éliminer les poursuivants.

Les deux hommes parvinrent à l'élevage sans incident. Avant d'atterrir, le capitaine Nazir avait rasé les petits bâtiments du poulailler et de l'habitation en bois à soubassement de pierre. Un vieux paysan en sortit pour voir ce qui se passait. Levant la tête, la main en visière pour s'abriter les yeux, il parut surpris de découvrir l'hélico. Nazir descendit jusqu'à se trouver au ras du toit.

« Qu'est-ce que vous en dites ? demanda-t-il. Vous pensez qu'il est seul ?

— C'est fort probable », répondit Friday. Les otages qui n'étaient détenus que depuis un bref laps de temps tendaient à être fort agités – voire pris de panique. Ils voulaient trouver quelqu'un qui puisse les protéger. Même si la vie d'autres otages était en jeu – y compris celle de proches – l'instinct de conservation prenait le dessus. À l'inverse, ceux détenus depuis longtemps présentaient en général le tableau inverse. Ils s'étaient déjà liés avec leurs ravisseurs et se montraient très distants, et même souvent hostiles. L'homme au-dessous d'eux n'était ni l'un ni l'autre.

Nazir resta encore quelques instants en vol stationnaire avant de se poser dans un champ voisin. Après quarante minutes de boucan, c'était un soulagement de ne plus entendre que le murmure de la brise. Sa fraîcheur était en outre bien agréable alors qu'ils se dirigeaient vers la ferme. Nazir portait un 38 dans un étui de hanche. Friday avait un petit pistolet dans la poche droite de son anorak, un couteau automatique dans la gauche. Le petit 22 n'avait pas une grande force d'impact mais il pouvait aisément l'escamoter si nécessaire et s'en servir pour aveugler un agresseur.

Le paysan les attendait. Friday lui donnait dans les soixante-cinq ans. Apu Kumar était un petit homme aux épaules voûtées, aux yeux bridés. Ses traits révélaient une ascendance mongole. C'était loin d'être rare aux confins de l'Himalaya. Des nomades de toutes les ethnies asiatiques sillonnaient ces montagnes depuis des dizaines de milliers d'années, faisant de la région l'un des plus authentiques melting-pots de la planète. Cruelle ironie du conflit en cours, c'est ainsi que la plupart des belligérants étaient souvent de même sang.

Les hommes s'immobilisèrent à quelques pas du fermier qui les toisa de ses yeux noirs et méfiants. Derrière la maison, on voyait le poulailler. La volaille continuait de glousser, encore tout affolée par leur survol en rase-mottes.

« Bonjour », dit Nazir.

Le vieux paysan inclina profondément la tête.

« Êtes-vous Apu Kumar ? » demanda Nazir.

Nouveau signe d'acquiescement. Cette fois, avec un peu moins d'assurance. Le regard de l'homme passa du capitaine à Friday.

« Quelqu'un d'autre habite ici ? s'enquit l'officier indien.

— Ma petite-fille.

— Personne d'autre ? »

Kumar fit non de la tête.

« Votre petite-fille est-elle ici en ce moment ? »

Nouveau signe de dénégation. L'homme dansait d'un pied sur l'autre. Son visage exprimait la crainte pour sa sécurité mais son expression corporelle trahissait aussi qu'il était tendu, anxieux. Il leur cachait quelque chose. Peut-être au sujet de sa petite-fille.

« Où est-elle ? insista Nazir.

— Partie, répondit Apu. Faire des courses.

— Je vois. Ça ne vous dérange pas que je jette un œil ? demanda Nazir.

— Je peux vous demander ce que vous cherchez ?

— Je n'en sais rien, admit Nazir.

— Eh bien, allez-y, répondit Apu. Mais faites attention à mes poules. Vous les avez déjà terrorisées une fois avec votre engin. » Il désigna l'hélicoptère avec dédain.

Nazir hocha la tête et s'éloigna. Friday eut un temps d'hésitation.

« Quel est le problème ? » demanda Nazir à l'Américain.

Friday continuait de dévisager le paysan. « Votre petite-fille est des leurs, n'est-ce pas ? »

Apu ne broncha pas. Il ne dit pas : « De qui parlez-vous ? » Non. Il ne dit rien. Et pour Friday, ce silence était éloquent.

Friday s'approcha du paysan. Apu se mit à reculer. Friday leva les deux mains, paumes dirigées vers lui. Le mini-pistolet était dans celle de droite, invisible du paysan. Il observait à la fois l'homme et la porte ainsi que la fenêtre du bâtiment derrière lui. Il n'aurait pu jurer qu'il n'y avait personne à l'intérieur, ou qu'Apu n'allait pas tenter de s'emparer d'un fusil, d'une hache, ou de quelque arme dissimulée à l'intérieur.

« Monsieur Kumar, tout va bien, dit Friday d'une voix lente, douce. Je ne vais vous faire aucun mal. Absolument aucun. »

Apu ralentit, s'arrêta. Friday fit de même.

« Bien », dit l'Américain. Il abaissa les mains, les remit dans ses poches. Le mini-pistolet restait pointé vers Apu. « Je veux vous poser une question mais elle est importante. D'accord ? »

Apu acquiesça.

« J'ai besoin de savoir si c'est parce que votre petite-fille soutient les terroristes que vous ne voulez pas nous parler ou parce qu'ils la retiennent en otage », dit Friday.

Apu hésita.

« Monsieur Kumar, des gens ont été tués hier dans l'explosion d'une bombe à Srînagar, dit le capitaine Nazir. Des policiers, des pèlerins en route pour Pahalgam, et des fidèles dans un temple. Votre petite-fille a-t-elle quelque chose à voir avec cet attentat, oui ou non ?

— Non ! lâcha Apu, mi-criant, mi-pleurant. Nous ne les soutenons pas. Ils l'ont forcée à les accompagner ! Ils sont partis hier. Ils m'ont ordonné de garder le silence, sinon ils la tueraient. Comment va-t-elle ? Comment va ma petite-fille ?

— Nous n'en savons rien, lui dit Nazir. Mais nous voulons la retrouver et l'aider. Sont-ils revenus ici depuis l'explosion ?

— Non. Un des hommes est resté derrière quand les autres sont partis. Il a téléphoné pour revendiquer un attentat. Je l'ai entendu. Mais, ensuite, il a filé précipitamment aux alentours de cinq heures.

— Précipitamment ? s'étonna l'officier.

— Il semblait très contrarié après avoir discuté au téléphone.

— Comme si quelque chose s'était mal passé ? » intervint Friday. Ce qui confirmerait pour le coup les hypothèses de l'Op-Center.

« Je n'en sais rien, admit le paysan. D'habitude, il était très calme. Je l'ai même entendu plaisanter, des fois. Mais pas là. Peut-être qu'effectivement il s'est passé quelque chose.

— Si vous veniez avec nous à Srînagar, seriez-vous capable de nous dire à quoi ressemblaient ces individus ? » demanda Nazir.

Apu acquiesça.

Friday effleura le bras de l'officier indien. « On risque de ne pas avoir le temps », nota l'agent de la NSA. Quels qu'ils puissent être, les événements semblaient se précipiter. Puis, se retournant vers l'éleveur : « Monsieur Kumar, vos visiteurs étaient-ils pakistanais ?

— Oui.

— Combien étaient-ils et combien de temps sont-ils restés chez vous ? poursuivit l'Américain.

— Cinq, et ils sont restés cinq mois.

— Avez-vous entendu leurs noms ? intervint Nazir.

— Oui, dit Apu. J'ai entendu "Sharab", mais pas de nom de famille.

— Vous laissaient-ils parfois seuls ? reprit Friday.

— Uniquement dans notre chambre. L'un d'eux restait toujours en faction à la porte.

— Vous ont-ils maltraités ? »

Apu secoua la tête. Il était comme un boxeur professionnel soumis à une grêle de coups. Mais c'était ainsi qu'il convenait de mener les interrogatoires. Une fois la brèche ouverte, l'interrogateur devait la maintenir ainsi. Friday leva les yeux vers le bâtiment en pierre du poulailler.

« Qui s'occupait des volailles ?

— Je le faisais le matin et Nanda – c'est ma petite-fille – s'en occupait en fin d'après-midi, répondit Apu.

— Les Pakistanais étaient aussi avec vous à ces moments ? demanda Nazir.

— Oui.

— Comment ameniez-vous vos œufs au marché ?

— Les Pakistanais s'en occupaient », leur apprit Apu.

Ce qui expliquerait comment les terroristes avaient pu repérer leurs cibles à Srînagar sans se faire remarquer. Mais cela n'expliquait pas le signal téléphonique qui provenait d'ici.

« Monsieur Kumar, avez-vous, votre petite ou vous, un téléphone mobile ? » demanda l'Américain.

Signe de dénégation.

« Que faisait-elle de son temps libre ? insista Friday.

— Lire, écrire des poèmes.

— En a-t-elle toujours écrit ? » s'enquit Friday.

Apu répondit que non. Friday sentit qu'il était là sur une piste.

« Vous en avez gardé ?

— Dans sa chambre, répondit le vieil Indien. Elle se les récitait à haute voix quand elle travaillait. »

Friday avait à coup sûr levé un lièvre. Il échangea un regard avec le capitaine Nazir. Ils demandèrent à voir les fameux poèmes.

Apu les emmena à l'intérieur. Friday resta vigilant. Mais il n'y avait personne dans la petite bâtisse, et nul endroit où se planquer. Il n'y avait quasiment pas de mobilier, juste une table et quelques chaises. L'endroit sentait la cendre et le musc. L'odeur de cendre venait du poêle à bois qui leur servait également pour la cuisine. Celle de musc, soupçonna l'Américain, devait venir de leur hôte.

Apu les conduisit dans la chambre. Il sortit du tiroir de la table de nuit une liasse de papiers qu'il tendit au capitaine Nazir. Les poèmes, brefs, étaient écrits au crayon. Ils parlaient un peu de tout, des fleurs aux nuages en passant par la pluie. Nazir lut le premier de la pile.

*Il a plu cinq jours et les fleurs ont poussé*
*Et elles sont restées belles et fraîches*
*J'en ai mis dans ma charrette*
*Pour aller les vendre au marché.*

« Pas très profond », observa Nazir.

Friday se garda de tout commentaire. Il n'en était pas aussi sûr que son compagnon.

Le capitaine feuilleta les autres textes. La structure semblait toujours identique, celle d'une ritournelle pour enfants.

« Revenez au premier », dit Friday.

Nazir revint à la feuille du dessus.

« Monsieur Kumar, vous avez dit que Nanda récitait ces poèmes pendant qu'elle travaillait ? demanda Friday.

— Oui.

— Est-elle une activiste politique ?

— C'est une patriote déclarée entièrement dévouée à ses parents, dit Apu. Ma fille et mon gendre ont été tués en résistant aux Pakistanais.

— Nous y voilà, dit Friday.

— Je ne vous suis pas », dit le capitaine Nazir.

Friday demanda à Apu de rester dans la chambre. Puis il reconduisit Nazir à l'extérieur.

« Capitaine, il y avait cinq Pakistanais, lui dit l'Américain. La jeune femme mentionne le chiffre cinq dans le premier vers du premier poème. Les Pakistanais sont restés ici – elle le mentionne également. Elle évoque une charrette allant au marché. Les Pakistanais allaient y vendre leurs œufs à sa place. Imaginez que quelqu'un lui ait fourni un téléphone cellulaire. Imaginez que la ligne ait été active et écoutée en permanence, vingt-quatre heures sur vingt-quatre, sept jours sur sept. Vous dites que les poèmes n'avaient pas l'air très profonds. Je ne suis pas d'accord avec vous.

— Elle aurait pu mettre l'accent sur les mots qui étaient porteurs de sens pour un auditeur, admit Nazir.

— Exact, dit Friday. La SFF n'entretient-elle pas un groupe de volontaires au sein de la population ? Un réseau d'agents civils ?

— Oui.

— Comment fonctionne ce système ?

— Des agents sont recrutés dans les régions ou les entreprises sensibles et on leur rend visite à intervalles réguliers, soit chez eux, soit à leur travail, expliqua le capitaine Nazir. Ils rendent compte des activités inhabituelles ou fournissent d'autres types d'information qu'ils auront pu collecter.

— Et si un des agents devait manquer un rendez-vous ? demanda Friday. Imaginons que Nanda n'ait pu se présenter sur la place du marché ? »

Nazir opina. « Je vois ce que vous voulez dire... La SFF serait venue aux nouvelles.

— Tout juste. Supposons qu'à un moment donné, cette jeune femme, Nanda, a bien été recrutée par la

SFF. Peut-être au moment où les Pakistanais ont pris Kargil, peut-être après. Si quelqu'un s'est présenté au marché avec sa charrette, son contact à la SFF a su aussitôt qu'il y avait un problème. Ils auraient pu faire en sorte de déposer un téléphone de campagne dans le poulailler, à un emplacement où elle le retrouverait à coup sûr.

— Oui, ça commence à se tenir, dit Nazir. La SFF engage la femme. Elle leur procure des informations sur la cellule terroriste et ils décident de les laisser organiser leur attentat contre le poste de police. Dans le même temps, la SFF donne de l'ampleur à celui-ci pour que les Pakistanais se voient reprocher de s'en prendre à des cibles religieuses. Par ailleurs, la force indienne boucle le site de l'attentat, ce qui lui permet d'éliminer toutes les preuves risquant de les lier aux deux autres explosions.

— Mais le boulot n'est pas terminé, enchaîna Friday. Les militants comprennent qu'ils sont tombés dans un guet-apens et cherchent sans doute alors à regagner le Pakistan. Ils emmènent Nanda comme otage au cas où il leur faudrait négocier.

— Plutôt comme témoin, fit remarquer Nazir. Les militants ont revendiqué l'action sans doute avant de connaître toute l'étendue des dégâts. Nanda sait qu'ils ne sont pas responsables de l'explosion du temple. Ils ont besoin d'elle pour étayer leurs dires.

— Un point pour vous, admit Friday. En attendant, et si elle a toujours sur elle le téléphone mobile, elle peut envoyer des signaux à la SFF et ainsi indiquer où l'agence peut les retrouver. »

Nazir demeura quelques instants silencieux. « Si c'est le cas, ils ne les ont sans doute pas encore rattrapés, observa-t-il. Sinon, j'en aurais entendu parler. Ce qui signifie qu'on doit les retrouver les premiers. Si la SFF exécute les militants avant qu'ils aient pu être entendus, c'est près d'un milliard d'hindous qui se retrouveront dressés contre le Pakistan. Il y aura une guerre, et ce sera une guerre totale, une guerre sainte – avec Shiva qui crachera le feu de ses narines.

— Shiva, le destructeur, dit Friday. Une guerre nucléaire.

— Provoquée par la SFF et ses alliés extrémistes au gouvernement et à l'état-major… avant que le Pakistan soit matériellement en mesure de répondre. »

Friday se mit à courir vers l'hélico. « Je vais contacter l'Op-Center, voir s'ils n'en sauraient pas plus qu'ils ne veulent en dire. Vous, de votre côté, vous feriez bien d'aller chercher Kumar et de l'amener avec nous. On risque d'avoir besoin de quelqu'un pour nous aider à persuader Nanda qu'elle est du mauvais côté de la barrière. »

Tout en courant, Friday se rendit compte d'une chose. Une chose qui lui procura une certaine satisfaction, lui donna un léger coup de fouet.

Le capitaine Nazir n'était pas aussi malin qu'il avait prétendu l'être à l'auberge.

## 20.

### *Washington, DC, mercredi, 20 h 17*

Presque tout au long de son histoire, le fort discret NRO – Service national de reconnaissance – demeura l'une des agences gouvernementales les moins connues. Le motif de sa création fut l'affaire de l'avion-espion U2, l'appareil piloté par Gary Powers, abattu au-dessus de l'Union soviétique le 1er mai 1960. Le président Eisenhower ordonna aussitôt à son ministre de la Défense Thomas Gates de diriger une commission chargée d'étudier le recours à des satellites pour effectuer de la reconnaissance photographique. Cela réduirait le risque pour les États-Unis de subir une nouvelle humiliation analogue à celle de l'affaire Powers.

D'emblée, il y eut un débat acharné entre la Maison-Blanche, l'armée de l'air, le ministère de la Défense et la CIA pour savoir qui devrait assumer la responsabilité de ce nouveau service. Au moment où le NRO fut créé, le 25 août 1960, il fut décidé d'un commun accord que l'armée de l'air fournirait les capacités de lancement des satellites-espions, que la Défense se chargerait de mettre au point la technologie d'espionnage depuis l'espace, tandis que la CIA se verrait confier l'interprétation des résultats. Hélas, des conflits surgirent presque dès le début. Étaient en jeu non seulement les questions de budget et d'effectifs, mais surtout les besoins en renseignement des diverses agences militaires et civiles. Les cinq années qui suivirent, les relations entre le Pentagone et la CIA s'envenimèrent à tel point que chaque camp en était venu à saboter l'accès de son rival aux données de ce réseau de satellites encore en gestation. En 1965, le ministre de la Défense intervint dans le conflit en proposant que la répartition du temps et des ressources soit confiée à un comité exécutif de trois personnes. Baptisé EXCOM, il était formé du directeur de la CIA, du vice-ministre de la Défense et du conseiller scientifique du président. L'EXCOM rendait compte de ses décisions au ministre de la Défense, même si ce dernier ne pouvait aller à l'encontre de celles-ci. Ces nouvelles dispositions réduisirent en partie les querelles autour du temps d'utilisation des satellites mais elles ne firent rien pour atténuer la rivalité farouche entre les divers services autour de ce qu'on appelait désormais « le matériau de renseignement ». À la longue, le NRO se vit confier de plus en plus d'autorité pour décider de l'attribution des ressources.

Durant l'essentiel de l'histoire du NRO, les diverses structures du service étaient réparties sur tout le territoire des États-Unis. La coordination de la direction était assurée par le Service des systèmes spatiaux de l'armée de l'air, au Pentagone. Les problèmes technologiques étaient traités par le centre des systèmes de missiles et des engins spatiaux installé par l'armée de l'air sur la base aérienne de Los Angeles. L'étude des informations fournies était dévolue au bureau du développement et de l'ingénierie de la CIA, à Reston, en Virginie. Le contrôle de l'orbite des engins du NRO était à l'origine effectué par des techniciens de la BA d'Onizuka, à Sunnyvale, en Californie, avant d'être transféré à la station de Falcon, dans le Colorado. Les signaux autres que ceux de reconnaissance photographique étaient du ressort de la Garde nationale et traités par son Centre de traitement des données aérospatiales du programme coordonné de défense, installé dans la base aérienne de Buckley, à Aurora, dans le Colorado. Les activités de la marine au sein du NRO se focalisaient pour l'essentiel sur la remise à niveau technologique et l'amélioration des matériels et logiciels existants. Ces missions étaient réparties entre deux groupes rivaux : le Commandement des systèmes de guerre navale et spatiale à Crystal City, Virginie, et la Division de la direction des technologies spatiales du SPAWAR – SPAWAR-40, hébergée au Laboratoire de recherche de la marine, sur l'autre rive du Potomac, dans le bâtiment A59 à sécurité maximale.

Même si l'agence révéla bien vite son inestimable valeur pour la collecte de données, sa direction devint une véritable usine à gaz, déchirée qui plus est par des luttes intestines. Le gouvernement avait beau ne pas reconnaître officiellement son existence, ses démentis étaient devenus la risée de toute la presse de Washington. Il aurait été bien en peine d'expliquer pourquoi tant de gens se battaient manifestement avec une telle rancœur pour s'assurer la mainmise sur un truc qui n'existait pas.

Tout changea en 1990 avec la construction d'un site permanent à Fairfax, Virginie. Pourtant, bien que l'existence du NRO ait été enfin admise, bien rares étaient ceux à connaître de première main ses missions quotidiennes et l'étendue complète de ses activités.

Stephen Viens, le directeur des opérations de reconnaissance photographique, était du nombre.

Le regroupement des activités du NRO sous le même toit ne mit toutefois pas un terme à la compétition pour l'obtention de temps satellite. Mais Viens était loyal envers son ami d'université Matt Stoll. Et il ferait n'importe quoi pour Paul Hood qui l'avait défendu lors de certaines auditions délicates devant la commission parlementaire au sujet d'opérations secrètes du NRO. Le résultat était qu'aucun groupe civil ou militaire ne prenait le pas sur l'Op-Center.

Bob Herbert avait téléphoné à seize heures. Ce qu'il voulait de Viens, c'était la surveillance visuelle d'un site bien précis dans l'Himalaya. Viens dut patienter deux heures avant de pouvoir libérer le satellite OmniCom de la marine en orbite géosynchrone à l'aplomb de l'océan Indien. Bien que la Navy fût en train de l'utiliser, Viens leur expliqua qu'il s'agissait d'une question de vie ou de mort et qu'il en avait un besoin immédiat. En temps normal, le satellite OmniCom était à l'écoute des signaux sonar émis par les sous-marins russes et chinois, et complétait par une reconnaissance visuelle lorsque les bâtiments faisaient surface. Cela permettait à la marine américaine d'étudier leur déplacement en plongée, d'analyser la configuration de la coque, voire de jeter un œil par l'écoutille lorsqu'elle était ouverte. L'image satellitaire autorisait un agrandissement jusqu'à une distance virtuelle de trente-trois centimètres de la cible et elle était rafraîchie tous les huit dizièmes de seconde. Si l'angle de visée était correct, l'OmniCom pouvait quasiment permettre de lire sur les lèvres.

Depuis le poste de contrôle OmniCom au quatrième sous-sol du NRO, Viens et sa petite équipe pouvaient sans trop de difficulté repositionner le satellite afin de remonter le signal du téléphone de campagne jusqu'à sa source. Ils le localisèrent sur les contreforts de l'Himalaya, à une altitude de 2 473 mètres. Quand Viens et son groupe eurent repositionné le satellite pour lui faire regarder le site, l'aube se levait à peine sur le Cachemire. Les rayons du soleil levant passèrent au-dessus des crêtes à l'est et vinrent frapper un relief isolé. Celui-ci évoquait plus une mince stalagmite de travertin qu'une banale arête montagneuse. Toujours est-il que quelque chose de remarquable se déroulait sur la face rocheuse.

Il y avait plus d'une douzaine de silhouettes en parkas blanches sur la face est du pic. Elles étaient apparemment armées d'armes automatiques. Certaines escaladaient la paroi, d'autres la descendaient en rappel. Toutes convergeaient vers l'entrée d'une petite caverne située près de la base du tor.

Viens affina rapidement la position du signal audio. Il ne venait pas des alpinistes évoluant sur la falaise mais d'une cible fixe. Sans doute le ou les individus à l'intérieur de la grotte.

Viens appela aussitôt au téléphone Bob Herbert et bascula le signal vers l'Op-Center.

## 21.

### *Base 2E de Siachen, Cachemire, jeudi, 7 h 01*

Rien ne peut se comparer à un lever de soleil sur l'Himalaya.

L'altitude plus élevée, l'atmosphère plus raréfiée et moins polluée permettent à une lumière plus pure de passer. Ishaq n'aurait su l'exprimer autrement. Un photographe d'Islamabad lui avait dit un jour que l'atmosphère agissait comme un prisme. Plus on était près du sol, plus la couche d'air était épaisse et plus les rayons du soleil étaient déviés vers le rouge. Ishaq n'était pas un scientifique. Il n'aurait su dire si c'était vrai.

Tout ce que savait le Pakistanais, c'est qu'ici l'éclat de la lumière était comme il s'imaginait le regard d'Allah : blanc, chaud, intense. Il se demanda si l'histoire de la montagne qui venait à Mahomet avait trouvé son origine avec un pic tel que celui-ci. Car à mesure que le soleil escaladait la pente montagneuse en contrebas, à mesure que les ombres se réduisaient, les escarpements donnaient l'impression de se déplacer. Et dans le même temps, leurs flancs couverts de neige devenaient de plus en plus éblouissants. C'était presque comme si une illumination se répandait sur tout le paysage. Peut-être était-ce là ce que signifiait la parabole du Prophète. La lumière de Dieu et celle de son Prophète étaient plus vives que tout ce qui existait en ce bas monde. Et leur ouvrir notre cœur et notre esprit nous rendait plus forts, comme éternels.

Pour Ishaq, c'était une pensée réconfortante. Si cette aube devait être sa dernière, au moins aurait-il la satisfaction de mourir plus près de Dieu. En fait, s'il récapitulait sa vie, il n'avait qu'un seul regret à formuler : d'avoir peut-être à mourir ici et maintenant. Il avait voulu être auprès de ses camarades pour leur retour au pays natal. Mais ils avaient fait exprès de choisir une caverne qui n'avait pas de vis-à-vis direct à proximité. Ainsi serait-il d'autant plus difficile de repérer l'avant-poste qui leur servait d'arsenal ou d'observer leurs faits et gestes quand ils étaient là.

Ishaq avait veillé toute la nuit en préparatifs. Puis il avait contemplé le lever du soleil en prenant son petit déjeuner. Il n'avait pas voulu dormir. Il aurait bien le temps. Et maintenant, alors qu'il restait tapi dans l'obscurité du fond de la grotte, Ishaq entendit des raclements à l'extérieur.

Sharab avait raison. Ils les avaient pistés jusqu'ici.

Les Indiens avaient été silencieux au début. À présent, ils ne prenaient même plus la peine de dissimuler leur approche. Ils étaient sans doute chaussés de crampons : on aurait dit des souris raclant un mur pour se frayer un passage. D'abord espacés, les crissements près des flancs de l'ouverture, le bruit et l'agitation devinrent bientôt continus. À leurs déplacements constants,

Ishaq put discerner que les Indiens devaient être déjà à proximité de l'entrée. Sans doute balanceraient-ils des grenades lacrymogènes avant de donner l'assaut. Si les autres membres de la cellule étaient restés là, ils auraient été pris au piège.

Ishaq décida le moment venu de prendre son masque à gaz. Il coiffa l'appareil de fabrication iranienne, serra les brides autour de sa tête, appliqua l'embout. Sa respiration était courte et saccadée. Il était anxieux, mais pas du sort qui l'attendait. Non, son principal souci était qu'il espérait avoir tout préparé comme il fallait. Son regard embrassa les caisses en bois garnies de cordons de plastic. Il les avait rassemblées à proximité, comme les femmes d'un harem, prêtes à l'ultime étreinte. Fixer les détonateurs à chaque pain d'explosif, déposer le tout au-dessus des caisses, s'assurer enfin que tous les récepteurs étaient bien orientés vers lui, tout cela n'avait guère été sorcier. Mais il n'avait pas été en mesure d'examiner toutes les charges. Certains de ces explosifs étaient restés stockés ici près de deux ans. Même si, dans cette atmosphère froide et sèche, l'humidité ne devait pas poser de problème, la dynamite était une substance capricieuse. Les bâtons qu'ils avaient utilisés à Srînagar avaient révélé des signes de craquelures. L'humidité avait pénétré à l'intérieur.

Cependant, tout devrait bien se passer. Ishaq avait installé sept charges de dynamite couplées avec du plastic C-4 et des détonateurs à distance. Il lui suffisait qu'une seule charge saute. Il ôta ses moufles épaisses, prit le détonateur dans la main droite. Puis il se radossa contre la paroi en pierre.

Il avait les jambes tendues devant lui, et il avait froid aux fesses. La toile pliée sur laquelle il était assis était un piètre isolant. Quelle importance, du reste ? Il n'en avait plus pour très longtemps.

Les raclements cessèrent. Il regarda la bâche, teinte en verdâtre par les verres de son masque. Des draperies de lumière longeaient les parois latérales de la grotte. Elles ondulaient au gré de la pression du vent contre la bâche. Les œillets de cette dernière crissaient contre les crochets qui la maintenaient en place.

Soudain, la bâche dégringola. Les fragments de glace amassés à l'extérieur s'envolèrent, scintillants au soleil. Les perles miroitantes disparurent tandis que deux gros bidons cylindriques étaient balancés à l'intérieur. Ils heurtèrent bruyamment le sol de la grotte avant de rouler vers Ishaq. Ils sifflaient déjà en crachant d'épais nuages de fumée. Une partie du gaz se déploya sur le côté, une partie fut vaporisée dans sa direction.

Le Pakistanais resta tranquillement assis. Les épaisses volutes de gaz vert étaient encore à une quinzaine de mètres. La vue vers les détonateurs demeurait dégagée. Il avait encore quelques instants.

Il se mit à prier.

Ishaq guetta le bruit des raclements. Au bout d'un moment, ils reprirent, convergeant rapidement depuis l'entrée de la caverne. Il regarda les nuages de gaz se mettre à onduler et rouler vers les parois comme si des intrus étaient en train d'avancer au milieu. Le nuage avait presque atteint les explosifs.

C'était le moment.

Le musulman poursuivit sa prière silencieuse en même temps qu'il pressait le bouton de verrouillage.

Au-dessus du boîtier de commande, un témoin lumineux s'éclaira. Ishaq pressa rapidement le bouton rouge « détonation » placé au-dessous.

Instant béni, le soleil flamboya tout autour d'Ishaq et il eut l'impression d'avoir reçu l'étreinte divine.

## 22.

### *Washington, DC, mercredi, 21 h 36*

« Putain, c'est quoi, ça, Stephen ? » s'exclama Bob Herbert.

Le chef du renseignement de l'Op-Center avait avancé son fauteuil roulant au maximum sous le bureau. Penché au-dessus du téléphone amplifié, il contemplait l'image d'OmniCom à l'écran de son ordinateur. Ce qu'il venait de dire était moins une question qu'une observation. Herbert savait fort bien de quoi il s'agissait.

« La paroi de la montagne vient d'exploser, commenta Viens au bout du fil.

— Pas seulement explosé. Elle s'est quasiment volatilisée, remarqua Herbert. La charge devait être équivalente à une demi-tonne de TNT.

— Au bas mot », renchérit Viens.

Herbert se félicita qu'il n'y ait pas eu de son pour accompagner l'image. Le seul spectacle de cette explosion gigantesque, inattendue, éveillait en lui des souvenirs tangibles. La tension et le chagrin le submergèrent lorsqu'il se remémora l'attentat à l'ambassade de Beyrouth.

« À votre avis, Bob ? Déclenchée par un capteur, un détecteur de mouvement ?

— J'en doute, répondit Herbert. Il y a pas mal d'avalanches dans cette partie du monde. Elles auraient pu provoquer l'explosion prématurément.

— Je n'y avais pas songé », admit Viens.

Herbert se força à se concentrer sur l'instant présent, pas le passé. Il rechargea les images transmises par le satellite quelques instants avant l'explosion. Il demanda à l'ordinateur d'agrandir l'image de chaque soldat, l'une après l'autre.

« J'ai l'impression que les alpinistes ont balancé des gaz à l'intérieur, observa Herbert. Ils devaient manifestement croire qu'on risquait de les attendre.

— Ils n'avaient pas tort, nota Viens.

— La question est : combien de gens y avait-il là-dedans ? Les utilisateurs de cette planque s'attendaient-ils à une visite ? Ou bien ont-ils été pris par surprise et ont-ils délibérément choisi de ne pas se laisser capturer vivants ? »

Une image du premier soldat emplit le moniteur. Son bras droit était nettement visible. En haut, juste sous l'épaule de la tenue de montagne camouflée en blanc, il y avait un macaron rouge orné d'un insigne noir, bien reconnaissable : la silhouette d'un cheval galopant sur la queue d'une comète. C'était l'insigne de la Force spéciale des frontières.

« Eh bien, un truc est bien mort en tout cas…, observa Viens.

— Quoi donc ? demanda Herbert.

— Matt Stoll vient de téléphoner pour dire qu'il ne capte plus le signal du téléphone mobile, lui expliqua Viens. Il voulait savoir si nous l'avions perdu, nous aussi. Je viens de vérifier. C'est le cas. »

Herbert fixait toujours l'écran. Il sauvegarda l'image agrandie de l'insigne d'épaule. « Je me demande si la cellule terroriste a délibérément attiré ici les commandos indiens pour les mener sur une fausse piste.

— C'est possible, admit Viens. Avons-nous une idée de la direction par laquelle les Indiens auraient pu arriver ?

— Par le sud, répondit Herbert. Combien de temps vous faudrait-il pour lancer une recherche dans les montagnes au nord du site ?

— Il faut compter une demi-heure pour déplacer le satellite. Mais d'abord, je dois m'assurer qu'on ne perd pas notre temps. Si jamais des occupants avaient réussi à s'enfuir, ils auraient de toute façon dû monter avant de pouvoir redescendre. Je veux déjà demander à l'OmniCom de me regarder ça de plus près.

— Des traces de pas dans la neige ? » hasarda Herbert alors que le téléphone crypté intégré au bras de son fauteuil se mettait à pépier sous le plan de travail.

« Tout juste, confirma Viens.

— Allez-y. J'attends », lui dit Herbert avant de se reculer du bureau pour atteindre le téléphone. D'un geste sec, il décrocha le combiné. « Herbert.

— Bob, c'est Hank Lewis. J'ai Ron Friday en ligne. Il dit que c'est important. J'aimerais qu'on discute avec lui.

— Faites. » Herbert s'était justement demandé ce que Friday pourrait découvrir à la ferme. Il espérait surtout que cela ne confirmerait pas leurs craintes d'une complicité de la police ou du gouvernement dans l'attentat du marché de Srînagar. Les implications étaient par trop sinistres.

« Allez-y, Ron, dit Lewis. J'ai mis en conférence avec nous le directeur du renseignement Bob Herbert.

— Bien, dit Friday. Monsieur Herbert, je suis en ce moment à la ferme des Kumar, à Kargil, avec mon homologue des Black Cats. J'aimerais savoir de quelles autres informations vous disposez sur le paysan et sa petite-fille.

— Qu'avez-vous trouvé là-bas ? demanda Herbert.

— Comment ?

— Qu'avez-vous trouvé à la ferme, répéta Herbert.

— C'est quoi, ce plan ? "Je te montre la mienne si tu me montres la tienne", c'est ça ? » s'emporta Friday.

« Non, répondit Herbert. Juste un rapport d'enquête. Dites-moi ce que vous avez découvert.

— Putain, je me remue le cul en première ligne et vous, vous gardez le vôtre calé au chaud dans un fauteuil, bien peinard à Washington ! dit Friday. J'ai besoin d'informations !

— Si j'ai le cul calé dans un fauteuil, c'est parce que j'ai perdu l'usage de mes jambes, répondit Herbert, d'une voix calme. Tout ça parce que trop de gens n'ont pas fait confiance aux bonnes personnes. Monsieur Friday, j'ai tout un commando qui se dirige vers votre position et il se peut qu'ils courent de grands risques. Vous êtes une pièce de mon puzzle, un agent traitant. Vous me dites ce que vous avez et ensuite je vous dirai ce que vous avez besoin de savoir. »

Friday ne répondit pas. Herbert espérait qu'il était en train de chercher comment formuler des excuses.

Au bout de quelques secondes, l'autre rompit le silence :

« J'attends toujours cette information, monsieur Herbert. »

Cela prit Herbert au dépourvu. O.K. monsieur voulait jouer au ballon avec une grenade. Pas de problème, il savait faire.

« Monsieur Lewis, dit Herbert, veuillez remercier votre agent sur le terrain d'être allé en reconnaissance à la ferme. Informez-le que nous nous renseignerons directement auprès des commandos de la sécurité indienne et que notre opération conjointe est dorénavant terminée.

— Pauvre connard de bureaucrate ! cracha Friday.

— Friday, M. Herbert a tout pouvoir pour mettre un terme à cette alliance, dit Lewis. Et, franchement, vous ne me mettez pas en position de le contester.

— Nous avons tous besoin les uns des autres, ici ! dit Friday. Nous sommes peut-être à la veille d'une catastrophe internationale !

— Voilà bien la première indication utile que vous me fournissez, nota Herbert. Vous voulez bien poursuivre ? »

Friday émit un juron.

« Je n'ai pas de temps à perdre à un concours de bite, Herbert. Mais on réglera ça tous les deux plus tard.... Enfin bref, nous avons appris qu'un groupuscule de militants pakistanais rattaché à la Milice du Cachemire libre a séjourné environ cinq mois dans la ferme d'Apu Kumar. La petite-fille du fermier, Nanda, est l'enfant unique d'un couple qui est mort en luttant contre les Pakistanais. La jeune fille a écrit des poèmes pendant tout le temps de la présence de la cellule. Il apparaît que ceux-ci contenaient des éléments codés signalant les activités de leurs hôtes forcés. Elle avait pris l'habitude de réciter ses poèmes à haute voix pendant qu'elle s'occupait de la volaille. Nous soupçonnons que des membres de la Force spéciale des frontières ont entendu ce qu'elle disait, sans doute par le truchement d'un téléphone mobile. Elle était avec eux quand s'est produit l'attentat du marché de Srînagar et nous pensons que la SFF est derrière l'attentat contre le temple. Nous croyons également qu'elle est toujours avec eux, et qu'elle pourrait avoir gardé sur elle l'appareil pour signaler leur position à la SFF.

— Elle leur signalait effectivement sa position, confirma Herbert.

— Que s'est-il passé ? »

Le moment était venu de donner à Friday un minimum d'information, de lui accorder un minimum de confiance. « Le commando indien lancé à leur poursuite vient d'être anéanti par une puissante explosion en haute montagne.

— Comment savez-vous ça ? intervint Lewis.

— Nous avons des moyens de renseignement électronique dans la région », répondit Herbert.

Il avait à dessein choisi ce terme vague parce qu'il ne voulait pas révéler à Lewis qu'il disposait d'une couverture satellitaire de la zone. Le nouveau patron de la NSA aurait risqué sinon de harceler le NRO pour obtenir de son côté du temps d'image en douce.

« Combien d'hommes ont été tués ? demanda Lewis.

— Treize ou quatorze, répondit Herbert. Ils approchaient de ce qui semblait être un avant-poste situé à environ deux mille quatre cents mètres d'altitude. Les hommes, l'avant-poste et tout le flanc de la montagne se sont volatilisés.

— Avez-vous été en mesure d'identifier les commandos ? demanda Friday. Portaient-ils un uniforme ?

— Ils étaient de la SFF.

— Je m'en doutais, triompha Friday. Et la cellule terroriste ?

— Nous ne savons pas, reconnut Herbert. Nous essayons de découvrir s'ils ont réussi à s'en tirer. »

Herbert regarda son écran. Stephen Viens avait tout juste fini un lent zoom sur la face nord de la montagne. La résolution était de trois mètres, suffisante pour distinguer des traces de pas. L'angle des rayons du soleil était encore bas : cela aiderait à faire ressortir leurs contours. Viens entama un panoramique sur les sections les plus larges, les moins escarpées de la pente. Celles qu'on emprunterait de préférence quand on marche dans le noir.

« Si la cellule a bien réussi à s'enfuir, la SFF ne va pas lâcher le morceau, poursuivit Friday. Il y a une possibilité que les Indiens leur aient tendu un guet-apens pour leur faire porter la responsabilité des attentats à la bombe contre le temple de Srînagar.

— En avez-vous la preuve ? » demanda Herbert. Il était curieux de savoir ce qui avait mené Friday à la même conclusion que le général Rodgers et lui.

« Non, admit son interlocuteur. Mais, normalement, c'est les Black Cats qui auraient dû être chargés de l'enquête, or la SFF les en a écartés. Par ailleurs, elle était manifestement au courant de l'existence de la cellule.

— Ça ne veut pas dire qu'ils sont impliqués dans la destruction du temple, observa Herbert. La Milice du Cachemire libre est un groupe terroriste avéré. D'après la radio indienne, ils ont du reste déjà revendiqué l'attentat…

— Celui qui a passé le coup de fil aurait pu ignorer l'ampleur de celui-ci, nota Friday.

— C'est possible, admit Herbert. Il n'empêche que je ne suis pas encore prêt à les laver de tout soupçon. Peut-être qu'un des leurs les a trahis et qu'il aura déposé les autres bombes à leur insu. Mais enfin, supposons que vous ayez raison et que la SFF ait bien organisé l'attentat pour satisfaire ses visées. Quelles sont-elles ?

— Mon collègue des Black Cats pense à une guerre sainte, dit Friday. Une guerre sainte nucléaire.

— Une frappe préventive », commenta Hank Lewis.

Là encore, Herbert se sentit encouragé par le fait que les deux hommes sur le terrain aboutissaient à la même conclusion que Rodgers et lui. Cela voulait dire que leurs inquiétudes avaient sans doute un fond de vérité. Mais, dans le même temps, cela le découragea. Et pour les mêmes raisons.

« Nous pensons que les forces de la SFF ont recouru aux gaz contre le repaire pakistanais, indiqua Herbert. Ce qui tendrait à prouver qu'ils cherchaient à les capturer vivants.

— Pour exhiber leurs aveux devant les caméras…

— C'est probable. Mais j'en viens à croire que, si les membres du groupuscule fuient, ce n'est pas pour sauver leur peau, observa Herbert. Quand bien même ils réussiraient à regagner le Pakistan, personne en Inde ne voudra croire à leurs protestations d'innocence.

— Ils ont besoin de la fille, dit Friday.

— Exactement. Si elle a collaboré avec la SFF pour organiser la machination, ils ont besoin d'elle pour en obtenir une déclaration publique. Et qui n'ait pas l'air d'une confession forcée…

— Là, il y a un truc qui m'échappe, intervint Lewis. Si nous avons un doute là-dessus, pourquoi tout simplement ne pas en référer à la SFF ou à un membre du gouvernement indien ? Les mettre au courant.

— Parce que nous ne savons pas qui pourrait être déjà impliqué dans l'opération et jusqu'à quel niveau remontent les complicités, expliqua Herbert. S'adresser à New Delhi pourrait bien ne faire qu'accélérer le processus.

— L'accélérer ? s'étonna Lewis. Ça ne va pas déjà assez vite ?

— Dans une crise comme celle-ci, les jours peuvent devenir des heures si nous ne marchons pas sur des œufs, dit Herbert. Il est inutile de paniquer les responsables. Si nous avons raison, la SFF essaiera malgré tout de capturer les membres du groupuscule.

— Ou à tout le moins Nanda, nota Friday. Peut-être que c'est en fait elle qu'ils cherchent à récupérer. Imaginez une jeune hindoue larmoyante expliquant à la télévision de quelle manière la FKM avait prévu de faire sauter le temple sans se préoccuper du nombre de victimes indiennes qu'ils feraient.

— Bien vu, dit Herbert. Et quid du grand-père ? Si les militants ont survécu et que nous pouvons les récupérer avant la SFF, vous pensez qu'il serait prêt à lui parler ? La convaincre de révéler publiquement ce qu'elle sait ?

— Je m'arrangerai pour lui en donner envie », dit Friday.

Alors qu'ils discutaient, la caméra du satellite s'était arrêtée sur ce qui ressemblait à une série d'empreintes de pas. Viens se mit à zoomer.

« Qu'est-ce que vous en pensez, Bob ? demanda Hank Lewis.

— Nous avons déjà deux hommes au sol et une force d'intervention est en route. Si je parviens à convaincre Paul, je m'en vais demander au général Rodgers d'essayer d'intercepter les militants.

— Et faire quoi ensuite ? Aider des terroristes avérés à rentrer chez eux en toute sécurité ?

— Pourquoi pas ? intervint Friday. Cela pourrait nous gagner des alliés dans le monde musulman. On peut les utiliser.

— L'Amérique ne se "gagne" pas des alliés dans le monde musulman. On peut déjà s'estimer heureux d'obtenir leur indulgence, nota Herbert.

— Ça aussi, c'est à la portée d'un homme adroit, contra Friday.

— Eh bien, il faudra peut-être nous montrer comment vous faites, rétorqua Herbert.

— Peut-être », répondit Friday.

Le chef du renseignement de l'Op-Center avait travaillé avec des centaines d'agents de terrain au long des années. Il l'avait été, lui aussi. Ces types étaient des coriaces, des gars indépendants, à ne pas prendre avec des pincettes. Mais ce type était plus que ça. Herbert le sentait à sa voix, au tranchant de ses mots, à la confiance de ses déclarations. D'habitude, les gars dans son genre étaient ce que les patrons des services appelaient des vieux loups affamés. Livrés à eux-mêmes des années durant, ils finissaient à la longue par devenir invisibles du gouvernement du pays hôte et plonger hors d'atteinte de leur propre gouvernement. Ils étaient isolés dans leur coin depuis si longtemps qu'ils avaient tendance à mordre tous ceux qui s'approchaient.

Mais Friday n'avait guère passé de temps livré à lui-même. Il venait d'un poste dans une ambassade. Cela suggérait à Herbert une autre hypothèse : un électron libre. L'équivalent d'un ripoux chez les flics, un élément qui avait décidé de voler de ses propres ailes. Quelle que soit l'option adoptée sur le terrain par les Attaquants, si elle intégrait Ron Friday, Herbert dirait à Mike Rodgers de surveiller le lascar de très près. De très très près.

« Bob ? dit Viens dans le haut-parleur du téléphone amplifié. Vous êtes toujours là ?

— Je suis là », confirma Herbert avant de dire à Lewis et Friday de ne pas quitter.

« Vous regardez le moniteur ?

— Oui.

— Vous voyez ça ?

— Je le vois. »

Il y avait des empreintes. Et elles avaient été faites dans la nuit. Elles n'avaient pas encore eu le temps de fondre au soleil avant de geler de nouveau. Cela ne faisait plus de doute : la cellule de militants avait bien quitté la grotte et elle avait pris la direction du nord, vers le Pakistan. Hélas, les diverses traces étaient trop mêlées pour leur permettre de savoir de combien d'individus était formé le groupe.

« Beau travail, Stephen », commenta Herbert. Il archiva l'image avec les autres. « Vous avez du temps devant vous pour les suivre ?

— Je peux les pister un petit moment mais ça ne vous donnera pas grand-chose. J'ai déjà jeté un coup d'œil sur une des vues d'ensemble. Nous allons perdre leur trace derrière le pic situé à trois cents mètres environ au nord-ouest. Au-delà, tout ce qu'on a, c'est un putain de massif montagneux à examiner.

— Je vois, fit Herbert. Enfin, tâchons de nous assurer qu'ils sont allés déjà jusqu'à ce virage. Et de voir si on peut arriver à voir combien ils étaient, et peut-être ce qu'ils transportaient.

— M'est avis qu'ils ne devaient pas être trop chargés, observa Viens. Une couche de neige de huit centimètres environ. Des empreintes profondes de cinq, maximum. Ça me paraît l'enfoncement moyen pour un individu de soixante-quinze kilos. Du reste, je vois mal ce qu'ils pourraient trimbaler de plus que des cordes et des pitons, vu le relief.

— Vous avez sans doute raison.

— Je vais quand même voir si j'arrive à les dénombrer.

— Merci, Stephen.

— De rien », répondit Viens.

Herbert coupa le téléphone amplifié et revint à Hank Lewis et Ron Friday. « Messieurs, nous pouvons affirmer que les militants ont mis le cap au nord. Je vous suggère de mettre de côté le débat politique et de nous concentrer sur la gestion de crise. Je vais m'entretenir avec Paul. Voir s'il veut que nous nous engagions là-dedans ou si nous devons annuler entièrement la mission des Attaquants et refiler le problème au Département d'État. Hank, je vous suggère d'en discuter avec M. Friday, voir jusqu'à quelle hauteur vous comptez vous engager de votre côté. Que l'on s'en tienne à l'objectif de mission originel ou que l'on en définisse un nouveau, la situation risque en toute hypothèse de dégénérer.

— Il faudra aussi qu'on discute de ce que nous révélons au président et à la commission parlementaire, nota Lewis.

— J'ai une suggestion à ce sujet, lui dit Herbert. Si vous décidez à partir de maintenant de reverser M. Friday en prêt aux Attaquants, la NSA n'aura pas à intervenir dans la prise de décision.

— La réponse est négative, lui dit Lewis. Je suis peut-être nouveau à ce poste, mais je ne suis pas un novice. Faites-moi savoir ce qu'en pense Paul et je préviendrai ma hiérarchie de mon côté.

— Bon, d'accord. » Herbert sourit. Il savait respecter un homme qui s'abstenait de vous refiler le bébé. Surtout un bébé de ce poids…

« Ron, dit Lewis. J'aimerais que vous parliez avec votre fermier et avec le capitaine Nazir. Voir s'ils sont partants pour vous accompagner dans une traque éventuelle. Je partage l'avis de Bob. M. Kumar pourrait se montrer fort utile si nous parvenons à localiser sa petite-fille.

— Entendu, dit Friday.

— Bien, fit Herbert. Hank, on en rediscute, vous et moi, après que je me serai entretenu avec Paul et le général Rodgers. Et, monsieur Friday… encore merci pour votre aide. »

Friday ne dit rien.

Herbert raccrocha. La seule idée de ce type le mettait en rogne. Puis il décida de l'évacuer de son esprit – pour l'instant. Il y avait des problèmes autrement plus importants.

Il nota de voir Paul Hood sans tarder.

## 23.

### *Kargil, jeudi, 7 h 43*

Avant de quitter l'hélicoptère, Ron Friday ouvrit un compartiment entre les sièges. Il y trouva un vieux classeur de cartes de secours, prévu en cas de pépin. Le plan de vol de l'hélico était en effet établi grâce à des cartes générées par ordinateur. Ces paysages en animation 3D superposés à la trame de coordonnées étaient affichés sur un moniteur placé au-dessus de l'écran principal de navigation, entre les postes du pilote et du copilote. Un pavé numérique situé sous le moniteur servait à entrer les coordonnées. Friday arracha les cartes qui l'intéressaient et les fourra dans sa poche d'anorak.

En revenant vers la ferme, il se mit à donner des coups de poing dans le vide. Il lâcha une rafale d'uppercuts furieux et vigoureux qui ne faisaient pas que toucher le menton imaginaire de Bob Herbert, mais le traversaient de part en part pour filer vers le ciel. Merde, pour qui se prenait-il, ce bonhomme ? Il avait été blessé en service. Bien. Cela lui donnait droit à une pension d'invalidité. Pas au respect obligatoire.

Ce pisse-vinaigre. Ce donneur de leçons. Bob Herbert n'était qu'un parasite dans ce panier de crabes.

Friday termina sa séance de boxe dans le vide. Son cœur battait à tout rompre dans sa poitrine, ses bras étaient en sueur. La respiration lourde, il fit jouer ses phalanges tandis qu'il arpentait le sol inégal et rocailleux.

Tout va bien, se dit-il. Il était ici, au cœur de l'action, maître de son destin. Loin là-bas à Washington, Bob Herbert aboyait des ordres. Des ordres qu'il pouvait bien ignorer puisque Lewis ne l'avait pas autorisé à se placer sous la tutelle de l'Op-Center. Friday écarta de son esprit le bureaucrate pleurnichard pour se concentrer sur la tâche en cours.

Le capitaine Nazir était entré avec Apu Kumar. L'officier des Black Cats inspectait la maison tandis que Kumar restait tranquillement assis sur le divan défoncé. Les deux hommes se tournèrent à l'entrée de Friday.

« Qu'est-ce qu'ils ont dit ? s'enquit Nazir.

— Le groupe de partisans pakistanais va bien et il semblerait qu'ils se dirigent vers le nord par la montagne, dit l'Américain au capitaine. L'Op-Center et la NSA envisagent une mission conjointe pour tenter de les appréhender en même temps que la petite-fille de M. Kumar. Ils veulent les placer hors d'atteinte de la SFF. Les commandos des Black Cats et leurs alliés au gouvernement verraient-ils un inconvénient à une mission de récupération dirigée par les Américains ?

— Votre gouvernement envisage-t-il la possibilité d'un échange nucléaire ? s'enquit Nazir.

— Si ce n'était pas le cas, ils n'auraient même pas envisagé de lancer une opération clandestine, nota Friday. Il semble que vos amis de la Force spéciale des frontières cherchent tout particulièrement à leur mettre la main dessus. Nos ressources de renseignement électronique en ont repéré une escouade en train de pourchasser les militants pakistanais dans les montagnes.

— Où sont en ce moment les hommes de la SFF ? demanda l'Indien.

— Ils font la queue en attendant la réincarnation.

— Pardon ?

— D'après ce que j'ai appris, leur escouade s'est fait piéger par l'explosion d'un kamikaze pakistanais, expliqua Friday.

— Je vois », dit Nazir. Il demeura quelques instants songeur.

« La présence de la SFF étaye votre hypothèse d'un coup monté de leur part.

— Ça m'en a tout l'air, en effet.

— Alors, ma réponse est oui, dit Nazir. Les Black Cats seront prêts à vous aider dans toute la mesure du possible.

— Bien », dit Friday. Il s'approcha de Kumar. « Nous allons avoir également besoin de votre aide, dit-il au fermier. Votre petite-fille travaillait apparemment pour la SFF. Son témoignage est crucial pour décider de la paix ou de la guerre. Si nous rattrapons leur groupe, on peut la forcer à dire la vérité. »

Apu Kumar haussa une épaule voûtée. « C'est une fille intègre. Elle n'est pas du genre à mentir.

— C'est aussi une patriote, n'est-ce pas ? nota Friday.

— Bien sûr, acquiesça l'Indien.

— Le patriotisme a tendance à émousser les sens, lui dit Friday. C'est pourquoi l'on voit parfois des soldats se jeter sur des grenades dégoupillées. Si votre petite-fille a aidé la SFF pour faire attribuer aux Pakistanais l'explosion d'un temple hindou, elle doit le dire à ses compatriotes. »

Apu semblait surpris, quasiment bouleversé. « Vous pensez vraiment que c'est ce qu'elle a fait ?

— Oui.

— Ma pauvre Nanda.

— Il ne s'agit pas seulement de Nanda, intervint le capitaine Nazir. Si elle ne révèle pas ce qu'elle sait, alors ce sont des millions de gens qui risquent de mourir. »

Apu se leva. « Nanda ne peut pas l'avoir su. Jamais elle n'aurait accepté de telles conséquences. Mais je vais vous aider. Que voulez-vous que je fasse ?

— Pour l'instant, rassembler des vêtements chauds et attendre, dit Friday. Si vous avez des gants fourrés et des caleçons longs en plus, prenez-les aussi.

— D'accord. » Et Apu de s'engouffrer dans la chambre. Friday se dirigea vers la petite table et sortit les cartes de sa poche.

« Capitaine ? » C'était un ordre, pas une question.

« Oui, répondit Nazir.

— Nous avons des plans à élaborer.

— Des plans de vol ? dit Nazir, remarquant les cartes.

— Oui. »

Mais ce n'était que le début. Quelle que soit la mission et de quelque façon qu'elle tourne, Friday se retrouverait en bons termes avec les commandos des Black Cats ainsi qu'avec leurs amis et alliés au sein du gouvernement indien. Il était sûr que Hank Lewis l'autoriserait à rester ici à l'issue de cette crise. Et, dès lors, Ron Friday aurait les mains libres pour entretenir ses liens avec les industries nucléaire et pétrolière. Car c'est bien là que résidait l'avenir du pays.

Et le sien propre.

# 24.

## *Base 3 de Siachen, jeudi, 9 h 16*

L'appel du lieutenant-colonel Sam Hussain ne surprit pas le commandant Dev Puri. Dès qu'il avait eu connaissance du plan secret d'exploitation de la cellule pakistanaiste, il s'était préparé à recevoir des nouvelles du directeur de la Force spéciale des frontières. Toutefois, ce que le colonel Hussain eut à lui dire fut une surprise totale. Le commandant Puri resta plusieurs minutes assis dans son bunker, après avoir raccroché. Des semaines durant, il avait escompté prendre une part importante dans cette opération : l'évacuation rapide et discrète de la Ligne de contrôle.

Mais Puri n'avait pas du tout anticipé de jouer ce rôle-ci. Ce rôle était censé être tenu par la MEAN – la « Mountain Elite Attack Nation ». Un nom repris de la toute première force de résistance à s'être levée pour renverser le pouvoir de l'empire britannique sur le sous-continent.

Le rôle le plus important.

Puri tendit la main vers une boîte en fer-blanc posée sur le bureau. Il en sortit une chique de tabac qu'il fit glisser contre l'intérieur de sa joue. Il se mit à la mastiquer lentement. Il s'était attendu à entendre que le groupuscule de Pakistanais s'était fait capturer dans leur repaire en pleine montagne. Ensuite, les unités de Puri étaient censées préparer la retraite. Lesquels préparatifs devaient se faire dans le calme et sans précipitation, avec interdiction d'utiliser la radio et les téléphones cellulaires. Dans toute la mesure du possible, ils seraient effectués à l'abri des regards, dans les bunkers et les tranchées. Les Pakistanais ne remarqueraient rien d'inhabituel. Les quatre cents soldats de Devi étaient censés avoir évacué la zone à onze heures du matin mais ils ne devaient pas bouger tant qu'ils n'en auraient pas reçu l'ordre direct de Hussain.

Au lieu de cela, le colonel Hussain avait appelé pour lui annoncer un projet entièrement différent. Le commandant Puri devait prendre la moitié de ses effectifs, soit deux cents hommes, et faire route vers le sud, dans les montagnes. Ils auraient à se munir d'équipements de survie complets et revêtir des tenues camouflées isothermes. Hussain voulait les voir effectuer un large déploiement en direction du glacier de Siachen, pour refermer leur étau à mesure que le glacier se rétrécissait à l'approche du sommet. « Un large déploiement », cela voulait dire que chaque milicien se tiendrait à limite de portée visuelle de ses voisins immédiats. Dans ces conditions, leur ligne pouvait s'étirer sur près de trois kilomètres de large. Comme les fréquences radio seraient écoutées, Hussain voulait qu'ils ne communiquent que par signaux de campagne. Il s'agissait d'une signalétique visuelle codée mise au point par la MEAN durant les années trente du XX$^{e}$ siècle. L'armée indienne l'avait adoptée en 1947. Les signaux se limitaient à des ordres simples : avancer, reculer, attendre, continuer, ralentir, accélérer et attaquer. La direction des attaques était indiquée par les doigts : l'index pour le nord, le majeur pour le sud, l'annulaire pour l'ouest, l'auriculaire pour l'est. Le pouce servait à indiquer le « go ». Ces signaux manuels étaient en général suffisants. Les ordres étaient donnés par des sous-officiers positionnés au milieu de chaque peloton. Les lieutenants de compagnie pouvaient leur reprendre la main, ainsi que Puri lui-même, qui dirigerait l'ensemble de l'opération depuis le centre de ce vaste arc de cercle. En cas d'urgence absolue, les hommes disposaient d'émetteurs radio.

Puri décrocha le téléphone. Il ordonna à son aide de camp de rassembler ses lieutenants en salle de briefing, ajoutant qu'il s'y trouverait lui-même dans les cinq minutes. Il voulait la sécurité maximale pour la réunion : ni téléphones, ni radios, ni ordinateurs portatifs, ni calepins.

Puri continua quelques instants de chiquer avant de se lever. Hussain lui avait dit que les militants pakistanais avaient échappé à la capture et qu'on pensait qu'ils avaient pris la direction du Pakistan. Quatre autres bases le long de la Ligne de contrôle activaient des unités pour tenter d'intercepter les terroristes. Chaque chef de base avait reçu le même ordre : s'emparer de ces Pakistanais, morts ou vifs.

Cette option n'incluait toutefois pas leur unique otage, une Indienne originaire du Cachemire. Le colonel Hussain avait dit que la SFF n'escomptait pas la voir survivre à son épreuve. Il n'avait pas sous-entendu qu'elle avait été maltraitée. Son ton avait laissé entendre tout autre chose.

Qu'il ne *voulait* pas la voir survivre.

Le commandant Puri se tourna vers la porte et quitta l'abri. La lumière du matin était froide et brumeuse. Il avait consulté le bulletin météo un peu plus tôt. Il neigeait dans les montagnes. Cela provoquait toujours de la brume en contrebas. Tout était brouillé, même les parois de la tranchée.

Même sa propre vision.

Le commandant Puri n'avait pas non plus envisagé de jouer cet autre rôle. Celui d'assassin. Tout en se dirigeant vers le lieu de réunion, il trouva bizarre qu'une seule existence pût ainsi revêtir une telle importance. Ce qu'il allait accomplir ici contribuerait à faire périr des millions de gens d'ici à peine un jour ou deux. Alors, une de plus, quelle importance ?

Était-il contrarié parce qu'elle était indienne ? Non. Des Indiens allaient mourir eux aussi. L'était-il parce que c'était une femme ? Non. Des femmes mourraient, sans aucun doute.

Il était contrarié parce qu'il serait sans doute présent lorsqu'elle mourrait. Il se pourrait même que ce soit lui qui exécuterait l'ordre du colonel.

Il faudrait qu'il la regarde dans les yeux. Il la contemplerait alors même qu'elle prendrait conscience de sa mort imminente.

En 1984, quand l'Inde était ébranlée par des violences entre castes, le Premier ministre Indira Gandhi avait ordonné une série d'attaques contre des militants séparatistes sikhs à Amritsar. Plus de mille personnes avaient été tuées. Ces morts étaient le résultat malheureux, mais inévitable, d'un conflit armé. Quelques mois plus tard, Indira Gandhi était assassinée par trois Sikhs appartenant à ses propres gardes du corps. Ce meurtre était un acte commis de sang-froid et une tragédie.

Il avait un visage.

Le commandant Puri savait qu'il fallait le faire. Mais il savait aussi qu'il aurait préféré qu'un autre s'en charge. Le métier des armes était une carrière qu'il pouvait abandonner. Le boulot de combattant n'était que temporaire. Mais une fois qu'il aurait tué, même au nom de la patrie, cet acte resterait à jamais attaché à lui, pour le restant de son existence.

Et de la suivante.

## 25.

### *Washington, DC, mercredi, 23 h 45*

Paul Hood était heureux que Bob Herbert vienne le voir.

Hood avait fermé la porte de son bureau, ouvert une boîte de biscuits, puis il s'était attelé aux coupes budgétaires pour l'Op-Center pendant une bonne partie de la soirée. Il avait laissé à Bugs Benet la consigne de ne pas le déranger sauf urgence absolue. Il ne se sentait pas enclin aux bavardages de fin de journée. Il ne voulait pas avoir à jouer la comédie en public. Il voulait se cacher, s'abîmer dans un projet – n'importe lequel.

Mais, surtout, il ne se sentait pas enclin à regagner son foyer. Ou ce qui en tenait lieu désormais, une suite anonyme au quatrième étage du Days Inn sur Mercedes Boulevard. Hood avait l'impression qu'il faudrait un bon moment, quand bien même cela devait arriver, avant qu'il n'accepte un autre foyer que la maison des Hood de Chevy Chase, Maryland. Mais sa femme Sharon et lui étaient séparés et sa présence dans la demeure familiale engendrait des conflits. Elle expliquait que sa vue lui rappelait l'échec de leur mariage, la perspective de devoir affronter l'avenir sans un compagnon. Leurs deux enfants n'avaient pas besoin de cette tension, surtout Harleigh. Hood avait passé du temps avec elle et son jeune frère Alexander durant le week-end. Ils avaient fait ce que les Washingtoniens ne font guère : visiter les monuments. Hood s'était en outre arrangé pour leur offrir une visite guidée du Pentagone. Alexander s'était montré fort impressionné par la kyrielle de saluts sur leur passage. Ne pas avoir à les rendre lui procurait l'impression de se sentir important. Il avait également bien aimé le sérieux manifeste de tous les gardes.

Harleigh avait avoué que la sortie lui avait bien plu mais c'est à peu près tout ce qu'elle avait dit. Hood ne savait pas si c'était le stress post-traumatique, la séparation ou les deux qui lui accaparaient l'esprit. Liz Gordon, la psychologue du service, lui avait conseillé de ne pas en parler, sauf si sa fille abordait elle-même la question. Son boulot était de se montrer optimiste et secourable. Pas évident si elle n'y mettait pas un peu du sien. Mais il faisait de son mieux.

Pour Harleigh.

Ce qu'il avait négligé, dans tout ça, c'étaient ses besoins personnels. L'absence de foyer était le vide le plus grand, le plus immédiat. La chambre d'hôtel était dépourvue de ces craquements, claquements de tuyauterie et bruits extérieurs familiers qu'il avait fini par connaître. Pas de cliquetis épisodiques d'allumage et d'extinction du brûleur à mazout. L'odeur qui y régnait était inhabituelle, une odeur anonyme, partagée, transitoire. La pression de l'eau était plus faible, le savon et le shampooing, trop petits, impersonnels. Les lumières qui dansaient au plafond la nuit n'étaient pas les mêmes. Jusqu'à la machine à café qui n'émettait pas les mêmes gargouillis et crépitements que celle de la maison. Le confort du quotidien lui manquait. Il avait horreur du changement.

Surtout le plus grand. L'immense gouffre qu'il s'était creusé avec Ann Farris, l'attachée de presse de l'Op-Center, trente-quatre ans. Elle l'avait poursuivi de ses assiduités quasiment depuis le jour de son arrivée. Il s'en était senti tout à la fois flatté et mal à l'aise. Flatté parce que les liens avec son épouse s'étaient distendus depuis des années. Mal à l'aise parce que la jeune femme manquait de subtilité : elle avait beau arborer un visage impénétrable lors des conférences de presse, elle tombait vite le masque en présence de Paul. C'était peut-être une question d'équilibre, de yin et de yang, de passivité en public et d'agressivité en privé. Quoi qu'il en soit, cette attention manifeste à son égard était devenue une distraction pour lui et pour ses proches, comme Mike Rodgers et Bob Herbert.

Alors, fatalement, Hood avait commis l'erreur funeste de franchir le pas et de coucher avec Ann. Ce qui avait fait monter la tension d'un cran, en accroissant, pour elle, son sentiment d'intimité et, pour lui, le sentiment de culpabilité. Il ne voulait plus refaire l'amour avec elle. Du moins, pas tant qu'il n'aurait pas divorcé. Ann avait dit comprendre ses scrupules mais elle l'avait pris malgré tout comme un rejet personnel. Cela avait affecté leurs relations de travail. Maintenant, elle était froide avec lui en privé et s'enflammait au contraire en public avec les représentants de la presse.

Comment avait-il fait son compte pour passer du stade d'homme public qui avait réussi relativement jeune dans toutes ses entreprises, à celui de type qui avait gâché sa vie privée et celle de son entourage… Oui, comment, bon Dieu ?

Ann était vraiment la dernière qu'il avait envie de voir ce soir. Mais il ne pouvait pas non plus dire à Bugs de l'interdire elle seule de visites. Même si elle devinait que c'était à cela que ça se ramenait en fin de compte, il ne voulait pas l'insulter directement.

Ironie supplémentaire, la tâche à laquelle il s'attelait présentement impliquait d'éliminer Ann et toute sa division.

Hood ne fut pas surpris de voir Herbert encore au boulot aussi tard. Le chef du renseignement avait toujours préféré le travail aux mondanités. Ce n'était pas politiquement correct mais c'était du Herbert tout craché : il disait toujours que c'était un défi autrement plus valorisant d'essayer de se glisser dans la tête d'un espion que dans la culotte d'une fille. Et les satisfactions étaient plus grandes, insistait-il. L'espion finissait mort, en prison, ou invalide. En tout cas, hors d'état de nuire. C'était une leçon qu'il aurait dû apprendre de son ami.

Bref, Hood était heureux que Herbert vienne le voir. Il avait besoin de se frotter à une crise, une dont il ne soit pas responsable. Toutefois, l'état des lieux que lui présenta Bob n'était pas la diversion de basse intensité qu'il avait espérée. Cependant, la perspective d'un engagement nucléaire entre l'Inde et le Pakistan réussit bel et bien à chasser de son esprit tout autre souci.

Herbert le mit au courant de ses récents entretiens avec Mike Rodgers et Ron Friday. Quand il eut terminé,

Hood sentit un regain d'énergie. Ses problèmes personnels n'avaient certes pas disparu. Mais au moins une partie de lui-même était sortie de son terrier. Celle qui avait une responsabilité vis-à-vis des autres.

« C'est un problème épineux, concéda Hood.

— Certes, renchérit Herbert. D'instinct, vous feriez quoi ?

— Je refilerais le bébé au président et le déposerais sur ses genoux, recta », répondit Hood sans hésiter.

Herbert le considéra quelques secondes. « J'ai cru déceler comme un "mais" dans votre voix.

— En fait, il n'y en a pas un, mais trois. Primo, nous n'en sommes qu'au stade des suppositions. Des suppositions étayées, certes, mais nous n'avons toujours pas de preuves. Secundo, à supposer que vos renseignements soient exacts, qu'il y a bien un complot pour déclencher une guerre, si nous en informons le président, celui-ci avertira les Affaires étrangères, et une fois le Département d'État au courant, toute la planète le saura, par des fuites, des taupes ou des moyens de surveillance électronique. Cela pourrait dissuader les comploteurs – ou au contraire accélérer leur calendrier d'action.

— Je suis d'accord avec vous. La SFF et ses alliés se trouveraient avec des problèmes d'insécurité à régler au lieu de problèmes de sécurité. C'est typique quand on a la mauvaise habitude de dissimuler les informations à ses concitoyens.

— Tout juste.

— Très bien, et quel est le troisième "mais" ? s'enquit Herbert.

— Le fait de pouvoir démontrer qu'un plan d'attaque nucléaire est en place, dit Hood. Si les États-Unis le révèlent, cela pourrait bien lui donner une impulsion.

— Je ne vous suis pas…

— En termes de soutien militaire et d'aide au renseignement, l'Inde a toujours penché vers la Russie, expliqua Hood. Une génération entière d'Indiens considère encore notre pays comme un adversaire. Supposons que nous révélions un plan aux fortes connotations patriotiques. Pensez-vous que cela poussera les Indiens à y renoncer ?

— Si ce plan implique un échange nucléaire, oui, dit Herbert. La Russie se rangerait de notre côté. La Chine également.

— Je ne serais pas aussi formel, objecta Hood. La Russie se trouve confrontée à une menace islamique sur plusieurs de ses frontières. L'Op-Center vient tout juste de désamorcer une crise là où les Russes redoutaient de voir l'Iran disputer leur accès au pétrole de la mer Caspienne[1]. Et n'oubliez pas que Moscou s'est battu contre les moudjahidin en Afghanistan. Ils redoutent les menées terroristes d'une cinquième colonne islamique dans leurs propres métropoles et dans les républiques alliées. Nous ne pouvons pas être certains qu'ils soutiendraient un pays musulman contre leurs vieux amis indiens. Quant à la Chine, elle cherche des alliés pour intervenir contre Taïwan. Imaginons que l'Inde se propose dans ce rôle… une sorte d'échange de bons procédés. »

Herbert hocha lentement la tête. « Paul, je fais ce boulot depuis un sacré bail. J'ai vu sur des vidéos les

1. Cf. *Op-Center 7, Diviser pour régner, op. cit.*

troupes de Saddam employer les gaz et les hélicoptères de combat contre leurs propres compatriotes. J'ai assisté en Chine à l'exécution de cinq hommes d'une balle dans la tête, parce qu'ils s'étaient permis d'exprimer des opinions politiques divergentes. Mais je ne peux pas croire que les mêmes individus pourraient, de sang-froid, s'entendre sur une frappe nucléaire qui pourrait tuer des millions de personnes.

— Pourquoi pas ? fit Hood.

— Parce qu'un échange nucléaire élève la barre pour tous les conflits humains, insista Herbert. Il signifie qu'on lâche la bride. Personne n'a rien à y gagner.

— Pas faux.

— Non, je persiste à croire que nous pourrions nous trouver en présence d'un groupe d'officiers extrémistes indiens désireux d'atomiser le Pakistan.

— Alors, hypothèse valide ou pas, mes trois préoccupations convergent au même point, nota Hood.

— Qui est que nous avons besoin de recueillir plus de données avant d'informer le président, termina Herbert.

— Tout juste, confirma Hood. Y a-t-il un moyen quelconque de les acquérir par des moyens électroniques ou des sources au gouvernement ?

— Ce serait jouable si nous avions le temps. Mais nous avons les militants pakistanais en fuite dans les montagnes et les commandos de la SFF lancés à leur poursuite qui viennent de se faire tuer. Les Indiens ne vont pas attendre.

— Quelqu'un a-t-il déjà regardé DD-1 ? » s'enquit Hood. DD-1 était la première chaîne de télévision de Doordashan, le service public indien. Qui était également proche de Prasar Bharati, la « Radio de toute l'Inde », dirigée et contrôlée par le ministère de l'Information et de la radio-télédiffusion.

« Un des gars de Matt est en train d'enregistrer leurs bulletins d'infos, confirma Herbert. Il doit me donner une première estimation du climat d'énervement de la population locale et de l'étendue de la contribution des médias à mettre de l'huile sur le feu.

— Est-ce qu'on peut intervenir et niquer leur satellite ? » demanda Hood.

Herbert sourit. « Ils en utilisent cinq. INSAT-2E, 2DT, 2B, PAS-4 et ThaiCom. On peut les brouiller tous si nécessaire.

— Bien », dit Hood. Puis il considéra Herbert. « Vous tenez absolument à ce que les Attaquants se mouillent et s'emparent des Pakistanais, pas vrai ?

— Merde, dit Herbert. Je n'ai surtout pas envie de laisser tomber Mike et ses gars comme de vieilles chaussettes au beau milieu de l'Himalaya...

— Ça, je sais, l'assura Hood.

— Ce que je ne sais pas, en revanche, c'est si nous avons d'autres choix, Paul, poursuivit le chef du renseignement. Quoi qu'on puisse penser de ce qu'ont fait les Pakistanais, il faudra qu'ils s'en tirent pour pouvoir raconter ce qu'ils n'ont pas fait...

— Que ferions-nous si les Attaquants n'avaient pas été déjà en route pour la région ? » observa Hood.

Herbert réfléchit un moment avant de hausser les épaules.

« Ce qu'on a déjà fait en Corée, en Russie et en Espagne. On les y enverrait. »

Hood hocha la tête, songeur. « Sans doute, admit-il. Vous avez déjà fourni ce topo à Mike ?

— Pas de manière aussi détaillée. Mais ce que je lui ai dit, c'est qu'il avait intérêt à roupiller dans l'avion entre Alconbury et Chushul. Au cas où…

— Quelle est la durée de cette étape du vol ? »

Herbert consulta sa montre. « Ils en ont encore pour six heures environ. Quatre et quelque s'ils ont un bon vent de dos et qu'on ne les retient pas plus de quelques minutes au sol à l'escale en Turquie. »

Hood cliqua sur le tableau de service du personnel de l'Op-Center. Il ouvrit le fichier. « Matt est toujours ici », observa-t-il en consultant les temps de présence.

« Il est en train d'examiner les photos de surveillance satellitaire avec Stephen Viens, expliqua Herbert. Il n'a pas quitté son bureau depuis le début de la crise.

— Il devrait. On aura besoin de lui pour nous analyser tous les renseignements électroniques indispensables sur la région.

— Je vais demander à Gloria Gold de le relayer un moment. »

Gloria Gold était la responsable des affaires techniques pour le poste de nuit. Elle était qualifiée pour diriger ce genre d'opération, même si elle n'avait pas la même formation que Stoll en matière d'analyse.

« On ferait bien également de mettre Liz Gordon et Lowell sur le coup », ajouta Hood. Lowell Coffey était leur spécialiste en droit international. « Il faut qu'on soit au fait des législations indienne et pakistanaise au cas où ils se feraient capturer. Des profils psychologiques des Pakistanais ne seraient pas non plus inutiles. Et, concernant la traque aux missiles de notre unité, avons-nous une carte détaillée des attributions territoriales de la région ?

— Négatif. La recherche devait être strictement localisée en territoire pakistanais.

— Ça, on en aura donc absolument besoin. On n'est pas dans la merde si jamais les Attaquants passent dans une zone sous contrôle chinois et se font capturer.

— Si jamais Al George n'a pas ces cartes en archives, je pourrai les avoir des Affaires étrangères, indiqua Herbert. J'ai un ami là-bas qui sait fermer sa gueule.

— Vous avez des amis partout », sourit Hood. Ça faisait du bien d'appartenir à une équipe avec des gens comme Bob Herbert. Des gens professionnels et minutieux, toujours là pour soutenir le groupe et son chef. Et puis, ça faisait du bien aussi de sourire. « Et Viens, au fait ? Combien de satellites a-t-il sur la région ?

— Trois.

— Est-ce qu'il sera en mesure de les braquer sur eux ?

— Ça ne devrait pas être un problème, indiqua Herbert. Jusqu'ici, personne d'autre ne réclame de données sur la région. En outre, Viens a mis toute son équipe sur le coup, si bien qu'ils pourront gérer tous les postes de surveillance satellitaire sans interruption. Ils peuvent effectuer trois reconnaissances en simultané.

— Bien. » Hood poursuivit l'examen de son écran d'ordinateur. Il y avait d'autres personnes qu'il pouvait mobiliser si nécessaire. Pour l'heure, il estimait toutefois préférable de réduire au minimum les personnels impliqués. Du reste, il comptait appeler Hank Lewis à la NSA pour lui recommander de faire de même. Il espérait que le nouveau patron du service ne serait pas mécontent de laisser l'Op-Center mener l'affaire sous la forme d'une « opération silencieuse »

– autrement dit celles dans lesquelles la chaîne de commandement évitait d'impliquer le président.

Herbert ressortit pour mobiliser ses troupes et obtenir la fameuse carte. De son côté, Hood appela Coffey et l'arracha de *Politiquement incorrect*. Comme la ligne personnelle de Coffey n'était pas cryptée, Hood ne pouvait lui révéler la teneur de cette réunion nocturne impromptu. Tout ce qu'il lui dit, c'est que le titre de l'émission télévisée qu'il était en train de regarder résumait assez bien la situation. Coffey répondit qu'il serait là dès que possible.

Hood le remercia. Il piocha encore quelques biscuits dans la boîte et se radossa à son siège. Il lui restait encore du pain sur la planche avant de pouvoir autoriser la mission. Pour commencer, Stephen Viens devait localiser les militants pakistanais. Sans cette information, ils avaient les mains vides. Ensuite, Herbert et lui allaient devoir décider s'ils faisaient atterrir les Attaquants comme prévu puis les transféraient par hélico sur zone ou bien s'ils tentaient de les y larguer directement. Un parachutage serait extrêmement dangereux dans ces montagnes à cause du froid, du vent et du manque de visibilité. Ils pourraient peut-être amener d'abord Ron Friday sur place pour qu'il y installe des balises lumineuses. Mais un atterrissage poserait également un problème puisque les Attaquants étaient attendus à Srînagar pour une tout autre mission. Il pouvait s'avérer délicat de fausser compagnie à leurs hôtes aussi vite que le réclamait l'Op-Center.

D'ailleurs, songea Hood, moins ils seraient nombreux à être en contact avec leur commando, mieux cela vaudrait pour la sécurité. Lowell ou Herbert pouvaient toujours trouver une bonne raison à leur parachutage.

L'armée de l'air indienne devrait bien s'en accommoder si elle ne voulait pas qu'on laisse tomber toute la mission.

Hood songea à Rodgers et à ses hommes. Il était fier de travailler également avec eux. Quel que soit le développement de la crise, ils seraient de toute façon confrontés à d'énormes difficultés s'ils devaient y aller. Et d'y songer ne rendait pas ses problèmes personnels moins immédiats ou plus futiles. Le relativisme ne marchait jamais ainsi. Harleigh restait traumatisée par ce qu'elle avait vécu aux Nations unies. Et le fait de savoir que d'autres y avaient perdu la vie ne l'aidait en rien à supporter l'état de sa fille.

Mais cela l'aidait en revanche sous un aspect : à lui rappeler le sens du mot courage. Et ça, il ne l'oublierait pas dans les heures et les jours qui s'annonçaient.

## 26.

## *Washington, DC, jeudi, 1 h 12*

« Il se pourrait qu'on ait quelque chose ! » déclara Stephen Viens.

Gloria Gold se tenait penchée en avant sur sa chaise. L'excitation dans la voix de son interlocuteur transparaissait nettement par la liaison audio de l'ordinateur. Il avait raison. Après avoir passé des heures à éplucher méthodiquement le terrain, les caméras avaient décelé une image prometteuse.

« Ne quittez pas, dit Viens. Bernardo va nous basculer en infrarouge. Le changement devrait prendre environ trois minutes.

— Je ne quitte pas, répondit Gloria Gold. Beau boulot, ajouta-t-elle.

— Plus tard, les compliments, répondit Viens. Ce pourrait n'être qu'une banale rangée d'éboulis ou un vulgaire troupeau de chèvres.

— De chèvres chamoisées, rectifia la spécialiste âgée de cinquante-sept ans.

— Pardon ?

— À cette altitude, ce ne sont sûrement pas des chèvres domestiques.

— Je vois. Prof un jour, prof toujours, la taquina son cadet. Mais qui va bien rire si on découvre qu'elles sont menées par un sherpa muni d'une houlette ? »

Gloria sourit. « Vous.

— Alors peut-être qu'on devrait parier. Votre micro-caméra contre mon insigne.

— Pas question.

— Pourquoi pas ? s'étonna Viens. Mon gadget a pour lui la portée.

— Et le mien, le contenu. »

L'expert en reconnaissances du NRO lui avait un jour montré l'insigne du MIT qu'il avait modifié. Il contenait désormais un minuscule microphone composé de molécules qui résonnaient les unes contre les autres. Le bidule pouvait transmettre les sons au récepteur radio de son ordinateur jusqu'à une distance de trois cents kilomètres. La caméra de sa correspondante était meilleure encore. Elle transmettait des images d'un million de pixels à son ordinateur jusqu'à seize kilomètres. C'était mieux, et plus utile.

« OK, admit Viens. Alors, disons un dîner ? Le perdant fait la cuisine ? C'est équitable : des images infrarouges contre des plats au micro-ondes…

— Je suis une cuisinière nulle, l'informa Gloria.

— Pas moi.

— Merci, mais sans façon », conclut son interlocutrice, femme trois fois divorcée. Pour une raison inexplicable, Viens avait toujours eu le béguin pour elle. Elle l'aimait bien mais il était assez jeune pour être son fils. « On va transformer ça en gentleman's agreement.

Si vous trouvez les Pakistanais, nous avons gagné tous les deux. »

Soupir de Viens. « Marché de diplomate. J'accepte, mais contre mon gré. »

La grande et mince femme sourit avant de se radosser à son siège. Elle était assise devant son bureau à plateau vitré, à la division technique de l'Op-Center. Les lumières de la pièce étaient éteintes. Le seul éclairage venait du moniteur vingt et un pouces. Les couloirs étaient silencieux. Elle but une gorgée d'Évian à la bouteille en plastique posée par terre à côté d'elle. Après en avoir renversé une et provoqué un court-jus de son ordi dès sa première nuit de boulot ici, Gloria avait appris à ne jamais laisser le moindre liquide traîner sur son bureau. Par chance pour elle, son chef, le sous-directeur Curt Hardaway – alias le « commandant de nuit » –, lui avait avoué avoir connu la même mésaventure. Que ce soit vrai ou non, c'était sympa de sa part de le lui avoir dit.

La petite plaisanterie sur le pari avait été une parenthèse bienvenue. Cela ne faisait qu'une heure qu'elle travaillait sur cette question mais Viens y avait déjà passé toute la journée. Et les éléments du faisceau image transmis par le NRO semblaient fort prometteurs. Ils étaient à une résolution de cinq mètres, ce qui voulait dire que tout objet de plus de cinq mètres de long était visible. Le logiciel de PAP – Profil d'analyse photographique – tournant en tâche de fond sur l'ordinateur pensait avoir identifié des ombres humaines. Déformées par le terrain et l'angle des rayons du soleil, elles venaient de sous un surplomb rocheux qui leur masquait la vue. Les infrarouges confirmeraient si ces ombres étaient générées par des êtres vivants ou des formations rocheuses. Le fait qu'elles aient bougé entre deux images successives n'était guère significatif. Cela pouvait n'être qu'une illusion due au mouvement du soleil.

L'aînée du personnel de l'Op-Center continua d'observer en patientant. Quelque part, le silence de la garde de nuit semblait prolonger l'attente.

La division technique était formée de trois bureaux contigus, situés à l'extrémité opposée du niveau par rapport à la division exécutive toujours débordante d'activité. Les stations de travail étaient si bien reliées par ordinateurs, webcams et autres technologies de réseau sans fil que les occupants se demandaient s'ils ne feraient pas mieux d'abattre les cloisons et de se parler à tue-tête, rien que pour conserver un minimum de contacts humains de temps en temps. Mais Matt Stoll s'y était toujours opposé. C'était sans doute parce qu'il faisait en privé des trucs qu'il préférait cacher au reste du monde. Mais Gloria connaissait son noir secret. Elle l'avait espionné une nuit à l'aide de sa microcaméra planquée sur la poignée du mini-réfrigérateur.

Quatre ou cinq fois par jour, Matt Stoll se descendait deux barres vitaminées avec une lampée de Gatorade.

Voilà qui expliquait en partie l'énergie sans bornes et l'embonpoint croissant de la grosse tête préférée de l'Op-Center. Cela expliquait en outre les taches jaunâtres qui maculaient parfois le devant de sa chemise. Il descendait la boisson reconstituante directement au goulot. Même en ce moment, alors que Stoll était censé faire la sieste sur le canapé de son bureau pour récupérer, il devait être en train d'éplucher le dernier numéro de *NuTech* – la Revue des nouvelles technologies – ou de jouer avec sa mini-console vidéo. À la différence de son ancien camarade de classe Stephen Viens, Matt Stoll, avec son penchant immodéré pour les compléments alimentaires sucrés et vitaminés, était l'archétype de l'informaticien branché.

L'esprit de Gloria revint à l'écran au moment où les vues en provenance du Service national de reconnaissance se rafraîchissaient. L'image auparavant presque entièrement blanche était à présent couleur de feu. Une série de distorsions atmosphériques jaune vif rayonnaient autour d'objets d'un rouge éclatant alignés au bas du moniteur.

« Prometteur, commenta Viens. Quelle que soit l'origine de ces ombres, c'est quelque chose de vivant. À coup sûr.

— À coup sûr », répéta Gloria. Ils observèrent les images alors qu'elles se rafraîchissaient de nouveau. L'une des taches rouges s'amplifia encore en apparaissant de sous le surplomb. La forme était vaguement humaine.

— Merde ! lâcha Viens. Bernardo, repasse en lumière visible.

— Ce n'est pas une chèvre chamoisée, observa Gloria.

— Je parie que ce n'est pas non plus un sherpa », ajouta Viens.

Gloria continua de fixer l'écran tandis que le satellite changeait de bloc optique. La transition lui parut encore plus longue que la précédente. Le délai était moins dû au basculement mécanique proprement dit qu'aux diagnostics optiques que lançait le satellite à chaque changement de lentilles. Il était en effet important de s'assurer que la mise au point et l'alignement de celles-ci restaient corrects. Des données erronées – dues à une image décentrée, un défaut de mise au point, une erreur de décimale dans la résolution – étaient aussi inutiles que pas de données du tout.

L'image apparut en lumière visible. On voyait un grand fond blanc avec le gris du surplomb rocheux barrant l'écran en diagonale. Gloria distingua une silhouette encore à moitié cachée dessous. La silhouette n'était celle ni d'une chèvre ni d'un sherpa. C'était une femme. Derrière elle, on voyait ce qui ressemblait à la tête d'une autre personne.

« Je crois qu'on les a trouvés ! » s'exclama Viens, au comble de l'excitation.

« Ça m'en a tout l'air, en effet », approuva Gloria tout en saisissant le téléphone. « Je préviens tout de suite Bob Herbert. »

Bob Herbert était là avant que n'apparaisse l'image suivante.

Elle montrait avec netteté cinq personnes progressant le long de l'étroite corniche.

## 27.

## *Kargil,*
## *jeudi, 12 h 01*

Ron Friday aimait avoir tout prévu.

S'il avait à pénétrer dans un bâtiment, il aimait bien avoir au moins deux stratégies de sortie. S'il devait se rendre dans un pays quelconque, il avait toujours l'œil sur sa destination suivante, que ce soit par choix ou par nécessité. S'il avait une mission en tête, il vérifiait toujours la disponibilité de l'équipement, des autorisations officielles, des alliés qui pourraient lui être utiles. Pour lui, il n'y avait jamais de temps mort.

Après avoir discuté avec Bob Herbert, Friday se rendit compte qu'il pourrait s'avérer nécessaire pour le capitaine Nazir et lui de gagner les montagnes. Il savait que l'hélicoptère était encore utilisable jusqu'à douze mille pieds – trois mille six cents mètres – et des températures de moins onze degrés Celsius. Cela signifiait qu'ils pourraient se rendre jusqu'à des points situés à trois mille mètres environ et revenir. Bien entendu, il restait toujours le problème de devoir poser l'hélico trop haut et de voir geler l'hydraulique. Selon leur destination, le trajet de retour pouvait s'avérer long et déplaisant.

Friday ôta le téléphone amovible et le garda sur lui. Puis il inspecta le matériel dont ils disposaient à bord. Il y avait là un équipement d'escalade minimum mais aucun vêtement contre le froid. Cela n'était pas forcément un problème, toutefois. Il avait épluché les affaires d'Apu Kumar : il y avait plusieurs manteaux épais. Ainsi que des chapeaux et des gants, de ce côté, donc, pas de problème. Son plus grand souci demeurait l'oxygène. Si le capitaine et lui devaient faire beaucoup d'escalade en haute altitude, l'épuisement risquait d'être un facteur à prendre en compte.

Peut-être les Attaquants amenaient-ils avec eux une partie de cet équipement. Mais ça, Friday ne le saurait – comme il ne connaîtrait la position de leur objectif – qu'après avoir parlé avec Bob Herbert ou Hank Lewis.

Dans l'intervalle, il éplucha les cartes avec le capitaine Nazir pour se familiariser avec la région. Apu, qui était avec eux dans le petit coin-cuisine de la ferme, y ajouta ses connaissances de première main. Il avait eu l'habitude de faire de l'escalade dans ces contreforts quand il était jeune.

Friday traça un itinéraire reliant le bazar de Srînagar au site de l'explosion dans les montagnes. Il en établit un autre entre ce dernier et la ferme. Il s'était écoulé largement assez de temps pour permettre aussi bien au groupe de terroristes qu'au militant isolé parti d'ici d'atteindre le site en altitude avant la détonation. La question était de savoir quelle direction ils avaient prise ensuite. Les militants n'avaient qu'à couvrir une trentaine de kilomètres dans les montagnes pour rejoindre la frontière du Pakistan. Mais c'était trente kilomètres de parcours escarpé qui impliquaient de traverser la Ligne de contrôle et surtout de franchir le redoutable glacier de Siachen. Culminant à près de cinq mille cinq cents mètres, le glacier serait difficile à escalader dans le meilleur des cas. Épuisés et sans doute traqués au sol et peut-être par les airs, il faudrait aux Pakistanais un vrai miracle pour le franchir.

Le téléphone de l'hélicoptère émit un bip alors que Friday était toujours plongé dans les cartes topographiques de la région. Nazir répondit. C'étaient Bob Herbert et Hank Lewis. Il passa le téléphone à l'Américain.

« Nous avons localisé le groupe, dit Herbert.

— Où sont-ils ? » demanda aussitôt Friday. Il se pencha vers les cartes étalées sur la table. « J'ai devant moi une petite dizaine de cartes de navigation aérienne tactique qui couvrent les zones frontalières de Muzaffarab et de Srînagar ainsi que le secteur entre Srînagar et Kargil.

— Ils sont dans la région frontalière de Srînagar, dit Herbert. Juste à la sortie de Jaudar.

— Quelles sont les coordonnées ? » demanda Friday tout en choisissant le lot de cartes couvrant la zone indiquée avant de les feuilleter à la recherche du village.

« Ron, nous voulons que vous vous rendiez sur-le-champ à 34° 30'nord, 75° est, dit Lewis.

— Ça correspond à Jaudar, ça, nota Friday en consultant la carte. C'est là qu'ils se trouvent ? Au village ?

— Négatif, dit Lewis. C'est là que vous retrouverez les Attaquants. »

Friday se leva. « Messieurs, j'ai un hélico sous la main. Je peux y être dans moins d'une heure. Les Attaquants ne se poseront pas avant au moins quatre heures. D'ici là, je pourrais avoir le temps de rejoindre le groupuscule de Pakistanais.

— Votre partenaire aussi…, lui rappela Lewis.

— Et… ? insista Friday.

— Nous n'avons pas encore achevé notre examen de sécurité sur les Black Cats, expliqua Lewis. Nous ne pouvons pas courir le risque qu'il remette les Pakistanais à ses collègues.

— Rien à craindre », assura Friday au nouveau patron de la NSA. « J'y veillerai.

— Vous ne pouvez pas le garantir, observa Lewis. Nous sommes également convenus que M. Kumar vous accompagnerait et nous ne pouvons pas non plus nous porter garants de ses actes. Nous en avons discuté, M. Herbert et moi, et nous sommes tombés d'accord là-dessus. Vous retrouverez les Attaquants à Jaudar. Ils auront minute par minute les coordonnées de la progression du groupuscule et les ressources pour vous conduire, vous et vos compagnons, dans les montagnes. S'il se produit un changement, on vous en avertira.

— Nous perdons du temps, protesta Friday. Je pourrais sans doute avoir fait l'aller-retour avant même l'arrivée de vos Attaquants.

— J'admire votre enthousiasme, intervint Herbert. Mais le chef de leur groupuscule est quelqu'un de méfiant. Depuis le début, ils se sont arrangés pour progresser autant que possible dans l'ombre ou protégés par des surplombs rocheux. Nous ne savons pas avec certitude le type d'armes qu'ils emportent. Ils peuvent être équipés d'un lance-roquettes. Si vous vous pointez avec un hélico aux couleurs indiennes, il y a des chances qu'ils vous abattent.

— Si vous nous dites où ils sont, nous pouvons les contourner par l'avant et revenir les intercepter, souligna Friday.

— Il y a également le risque qu'un appareil pakistanais tente de s'infiltrer pour les récupérer, nota Herbert. Nous n'avons certainement pas envie de provoquer un accrochage aérien avec un appareil indien. Cela pourrait leur donner des arguments supplémentaires pour lancer une offensive de grande ampleur. »

Friday serra le boîtier du téléphone. Il avait des envies d'étrangler ce fichu rond-de-cuir. Ce type était incapable de comprendre les gars sur le terrain. Aucun n'en était capable. Les meilleurs agents avaient horreur de rester assis à ne rien faire. Et les meilleurs parmi les meilleurs étaient capables d'improviser pour agir et se tirer de la plupart des situations. Friday en était capable. Mieux, il le cherchait. S'il pouvait mettre la main sur le groupuscule de Pakistanais et les ramener chez eux, il aurait une bonne chance de nouer des contacts avec ceux qui les téléguidaient. Et avoir des liens solides tant avec New Delhi qu'Islamabad et bien sûr Washington serait d'une valeur inestimable pour un agent installé dans la région.

« Sommes-nous sur la même page ? » demanda Herbert.

Friday consulta la carte. « Affirmatif. » Et, tandis qu'il l'examinait, lui revint un détail donné par Herbert concernant l'explosion. Celle-ci s'était produite aux environs de deux mille quatre cents mètres d'altitude. Cela situait le groupuscule pakistanais sur le versant sud-ouest du Grand Himalaya. Plus au nord, et en remontant jusqu'au glacier et à la Ligne de contrôle, tout le terrain était situé à une altitude bien supérieure.

L'étreinte de Friday sur le combiné se relâcha. Au diable les ronds-de-cuir en général et Bob Herbert en particulier.

« On vous rappellera dès qu'on aura une estimation précise de l'heure d'arrivée des Attaquants et de leur position, dit Herbert. Avez-vous des questions ?

— Non, répondit Friday, très calme.

— Y a-t-il quelque chose que vous désiriez ajouter, Hank ? » demanda Herbert.

Lewis répondit par la négative. Puis le chef de la NSA remercia Friday et les deux hommes raccrochèrent. Friday reposa le téléphone.

« Que se passe-t-il ? s'enquit Nazir.

— Ce que nous attendions, répondit l'Américain.

— Ils ont trouvé le groupuscule ? »

Friday acquiesça.

« Et ma petite-fille ? intervint Apu.

— Elle est avec eux », dit Friday.

Il n'en savait rien, bien entendu. Mais il voulait que le paysan les accompagne. Il avait abrité sous son toit la cellule ennemie. Si jamais ils avaient besoin de prévenir une action éventuelle de l'Inde, la confession d'Apu devrait faire un tabac à la télé pakistanaise.

Friday consulta la carte. Herbert lui avait indiqué que les membres du groupuscule restaient collés aux falaises. Cela voulait dire que, si l'hélico se mettait à suivre la ligne de crête à deux mille cinq cents mètres et qu'il la remontait sur un flanc avant de la redescendre sur l'autre, ils tomberaient fatalement sur eux. Friday parcourut du regard les grilles de coordonnées en projection conique et sourit. Il y avait moins de trois cents kilomètres aller-retour.

Il les aurait. Et, par la même occasion, il aurait ce bon à rien d'Herbert.

« Venez, dit-il à l'Indien.

— Où allons-nous ? demanda l'officier.

— Capturer un groupuscule terroriste », répondit l'Américain.

## 28.

## *Washington, DC,*
## *jeudi, 4 h 02*

Le bureau de Paul Hood n'était qu'à quelques pas de la salle de conférence à sécurité renforcée de l'Op-Center. Connue sous le nom de Bocal, la salle de conférences était entourée de murs d'ondes électroniques générant des parasites pour quiconque tenterait de surprendre ce qui s'y disait à l'aide de micros-espions ou d'antennes paraboliques.

Hood entra le dernier. La lourde porte était commandée par un bouton placé sur le rebord de la vaste table de conférence ovale. Hood pressa dessus dès qu'il se fut assis en bout de table.

La petite salle était éclairée par des tubes fluorescents accrochés par blocs à la verticale de la table. Sur le mur qui faisait face au siège de Hood, le chronomètre du compte à rebours était éteint. Quand ils avaient une crise et un délai butoir, l'horloge faisait clignoter en permanence les diodes rouges de ses chiffres.

Les parois, le sol et le plafond du Bocal étaient intégralement recouverts d'Acoustix, un matériau absorbant les ondes sonores. Les bandes mouchetées gris et noir faisaient chacune sept centimètres et demi de largeur en se recouvrant pour éviter toute lacune. En dessous, deux couches de liège, trente centimètres de béton, puis une nouvelle couche d'Acoustix. Dans l'épaisseur du béton, sur les six côtés de la salle, se déployait une double épaisseur de treillis métalliques qui générait des ondes audio à excursion de fréquence irrégulière. Aucun signal électronique ne pouvait sortir de la salle sans être complètement distordu. Si malgré tout un dispositif d'écoute réussissait à capter les bribes d'une conversation à l'intérieur, la modulation aléatoire des signaux parasites rendrait impossible toute reconstitution des fragments de conversation.

« Merci à tous d'être venus », commença Hood. Il diminua la luminosité du moniteur informatique encastré dans la table et se mit à télécharger les fichiers depuis son bureau. Au même moment, Bugs Benet s'affairait à contacter le colonel August au téléphone tactique satellite. Pour être certains que les Attaquants restaient en permanence tenus au fait de la situation, August et Rodgers se relayaient pour dormir lors de l'étape entre l'Angleterre et la Turquie.

« Pas de problème », commenta Lowel Coffey. Il était en train de finir de vider un broc d'eau dans la machine à café posée sur une table au coin opposé de la salle. Le percolateur se mit à bouillonner et crépiter. « Les routes étaient désertes. J'ai réussi à dormir en chemin. Au fait, quelqu'un a pensé à apporter des beignets ?

— Ça, c'était votre boulot, fit remarquer Herbert. Vous étiez le seul à ne pas être resté bloqué ici. » Il manœuvra son fauteuil roulant pour venir se placer à la droite de Hood.

« J'ai des rations de nuit dans mon bureau, si vous avez faim », observa Liz Gordon en s'installant à la gauche du patron.

« Non, merci. » Coffey réprima un frisson avant de s'asseoir en face de Hood. « J'en resterai au café.

— Vous avez d'authentiques rations militaires de nuit ? s'étonna Herbert.

— Un paquet de trois repas, confirma Liz. Ananas et abricots secs, bœuf séché, biscuits. C'est une amie de Langley qui me les a refilées. Je pense que vous avez travaillé avec elle... Le capitaine McIver ?

— On a travaillé sur quelques opérations clandestines, en effet », confirma Herbert. Il sourit. « Bon sang, des rations de minuit... Je n'en ai plus mangé depuis des années. Elles tombaient toujours à point nommé sur le coup du petit matin.

— Bah, c'est parce que vous étiez fatigué et pas trop regardant », observa le dilettante avoué qu'était Coffey.

Les données finirent de se charger sur l'ordinateur de Hood quelques secondes avant que Bugs Benet n'appelle. Hood envoya les fichiers sur les autres terminaux répartis autour de la table. Liz et Coffee les parcoururent tandis que l'assistant de Hood informa celui-ci qu'il avait le colonel Brett August et que ce dernier était prêt à être connecté depuis le Hercules C-130. Hood mit le téléphone sur haut-parleur et parcourut du regard la table.

« Nous sommes prêts à démarrer », dit-il aux autres.

Chacun se mit aussitôt au garde-à-vous.

« Colonel August, pouvez-vous m'entendre ? demanda Hood.

— Aussi bien que si vous étiez dans la cabine avec nous, monsieur, annonça le commandant des Attaquants.

— Bien, répondit Hood. Bob, vous avez parlé avec New Delhi. Voudriez-vous, s'il vous plaît, nous faire un point de la situation ? »

Herbert regarda le moniteur intégré à son fauteuil roulant.

« Il y a vingt et une heures s'est produit un attentat contre le marché de Srînagar, au Jammu-et-Cachemire », dit Herbert. Il s'exprimait assez fort pour que le micro intégré au téléphone amplifié capte bien sa voix. « Un commissariat de police, un temple hindou et un autocar bourré de pèlerins hindous ont été détruits. Grâce à des sources du NRO et de votre contact à la NSA qui se trouvait sur place, nous avons des raisons de croire que l'attentat visant le commissariat était l'œuvre de la FKM, la Milice du Cachemire libre, une organisation militante basée au Pakistan. Toutefois, nous suspectons que les attentats visant les cibles religieuses hindoues ont été organisés par l'Inde elle-même. Nous pensons que des éléments de la SFF, la Force spéciale des frontières, mais aussi au sein du gouvernement et de l'armée pourraient tenter de se gagner le soutien de l'opinion en vue de procéder à une frappe nucléaire rapide et décisive contre le Pakistan. »

Personne ne bougea. Les seuls bruits étaient le ronronnement de l'air pulsé diffusé par les bouches d'aération supérieures et les crépitements de la machine tandis qu'elle finissait de passer le café.

« Et que sont devenus les terroristes pakistanais ? demanda Coffey.

— En ce moment même, le groupuscule essaie désespérément de traverser les contreforts de l'Himalaya –

pour rallier, pensons-nous, leur pays, répondit Herbert. Ils ont un prisonnier. Une prisonnière, en fait. Il s'agit d'une ressortissante indienne qui aurait apparemment coordonné les actions de la SFF visant à faire passer les attentats contre les cibles hindoues pour l'œuvre de musulmans pakistanais. Il est impératif qu'ils rallient le Pakistan et que leur otage soit placée en condition de révéler ce qu'elle sait.

— Pour désamorcer la juste colère des masses indiennes qui, autrement, crieront vengeance contre le Pakistan, dit Liz.

— Correct, confirma Herbert. Jusqu'ici, la première tentative de capture des Pakistanais a échoué. Des commandos de la SFF ont été dépêchés dans les montagnes. Ils ont tous été tués. Nous ignorons quelles autres options sont envisagées pour les poursuivre ou si les activistes ont réussi à contacter le Pakistan. Nous ignorons de même quels efforts de sauvetage Islamabad est en mesure d'organiser.

— Ils disposent sans doute d'hélicoptères équipés pour la T & R, dit August.

— Expliquez, dit Hood.

— Traque et Récupération, lui dit August. Le groupuscule d'activistes ne se risquera sans doute pas à émettre le signal d'une radiobalise en direction du Pakistan ou à suggérer un point de rendez-vous. Ces signaux seraient bien trop faciles à intercepter par les stations d'écoute indiennes réparties tout le long de la Ligne de contrôle. Le Pakistan ne dispose pas des ressources satellitaires pour repérer le groupuscule, ce qui les obligerait donc à quadriller par en haut les itinéraires d'évasion possibles. Et pour ça, ils utiliseront des hélicoptères de préférence à des avions à réaction, afin de rester sous la couverture radar indienne.

— Bien vu, dit Herbert.

— Paul, il y a quand même un truc qui me tracasse, intervint Coffey. Avons-nous la certitude que l'agent de la NSA était un simple témoin et pas un participant actif ? Cette action aurait pu être planifiée depuis une quinzaine de jours et calculée pour détourner l'attention de leur tentative de coup de force à Washington. »

Là, Coffey avait une piste. Jack Fenwick, l'ancien patron de la NSA, avait ourdi une machination visant à remplacer le président Michael Lawrence par le vice-président Cotten, homme plus belliqueux. Il était concevable que Fenwick ait contribué à orchestrer cette crise pour faire diversion avant la démission programmée du président des États-Unis.

« Nous pensons que Friday est net, même si pour l'heure nous l'avons mis en quarantaine avec un officier indien, répondit Hood. Je suspecte que, si Friday était mouillé dans cette histoire, il essaierait de quitter la région et par la même occasion de nous tenir à l'écart.

— Ce qui pourrait également suggérer qu'il est bien impliqué, remarqua Liz.

— Comment cela ? demanda Herbert.

— Si vous estimez, comme je l'imagine, que les Attaquants vont tenter d'aider le groupuscule de militants à regagner son pays, il serait dans l'intérêt de M. Friday de les marquer de près pour s'assurer qu'ils ne réussiront pas.

— Ça pourrait marcher dans les deux sens, nota Herbert. Si les Attaquants se lancent aux trousses du groupuscule, nous pouvons dans la foulée tenir à l'œil Friday.

— Je tiens à vous faire remarquer que nous n'avons pas encore arrêté définitivement notre choix quant à la mission, colonel, dit Hood. Mais si nous devons tenter d'aider les Pakistanais, la clé de la réussite tiendra à l'opportunité de notre intervention. Bob, vous êtes resté en contact avec le QG du commandement centralisé de leur armée de l'air ?

— Oui, monsieur. Nous traitons directement avec le général de corps aérien Chowdhury et son aide de camp. J'ai dit au général que nous pourrions désirer changer le mode d'insertion de notre unité.

— Vous songez à un parachutage, dit August.

— Correct, confirma Herbert. J'ai demandé au général des équipements de saut. Il a dit que c'était de toute évidence la spécialité de l'escadron aérien AN-12 des Aigles de l'Himalaya. Mais je ne lui ai pas dit ce que nous risquons de vous demander de faire dans la région. Le bon point, c'est que, quels que soient vos agissements, le secret sera bien gardé. L'armée indienne continue de se montrer des plus discrètes sur votre participation. Les membres de la SFF et les autres instigateurs des attentats de Srînagar ne savent même pas que les Attaquants sont en route vers la zone.

— Quid de l'officier indien qui accompagne M. Friday ? demanda le colonel August. Est-on sûr de pouvoir lui faire confiance ?

— Ma foi, rien n'est garanti, admit Herbert. Mais, d'après M. Friday, le capitaine Nazir n'a pas l'air réjoui par la perspective d'une attaque nucléaire. Surtout alors même que Friday et lui se dirigent vers le Pakistan.

— J'étais justement en train d'y songer, nota August. Pensez-vous pouvoir inclure des caleçons longs à doublure de plomb dans le manifeste de réquisition auprès des Indiens ?

— Vous n'aurez qu'à vous planquer derrière Mike, dit Herbert. Rien ne traverse ce fils de pute. Pas même les radiations dures. »

La remarque déclencha des gloussements un peu crispés. Le rire était un bon moyen d'évacuer la tension.

« Nous avons envoyé Friday et Nazir par hélico vers un patelin du nom de Jaudar, dit Herbert.

— Je sais où ça se trouve, répondit le colonel August. C'est au sud-est de la région que nous sommes censés balayer.

— Si nous décidons de lancer une opération de recherche et récupération, vous ferez la jonction dans les montagnes au nord de cette zone, expliqua Herbert. C'est là que nous avons localisé le groupuscule.

— Colonel August, si nous décidons de donner le feu vert à cette mission, vous devrez faire sauter vos gars en plein Himalaya, près du glacier de Siachen, vous associer au groupuscule et leur faire franchir la Ligne de contrôle, observa Hood. C'est une opération à très haut risque. J'ai besoin d'une réponse honnête. Les Attaquants sont-ils à la hauteur de la tâche ?

— Les enjeux également sont élevés, nota August. Nous devons nous montrer à la hauteur.

— Brave gars, marmonna Herbert. Un putain de brave gars.

— Messieurs, un point que je me dois de souligner : les Indiens ne vont pas être vos seuls ennemis potentiels, intervint Liz. Vous devrez également vous préoccuper de l'état psychologique du groupuscule de militants pakistanais. Ils sont soumis à une contrainte physique et mentale extrême. Il se peut qu'ils ne veuillent pas croire que vous êtes des alliés. Les individus placés dans leur situation auront tendance à ne se fier à personne en dehors de leur groupe.

— Ce sont de très bons points et nous devrons en discuter, lui dit Hood.

— Il y a encore une chose dont il va falloir discuter, Paul, intervint Coffey. D'après vos documents, la Milice du Cachemire libre a reconnu son implication, au moins en partie, dans cet attentat mais aussi dans tous les précédents survenus au Cachemire. Les Attaquants vont prêter main-forte à des terroristes avoués. Dire que cela nous place légalement en position de faiblesse est une litote…

— C'est de la couille en barre ! s'exclama Herbert. Les gars qui ont fait sauter ma femme continuent de zoner dans un trou à rats quelque part en Syrie. Les terroristes de pays en guerre ne sont jamais extradés. Quant aux types qui aident les terroristes, leur nom n'est même pas cité dans les journaux.

— Cela n'arrive qu'aux guérillas financées par des États terroristes, répondit Coffey. Les États-Unis évaluent de manière différente les modalités et le degré de responsabilité. Même si les Attaquants réussissent à faire rentrer le groupuscule au Pakistan, l'Inde sera parfaitement en droit d'exiger l'extradition de tout individu soupçonné d'avoir participé à l'attentat du bazar, aux attaques contre les commandos de la SFF et à leur évasion. Si New Delhi ne parvient pas à mettre la main sur les militants de la FKM, ils se retourneront contre les Attaquants.

— Lowell, l'Inde est bien mal placée pour donner des leçons de morale, protesta Herbert. Merde, ils envisagent quand même de déclencher une putain de frappe nucléaire !

— Non, apparemment, c'est un groupe dissident au sein du gouvernement indien qui l'envisage, rectifia Coffey. Le pouvoir légitime n'aura d'autre choix que de les désavouer et de les poursuivre eux aussi. »

L'avocat se leva, furieux, et alla se servir une tasse de café. Il avait retrouvé une partie de son calme quand il se rassit et but une gorgée. Hood était silencieux. Il regarda Herbert. Le chef du renseignement n'aimait pas Lowell Coffey, et son dégoût des finasseries juridiques était bien connu. Hélas, Hood ne pouvait se permettre d'ignorer ce que venait de dire le juriste.

« Messieurs ? intervint August.

— Allez-y, colonel, dit Hood.

— Nous sommes en train de parler de la possibilité d'une conflagration nucléaire, dit l'officier. Les règles normales ne semblent pas devoir s'appliquer. Je veux bien mettre la question aux voix dans l'équipe, si vous voulez, mais je suis prêt à parier qu'ils vous diraient ce que je m'apprête à vous dire. Compte tenu des enjeux, ça vaut le coup de courir le risque. »

Hood était sur le point de le remercier mais les mots s'étranglèrent dans sa gorge. Bob Herbert n'avait pas ce problème.

« Le Ciel vous bénisse, colonel August », lança Herbert d'une voix forte, en jetant à Coffey, assis face à lui, un regard furieux.

« Merci, Bob, dit August. Monsieur Coffey ? Si cela peut vous rendre service, les Attaquants ont toujours la possibilité de poser un lièvre des montagnes à vos Pakistanais.

— Ce qui veut dire, colonel ?

— Que nous pouvons les laisser tomber et filer dare-dare avant même qu'ils aient eu le temps de dire ouf ou de nous identifier », dit August, sans se démonter.

Herbert sourit. Hood aussi – mais intérieurement. Son visage restait figé par le poids de la décision qu'il allait devoir prendre.

« Nous vous recontacterons un peu plus tard pour réexaminer la question, conclut Hood. Colonel, je tiens à vous remercier.

— De quoi ? De faire mon boulot ?

— De votre enthousiasme et de votre courage, dit Hood. C'est un exemple à suivre pour nous tous.

— Merci, monsieur, dit August.

— Et tâchez de vous reposer un peu », ajouta le patron avant de couper la communication et de considérer l'assistance réunie autour de la table. « Bob, je veux que vous vous assuriez que nous avons quelqu'un au NRO pour surveiller la frontière pakistanaise. Si jamais un hélico se pointe à la recherche du groupuscule, nous devons être à même d'avertir nos hommes à l'avance. Je n'ai pas envie qu'ils se fassent prendre pour une force hostile et tailler en pièces. »

Herbert acquiesça.

« Lowell, trouvez-moi une justification légale à cette manœuvre », poursuivit le patron.

L'avocat hocha la tête. « Il n'y en a aucune, avoua-t-il. Du moins, qui tienne le coup devant un tribunal international.

— Je n'ai pas besoin d'un argument qui tienne devant une cour, indiqua Hood. Mais d'une raison d'empêcher l'extradition des Attaquants si l'on doit en arriver là.

— Du genre prétendre qu'ils étaient en mission humanitaire, railla Coffey.

— Ouais, coupa Herbert. Je parie qu'on doit pouvoir dénicher une connerie de clause de maintien de la paix pour nous autoriser à agir.

— Sans en informer les Nations unies ?

— Vous savez, Lowell, Bob pourrait bien tenir un truc, là, intervint Hood. La secrétaire générale dispose de pouvoirs de tutelle d'urgence qui lui permettent de décréter une région "zone à risques" dans le cas d'une menace militaire jugée manifeste et implacable. Cela lui donne le droit d'y dépêcher une mission du Conseil de sécurité chargée d'enquête.

— J'ai du mal à voir en quoi cela peut nous aider, objecta Coffey.

— La mission n'a pas besoin d'être composée de personnels siégeant au Conseil de sécurité, expliqua Hood. Juste d'agents appartenant aux pays membres.

— Peut-être, fit Coffey, dubitatif. Mais personne n'acceptera la présence d'une mission exclusivement composée d'Américains.

— Ce ne sera pas le cas. L'Inde est membre du Conseil de sécurité. Et il y a des Indiens sur place.

— Le capitaine Nazir et Nanda Kumar, dit Herbert. Ses propres compatriotes, qui plus est.

— Tout juste, répondit Hood. Même si c'est au titre d'observateur hostile, au moins est-elle représentée.

— Mouais. Et depuis quand le Conseil de sécurité arrive-t-il à décider quoi que ce soit ? souligna Liz.

— Nous pouvons informer la secrétaire générale Chatterjee dès que les Attaquants seront sur zone, dit Hood. Ensuite seulement, nous lui dirons ce que nous savons.

— Et si elle refuse d'invoquer ses pouvoirs de tutelle ? demanda Coffey.

— Elle ne refusera pas, l'assura Hood.

— Comment pouvez-vous en être sûr ? insista l'avocat.

— Parce que nous avons encore un service de relations publiques, dit Hood. Et, tant que c'est le cas, je compte bien faire en sorte que tous les journaux de la planète sachent que la secrétaire générale Chatterjee est restée les bras croisés alors même que son pays s'apprêtait à exercer des frappes nucléaires sur le Pakistan. On verra de qui l'opinion réclamera la tête. La sienne ou celle des Attaquants.

— Je n'y mettrais pas ma main à couper, objecta Coffey.

— Donnez-moi une autre option », rétorqua Hood.

Coffey et Herbert convinrent d'examiner la charte des Nations unies avant de présenter un topo au patron. Ce dernier accepta de son côté d'attendre leurs conclusions pour contacter Chatterjee. Herbert sortit pour suivre les rapports du renseignement.

Liz resta seule avec Hood. Elle avait croisé les mains sur la table et le fixait intensément.

« Un problème, Liz ? »

Elle le regarda. « Vous avez eu quelques prises de bec avec Mala Chatterjee.

— Certes, admit Hood. Mais lui forcer la main ou l'embarrasser n'est pas dans mes plans. Je cherche seulement à protéger mes hommes.

— Ce n'était pas de ça que je voulais parler. Vous vous êtes engueulé avec Chatterjee, vous vous êtes engueulé avec Sharon et vous avez mis Ann Farris sur la touche. (Son expression s'adoucit.) Elle m'a raconté ce qui s'est passé entre vous…

— O.K., fit Hood avec une pointe d'irritation. Où voulez-vous en venir ?

— Je sais ce que vous pensez du blabla psychologique, Paul, mais je veux que vous soyez bien sûr de ne pas en faire une affaire de conflit personnel, dit Liz. Vous êtes soumis à pas mal de pressions de la part du sexe opposé. Ne tombez pas dans le piège de reporter cette frustration de femme en femme. »

Hood se leva. « Je n'y tomberai pas. Promis.

— Je veux bien le croire. (Elle sourit.) Mais, pour l'heure, vous êtes aussi en rogne après moi. »

Hood demeura interdit. C'est qu'elle avait raison. Il avait le dos raide comme un piquet, la bouche crispée, les poings serrés. Il se força à dénouer ses épaules. Rouvrit les mains. Baissa les yeux.

« Paul, c'est mon boulot de veiller sur les gens d'ici et de guetter l'apparition de problèmes éventuels, expliqua la psychologue. Je ne fais rien de plus. Je ne vous juge pas. Mais vous avez été soumis à une tension excessive depuis cette crise à l'ONU. Vous êtes en outre épuisé. Tout ce que j'essaie de faire, c'est de vous aider à rester le type juste, équitable, que je viens encore à l'instant de voir aplanir la situation entre Bob Herbert et Lowell Coffey. »

Hood eut l'ombre d'un sourire. « Merci, Liz. Je ne pense pas que la secrétaire générale était en danger, mais j'aime bien que les choses soient claires. »

Liz lui tapota le bras pour le réconforter puis elle sortit. Hood regarda la pendule accrochée au mur d'en face.

Elle était encore éteinte. Mais, en lui, son horloge personnelle battait, elle. Et le ressort du mécanisme était bandé à fond, comme Liz le lui avait dit.

Néanmoins, il se remémora qu'il était en sécurité à Washington alors que Mike Rodgers et les Attaquants s'apprêtaient à pénétrer dans une région où leurs actes pourraient sauver la vie de millions de personnes ou les condamner – eux compris.

À côté de ça, les pressions qu'il pouvait sentir n'étaient rien.

Rien du tout.

# 29.

## *New Delhi, jeudi, 14 h 06*

John Kabir, soixante-neuf ans, ministre de la Défense, était assis dans son bureau aux murs blancs. Les deux coursives de bureaux du ministère appartenaient au complexe gouvernemental logé dans le bâtiment du Parlement – édifice datant de quatre-vingts ans – sis au 36, route de Gurdwara Rakabganj à New Delhi. Sous la rangée de fenêtres ouvertes qui couvraient un mur entier, le soleil éclatant de l'après-midi illuminait les vastes pelouses, les bassins et les fontaines décoratives en pierre. Les bruits de la circulation étaient à peine audibles derrière le haut mur de grès rouge ornementé qui cernait le vaste complexe. Sur sa partie droite, Kabir apercevait tout juste l'angle de la Chambre basse du Parlement, le Lok Sabha ou Maison du peuple. De l'autre côté de l'annexe de son ministère, s'élevait le Rajya Sabha, ou Conseil des États. Contrairement aux représentants de la première chambre qui étaient des élus du peuple, les membres du Rajya Sabha étaient soit choisis par le président, soit désignés par les assemblées législatives des divers États de l'union.

Kabir aimait son pays et son gouvernement. Mais il n'avait plus la patience d'attendre. Le système avait perdu le cap.

Il venait d'achever la lecture d'une dépêche par mail crypté émanant du commandant Dev Puri pour l'informer des mouvements de son armée dans les montagnes himalayennes. Puri et ses hommes étaient de vieux briscards. Ils réussiraient là où les commandos de la SFF avaient échoué.

Kabir effaça le fichier de son ordinateur puis, inclinant sa tête aux cheveux blancs, il envisagea, pensif, la croisée des chemins à laquelle était parvenue sa nation. Ce serait soit le triomphe, soit la chute de sa déjà longue carrière. Une carrière qui avait débuté sous l'uniforme avec l'ascension jusqu'au grade de capitaine à l'âge de trente-sept ans. Toutefois, Kabir s'était montré frustré par la faiblesse des programmes sociaux et militaires de la Premier ministre Indira Gandhi. Il avait été en particulier consterné de voir l'Inde vaincre le Pakistan en 1971 et pourtant se montrer incapable de renforcer pour de bon son emprise sur le Cachemire en créant une zone démilitarisée au-delà de la Ligne de contrôle. Il élabora un plan qui réclamait l'instauration d'une « zone de sécurité ». Il voulait utiliser les villages situés du côté pakistanais comme cibles pour des entraînements de routine aux tirs d'artillerie et aux bombardements par avion ou hélicoptères de combat. Sinon, quel intérêt de gagner une guerre si le vainqueur n'était pas capable de maintenir la sécurité le long de ses frontières ?

Non seulement son plan fut rejeté, mais le capitaine Kabir se vit réprimander par le ministre de la Défense. Kabir démissionna et rédigea un livre, *Les maux d'une nation indécise*, qui devint un succès de librairie controversé. Il fut suivi de *Plan pour un avenir sûr*. Moins de trois mois après la publication de ce second ouvrage, on le pressentit pour le poste de secrétaire général du Parti socialiste Samyukta. En moins de trois ans, il devint président du Parti socialiste national. Dans le même temps, il fut désigné président du Syndicat national des routiers indiens. En 1974, il organisa une grève qui bloqua les routes et même les voies ferrées, les camions tombant opportunément « en panne » sur les passages à niveau. Cela contribua à déclencher l'instauration de l'état d'urgence par Indirha Gandhi en juin 1975. Cette mesure d'exception lui permettait de suspendre les libertés civiles et d'incarcérer ses adversaires. Kabir fut arrêté et resta détenu plus d'un an. Cela ne l'empêcha pas de mener campagne pour la réforme depuis sa cellule. Soutenu par des syndicalistes et par des groupuscules socialistes financés par la Russie, Kabir fut gracié. Les Russes appréciaient tout particulièrement son plaidoyer pour une présence renforcée à la frontière avec la Chine. Kabir tira parti de sa forte popularité pour se faire nommer vice-ministre de l'Industrie. Il utilisa alors ce poste pour renforcer encore son soutien parmi les castes ouvrières tout en restaurant ses liens avec l'armée. Cela le conduisit à sa nomination comme ministre des Affaires du Cachemire et à son entrée à la commission des Affaires étrangères. C'est là qu'il se lia d'amitié avec Dilip Sahani. Sahani était l'officier responsable de la Force spéciale des frontières au Cachemire. Les deux hommes s'aperçurent qu'ils partageaient les mêmes inquiétudes vis-à-vis de la menace que posaient aussi bien le fondamentalisme islamique que les recherches nucléaires menées par le Pakistan.

Deux années auparavant, des officiers supérieurs et des fonctionnaires du gouvernement favorables à son plan de Zone de sécurité s'étaient réunis pour demander au Premier ministre de le nommer ministre de la Défense. Kabir demanda au commandant national de la SFF de venir travailler pour lui, puis il fit en sorte que Dilip Sahani prenne sa place. Ensemble, les deux hommes complotaient en secret. Pour New Delhi, il suffisait de constituer son propre arsenal nucléaire pour assurer sa dissuasion et de recueillir des renseignements afin d'évaluer la menace transfrontalière. Pas pour Kabir et Sahani. Ils voulaient s'assurer qu'Islamabad n'aurait jamais la possibilité de concrétiser la menace bien réelle d'une guerre de destruction massive au nom du jihad.

Or, grâce à l'aide involontaire d'une cellule de la FKM et d'une jeune membre du réseau d'agents civils de la SFF, ils étaient à deux doigts de réaliser leur rêve. Si les commandos avaient réusi à capturer et détruire les terroristes, ils n'auraient été qu'à quelques jours, voire quelques heures, du but. À présent, ils étaient forcés d'attendre.

Le commandant Puri ne les décevrait pas. Il fondrait sur le groupuscule terroriste et les tuerait lors d'une escarmouche. La jeune agent du CNO qui les accompagnait pourrait fournir sa propre version des faits, vue de l'intérieur. Même si elle était touchée lors de l'échange de tirs, elle révélerait au commandant Puri, juste avant de mourir, comment les miliciens pakistanais avaient attaqué le temple et le car de pèlerins. Et que ces hindous étaient en fait les premières victimes du nouveau jihad. Le peuple indien la croirait, fermement convaincu qu'elle disait la vérité. Son grand-père endeuillé appuierait point par point ce témoignage. Et là, le gouvernement indien riposterait.

Bien entendu, le président et le Premier ministre attaqueraient le Pakistan à leur manière habituelle : en paroles. C'était ainsi qu'on comptait voir agir des puissances nucléaires. S'ils lançaient une riposte armée, les conséquences seraient inimaginables. Telle était du moins la doctrine de bon sens.

Ce dont le reste du monde ne se doutait pas, c'était que les dirigeants pakistanais étaient prêts à subir une annihilation. À sacrifier leur pays si cela pouvait entraîner la destruction de l'Inde et du peuple hindou. L'Islam aurait toujours des centaines de millions de fidèles. Leur foi survivrait. Et les morts pakistanais vivraient au paradis d'Allah.

Kabir n'allait pas laisser au Pakistan la moindre chance d'attaquer l'Inde. Il était toutefois prêt volontiers à les expédier au paradis. Et il en avait l'intention grâce à une frappe préventive.

L'équipe responsable du PC nucléaire souterrain était fidèle au ministre. Le personnel clé avait été choisi avec soin parmi l'armée et la SFF. Ils réagiraient aux ordres donnés simultanément par le ministre Kabir et le lieutenant-colonel Sahani. Quand ces ordres leur seraient parvenus, plus rien au monde ne pourrait les faire reculer.

Le plan de Kabir était de frapper le Pakistan avant que celui-ci ait pu déployer entièrement son arsenal nucléaire. Il utiliserait au total soixante-dix-neuf missiles SRBM indiens – des missiles balistiques à courte portée : huit cents kilomètres. Ils constituaient la moitié de l'arsenal nucléaire indien et ils étaient logés dans des silos disposés juste derrière la Ligne de contrôle. Pas moins de onze atteindraient Islamabad, rayant de la carte la capitale et tuant près de vingt pour cent d'une population de 130 millions d'âmes. Dans les jours et les semaines ultérieurs, les radiations feraient 40 millions de victimes supplémentaires. Le reste des missiles devait frapper des installations militaires. Au nombre desquelles sept sites dans l'Himalaya, soupçonnés d'abriter des silos. Peut-être que les Américains qui se rendaient dans le pays les auraient entre-temps découverts. Peut-être pas. Toujours est-il que leur présence donnerait à Kabir un formidable argument de relations publiques. Il prouverait à l'opinion internationale que l'Inde avait eu tout lieu de redouter la prolifération nucléaire de son voisin pakistanais. Dans ce contexte, la disparition des Américains serait regrettable, certes, mais inévitable.

Le ministre Kabir afficha sur son ordinateur le reste des cibles des SRBM. En plus de celles dans les montagnes, il y avait toutes les bases de l'armée de l'air pakistanaise, la PAK. Dix d'entre elles étaient opérationnelles en permanence. À savoir les « bases opérationnelles principales » de Sargodha, Minwali, Kamra, Rafiqui, Masroor, Faisal, Chaklala, Risalpur, Peshawar et Samungli. Chacune serait frappée par deux missiles. Venaient ensuite onze « bases opérationnelles avancées » qui ne devenaient entièrement opérationnelles qu'en temps de guerre. Elles aussi seraient frappées. Il s'agissait des bases de Sukkurt, Shabhaz, Multan, Vihair, Risalewala, Lahore, Nawabshah, Mirpur Khas,

Murid, Pasni et Talhar. Finalement, restaient neuf bases annexes utilisées pour les atterrissages d'urgence : Rahim Yar Khan, Chander, Bhagtanwala, Chuk Jhumra, Ormara, Rajanpur, Sindhri, Gwadar et Kohat. Ces dernières n'étaient guère plus que des pistes dépourvues de tout personnel. Elles n'en seraient pas moins rasées. La chance aidant, la PAK ne réussirait pas à tirer un seul missile ou faire décoller un seul bombardier. Et même si le Pakistan parvenait à exercer quelques frappes nucléaires, l'Inde pourrait absorber les pertes. Les dirigeants auraient été évacués dans des bunkers souterrains. Ils pourraient survivre à la brève conflagration et reprendre le dessus.

Quand tout serait fini, Kabir en recueillerait les éloges ou les blâmes. Mais, quelle que soit la réaction internationale, il aurait une certitude.

Celle d'avoir fait le bon choix.

## 30.

## *Ankara, Turquie, jeudi, 11 h 47*

Le cargo AN-12 de l'armée de l'air indienne est un cousin du plus gros appareil existant, l'Antonov AN-225 Mriya russe. L'An-12 fait la moitié de la taille du monstrueux hexamoteur. Avion de transport à long rayon d'action, il est également un tiers plus petit que le C-130 qui avait transporté les Attaquants jusqu'à Ankara. Avec sa soute arrière séparée de la cabine des passagers, bien isolée à l'avant, le cargo de l'IAF est en outre bien plus silencieux. Ce dont Mike Rodgers ne pouvait que se féliciter.

Rodgers avait réussi à prendre cinq bonnes heures de sommeil ininterrompu lors de la dernière étape de leur vol en C-130. Cela, grâce à l'aide des boules Quiès dont il s'était muni tout exprès. La légère réduction du bruit et des vibrations était malgré tout bienvenue. Surtout quand le caporal Ishi Honda quitta son siège à l'arrière de la petite cabine bondée. Il avançait, la tête penchée, au milieu de l'étroite allée centrale. Au-dessus, sur le côté, les paquetages, l'équipement d'hiver et les parachutes étaient fixés dans des filets boursouflés.

L'expert en transmissions tendit au général le téléphone-satellite. « C'est M. Herbert », lui dit-il.

Le colonel August était assis à côté de Rodgers, dans la première rangée de sièges tournés vers l'avant. Les deux hommes échangèrent un regard.

« Merci », dit le général à Honda.

Le caporal regagna sa place. Rodgers décrocha.

« Il y a des parachutes à bord, Bob. C'est pour nous ?

— Paul a donné le feu vert pour une mission accélérée de recherche-exfiltration du groupuscule », dit Herbert.

« Accélérée », en jargon d'espionnage, signifiait « illégale ». Cela voulait dire que l'opération était précipitée avant que quiconque ait pu s'en aviser et la bloquer. Cela voulait dire également autre chose : qu'ils allaient sans doute sauter sur l'Himalaya. Et Rodgers savait ce que cela impliquait.

« Nous avons localisé la cible, poursuivit Herbert. Viens les suit par satellite à travers les montagnes. Ils se trouvent à environ deux mille sept cents mètres d'altitude et se dirigent au nord-ouest vers la Ligne de contrôle. Leur position actuelle se situe à quarante-huit kilomètres plein nord du village de Jaudar. »

Rodgers se pencha pour prendre sous le siège un des trois « répertoires tactiques ». C'étaient de gros calepins noirs à reliure à spirale qui contenaient toutes les cartes des diverses régions. Il localisa la ville et fit monter son doigt vers le haut. Il tourna à la page précédente, où se poursuivait la carte. Là, au lieu de reliefs brun foncé, il découvrit une vaste entaille blanche en forme de poignard pointé vers l'angle inférieur gauche.

« Ça les mène droit au glacier de Siachen, observa Rodgers.

— C'est bien comme ça que l'analysent nos spécialistes, confirma Herbert. Ils n'ont pas pu se charger de beaucoup d'artillerie. Ils ont donc intérêt à emprunter un itinéraire où les éléments sont susceptibles de les aider. Le froid, les tempêtes de neige, les avalanches, les crevasses… bref, une véritable forteresse ou un environnement furtif si nécessaire.

— À condition que ces éléments ne les tuent pas avant, observa Rodgers.

— Vouloir emprunter un itinéraire plus bas signerait à coup sûr leur arrêt de mort, rétorqua Herbert. La NSA a intercepté les signaux électroniques d'un satellite russe qui espionne les communications sur la Ligne de contrôle. Plusieurs divisions ont apparemment été mises en alerte et font mouvement vers le glacier.

— Une estimation de l'heure de rencontre ?

— Aucune. Nous ignorons s'il s'agit de divisions aériennes, motorisées ou de simples fantassins. On attend un éventuel complément d'informations via le satellite russe.

— Le général Orlov peut-il nous aider sur ce coup-ci ? »

Sergueï Orlov était le patron de l'Op-Center russe basé à Saint-Pétersbourg. Hood et lui entretenaient d'étroites relations tant personnelles que professionnelles. Le lieutenant-colonel Squires, alors chef du commando des Attaquants, avait trouvé la mort lors d'une mission conjointe antérieure pour empêcher un coup d'État en Russie[1].

« J'ai posé la question à Paul, répondit Herbert. Il ne veut pas les impliquer. La technologie russe contribue au développement de la machine de guerre indienne. Des généraux russes sont subventionnés par l'Inde. Orlov ne pourra pas garantir que ses contacts maintiendront le niveau de sécurité maximal.

— Je ne suis pas non plus convaincu qu'on puisse le garantir du côté de la NSA, nota Rodgers.

— Entièrement d'accord, avoua Herbert. Je ne suis pas sûr que Hank Lewis ait réussi à boucher tous les trous qu'a pu y creuser Jack Fenwick. C'est pour cela que je limite au strict minimum les informations que je livre à Friday. Il est en train de monter vers Jaudar avec un officier des Black Cats et le grand-père de la taupe du CNO qui voyage avec le groupuscule.

— Bien vu, dit Rodgers.

— Nous essayons en outre d'avoir à intervalles réguliers des prévisions météo pour les Aigles de l'Himalaya, indiqua Herbert. Mais le temps pourrait changer du tout au tout avant votre arrivée. Au fait, comment êtes-vous traités par vos nouveaux hôtes ?

— Fort bien, indiqua Rodgers. Ils nous ont donné des rations, tout l'équipement est ici et nous sommes dans les temps.

— Parfait, dit Rodgers. Je vous communique les coordonnées de la zone de saut à H moins quinze.

— Bien reçu », dit Rodgers.

1. Cf. *Op-Center 2, Image virtuelle*, Albin Michel, 1997.

Le général regarda sa montre. Il leur restait trois heures. Ça leur laissait tout juste le temps pour distribuer l'équipement, le vérifier, s'habiller et réviser les cartes avec l'équipe.

« Je vous rappelle dès que j'ai du nouveau, dit Herbert. Voyez-vous autre chose dont vous auriez besoin ?

— Pas à première vue, non, Bob. »

Il y eut un bref silence. Mike Rodgers savait ce qui s'annonçait. Il avait perçu le changement de ton d'Herbert. La détermination avait laissé place à la mélancolie.

« Mike, je sais que je n'ai pas besoin de vous dire que c'est une mission merdique, reprit Herbert.

— Non, pas besoin, en effet », approuva Rodgers. Il était en train de feuilleter les vues agrandies de la zone de saut. Le terrain proprement dit n'était pas l'essentiel. Les cartes d'écoulement des vents étaient épouvantables. Les courants s'engouffraient dans ces montagnes à des vitesses de quatre-vingts à quatre-vingt-quinze à l'heure. Des rafales de tempête.

« Je dois toutefois bien vous faire remarquer que vous n'appartenez pas à l'unité des Attaquants, poursuivit Herbert. Vous êtes un officier supérieur du CNGC.

— Taillé pour la chasse, lui dit Rodgers. Est-ce que Paul va m'ordonner de rester derrière ?

— Je n'en ai pas encore discuté avec lui, reconnut Herbert. À quoi bon ? Vous avez déjà désobéi aux autres.

— Affirmatif, reconnut le général. En empêchant Tokyo d'être atomisée, si ma mémoire est bonne malgré mon grand âge.

— Certes. Mais je me disais qu'il pourrait nous être utile d'avoir quelqu'un sur site pour assurer la liaison avec le gouvernement indien.

— Envoyez un des gars du FBI planqués dans l'ambassade, dit Rodgers. Je sais qu'ils y sont et les Indiens aussi.

— Je ne pense pas, répondit Herbert.

— Écoutez, je serais ravi de discuter avec tous les représentants officiels qu'il faudra depuis le terrain », dit Rodgers, avant de se pencher au-dessus du micro pour souffler : « Mais, Bob, vous savez foutrement bien ce à quoi nous sommes confrontés. J'examinais les cartes… Quand nous allons sauter dans ces montagnes, les rafales de vent vont nous envoyer valser. On a déjà pas mal de risques de perdre des hommes avant même d'avoir touché le sol.

— Je sais, dit Herbert.

— Merde, s'ils n'avaient pas besoin de piloter l'avion, j'aurais volontiers invité l'équipage indien à m'accompagner en bas. Histoire de les aider à sauver leur propre pays, poursuivit Rodgers. Alors ne venez surtout pas me dire que je ne dois pas faire ce qu'on demande aux Attaquants. Surtout compte tenu des enjeux.

— Mike, je ne pensais ni aux Attaquants ni au reste de la planète, rétorqua Herbert. Je pensais à un vieil ami aux genoux usés par quarante-sept ans d'activité et bousillés par les matches de foot. Un ami qui pourrait entraver les Attaquants plus qu'il ne les aiderait s'il advenait qu'il se blesse en s'étalant sur la glace.

— Si ça se produit, je leur ordonnerai de m'abandonner sur place, lui assura Rodgers.

— Ils n'en feront rien.

— Mais si, insista Rodgers. Et c'est ce qu'il faudra faire si un autre est blessé. » Il raccrocha et fit signe au caporal Honda de venir récupérer le téléphone-satellite. Puis il se leva.

« Je reviens tout de suite, dit-il à August.

— Vous… tu veux qu'on fasse quelque chose ? » s'enquit le colonel.

Rodgers baissa le regard vers lui. August était dans une position inconfortable. Rodgers était un des plus vieux amis du colonel, l'un de ses plus proches. Il était également son supérieur hiérarchique. C'était l'une des raisons qui avaient conduit August à refuser d'abord le poste quand on le lui avait proposé. Il avait souvent du mal à trouver le bon équilibre entre les deux formes de relations. C'était le cas. August savait en outre les risques encourus par son ami et par leur équipe.

« Je te dirai ça dans quelques minutes », dit Rodgers en se dirigeant vers le poste de pilotage.

Sur des genoux peut-être usés, mais qui ne l'empêcheraient néanmoins pas de botter quelques culs.

# 31.

## *Jaudar*
## *jeudi, 15 h 33*

Le problème aux commandes d'un HRBA – Hélicoptère de reconnaissance à basse altitude – dans une région comme l'Himalaya, c'est qu'il n'y a pas place pour la moindre erreur.

Du point de vue du pilote, maintenir la stabilité de l'appareil est pratiquement impossible. Il oscille selon les deux axes, horizontal et vertical, avec parfois des embardées en diagonale. Le maintenir à portée visuelle de l'objectif s'avère tout aussi problématique. Le pilote est souvent obligé de se déplacer brusquement et sur des distances considérables pour contourner de brusques rafales de vent, des nuages qui viennent soudain entraver la visibilité, des bourrasques de neige ou de glace. Maintenir l'engin dans les airs est alors le mieux qu'on puisse espérer. Les quelques repères que peut saisir l'observateur sont considérés comme un don du ciel, pas une garantie.

Chaussé de lunettes pour atténuer l'éblouissement et coiffé d'un casque amplifié pour communiquer avec le capitaine Nazir au milieu du boucan de la cabine, Ron Friday scrutait alternativement le paysage par les baies avant et latérales du poste de pilotage. L'agent américain tenait un MP5K calé sur ses genoux. S'ils repéraient les terroristes, une fusillade était toujours possible. On pouvait espérer que quelques rafales tirées en l'air les amèneraient à cesser le feu pour écouter. Dans le cas contraire, il était prêt à répliquer et en descendre un ou deux avec le fusil 1ASL fixé au ratelier derrière lui. Si le capitaine Nazir arrivait à maintenir l'assiette de l'hélico, le fusil de précision avait une portée supérieure à celle des pistolets automatiques dont les terroristes étaient sans aucun doute munis. Avec deux ou trois blessés dans leurs rangs, les autres seraient sans doute plus enclins à laisser Friday atterrir et les aborder. Surtout s'il leur promettait une évacuation sanitaire par la voie des airs jusqu'au Pakistan.

Apu était installé sur un strapontin installé dans la vaste soute de chargement. C'était en fait moins un siège qu'un carré de plastique monté sur charnières et garni d'une galette en tissu. Le paysan se tenait penché vers l'avant pour lorgner par l'écoutille qui séparait le cockpit de la soute. Son visage était anxieux. Friday était physionomiste. Il lisait du désespoir dans ces yeux, dans le pli amer de la bouche. Peut-être le vieux fermier avait-il escaladé ces montagnes quand il était jeune homme. Il avait prouvé qu'il avait une idée de ce qui se trouvait par-delà les premiers contreforts. Mais Apu n'était sûrement jamais allé aussi loin, monté aussi haut. Il n'avait jamais toisé ainsi les pics dénudés. Jamais entendu le rugissement continu du vent chassé par les puissants rotors de 671 kW, ou senti les rafales assaillir la carlingue, perçu le froid qui s'infiltrait à travers les cloisons métalliques doublées de toile. Le vieux paysan savait que, s'ils ne retrouvaient pas Nanda, ses chances de survie étaient bien minces.

L'hélico poursuivit son vol vers la Ligne de contrôle sans qu'aucun des trois occupants ne repère les terroristes. Cela n'inquiétait pas Friday outre mesure. Il leur restait encore à redescendre vers le sud par l'autre flanc de la chaîne.

Soudain, il se passa un événement imprévu. Il entendit une voix dans son casque. Une voix qui n'était pas celle du capitaine Nazir.

« Négatif, secteur trois », disait la voix, très faible, noyée dans les parasites. « Je répète : négatif, secteur trois. » Un moment après, elle avait disparu.

Friday s'assura que le commutateur du casque sur le tableau de communications était bien réglé en position « circuit intérieur » et non « extérieur ». Et donc qu'ils ne recevaient que les communications du poste de pilotage et non celles d'un appareil de radio extérieur.

« Qui était-ce ? » demanda Friday.

Nazir secoua lentement la tête. « Ce n'était pas les contrôleurs de la tour. » Le manche vibrait violemment. Pas question de le lâcher même d'une main.

« Vous voyez ce bouton jaune, sous le panneau radio ?

— Oui, répondit Friday.

— C'est l'interrupteur de l'antenne du radôme. Appuyez dessus une fois, puis basculez de nouveau la touche sur extérieur. »

Friday obtempéra. Dès qu'il eut pressé le bouton, les voix devinrent peu à peu plus claires. D'autres secteurs rendaient compte à leur tour. Il y avait également un spot allumé sur le petit écran vert de la gonio. Le signal provenait du nord-ouest. Friday rebascula sur le mode interne.

« On ferait mieux d'en avoir le cœur net, dit l'Américain.

— Ça ne peut pas être une équipe de secours pakistanaise, observa Nazir. Ils ne communiqueraient pas sur cette fréquence.

— Je sais, répondit Friday. La Ligne de contrôle n'est pas loin d'ici. J'ai bien peur qu'il s'agisse d'une unité indienne.

— Convergeant de plusieurs secteurs, renchérit Nazir. Une procédure de recherche classique, somme toute. On va y faire un tour ?

— Pourquoi ?

— Il se peut qu'ils aient des infos sur la position du groupuscule que nous n'avons pas, expliqua Nazir. Le cap qu'ils ont pris peut déjà nous livrer un indice.

— Non », coupa Friday. Il continuait de regarder dehors. « Je ne veux pas gaspiller du temps ou du carburant.

— Que fait-on s'ils nous contactent ? Les radars de la Ligne de contrôle risquent de nous accrocher lorsque nous arriverons à l'extrémité de la chaîne. Ils peuvent alors nous demander de les aider dans leurs recherches.

— On leur répondra qu'on effectuait une reconnaissance de routine et qu'on s'apprêtait à rentrer sur Kargil », répondit Friday.

Apu passa sa petite main vigoureuse par l'ouverture de la cabine pour taper sur l'épaule de Friday. Il s'écria : « Tout va bien ? »

Friday acquiesça. Juste à ce moment précis, cent pieds environ au-dessous, il vit un tourbillon de neige dépasser de sous un surplomb.

« Attendez ! » aboya-t-il à Nazir.

L'hélicoptère ralentit pour passer en vol stationnaire. Ron Friday se pencha de son côté. Les panaches de neige étaient concentrés sur une zone étroite et progressaient lentement vers le nord. Ils auraient pu être provoqués par un animal longeant la falaise ou bien dus au vent canalisé dans une cheminée. Il était impossible de dire à cause du surplomb. Le soleil était passé derrière le sommet et ne pouvait projeter d'ombres aux alentours.

« Est-ce que vous voyez ça ? » demanda Friday.

Nazir acquiesça.

« Descendez en vous écartant lentement », ordonna Friday.

L'hélico entama une descente tout en virant pour s'éloigner de la falaise. À mesure que le pic situé au premier se rétrécissait dans leur champ visuel, tout l'ensemble montagneux situé derrière révélait sa masse écrasante. Cet empilement de sommets brun pourpre offrait un panorama spectaculaire. La neige couvrait les pics et Friday pouvait même la voir tomber sur certaines montagnes proches, rideaux blanc passé, comme des tulles de scène. Le soleil découpait un arc-en-ciel au cœur d'une de ces tempêtes. Un arc immense, jamais il n'en avait vu d'aussi lumineux. Bien qu'il n'eût guère le temps d'admirer le spectacle, il se fit un instant l'effet d'être un dieu.

Ils descendirent d'une petite centaine de pieds. Et, ce faisant, ils virent apparaître trois personnes dans leur champ visuel. Elles se trouvaient à une soixantaine de mètres, tout au plus. Elles marchaient en se suivant de près. Chaque silhouette était vêtue de lourdes parkas sombres et lestée d'un sac à dos et d'une arme. Elles ne s'arrêtèrent pas ni ne se retournèrent pour regarder l'appareil jusqu'à ce que le souffle du rotor chasse la neige sur la corniche devant leurs pieds. Vu l'épaisseur de leurs capuches et le bruit sourd du vent, Friday ne fut guère surpris qu'ils n'aient pas entendu venir l'hélico.

« Est-ce que Nanda est avec eux ? » demanda Apu.

Friday ne pouvait les identifier. Il était déçu de constater que seuls trois d'entre eux étaient parvenus aussi loin. À moins que…

« Remontez en vitesse et mettez le cap au nord ! » s'écria-t-il.

Le capitaine Nazir tira vers lui le manche en forme de U et l'hélico s'éleva. Juste à ce moment, la dérive de queue et le flanc droit de la soute furent touchés par une brève rafale de coups violents. Ils étaient inaudibles mais Friday sentit toute la cellule vibrer. Il aperçut aussi les minces rais de lumière de jour apparus soudain dans la moitié inférieure de la soute.

« Qu'est-ce qui se passe ? glapit Nazir.

— Ils nous prennent pour l'ennemi ! s'écria le vieil Apu.

— C'est un coup monté ! rugit Friday. Ils s'étaient divisés en deux groupes ! »

L'hélico se mit à osciller et Friday entendit un cliquetis sur sa droite. Les rafales tirées de l'arrière avaient manifestement endommagé l'une des dérives verticales antirotation. S'ils n'étaient pas remontés brusquement, l'engin serait sans doute en train de dégringoler maintenant, la queue la première, vers le fond rocailleux de ces vallées noyées dans la brume.

Cela dit, le capitaine Nazir avait du mal à maintenir l'assiette du Ka-25 et à le faire progresser – sans parler de gagner de l'altitude. Peu après, du reste, l'hélico cessa définitivement de monter.

« Je suis en train de le perdre ! annonça-t-il. Et on a une fuite de kérosène. »

Friday lorgna la jauge et lâcha un juron. Ils s'étaient déjà débarrassés du peu de matériel rangé dans la soute. Ne restait plus que le treuil. Plus le moindre poids mort à larguer. D'ailleurs, ils n'auraient sans doute plus le temps.

Il jeta un coup d'œil à l'extérieur tandis que leur appareil se mettait à vibrer violemment. L'arc-en-ciel s'évanouit avec le changement d'angle du soleil. Friday ne se faisait plus du tout l'effet d'un dieu mais plutôt celui d'un vrai minable. Se faire avoir de cette façon. Un truc de débutant, tout juste bon pour les blaireaux. L'agent étudie le groupe apparemment non menaçant tandis que des complices, soit planqués soit venus par un autre côté, vous défoncent un nouveau trou du cul.

« Faut absolument que vous nous posiez quelque part si vous pouvez ! pressa-t-il.

— Je cherche un endroit, dit Nazir. Et je n'en vois aucun. »

Une brusque bourrasque les fit brusquement pivoter de presque quarante-cinq degrés, vers la falaise. Une seconde rafale, cette fois tirée du groupe situé à l'avant, arracha le train d'atterrissage. L'hélico fit une embardée avant de plonger. Ils étaient au sommet d'une vallée. La brume épaisse empêchait Friday de voir ce qu'il y avait au-dessous. Mais il n'avait pas envie de redescendre dans cette direction. Il n'avait pas envie de perdre le groupuscule et surtout il ne voulait pas être dans le secteur quand les engins nucléaires détoneraient.

« Il faut que je descende tant qu'il nous reste encore assez de puissance pour contrôler l'atterrissage, expliqua le capitaine.

— Pas encore ! » Friday déboucla sa ceinture. « Apu, reculez-vous.

— Qu'est-ce que vous allez faire ? s'écria Nazir.

— Je vais ramper pour passer derrière, expliqua l'Américain. Avez-vous encore un peu de manœuvrabilité ?

— C'est limite… L'une des dérives de queue est bien amochée.

— D'accord. Mais si vous pouvez malgré tout orienter l'arrière vers la montagne, Apu et moi devrions pouvoir nous servir du treuil pour descendre en rappel jusqu'à une des corniches.

— Avec ce vent ? s'exclama Nazir. Vous allez vous faire balayer !

— Le vent souffle du sud-est, vers la paroi. Ça devrait nous aider.

— Il peut aussi vous fracasser contre les rochers…

— Faudra qu'on coure le risque. Il faut absolument que je contacte le groupe de Pakistanais pour les avertir de la présence des Indiens devant eux.

— Même si vous arrivez à rejoindre la corniche, ils vous descendront.

— J'enverrai le vieux en premier, expliqua Friday. Nanda reconnaîtra peut-être le manteau de son grand-père. Ou ils peuvent également voir en nous des otages potentiels. Quoi qu'il en soit, cela devrait les empêcher de tirer. » Friday sortit son couteau automatique et trancha la ceinture. Quand la boucle fut libérée, il détacha la radio et la tendit au vieux fermier. « Avec un peu de chance, je devrais pouvoir contacter les Attaquants. Je leur dirai où nous sommes et la position approximative où vous vous serez posé. Les Attaquants nous aideront à rejoindre le Pakistan et la patrouille de l'Himalaya pourra venir vous récupérer. Vous n'aurez qu'à leur dire que vous meniez une reconnaissance de votre côté mais que vous n'avez pas réussi à localiser les terroristes. »

Nazir ne paraissait pas convaincu. Mais ils n'avaient plus le temps de débattre et il fit comme le lui demandait Ron Friday. Les pieds calés au plancher, les mains étreignant les commandes, Nazir fit pivoter avec précaution l'hélico pour se rapprocher peu à peu de la paroi rocheuse. Pendant ce temps, Friday débrancha le casque mais il le garda sur la tête. Puis il se faufila par l'écoutille entre les sièges.

« Qu'est-ce qui se passe ? » demanda Apu. Son teint était encore plus livide que d'habitude. À la différence du poste de pilotage, il régnait dans la soute un froid glacial.

« On tire notre révérence », dit Friday tandis qu'il prenait la ceinture pour improviser un harnais autour du vieux paysan.

« Je ne comprends pas.

— Accrochez-vous, c'est tout », dit-il tout en attachant la ceinture avant de mener Apu vers le treuil. Il était malaisé de tenir debout dans la soute secouée en tous sens, aussi rampèrent-ils pour rejoindre l'arrière de la cale. Le câble en nylon de six millimètres de diamètre était enroulé sur une poulie d'aluminium. Ils restèrent agenouillés tandis que Friday détachait le crochet fixé à un œillet au plancher.

« Vous allez sortir le premier », expliqua l'Américain tout en passant le filin dans le harnais qu'il avait formé.

« Sortir ? s'exclama Apu.

— Oui. Rejoindre votre petite-fille », lui dit Friday. Il tira sur le câble. Ça semblait bien arrimé. Puis il fit signe au vieillard de se reculer jusqu'à ce qu'il se retrouve accroupi sur la trappe. « Ça va secouer pas mal, l'avertit Friday. Alors accrochez-vous au filin et, une fois en bas, restez tapi et patientez jusqu'à ce qu'ils viennent vous récupérer.

— Attendez ! dit Apu. Comment ça ? Vous en êtes sûr ?

— Non, mais je prierai pour vous ! » Et, sur ces mots, Friday se tourna vers le long levier qui commandait l'ouverture de la trappe. Il tira dessus. Il y eut une secousse quand le panneau commença à s'ouvrir. Il saisit prestement le boîtier de télécommande du treuil. Le câble se mit à se dévider tandis que des rafales d'air glacé s'engouffraient par l'ouverture pour envahir la soute. « Dites-leur que j'arrive ! » ajouta Friday alors qu'Apu reculait en glissant.

Il étreignit le filin comme le lui avait conseillé Friday, alors qu'il passait par l'ouverture de la soute. De sa main libre, Friday guida le câble tout en s'approchant avec précaution de la trappe ouverte. Le vent le fouetta comme un bloc de glace, dense, pénétrant. Il engagea partiellement sa tête casquée dans la bourrasque et regarda dehors, les yeux plissés. Comme il l'avait escompté, le vent emportait Apu en l'éloignant vers le haut. Vision surréaliste d'un homme hissé tel un cerf-volant. L'hélico était à une dizaine de mètres de la falaise. Il donnait de la bande vers la droite – le côté où la dérive de queue était H-S – et il oscillait, secoué par les rafales. Mais Nazir parvint à stabiliser sa position tandis qu'Apu était littéralement drossé vers la corniche. Comme l'avait espéré Friday, le groupe d'éclaireurs était en train de revenir sur ses pas pour le récupérer, tandis que l'arrière-garde continuait à tenir en joue l'hélicoptère. Plus Apu se rapprochait de la paroi et plus il était secoué par les rafales des courants contraires qui redescendaient au ras de la falaise. Mais un des membres du groupuscule réussit à l'attraper tandis que lui-même était maintenu par un camarade. Quand tout le monde fut sain et sauf, le Pakistanais détacha le filin. Friday le remonta. Il regarda le fermier discuter avec les autres. Un des membres du commando leva les bras croisés à l'attention du groupe resté à l'arrière. Ils s'abstinrent de tirer sur l'hélico.

Quand le crochet fut remonté, Friday le passa prestement par la poignée de la radio, puis sous ses aisselles, avant de le fixer autour de sa taille. Maintenant la radio plaquée contre l'estomac, il s'étendit à plat dos. Il voulait sortir les pieds devant pour protéger l'appareil. Rampant en crabe, il rejoignit la trappe ouverte, puis pressa le bouton de la télécommande pour faire redescendre la poulie. Il saisit le filin, redressa les jambes et entama la descente. La bise glaciale s'engouffra dans ses jambes de pantalon. Il avait l'impression d'être écorché vif. Puis, un instant après, il se mit à dévaler comme sur une luge. Comme il n'était plus à bord pour contrôler la descente, le câble se dévidait plus vite qu'auparavant et le vent l'accélérait encore. La falaise se précipita vers lui si vite qu'il eut tout juste le temps d'amortir le choc avec les pieds. Ses semelles entrèrent brutalement en contact. Le contrecoup se propagea jusqu'au sommet de son crâne. Il rebondit vers l'arrière, ressentit une traction vertigineuse, puis un relâchement tout aussi brusque tandis que l'hélico faisait une embardée derrière lui.

« Merde ! » Il eut l'impression d'avoir reçu un tronc d'arbre en plein torse. Le filin se tendit comme un câble d'acier, lorsque l'hélico se mit à dégringoler.

Des mains jaillies de la corniche se tendirent vers lui. Le vent continuait à le maintenir en équilibre. On agrippa la radio tandis que d'autres mains essayaient de détacher le filin.

Soudain, quelqu'un devant lui leva une AK-47 et lâcha une rafale au-dessus de sa tête. Le câble de nylon se rompit et le vent poussa violemment Friday. D'autres mains se saisirent de son blouson pour l'attirer sur la corniche. Comme le vent continuait à le fouetter, il n'avait pas l'impression d'être sur la terre ferme. Il resta étendu un moment, aspirant l'air dans ses poumons blessés. Il avait la tête tournée vers la vallée et regardait l'hélicoptère descendre en une lente spirale paresseuse.

Puis, bientôt, le vol en spirale s'interrompit. L'appareil se mit à piquer, la queue devant, selon la trajectoire rectiligne et résolue d'un volant de badminton métallique. L'engin en perdition prit de la vitesse à mesure qu'il descendait et finit par disparaître dans les nuages bas.

Peu après, Friday entendit une déflagration qui retentit avec un bruit caverneux dans toute la vallée. Elle était accompagnée d'une boule rouge orangé qui semblait se diffuser comme de la teinture à travers les nuages.

Ron Friday n'eut toutefois guère le temps de s'appesantir sur la mort du capitaine Nazir. Les mains qui lui avaient sauvé la vie le hissaient pour le plaquer contre la paroi de la falaise.

Une femme lui enfonça un pistolet sous le menton et le contraignit à la regarder. Son visage était couvert de givre, ses yeux fous. Des glaçons étaient accrochés aux cheveux qui dépassaient de sous sa capuche.

« Qui êtes-vous ? » demanda-t-elle en hurlant pour couvrir les bourrasques.

« Je suis Ron Friday, du renseignement américain, hurla-t-il en réponse. Vous êtes la chef de la FKM ?

— Oui ! répondit-elle.

— Bien. C'est vous que je cherchais. Vous et Nanda. Elle est avec vous ?

— Pourquoi ?

— Parce qu'elle pourrait bien être la seule personne à pouvoir empêcher l'anéantissement nucléaire de votre pays. »

## 32.

### *Washington, DC,*
### *jeudi, 6 h 25*

« Putain, c'était quoi, ça ? » demanda Bob Herbert à Stephen Viens.

Le chef du renseignement de l'Op-Center était assis devant son bureau. L'éclairage de la pièce était tamisé. Il était en train de contempler vaguement l'écran de son ordinateur, les yeux mi-clos, quand l'image l'avait soudain réveillé. Il avait aussitôt pressé la touche rappel automatique de son téléphone et réveillé le patron du NRO.

« On dirait qu'un hélico vient de s'écraser, commenta Viens.

— Un hélico », répéta Herbert. C'était plus une question qu'une observation.

« Vous étiez assoupi, dit Viens.

— Oui, j'avais les yeux fermés, admit Herbert. Que s'est-il passé ?

— Tout ce qu'on a distingué, c'est la queue d'un hélicoptère qui approchait de la paroi avant de descendre un filin avec deux hommes au bout, lui dit Viens.

Il semble que les Pakistanais aient récupéré les types et que l'appareil se soit écrasé. Nous n'avons pas un angle de vue assez large pour en être sûrs.

— Friday avait un hélico… Est-ce que ça pourrait être lui ?

— Nous ne savons pas qui était au bout du filin. L'un des deux individus semblait être muni d'une radio. En tout cas, c'était un appareil électronique quelconque. Il ne ressemblait pas au matos qui équipe le renseignement américain.

— Je vous rappelle, dit Herbert.

— Bob ? dit Viens. Si c'était un hélico de l'aviation indienne, ils vont savoir où il s'est crashé. Et même si ce n'est pas un appareil militaire, l'explosion aura été détectée par leurs satellites-espions ou par leurs sismographes.

— Je sais. » Le chef du renseignement plaça Viens en attente pour appeler le bureau de Hank Lewis. Le chef de la NSA n'était pas encore arrivé. Herbert essaya son téléphone mobile mais il tomba sur sa messagerie vocale. Soit il conversait sur cette ligne, soit il était hors de portée. Herbert pesta. En désespoir de cause, il tenta son numéro personnel. Il le surprit en plein rasage.

Herbert le mit rapidement au fait des événements et lui demanda s'il pouvait certifier que Ron Friday se trouvait à Jaudar.

« Je suppose, répondit le responsable de la NSA. Je ne lui ai pas reparlé depuis notre conférence à trois.

— Avez-vous un moyen de le joindre ? s'enquit Herbert.

— Uniquement s'il est à bord de l'hélicoptère.

— Et son téléphone mobile ? insista Herbert.

— On n'a pas essayé, admit Lewis. Mais sur le terrain, en pleine montagne, ça risque de ne pas être évident.

— Certes, reconnut Herbert. Et la radio ?

— On utilisait une fréquence de l'OTAN pour le contacter mais je n'ai pas cette information ici.

— Ma foi, on peut retrouver ça et le contacter. En tout cas, merci. Je vous préviens dès qu'on l'a. »

Herbert raccrocha, jeta un coup d'œil à l'horloge de l'ordinateur. Six heures trente. Kevin Custer, le responsable des communications électroniques de l'Op-Center, devait déjà être à son bureau. Herbert l'appela sur l'interphone.

Âgé de trente-deux ans, Custer était un diplômé du MIT et un lointain descendant du général George Armstrong Custer – par son frère Nevin. Servir sous les drapeaux était une tradition dans la famille Custer et Kevin avait donc passé deux ans dans l'armée avant de trouver un poste à la CIA. Il y travaillait depuis trois ans quand Bob Herbert le récupéra. D'un optimisme chronique, Custer était le type le plus débrouillard et le plus enthousiaste qu'Herbert avait eu l'occasion de rencontrer.

Custer lui répondit aussitôt qu'il allait lui trouver ça, s'il voulait bien ne pas quitter. Ce n'était même pas : « Je la trouve et je vous rappelle. » C'était : « Bougez pas. Je l'ai dans une seconde. » Et c'était vrai.

« Voyons voir, dit Custer. Le journal de la NSA indique que l'appel est transmis sur 101,763 MHz, verrouillage de phase sur 123 Hz, brouillage par inversion, code 855. Je peux contacter la source de l'appel, si vous voulez.

— Passez-le-moi », dit Herbert.

Peu après, Herbert entendit un bip.

« Bon, je raccroche, dit Custer. Prévenez-moi si vous avez besoin d'autre chose.

— En fait, oui, dit Herbert. Voudriez-vous appeler Paul Hood et le brancher sur cette communication ? »

Custer acquiesça. La radio émit un second bip. Puis un troisième. Un quatrième.

« Bob ? Que se passe-t-il ? » demanda Hood dès qu'il fut en ligne. Il avait l'air dans le cirage. Il avait dû somnoler lui aussi.

« Viens et moi venons de voir le groupuscule de Pakistanais récupérer deux passagers d'un hélicoptère qui se serait apparemment écrasé », expliqua Herbert. La radio émit un cinquième bip. « Nous essayons d'établir si l'un des deux est Ron Friday.

— Je pensais qu'il allait à Jaudar ? s'étonna Hood.

— C'est exact », confirma Herbert.

La radio sonna deux fois encore avant que quelqu'un réponde. Ce n'était sûrement pas Ron Friday.

« Oui ? dit une voix féminine.

— Ici la base 855 », dit Herbert en utilisant le code d'identification. « Qui est à l'appareil ?

— Quelqu'un qui détient votre radio et son opérateur, répondit la femme. Je viens tout juste de lui sauver la vie. Mais ce ne pourrait être qu'un sursis. »

À son accent, la femme était manifestement de la région. Herbert aurait été en mesure de le situer avec plus de précision s'il n'y avait pas eu ces hurlements du vent derrière elle. En outre, elle était maligne. Elle avait seulement dit avoir sauvé la vie de Friday. Aucune référence au reste de son commando ou à l'autre homme récupéré. Elle avait fourni le strict minimum d'informations à son interlocuteur.

Herbert coupa le micro du téléphone. « Paul… je suis d'avis qu'on discute avec elle, fit-il d'une voix pressante. On doit lui faire savoir que les Attaquants sont en route.

— Cette ligne n'est pas cryptée, n'est-ce pas ?

— Non, admit Herbert.

— Friday le lui dira, sans doute.

— Il est arrivé à bord d'un hélico indien. Ils pourraient ne pas le croire, observa Herbert. Laissez-moi lui faire un petit résumé de la situation.

— Soyez prudent, Bob, avertit le patron. Je ne veux pas que vous lui révéliez qui nous sommes au juste. »

Herbert remit en service le micro. « Écoutez-moi, reprit-il. Nous travaillons avec le renseignement américain. L'homme que vous détenez collabore avec nous.

— Il m'a dit s'appeler Friday, dit la femme. Quel est son prénom ?

— Ron, répondit Herbert.

— Très bien, dit la femme. Que voulez-vous de nous ?

— Nous voulons vous ramener en vie chez vous. » Puis, pesant soigneusement ses mots au cas où leur ligne serait sur écoute : « Nous savons ce qui s'est passé à Srînagar. Nous savons ce que votre groupe a fait et n'a pas fait. »

Inutile d'en dire plus. Elle saurait la suite. Il y eut un bref silence.

« Pourquoi voulez-vous nous aider ? demanda-t-elle finalement.

— Parce que nous savons qu'il y aura des mesures de représailles extrêmes, l'informa Herbert. Pas contre vous mais contre votre pays.

— Votre Friday est-il au courant ?

— De ça et d'autres choses. Et il n'est pas le seul.

— Oui, dit la femme. Nous avons sauvé un vieux paysan…

— Ce n'est pas ce que je veux dire », coupa Herbert.

Nouveau silence bref. Herbert imaginait sans peine la femme en train de scruter le ciel, guettant l'arrivée d'autres hélicos.

« Je vois, dit-elle enfin. Je vais lui parler. Renseignement américain, répondit-elle, comme si c'était le nom de son interlocuteur, je ne sais pas si je peux emporter avec moi cette radio, poursuivit la femme. Si vous avez d'autres informations à me donner, donnez-les-moi. »

Herbert réfléchit un instant. « Il y a encore une chose. » Il parla en détachant et en pesant bien ses mots pour qu'elle n'en rate pas un : « Nous vous aidons parce que l'inaction pourrait entraîner une catastrophe comme jamais l'humanité n'en a connu. Je n'ai aucun respect pour les terroristes.

— Renseignement américain. Je n'avais rien à perdre. Si le monde nous avait respectés auparavant, on n'aurait pas besoin de terrorisme. »

Et, sur ces mots, la communication s'interrompit.

## 33.

## *Mont Kanzalwan, jeudi, 16 h 16*

Sharab sentait à peine ses doigts lorsqu'elle replaça le combiné à l'intérieur du boîtier de la radio. Malgré ses gants épais et les mouvements constants, l'intensité du froid dépassait tout ce qu'elle avait connu. Ses mains s'engourdissaient dès qu'elles restaient immobiles, devenant deux poids morts. Elles se mettaient à brûler dès qu'elle les bougeait pour forcer le sang à circuler. Pareil avec les pieds. Le vent lui desséchait les yeux, chaque clignement de ses paupières aux cils glacés était une torture.

Mais la pire douleur restait intérieure. Elle culminait en ces moments où la bourrasque s'apaisait un peu et que le surplomb rocheux s'écartait, laissant les rayons du soleil transpercer le froid mortel. Quand la survie n'était plus un souci immédiat et qu'elle avait à nouveau du temps pour penser.

Sharab s'était laissé berner par les forces de sécurité indiennes. Elle avait laissé tomber sa nation, son peuple, ses compatriotes. Cet échec avait coûté la vie au valeureux Ishaq. Et il les avait conduits, elle et son petit groupe de fidèles compagnons, dans ce précipice, cette fuite. Son échec rendait désormais improbable qu'ils réchappent à ces montagnes et puissent clamer à la face du monde la vérité, à savoir que c'était l'Inde et non le Pakistan qui avait été responsable des attentats contre les sites religieux hindous.

Et pourtant, comme il était dit dans le Coran : « Car Allah ne fait pas prospérer ce que font les fauteurs de désordre[1]. » Peut-être que Dieu lui avait pardonné. Il semblait qu'Il veillait sur elle quand cet homme était tombé du ciel. Sharab n'aimait pas les Américains, elle ne s'y fiait pas non plus. Ils faisaient la guerre contre les musulmans dans le monde entier et ils avaient toujours cherché à se faire bien voir de New Delhi, de préférence à Islamabad. Mais elle ne mettrait pas en doute la volonté divine. Quelle ironie, toutefois, si c'est de cet homme que devait leur venir le salut.

Ron Friday était toujours allongé à plat ventre. Sur la droite, Nanda était blottie avec son grand-père. Sharab s'occuperait d'eux dans un moment. Elle demanda à Samouel de l'aider à relever l'Américain. À deux, ils le repoussèrent à l'abri du surplomb, contre la paroi. Il y faisait encore plus froid parce que le soleil n'arrivait pas jusqu'ici. Mais au moins avait-il moins de risques de glisser de la corniche. Jusqu'à ce que Sharab ait entendu ce qu'il avait à dire, elle ne voulait pas qu'il se tue en chutant dans le ravin.

L'homme gémit quand elle lui plaqua l'avant-bras contre l'aisselle pour l'aider à tenir debout.

1. Le Coran, sourate 10, *Jonas*, verset 81.

« Très bien, fit-elle. Maintenant, tu vas me dire tout ce que tu sais.

— Ce que je sais ? » répéta Friday. Des halètements douloureux accompagnés de panaches de vapeur blanche ponctuaient chaque syllabe. « Pour commencer, vous avez abattu notre billet de sortie…

— Vous n'auriez pas dû débarquer à l'improviste à bord d'un hélicoptère indien, répondit Sharab. C'était stupide.

— Inévitable ! » protesta vivement l'Américain.

L'exclamation fut suivie d'une grimace de douleur. Sharab dut s'appuyer contre lui pour l'empêcher de se plier en deux. Elle se demanda s'il ne s'était pas brisé deux ou trois côtes dans sa chute. Mais c'était aussi bien : la douleur pouvait être utile. En l'aidant à rester en éveil.

« Peu importe pour l'instant, dit Friday. L'essentiel, c'est que la SFF indienne vous a bernés. Ils ont berné Nanda. Elle les a aidés à faire sauter le temple et le bus. D'après nos renseignements, la SFF pensait que cela contribuerait à resserrer les rangs du peuple indien derrière l'armée. Nanda ignorait sans doute que les militaires avaient l'intention de riposter à l'attentat par une frappe nucléaire.

— Pour la destruction du temple ? » Sharab était abasourdie.

« Oui, confirma l'Américain. Nous avons des raisons de croire que certains militants feront croire à la population qu'il s'agissait de la première frappe d'un Jihad islamique contre le peuple hindou. Les ministres et les généraux modérés pourraient n'avoir d'autre choix que de suivre le mouvement.

— Tu as dit que tu détenais des renseignements, poursuivit Sharab. Leur source ? Américains ?

— Américains et indiens, confirma Friday. Le pilote qui m'a amené ici appartenait aux commandos des Black Cats. Il détenait des informations sur les activités de la SFF. Nos spécialistes à Washington sont parvenus à la même conclusion de leur côté. C'est pour cela qu'ils ont distrait la force d'intervention américaine de sa mission initiale.

— Qui était… ?

— D'aider les militaires indiens à localiser d'éventuels silos de missiles nucléaires pakistanais, répondit Friday.

— Ils sont venus aider l'Inde et, maintenant, je suis censé leur faire confiance ?

— Il se peut que vous n'ayez pas le choix, observa Friday. Il y a aussi autre chose. Alors que nous étions à votre recherche, nous avons vu une unité de soldats indiens qui se dirigeaient par ici. Ils progressent en un vaste mouvement de tenaille depuis la Ligne de contrôle. Vous n'arriverez jamais à traverser leurs rangs.

— Je m'y attendais, après que nous avons tué leurs commandos lancés à nos trousses, nota Sharab. Combien sont-ils ?

— Je n'ai pu voir qu'une centaine d'hommes. Sans doute sont-ils plus nombreux.

— Combien de soldats américains sont ici, et comment vont-ils réussir à nous trouver ?

— Il y a une douzaine d'hommes d'un commando d'élite et ils vous surveillent depuis le début par satellite.

— Ils peuvent nous voir en ce moment ? »

Friday acquiesça.

« Alors, pourquoi as-tu été obligé de nous chercher de ton côté ? insista la femme.

— Parce qu'ils n'ont pas voulu me dire où vous vous trouviez, expliqua Friday. Je travaille pour un autre service. C'est une question de défi, de la rivalité.

— De la bêtise », cracha-t-elle. Elle hocha la tête. « Moins de vingt hommes contre plus d'une centaine. Quand les Américains seront-ils ici ?

— Très bientôt.

— Comment arrivent-ils ?

— À bord d'un cargo indien, de l'escadron des Aigles de l'Himalaya. »

Sharab réfléchit un instant. Du point de vue tactique, l'unité américaine ne leur serait pas d'un grand secours. Elle pouvait toutefois se servir d'eux d'une autre manière. « Est-ce que tu peux les contacter ?

— Via Washington, oui.

— Bien. Samouel ?

— Oui, Sharab ? dit le colosse.

— Je veux que tu nous attendes ici avec Nanda, dit Sharab. Je vais redescendre avec les autres dans la vallée. Une demi-heure après notre départ, tu reprends la route sur l'itinéraire qu'on avait prévu.

— Bien, Sharab. »

La jeune femme se retourna pour s'approcher de Nanda, alors en conversation avec son grand-père.

« Attendez ! s'écria Friday. Nous sommes déjà en état d'infériorité. Pourquoi nous diviser encore ?

— Si on contacte les Américains par radio, on peut être sûrs que les fantassins indiens vont intercepter le message, expliqua Sharab. Ce qui les mènera à nous.

— Qu'est-ce qui vous fait penser qu'ils feront des prisonniers ? rétorqua Friday.

— Peu importe, tant qu'on parvient à les retenir ici le plus longtemps possible. Cela dégagera la voie pour le groupe de Samouel et lui permettra de passer. Tu as dit toi-même que Nanda était la clé pour empêcher une attaque nucléaire. Elle doit absolument rallier le Pakistan. Ses compatriotes écouteront sa confession, son témoignage.

— Comment savez-vous qu'elle ne vous trahira pas ?

— Parce que je sais une chose que tu ignores, expliqua Sharab. Les missiles que recherche ton unité d'élite ? Ils sont déjà en place. Par dizaines. Ils sont dans les montagnes, pointés sur New Delhi, Calcutta, Bombay. Une frappe contre le Pakistan et c'est tout le sous-continent qui est vitrifié.

— Alors, laissez-moi prévenir mes supérieurs, dit Friday. Ils sauront dissuader les Indiens de frapper…

— Les dissuader comment ? Je n'ai aucune preuve ! J'ignore où se trouvent les missiles et mon gouvernement ne dévoilera pas cette information. Tout ce que je sais, c'est qu'ils ont été déployés. Nous avions organisé les attentats pour distraire l'armée indienne le temps que les engins soient mis en place. » La femme prit une inspiration pour se forcer à se calmer. Si elle se mettait en colère et commençait à transpirer, la sueur allait lui geler sur la peau. « À moins que Nanda ne désire voir ravager son pays, elle devra coopérer avec nous, mais, pour cela, il faut la mener au Pakistan sans qu'elle se fasse tuer par les Indiens !

— D'accord, reconnut Friday. Mais je vais avec elle. Elle aura besoin de protection. Et aussi, pour la crédibilité, d'une caution internationale. J'étais témoin des attentats. Je peux faire en sorte que les diplomates de notre ambassade accréditent sa thèse.

— Comment puis-je être sûre que tu ne la tueras pas ? » s'écria Sharab. Le vent avait forci et elle devait crier pour se faire entendre. « Tu as débarqué dans un hélicoptère indien. Comment savoir si tu ne veux pas nous ramener à Kargil ? Je n'ai que ta parole et une communication radio qui aurait pu venir de n'importe qui ! Tout ça ne fait pas de toi un allié !

— J'aurais pu te buter depuis l'hélico ! hurla Friday, la tutoyant soudain. Ça ne fait pas de moi ton ennemi ! »

Sharab dut reconnaître que l'Américain n'avait pas tort. Il n'empêche qu'elle n'était pas prête à le croire entièrement. Pas encore.

« Tu nous fais perdre le peu de temps qui nous reste, poursuivit l'homme. À moins que tu n'aies l'intention de me tuer, je vais avec Nanda. »

Sharab continua de tenir l'Américain plaqué contre la paroi. Son haleine brûlante lui réchauffait le nez. Il avait les larmes aux yeux à cause du froid, mais c'était bien le seul signe de vie qu'elle pouvait y lire. Sinon, nulle trace de vérité, de conviction, d'abnégation. Mais elle n'y décelait pas non plus de crainte ou d'hostilité. Et, pour l'heure, elle devrait s'en contenter.

« Samouel dirigera les opérations », dit-elle à Friday.

Ce dernier acquiesça vigoureusement. Sharab le relâcha. Samouel le maintint jusqu'à ce qu'il soit sûr que l'Américain ait retrouvé son équilibre.

« Attends ici », dit Sharab, puis, le dos plaqué à la falaise, elle s'avança avec précaution vers Nanda. La jeune fille était blottie dans une étroite fissure avec son grand-père. Elle se leva à l'arrivée de la femme. Une lourde écharpe lui masquait le visage. Seuls ses yeux restaient visibles.

Sharab lui dit qu'elle allait partir avec un petit groupe en compagnie de Samouel, de l'Américain et de son grand-père.

« Pourquoi faites-vous ça ? » demanda la jeune fille.

Lorsque Sharab eut achevé de lui exposer tout ce qu'avait dit Friday, elle vit dans ses yeux naître le doute et l'inquiétude. Peut-être l'Indienne ignorait-elle ce qu'avaient tramé la SFF et les militaires de son pays.

Mais cette réaction lui confirmait hélas autre chose : que le récit de l'Américain pouvait bien être vrai.

Qu'ils pouvaient bel et bien n'être plus qu'à quelques heures d'une conflagration nucléaire.

# 34.

## *Washington, DC,*
## *jeudi, 6 h 51*

Paul Hood ne fut pas surpris que Bob Herbert se soit montré si abrupt avec son interlocutrice. Après tout, sa femme avait été tuée par des terroristes islamiques. Collaborer avec le groupuscule pakistanais devait être pour lui un déchirement.

Mais ce qu'il avait dit à la femme, qu'il s'opposait à elle et à son activité, c'était également une façon habile et responsable de réaliser une alliance tactique. Des inconnus auront tendance à se méfier de l'indulgence et de la flatterie. Mais si vous leur dites que vous ne les aimez pas, que vous ne collaborez avec eux que par obligation, ils auront un peu plus tendance à se fier aux informations que vous leur procurerez.

« Ça va, Bob ? s'enquit Hood.

— Bien sûr. N'empêche, j'ai accusé le coup.

— Elle aussi.

— Elle n'a même pas dû le sentir. Les fanatiques ont un cuir d'éléphant. Mais ça ira, poursuivit-il. Je suis un grand garçon. J'ai l'habitude.

— Parfois, ça passe un peu trop près du cœur, observa Hood.

— Oui, c'est vrai », admit Herbert.

Hood avait déjà vécu des situations analogues avec Herbert. Son chef du renseignement devrait encore une fois s'en accommoder.

« On reparlera de tout ça plus tard, Bob. Pour l'heure, il faut que j'informe le président. Il doit être tenu au courant de ce qu'on envisage. »

Le chef du renseignement demeura silencieux quelques secondes. « Je suppose que c'est également ce qui me tracasse… Je ne suis pas sûr qu'on doive vraiment s'engager dans un truc pareil.

— Quoi ? L'intervention des Attaquants ?

— Ouais.

— Vous avez une autre option ?

— Refiler le problème au président, dit Herbert. Le laisser démêler tout ça avec le gouvernement indien.

— Il ne le fera jamais sans preuve, objecta Hood. Je lui exposerai nos inquiétudes et lui ferai part de ce que nous envisageons. Je sais ce qu'il va me répondre. Il donnera son aval à une mission de renseignement de nos hommes sur place, surtout si le gouvernement indien a autorisé leur présence. Il sera prêt à nous donner sa bénédiction pour aller jusque-là. Pour le reste, ce sera de la responsabilité de Mike. »

Herbert resta silencieux.

« Mais vous êtes toujours gêné aux entournures, poursuivit Hood.

— Ouais, reconnut Bob. Si on reprenait notre petit récapitulatif des options tactiques ?

— D'accord, fit Hood, patient

— Nous avons décidé que le gouvernement indien n'était sans doute pas au courant de cette option nucléaire, reprit Herbert. Donc, à moins d'amener cette femme de Kargil, Nanda, à venir devant une caméra de télé expliquer que c'était un complot interne, nous n'avons aucune preuve à présenter à notre président ou au peuple indien.

— Tout juste, admit Hood. Nous avons en outre des forces indiennes qui font mouvement pour neutraliser Nanda et les Pakistanais.

— C'est ce qu'on suppose, remarqua Herbert.

— Nous devons supposer qu'ils ne feront pas de quartier, souligna Hood. La SFF n'aurait rien à gagner à capturer les Pakistanais et laisser filtrer la vérité. Nous devons absolument laisser au groupuscule de miliciens une chance de rentrer chez eux.

— Dieu du ciel, s'exclama Herbert.

— Bob, il ne s'agit pas seulement d'aider des terroristes, insista Hood. Vous le savez bien.

— Je sais, admit Herbert. Ça ne me plaît pas, c'est tout.

— Le temps nécessaire pour régler cette affaire par les voies diplomatiques pourrait coûter la vie aux Pakistanais.

— Et foncer tête baissée peut coûter la vie à nos Attaquants.

— C'était vrai chaque fois qu'ils ont dû intervenir sur le terrain, lui rappela Hood. Si Mike ou le colonel August ont le moindre doute sur cette opération, ils peuvent l'annuler quand ils veulent.

— Ils n'en feront rien, lui assura Herbert. Pas avec de tels enjeux.

— C'est sans doute vrai.

— Et surtout, pas avec un mec couillu comme Mike, poursuivit le chef du renseignement.

— C'est plus que ça, rectifia Hood. Il connaît ses hommes. Vous a-t-il déjà servi cette citation, celle du duc de Wellington ?

— Je ne crois pas, non.

— Un matin, alors que j'assistais à un entraînement de ses gars, j'ai demandé à Mike comment il savait qu'il les avait poussés à leur limite, expliqua Hood. Il m'a dit alors que Wellington avait une manière toute simple de décider quand il avait formé la meilleure unité de combattants possible. "Je ne sais pas quel effet ces hommes auront sur l'ennemi", écrivait le duc, "mais, sacrebleu, ils me terrifient." Et Mike d'ajouter que, lorsqu'il sentait que ses gars étaient assez endurcis pour lui flanquer la trouille, c'est à ce moment qu'il interrompait l'entraînement.

— Paul, inutile de me rappeler que les Attaquants sont les meilleurs. Mais je suis inquiet malgré tout de ce parachutage dans l'Himalaya. Inquiet des risques et de la nécessité de se fier à des terroristes. Inquiet de n'avoir aucun appui à leur fournir et, pis que tout, aucune stratégie de sortie.

— Ça me préoccupe, moi aussi, admit Hood. Mais je suis bien conscient également qu'on n'a pas d'autre option. »

Le chef du renseignement resta quelques instants sans rien dire. Le silence devenait pesant. Hood avait l'impression que Herbert était en train de le juger.

Herbert avait dû le sentir, lui aussi. « Je sais que nous faisons ce que nous avons à faire, reprit-il. Ce n'est pas pour ça que je dois l'apprécier. » Le ton n'était plus ni pénétrant ni exaspéré. Juste résigné.

Herbert ajouta qu'il allait appeler le NRO pour avoir la position exacte du groupuscule, puis faire un dernier point avec les Attaquants avant l'heure H. Hood le remercia avant de raccrocher.

Le directeur de l'Op-Center se frotta les yeux. Herbert avait ses démons personnels, mais lui aussi.

Contrairement à son chef du renseignement, Hood n'avait jamais mis sa vie en jeu. Il avait été maire d'une grande métropole, puis agent financier avant d'accepter ce boulot. Il avait déjà envoyé les Attaquants en mission à risque, mais jamais en plein conflit armé. Agir ainsi lui semblait cavalier, hypocrite, lâche.

Mais, comme il l'avait fait remarquer à Herbert, c'était également nécessaire. Les problèmes personnels de Paul Hood ne devaient pas affecter ses décisions professionnelles. Il devait être dépassionné. Il devait bien cela au président et au pays.

Il arrêta de se frotter les yeux. Il était vidé, crevé. Et la perspective, une fois cette affaire réglée, d'avoir encore à fermer le service de presse, n'était pas pour le réconforter. Veine, d'ici là, il n'aurait pas de mal à réduire les contacts avec Ann Farris. Comme il s'agissait d'une action militaire, il lui donnerait instruction d'instaurer un silence-radio total avec la presse sur toutes les activités de l'Op-Center jusqu'à midi. Elle devrait couper tous les téléphones et tous les ordinateurs. Aucun membre du service de presse n'aurait le droit de répondre aux téléphones mobiles. Suspension également des appels au numéro de la boîte vocale d'informations. Quant à Hood, il allait s'enfermer au

Bocal avec Bob Herbert, Liz Gordon et Lowell Coffey jusqu'à la fin de la crise.

Ensuite seulement, il donnerait à Ann Farris la mauvaise nouvelle, en même temps qu'il lui accorderait à nouveau son attention.

Il lui devait bien cela.

## 35.

### *Chaîne du Grand Himalaya, jeudi, 16 h 19*

Les parachutes étaient des « Merit » PF3000 en toile semi-synthétique à porosité nulle. Ils avaient été sélectionnés par l'armée indienne pour cette région parce qu'ils offraient la manœuvrabilité maximale lors de la descente. Même en cas de turbulences, la toile gardait sa forme et sa portance. La voilure proprement dite était légèrement elliptique avec des extrémités fuselées. C'était la forme qui procurait les atterrissages les plus doux. D'abord utilisés par les paras de l'armée française, les Merit s'étaient également révélés les plus sûrs pour les novices.

Les parachutes étaient stockés dans de minces conteneurs Atom Millennium. Ils étaient dotés classiquement de poignées en plastique, de sangles de poitrine étroites avec l'extérieur en toile tressée ultra-légère. Cette finesse et cette légèreté leur éviteraient de trop gêner les Attaquants si jamais ils étaient forcés d'engager l'ennemi avant de s'être défaits de leur sac à dos. Il y avait en outre un dispositif de libération instantanée commandé par une sangle qui permettait d'affaler la toile aussitôt après l'atterrissage en cas de fort vent au sol.

Rodgers et son équipe avaient délové et relové les parachutes. Ils avaient inspecté la toile, les suspentes, les anneaux de fixation. Compte tenu de l'existence d'éléments dissidents au sein des forces armées indiennes, Rodgers voulait s'assurer que leur équipement n'avait pas été saboté.

Emmitouflés dans leurs combinaisons d'hiver en Nomex blanc, les Attaquants se tenaient blottis près de l'écoutille avant de sauter. Les membres du commando étaient accroupis pour garder leur équilibre malgré les trous d'air. En plus de son parachute, chaque homme était doté d'un étui de hanche avec un pistolet 9 mm à forte puissance Browning Mark 2, d'un gilet pare-balles en Kevlar, de gants de cuir et de bottes d'escalade. Les gilets étaient munis de poches latérales pour la lampe de poche, les fusées éclairantes, les grenades, les chargeurs supplémentaires et les cartes. Avant de sauter dans cet environnement à température négative, les hommes coifferaient leur masque respiratoire Leyland & Birmingham. Ces masques intégraux étaient dotés de larges visières en plastique incassable et teinté pour améliorer la visibilité. Le toubib, William Musicant, était lesté en plus d'une ceinture médicale. Cet accessoire remarquable par sa compacité, conçu par les commandos de la Marine pour l'opération Tempête du désert, lui permettait de traiter un large éventail de blessures consécutives aux chutes et au combat.

Rodgers examina les photos du terrain avec le commando. Viens avait transmis les images directement de l'ordinateur du NRO au portable des Attaquants.

Rodgers en avait imprimé deux exemplaires pour les distribuer. Il avait également imprimé un second jeu de photos qui venait d'arriver.

L'équipe s'apprêtait à pénétrer dans ce qu'on qualifiait de terrain « fortement contrasté » – synonyme d'atterrissage problématique. La zone de sauts était un vaste replat d'environ soixante-dix-mètres sur quatre-vingt-dix. C'était l'unique site relativement horizontal dans toute la région. Inconvénients : plusieurs saillies rocheuses ainsi que des pentes escarpées sur les flancs nord et ouest. Quant aux bords sud et est, ils étaient fermés par des falaises. Le colonel August était en outre préoccupé par les vents. Il indiqua le cliché en couleurs.

« Compte tenu de la force des vents dans la région, ce mur concave au sud-ouest pourrait créer un fort contre-courant, nota-t-il. Qui pourrait nous empêcher d'atterrir sur la zone prévue.

— Hélas, le groupuscule progresse le long de corniches très étroites, dit Rodgers. C'est le seul endroit où nous avons une chance de pouvoir les intercepter.

— Pourquoi sommes-nous obligés de le faire dans les montagnes ? » demanda Ishi Honda. En plus de son équipement de saut, le jeune caporal transportait le TAC-SAT dans un étui sur sa poitrine.

Rodgers leur montra le second cliché que venait de lui transmettre Viens. Il révélait une ligne de formes sombres progressant sur un terrain monotone couvert de broussailles jaunâtres et de plaques de neige.

« Ce sont des soldats indiens qui se dirigent vers la zone cible, commenta Rodgers. Le NRO et Bob Herbert s'accordent à les situer à moins de huit kilomètres du contact. Ils doivent être près de deux cents, même si nous ne sommes pas sûrs du chiffre. Ils ont obtenu ces clichés en piratant un satellite chinois qui observe la Ligne de contrôle. Nous ne pouvons pas faire de zoom arrière pour avoir un plan élargi.

— Ce qui veut dire que, si nous ne pouvons pas réussir à faire passer en douce le groupuscule, nous sommes bons pour repousser une force autrement plus large », expliqua August à ses hommes.

« Pour diverses raisons, il est exclu d'envisager de négocier, ajouta Rodgers. Nous devrons passer outre d'une manière ou d'une autre. »

Le général dévisagea ses hommes. À l'exception du toubib, tous ces soldats étaient allés au combat. La plupart avaient déjà tué. Ils avaient versé le sang d'adversaires – en général, de loin. Ils avaient vu le sang de leurs coéquipiers, ce qui, comme de juste, attisait leur rage et rendait invisible celui de l'ennemi. Il leur était également déjà arrivé d'affronter des forces supérieures. Rodgers était sûr qu'ils se donneraient à fond.

Le général écouta le colonel August expliquer la stratégie qu'ils adopteraient une fois au sol. Typiquement, il s'agissait de passer derrière les lignes ennemies avec des mines. Deux ou trois éléments formeraient un sous-groupe qui partirait en éclaireur et disposerait les mines le long de l'itinéraire du commando pour protéger celui-ci de l'ennemi. Ils disperseraient en outre des substances telles que de l'oignon en poudre ou de la viande crue pour perturber et dérouter des chiens d'attaque. Ils n'avaient pas vu de chiens sur les photos et ils espéraient qu'aucun animal n'accompagnait les unités militaires.

Comme le groupuscule pakistanais était apparemment composé de quatre personnes, auxquelles il fallait ajouter Friday et les deux Indiens, August avait décidé de progresser selon une formation A-B-B-A. Il y aurait un Attaquant devant et derrière chaque groupe de deux Pakistanais. Cela permettrait aux commandos américains, à la fois de contrôler la vitesse de progression et de surveiller les personnels qu'ils escortaient. Ni Herbert ni Rodgers n'envisageaient de résistance des militants pakistanais. Tous les éléments en leur possession convergeaient : les deux groupes avaient le même objectif. Gagner le Pakistan sains et saufs. Quant à la force indienne, le commando américain était prêt à se déplacer à la nuit tombée, à mener une campagne de guérilla, ou simplement à se planquer, attendre qu'ils passent, puis filer dès que possible. Ils feraient tout ce qui était en leur pouvoir pour survivre.

Les Attaquants s'étaient entraînés à cette manœuvre en haute altitude dans les Rocheuses. Ils appelaient ça leur exercice tricolore : en l'espace de deux heures, leurs doigts étaient passés du rouge au blanc puis au bleu. Au moins savaient-ils ce qui les attendait. Une fois au sol, ils sauraient quel rythme adopter. La seule incertitude restait ce qui pouvait survenir lors de la descente. Et c'était toujours ce qui inquiétait le plus Rodgers. Ils se trouvaient en gros à dix mille pieds – trois mille mètres. Ce n'était pas aussi long que lors de la plupart des sauts en haute altitude avec ouverture retardée. De manière générale, ce type d'opération commençait à trente-deux mille pieds. Pour les sauts en HALO, les hommes étaient dotés d'appareils respiratoires à taux d'oxygène élevé pour prévenir tout risque d'hypoxémie. Ils utilisaient en outre des déclencheurs barométriques pour actionner l'ouverture à une altitude approximative de deux mille pieds au-dessus de la cible. Une précaution face à deux problèmes possibles : le premier était le trauma barométrique, dû à la douloureuse dilatation de l'air piégé dans les intestins, l'oreille interne et les sinus. Le second était l'hyperventilation induite par le stress, fréquente en situation de combat. Surtout quand les paras pouvaient se trouver dans les airs pour des durées aussi longues que soixante-dix ou quatre-vingts minutes. Cela leur donnait tout le temps de cogiter – entre autres au risque de rater la cible. Avec un taux de dérive moyen de dix mètres par cent mètres de chute, c'était la hantise de tout parachutiste. Se mettre à respirer rapidement de l'oxygène en bouteille à cause du stress pouvait entraîner une baisse du taux de gaz carbonique dans le sang conduisant à une perte de conscience.

Même si ces deux risques étaient inexistants à une altitude aussi faible, c'était tout de même deux mille pieds de plus que lors de leur exercice dans les Montagnes Rocheuses. Et même là, l'Attaquant Bass Moore s'était cassé la jambe gauche.

Le caporal-chef Chick Grey mastiquait sa gomme, toujours aussi imperturbable. Il y avait un peu plus d'agressivité et de détermination dans les yeux nerveux des soldats David George, Jason Scott et Terrence Newmeyer. Le caporal Pat Prementine et le soldat Matt Bud faisaient craquer leurs phalanges et se trémoussaient sur place, toujours aussi débordants de l'envie d'en découdre. Et le fort excitable soldat Walter Pupshaw donnait l'impression d'être désireux d'arracher des têtes avant de cracher dans le gosier de ses victimes. Attitude normale en fin de compte pour le sauvage attitré du commando. Les autres membres de l'équipe étaient plus calmes – à l'exception notable de Sondra DeVonne et du nouveau toubib, William

Musicant. L'un et l'autre semblaient un brin anxieux. Musicant avait une expérience limitée du combat, quant à Sondra, elle se reprochait encore les événements qui avaient conduit à la mort du lieutenant-colonel Charlie Squires. Elle avait passé de longs mois en consultation avec la psychologue Liz Gordon. Mais elle avait participé depuis à d'autres missions avec le groupe. Même si la jeune Afro-américaine n'était pas aussi détendue ou va-t-en-guerre que ses compagnons, Rodgers était certain de pouvoir compter sur elle. Elle n'aurait pas été là, sinon.

Quand tous furent parés, Rodgers s'empara de l'interphone près de l'écoutille. Le copilote l'informa que l'appareil serait sur zone dans moins de cinq minutes. August aligna son groupe et se plaça à la tête de celui-ci. Quand tout le monde aurait sauté, Rodgers suivrait.

Comme l'appareil n'était pas conçu à l'origine pour les largages, il n'y avait ni sangle d'ouverture automatique ni feu pour indiquer qu'ils avaient atteint la zone de sauts. August et Pupshaw ouvrirent l'écoutille alors que Rodgers demeurait à l'interphone avec le poste de pilotage. L'air qui s'engouffra était plus froid que tout ce que le général avait connu. Comme un poing de glace qui les repoussait, les écrasait. Encore heureux qu'ils aient leurs bouteilles et leurs masques. Sinon, ils n'auraient même pas pu respirer face à cette muraille de vent impénétrable. Du reste, August et Pupshaw furent littéralement chassés de l'ouverture. Pour se remettre en position, l'officier et l'imposant soldat durent se faire aider par les hommes qui les suivaient dans la file.

Rodgers se déplaça vers l'arrière en longeant le fuselage, à l'écart de l'écoutille. Le hurlement du vent était assourdissant, au seuil de la douleur. Il serait impossible d'entendre l'ordre de saut. Le général recula de trois mètres, aussi loin que le permettait le fil de l'interphone. De sa main libre, il plaqua contre son oreille gauche le rabat de sa capuche. Il appuya de toutes ses forces. C'était le seul moyen d'entendre le copilote. Entre-temps, August fit signe à chaque Attaquant d'estimer lui-même le moment du saut en recourant au système « à l'aveugle ». C'était la méthode employée pour les sauts clandestins de nuit. Cela consistait à poser la main droite sur l'épaule du camarade placé devant. Dès que celle-ci disparaissait de sous votre main, c'est qu'il était temps pour vous de sauter.

Le vent repoussait les uniformes blancs du commando vers l'avant de la carlingue. Rodgers avait l'impression de contempler des figurines : chaque pli des vêtements semblait rigide, comme moulé dans le plastique. Les soldats se penchaient légèrement en avant pour que le vent les contourne, mais pas au point de venir fouetter le suivant dans la file.

Les secondes s'égrenaient sur un rythme glacial. Puis le copilote annonça qu'ils étaient à moins de huit cents mètres de la zone de sauts. Puis quatre cents. Puis deux cents.

Rodgers contempla encore une fois ses commandos. S'ils étaient conscients de la difficulté de ce saut, ils n'en laissaient rien paraître. Extérieurement, l'équipe restait toujours aussi pleine d'allant, aussi disciplinée. C'était peu dire qu'il était fier de cette unité. Il avait beau ne pas croire aux miracles, il espérait que, même si certains rataient l'objectif, ils réussiraient tous à survivre.

August lorgna Rodgers et leva le pouce. Donc, le colonel devait déjà apercevoir le petit plateau. Bien. Cela voulait dire qu'il n'y avait pas de neige sur la zone de largage. Ils ne sauteraient pas directement à la verticale de celle-ci mais plus au nord-ouest. Le copilote avait calculé que le vent soufflait vers le sud-est à une vitesse moyenne de cent kilomètres/heure. Il fallait donc qu'ils compensent pour ne pas être entraînés loin de l'objectif.

Ils survolèrent le plateau. August leva les deux pouces. Il avait repéré le groupuscule. Rodgers acquiesça.

Peu après, le général reçut le feu vert du poste de pilotage.

« Go ! »

Rodgers fit signe à August. Alors que les membres du commando franchissaient l'un après l'autre la porte de saut, Rodgers se déplaça vers l'arrière de la file. Le copilote émergea de la cabine. Il dut littéralement s'accrocher à la cloison gauche pour passer devant l'écoutille ouverte avant de repasser de l'autre côté pour la refermer.

Rodgers espérait qu'il réussirait à le faire. La dernière chose qu'il vit au moment de sauter fut le jeune aviateur indien à la frêle carrure fixer à sa taille une sangle d'amarrage avant de tenter de ramper vers la porte coulissante.

Rodgers maintint les jambes serrées, les bras plaqués le long du corps dès qu'il se jeta dans l'air glacial des montagnes. Cela lui permit de faire un plongeon tendu pour s'éloigner au plus vite de l'avion et ainsi ne pas se faire aspirer par les moteurs. Aussitôt après, il se remit en position aérodynamique. Il arqua le corps pour permettre à l'air de glisser sous lui. Dans le même temps, il projeta les bras en arrière puis inclina la tête pour accélérer.

Le général regardait désormais quasiment à la verticale au-dessous de lui. Et, presque aussitôt, il se rendit compte qu'il était mal barré…

Et qu'il n'était pas le seul.

## 36.

## *Chaîne du Grand Himalaya, jeudi, 16 h 42*

À 16 h 41, le caporal Sivagi Saigal, observateur du commandant Dev Puri, vit un truc inquiétant. Il le signala aussitôt à son supérieur qui se montra fort préoccupé par la nouvelle.

Avant de partir, il avait reçu l'assurance des services du ministre de la Défense John Kabir que tous les vols de reconnaissance dans la région avaient été suspendus. Ni Kabir ni Puri n'avaient envie de voir filtrer des témoignages indépendants ou des preuves photographiques de ce à quoi ils s'attendaient dans les montagnes : à savoir la capture et l'exécution des terroristes pakistanais et de leur prisonnière de Kargil.

Ce vol du cargo AN-12 des Aigles de l'Himalaya était non seulement inattendu mais sans précédent. L'avion de transport se trouvait à plus de dix-huit kilomètres des couloirs aériens protégés par l'artillerie indienne. Et, tandis que le caporal continuait à observer l'appareil, Puri prit son téléphone de campagne crypté pour appeler le bureau de Kabir. Le commandant demanda au chef de cabinet du ministre ce que diable cet avion fichait là. Ni Kabir ni aucun de ses collaborateurs n'en avaient la moindre idée. Le ministre lui-même vint en ligne. Il soupçonnait ce survol d'être une action autonome de l'armée de l'air pour localiser le groupuscule de Pakistanais afin d'aider à leur capture. Il était en revanche incapable d'expliquer pourquoi une telle mission aurait été dévolue à un avion de transport... Kabir dit à Puri de rester en ligne tandis qu'il accédait au plan de vol de l'appareil.

En attendant, Puri ne croyait pas que la présence d'un vol de reconnaissance puisse compliquer les choses. Même s'ils repéraient le groupuscule terroriste, son unité l'aurait sans doute rejoint en premier. Puri et ses hommes n'auraient alors qu'à expliquer que les terroristes avaient résisté à la capture et dû être neutralisés. Nul ne viendrait contester leur version des faits.

En moins d'une minute, Kabir était revenu en ligne. Le ministre n'avait pas l'air réjoui. L'AN-12 s'était rendu à Ankara et il aurait dû se rendre directement à Chushul. Manifestement, il avait été détourné. Le manifeste avait en outre été modifié pour inclure des parachutistes dans la cargaison.

Quelques instants plus tard, Puri comprit pourquoi.

« Des paras ! lança-t-il dans la radio.

— Où ça ? demanda Kabir.

— À quinze cents mètres environ, indiqua l'observateur. Ils se servent de parachutes des Aigles, ajouta-t-il lorsque les corolles s'ouvrirent, mais ils ne sont pas en uniforme. »

Puri répercuta l'information au ministre.

« Les Aigles ont dû repérer les terroristes, commenta ce dernier.

— C'est fort possible, répondit le commandant. Mais ils ne portent pas la tenue de montagne des Aigles.

— Ils ont pu récupérer un commando extérieur à Ankara, nota Kabir. Auquel cas, nous pourrions être en danger.

— Que faisons-nous ? s'enquit Puri.

— On protège la mission.

— Compris. »

Puri coupa la communication et dit à ses chefs d'unités de mettre en branle leurs personnels. Ils devaient converger sur la zone où les parachutistes étaient en train de descendre. Leurs ordres étaient simples et directs :

Ils devaient tirer à volonté.

## 37.

## *Chaîne du Grand Himalaya, jeudi, 16 h 46*

Depuis l'époque lointaine où ils rivalisaient sur le terrain de base-ball de l'école primaire, le colonel Brett August avait toujours su qu'il prendrait un jour le dessus sur son grand ami Mike Rodgers. Simplement, il n'aurait jamais imaginé que cela se passerait de cette manière et dans un tel endroit.

Les parachutes aux délicates nervures rouges et blanches des Attaquants se déployèrent coup sur coup. Chaque commando fut projeté vers le haut quand l'ouverture des corolles ralentit leur descente rapide. Certains furent hissés plus que d'autres, au gré des courants ascendants. Le vent déferlait comme autant de rubans autour d'eux, de courants distincts canalisés par les innombrables arêtes et pics situés au-dessous d'eux. Mike Rodgers avait beau avoir été le dernier à sauter de l'avion, il se retrouva au milieu du groupe quand toutes les corolles se furent entièrement déployées. Et Brett August tout au sommet de la hiérarchie.

Hélas, la vue de si haut n'était pas celle que le colonel August avait espérée.

Presque aussitôt, la visibilité se révéla un défi. Quand son parachute le fit remonter, les gouttes de transpiration sur ses sourcils furent projetées vers le haut de ses lunettes où elles gelèrent aussitôt sur place. C'était un problème en haute altitude que ni lui ni le général Rodgers n'avaient anticipé en préparant le saut. August supposa que le givre devait également gêner les autres Attaquants. Mais ce n'était pas leur problème essentiel.

Presque aussitôt après avoir sauté, le colonel August avait aperçu la file de soldats indiens qui convergeaient vers eux. Ils étaient parfaitement visibles, petits points noirs en progression rapide sur un fond presque immaculé. Il était sûr que Rodgers et les autres pouvaient les voir également.

Les Attaquants savaient comment défendre le périmètre, une fois au sol. Compte tenu de l'importance des enjeux, il était exclu qu'ils se rendent. Mais ce qui préoccupait August, c'était ce qui pouvait se produire avant leur atterrissage. Ses troupes étaient hors de portée des armes classiques. Mais les soldats indiens avaient quitté la Ligne de contrôle sans doute bien préparés. Ils s'attendaient à combattre un ennemi susceptible de se trouver à des centaines de mètres, sur des falaises ou des crêtes en surplomb. Les fantassins indiens devaient donc être équipés en conséquence.

Le colonel n'avait aucun moyen de communiquer avec les autres membres du commando. Il espérait qu'ils avaient vu eux aussi la menace potentielle et qu'ils étaient prêts à l'action dès qu'ils auraient rejoint le sol.

À supposer qu'ils y parviennent.

Plus les secondes passaient, plus la descente se révélait plus violente encore que ne l'avait imaginé August.

Vue depuis la relative tiédeur du ventre de l'appareil, les montagnes avaient certes été impressionnantes. Bruns, blancs ou bleu pâle, les pics glissaient lentement sous les ailes, telle une caravane de grosses bêtes pataudes. Mais, vues de sous une corolle de parachute agitée de ruades, ces mêmes montagnes se dressaient, se gonflaient comme de gigantesques monstres marins, prêts à se jeter sur eux et les engloutir. Les formations doublaient quasiment de taille toutes les deux ou trois secondes. Il y avait ce fracas assourdissant. Les montagnes rugissaient contre les intrus, faisant mugir les rafales de vent interceptées en altitude qu'elles redirigeaient comme de rien. August ne faisait pas qu'entendre chaque rafale, il la ressentait. Le vent s'élevait de pics situés six cents mètres plus bas et le dépassait en grondant. Les bourrasques s'engouffraient dans la toile, la repoussant vers le haut et l'arrière, au nord, au sud, à l'est, à l'ouest, faisant tournoyer sans cesse son parachute. Le seul moyen de maintenir le cap était d'essayer de toujours garder les yeux rivés sur l'objectif, quelle que soit son orientation. Il espérait une accalmie à plus basse altitude qui leur permettrait de guider leur atterrissage. Par chance, les pics les abriteraient des soldats indiens assez longtemps pour leur laisser le temps de toucher le sol et de se regrouper.

Les montagnes se ruaient sur eux, inexorables. Plus ils descendaient, plus vite les pics acérés se précipitaient dans leur direction. Les couleurs s'accentuaient à mesure que le commando traversait la fine couche de brume. Les oscillations des corolles semblaient s'intensifier à mesure que les détails des pics devenaient plus précis. C'était une illusion mais la vitesse à laquelle approchaient les rochers escarpés n'en était pas une. Trois des soldats autour de lui tenaient le bon cap et semblaient avoir une bonne chance d'atteindre le plateau. Les autres auraient des manœuvres délicates à faire pour y parvenir. Deux risquaient de rater complètement la montagne et de poursuivre leur descente dans la vallée en contrebas. August ne pouvait dire lesquels couraient le plus de danger car les vents avaient chassé certains plus que d'autres, bouleversant l'ordre de saut. Quoi qu'il en soit, il leur faudrait contacter l'équipe par radio et rétablir le contact au plus vite.

Ils étaient à moins de trois cents mètres du point de chute quand August crut déceler de faibles détonations en partie masquées par le hurlement des rafales. Comme il tournait le dos à l'infanterie indienne, il était incapable d'en localiser l'origine.

Quelques secondes plus tard, il n'avait plus aucun doute.

L'air autour de lui s'emplit de nuages noir et blanc d'explosions. Celles de roquettes de DCA utilisées contre les appareils volant à basse altitude. Elles étaient tirées par des lance-roquettes comme le Blow-Pipe – le « chalumeau » –, équipement léger en dotation dans l'armée de terre indienne. Les charges disséminaient autour d'elles une grêle d'acier. Avec une portée de vingt-cinq mètres, les cinquante-sept projectiles contenus par chaque obus avaient la même force d'impact que des balles de calibre 38.

Jamais August ne s'était trouvé aussi impuissant. Il regarda le premier obus éclater au milieu des parachutistes. Il fut suivi quelques secondes après par un autre, puis un autre encore. Les corolles lui masquaient les hommes mais la proximité des tirs était manifeste. Il était impossible qu'ils ne soient pas criblés par ces charges creuses.

August ne songea pas un seul instant que les éclats pourraient l'abattre. Ou qu'il pourrait manquer le plateau.

Il oublia le froid et le vent et même la mission.

La seule chose qui importait pour lui restait la sauvegarde de son équipe. Or il ne pouvait rien faire pour garantir leur sécurité à l'instant présent. Ses yeux couraient de corolle en corolle tandis que les roquettes continuaient d'éclater autour d'eux. Les cinq plus basses furent transpercées en quelques secondes. Elles se replièrent vers leur centre et dégringolèrent à la verticale. Puis elles se retournèrent comme des parapluies sous le poids des hommes au-dessous, les entraînant en chute libre.

Deux parachutes au milieu du groupe furent également endommagés. Ils dégringolèrent avec leur charge sur deux autres corolles situées juste à leur verticale. Les toiles s'emmêlèrent au milieu des rafales. Les suspentes s'entrelacèrent et les paras se mirent à descendre en tournoyant toujours plus vite vers la vallée en contrebas.

Même si les soldats n'avaient pas été directement touchés par les éclats, il était impossible que les malheureux survivent à une telle chute. August poussa un cri de frustration. Sa plainte se fondit aux gémissements du vent pour emplir le ciel au-dessus de lui.

L'attaque n'avait laissé dans les airs que lui et trois autres Attaquants. Il ignorait lesquels. Il ignorait s'ils avaient été touchés ou même s'ils étaient en vie. Mais au moins étaient-ils désormais passés sous la crête des montagnes. Ils étaient à l'abri de nouveaux tirs depuis le sol.

Il y eut une quatrième détonation. L'explosion, noire et blanche, se produisit au-dessus d'August, devant lui. Il ressentit deux impacts, l'un dans la poitrine, l'autre au bras gauche. Il baissa les yeux. La douleur était sourde mais il ne vit pas de sang. Peut-être le gilet l'avait-il protégé. Ou peut-être saignait-il mais sous le tissu. En tout cas, il ne sentit rien après l'impact initial et son rythme cardiaque semblait le même. Deux bons signes. Au fond de lui, il était trop affecté en songeant aux Attaquants qu'il venait de perdre pour se soucier de sa petite santé. Mais il savait pourtant qu'il devait survivre pour accomplir cette mission. Pas seulement pour son pays et les millions de vies en jeu, mais pour les soldats, les amis dont les vies venaient d'être sacrifiées.

Il n'était plus qu'à quelques dizaines de mètres du plateau. Il regarda deux des Attaquants s'y poser. Puis le troisième le rata de quelques dizaines de centimètres, malgré les efforts d'un de ses camarades qui s'était rué pour l'intercepter. Apparemment en vain. August agit sur les suspentes pour se rapprocher de la falaise. Il descendait rapidement mais il préférait encore heurter la paroi que rater la corniche.

Son bras gauche commençait à l'élancer mais son attention demeurait fixée sur la paroi rocheuse. Il était passé désormais sous le niveau des crêtes. Les arêtes n'étaient plus des écueils. Elles avaient retrouvé leur statut de pics imposants, masses statiques qui l'entouraient et le protégeaient des tirs indiens. L'ennemi était désormais la vallée sur les deux flancs du plateau, et les saillies rocheuses qui pouvaient lui rompre le dos si jamais il se fracassait dessus. Le courant ascendant qui longeait la falaise ralentit sa descente, ce qui lui permit de diriger le parachute. Il décida de rester collé au plus près de la paroi jusqu'en bas, pour ainsi éviter les saillies acérées situées près du centre. Chaque fois que le vent le rabattait vers la vallée, il se replaçait contre la paroi rocheuse. Là, le courant ascendant lui procurait un surcroît de portance. August heurta violemment le plateau et aussitôt largua le parachute. La toile se ratatina et fila le long de la crête, pour se prendre dans un rocher haut de trois mètres et y rester accrochée.

Avant de s'inspecter pour examiner l'état de ses blessures, Brett August arracha son masque avec l'embout respiratoire. L'air était raréfié mais respirable. Il chercha des yeux les autres Attaquants à l'autre bout du plateau. Le toubib, William Musicant, et le caporal Ishi Honda étaient les deux qui avaient survécu. L'un et l'autre se trouvaient au bord du ravin. Musicant était à genoux, près de l'opérateur radio. Il avait dégrafé sa ceinture médicale compacte. Honda ne bougeait pas.

Le colonel se releva et se dirigea vers eux. En même temps, il se tâta la poitrine sous le gilet pare-balles. Elle était sèche. Le projectile n'avait pas traversé le vêtement. Son bras saignait mais l'air glacial avait considérablement réduit l'hémorragie. Pour l'heure, il ignora la blessure. Il avait beau faire, il ne pouvait détacher son esprit des autres Attaquants. Sondra DeVonne. Walter Pupshaw. Mike. Les autres.

Il se concentra sur les deux hommes qui n'étaient plus qu'à quelques mètres. Et il se força à penser à ce qui allait suivre. Il avait encore ses armes et il avait toujours sa mission. Il devait établir le contact avec le groupuscule pakistanais.

Arrivé à la hauteur des hommes, le colonel n'eut pas à s'enquérir de l'état d'Ishi Honda. L'opérateur radio respirait avec difficulté tandis que le sang giclait de sous son gilet pare-balles. Le toubib essayait de nettoyer deux petites blessures à vif sur son flanc gauche. August ne pouvait pas distinguer les yeux sombres de Honda derrière ses verres teintés. Le givre s'était évaporé, les recouvrant d'une couche de buée.

« Est-ce que je peux faire quelque chose ? demanda le colonel à Musicant.

— Ouais, répondit aussitôt le toubib. Il y a un kit de perfusion dans le compartiment sept et une fiole de sulfate d'atropine dans le douze. Prenez-les. Et aussi le plasma, dans le huit. Il a deux autres perforations dans le dos. Il faut que je le mette sous perfusion pour le stabiliser. »

Le colonel sortit les divers articles. Il se mit à installer la perfusion. De ses cours de secourisme, il gardait le souvenir que le sulfate d'atropine servait à réduire les sécrétions – y compris les pertes de sang. Ce qui contribuait à stabiliser le patient en cas d'hémorragie interne.

« Votre bras, ça va, mon colonel ? demanda Musicant.

— Bien sûr, répondit August. Qu'essayiez-vous de récupérer au bord du précipice ?

— Le général Rodgers », répondit le toubib.

August reprit espoir. « Il était blessé ?

— Il semblait OK, répondit Musicant. Il s'était tendu pour tâcher de réduire l'écart de quelques dizaines de centimètres. Et puis ce putain de courant s'est engouffré dans son parachute. Je n'ai pas réussi à l'attraper. »

Il était donc possible que Rodgers ait survécu. August comptait essayer de le contacter par talkie-walkie.

« Dès que l'IV est prête, vous auriez intérêt à tenter de joindre ces soldats indiens, suggéra le toubib. Si j'arrive à le stabiliser, il faudra le transférer au plus vite dans un hôpital. »

August acheva de disposer le petit trépied de la perche à perfusion à côté de Honda. Puis il retira le capuchon de l'aiguille. Il comptait utiliser la radio de Honda pour contacter l'Op-Center et les informer. Donner leur position à Herbert et lui demander de transmettre leur demande d'assistance médicale. Mais c'était tout ce qu'il pouvait faire. Musicant et lui ne pouvaient toutefois pas attendre ici. Il leur restait une mission à accomplir.

Quand la pose de l'intraveineuse fut terminée, August saisit le TAC-SAT du radio. Musicant l'avait déjà débarrassé du paquetage pour le mettre de côté. Le sac à dos renforcé avait pris quelques gnons sur un côté mais le téléphone-satellite proprement dit semblait intact. August se demanda si Honda avait fait son possible pour protéger l'appareil, même au prix de sa vie.

Alors qu'il se faisait cette réflexion, le caporal Honda fut pris de convulsions.

« Merde ! » s'exclama Musicant.

August regarda l'opérateur radio secoué d'une quinte de toux. Des gouttelettes de sang maculèrent ses joues.

« Ishi, accroche-toi ! hurla Musicant. Tu peux y arriver. Donne-moi encore une minute, c'est tout ce que je demande. »

Honda cessa de haleter et de tousser. Tout son corps se relaxa.

« Ôtez-lui son gilet ! » cria Musicant. Puis le toubib prit sa ceinture médicale et fouilla dans une des poches. Il en sortit une seringue et une fiole d'épinéphrine.

Le colonel August se mit à dégrafer le gilet de Honda. Comme il se penchait au-dessus du blessé, il avisa le filet rouge écarlate qui s'écoulait entre les jambes écartées du sous-officier. Il avait dû perdre son sang à un rythme incroyablement rapide pour que la mare s'étale jusque-là.

August regarda le filet rouge progresser sous les genoux du blessé. Quand le colonel retira son gilet, il découvrit que la partie intérieure du devant était engluée de sang. Les éclats des projectiles indiens avaient criblé le torse du caporal en entrant par le bas du dos pour ressortir par la poitrine. Honda avait dû se trouver à peu près à la hauteur de l'une des explosions.

Musicant se ragenouilla près d'Ishi Honda. Le toubib se campa les genoux écartés pour être bien en équilibre auprès du patient. Puis il écarta la chemise ensanglantée et injecta le stimulant directement dans le cœur. August tenait la main de l'opérateur radio. Elle était immobile et froide. Le sang continuait à s'accumuler sur la corniche. Musicant se redressa sur les talons et attendit. Honda ne réagit pas. Son visage était livide et ce n'était pas seulement à cause du froid. Le colonel et le toubib le contemplèrent quelques instants encore.

« Je suis désolé », dit à voix basse Musicant à l'adresse du défunt.

« C'était un bon soldat et un compagnon courageux, dit August.

— Amen », répondit Musicant.

August se rendit compte combien il serrait fort la main du caporal. Il relâcha doucement son étreinte. Il avait perdu des amis au Viêt-nam. Le territoire émotionnel lui était amèrement familier. Mais jamais encore il n'avait perdu une escouade entière. Pour lui, l'ensemble de cette perte se trouvait symbolisé dans le jeune visage immobile devant lui.

Musicant se releva et examina le bras du colonel. August s'étonna de découvrir combien il avait eu chaud au cours de ces dernières minutes. Maintenant que le drame avait pris fin, son cœur ralentissait, le rythme de la circulation diminuait sérieusement. Le froid n'allait pas tarder à gagner. Ils devaient bouger au plus vite.

Tandis que Musicant nettoyait et pansait la blessure, le colonel alluma le TAC-SAT. Il entra son code personnel d'accès et l'appareil s'alluma. Puis il composa le numéro de Bob Herbert. En attendant la connexion, il sortit le talkie-walkie de son gilet d'équipements.

Pour passer un autre appel.

En priant le ciel qu'on y réponde.

## 38.

### *Washington, DC,*
### *jeudi, 7 h 24*

« Vous avez eu des nouvelles ? » demanda Paul Hood en pénétrant en trombe dans le bureau de Bob Herbert.

Le chef du renseignement était en train de boire un café tout en examinant son écran d'ordinateur. « Non, et le NRO ne les a pas encore repérés, répondit-il. Toujours que les Pakistanais. »

Hood regarda sa montre. « Ils devraient être au sol, à l'heure qu'il est. Le cargo s'est-il déjà posé ?

— Négatif. Le pilote a contacté par radio la tour de Chushul. Il a confirmé que la cargaison avait été livrée mais sans rien dire de plus.

— Je ne m'attendais pas à ce qu'ils traînent pour vérifier que nos gars étaient arrivés à bon port, observa Hood.

— Sans doute pas, admit Herbert. Si près de la frontière pakistanaise, j'imagine que le zinc a mis le cap au sud pour se tirer vite fait.

— Merde, pourquoi pas, bougonna Hood. On ne fait jamais que tâcher de leur éviter d'être embarqués dans une guerre nucléaire.

— Vous me volez mon cynisme, observa Herbert. Cela dit, ils ignorent sans doute ce qui est en jeu. »

Il n'avait pas achevé sa phrase que le téléphone bipa. C'était la lygne cryptée. Il mit l'ampli.

« Herbert à l'appareil.

— Bob, c'est August », dit son correspondant. On avait du mal à l'entendre.

« Colonel, vous avez pas mal de vent de votre côté, dit Herbert. Vous allez devoir parler plus fort.

— Bob, on a eu un très sérieux revers, ici, articula August d'une voix forte. Des troupes indiennes venues de la LOC nous ont criblés de tirs de DCA pendant notre descente. La majorité de notre personnel a été neutralisée. Musicant et moi sommes les seuls sur le plateau. Rodgers l'a manqué mais il pourrait avoir atteint la vallée. Nous ignorons s'il a été blessé. J'essaie de le joindre par radio.

— Veuillez confirmer, demanda Herbert. Deux survivants, un disparu, les autres morts ?

— Affirmatif », dit August.

Le chef du renseignement leva les yeux vers Hood qui se tenait encore au seuil du bureau. Les traits d'Herbert paraissaient tirés. Il marmonna quelque chose d'une voix sèche, tendue. Hood ne réussit pas à saisir ce qu'il murmurait. Peut-être n'en avait-il pas l'intention.

Mais Hood avait entendu ce qu'avait dit August.

« Colonel, vous allez bien ? demanda le patron de l'Op-Center.

— M. Musicant et moi allons bien, monsieur, répondit August. Je suis désolé qu'on vous ait laissés tomber.

— Vous ne nous avez pas laissés tomber, lui assura Hood. Nous savions que ça ne serait pas une partie de plaisir. »

Les paroles d'August étaient encore en train de se frayer un chemin dans son cerveau privé de sommeil. Hood essayait tant bien que mal de remettre les choses en perspective. Ces vies ne pouvaient pas avoir simplement pris fin ainsi. Tant d'elles venaient tout juste de débuter. Sondra DeVonne. Ishi Honda. Pat Prementine. Walter Pupshaw. Terrence Newmeyer et les autres. Il évoqua mentalement ces visages. Les photos de leurs dossiers cédèrent la place aux souvenirs des séances d'entraînement auxquelles il avait assisté, aux messes commémoratives, aux barbecues, aux séances de plaquage lors des matches de foot. C'était bien différent de la mort d'un seul individu. Hood avait été capable de se concentrer sur les détails de la disparition de Charlie Squires ou de Bass Moore. Il s'était attelé à la tâche d'aider leur famille à surmonter l'épreuve. Mais l'envergure de la présente tragédie et de la perte personnelle le laissait accablé, hébété.

« Votre évaluation des faits, colonel ? » demanda-t-il. Sa voix paraissait forte, assurée. Pour le bien d'August.

« Nous aimerions encore essayer d'intercepter le groupuscule, poursuivit le colonel. Deux flingues supplémentaires, c'est toujours un petit plus pour surmonter les obstacles qu'ils risquent de rencontrer sur leur route.

— Là, vous vous mésestimez, observa Hood.

— Mais il y a un paquet de fantassins qui se dirigent vers nous, poursuivit August. Est-ce que vous pouvez contacter les Pakistanais pour leur dire ce qui est arrivé ?

— On va tâcher, promit Hood. Leur chef a le téléphone de Friday. On a toutefois connu plus coopératif.

— Est-elle au courant de notre arrivée ?

— Affirmatif.

— Avez-vous passé un accord quelconque avec elle ? » insista August.

Le colonel voulait savoir qui dicterait sa loi une fois la jonction effectuée. « La responsable de la cellule et moi n'avons pas eu ce genre de conversation, l'avisa Hood. Je vous en laisse l'initiative.

— Merci. Encore une chose, monsieur. La nuit se pointe et nous allons rencontrer un froid intense et des vents violents. J'espère que vous avez prévu un plan de rechange.

— Nous sommes en train d'y travailler, mentit Hood. Néanmoins nous continuons de compter sur vous et le caporal Musicant pour réussir l'entreprise.

— Nous ferons de notre mieux, lui garantit August.

— Je le sais. Nous avons également besoin de vous garder en vie tous les deux », insista Hood.

August lui dit qu'il était bien d'accord. Il ajouta qu'il informerait l'Op-Center s'il réussissait à localiser Mike Rodgers. Puis il se déconnecta. Hood coupa l'ampli. Il y eut un long moment de silence.

« Ça va ? » demanda Hood.

Herbert hocha lentement la tête. « Nous avions treize personnes là-bas, dit-il d'une voix monocorde.

— Je sais.

— Des gamins, pour la plupart.

— C'était ma responsabilité, rappela Hood à son chef du renseignement. J'ai donné mon feu vert à l'opération.

— Je vous ai soutenu, rétorqua Herbert. Merde, on n'avait pas le choix. Mais c'est un prix qu'ils n'auraient jamais dû avoir à payer. »

Hood était bien d'accord, mais le dire aurait eu quelque chose de pathétique. Ils étaient des professionnels de la gestion de crises. Parfois, la seule barrière entre le contrôle et le chaos était un bouclier humain. Ce barrage pouvait être blindé par une volonté d'acier, il n'était jamais formé que d'os et de chair.

Hood passa derrière le bureau. Il se pencha vers l'écran. Toute logique mise à part, il continuait à se sentir vide. Lui comme les autres avaient su dès le début les risques encourus avec cette mission. Ce qui le mettait en rage, c'était qu'une attaque par des forces terrestres alliées n'était pas censée compter parmi ces risques. Personne n'avait imaginé que l'armée indienne tirerait sur des personnels sautant d'un de ses propres avions, qui plus est avec des parachutes parfaitement identifiables comme des équipements de l'armée de l'air indienne. Cette phase de l'opération était juste censée confronter des professionnels aguerris à des conditions d'environnement sévères. Les Attaquants avaient de bonnes chances d'y survivre quasiment tous. Comment la situation avait-elle pu se détériorer de la sorte ?

« Le colonel August a raison de s'inquiéter de la nécessité d'un plan de rechange, observa Herbert. Nous nous sommes écartés des règles tactiques. Il faut qu'on s'attelle à la tâche pour lui donner…

— Attendez, le coupa Hood. Il y a un truc qui ne colle pas.

— Pardon ? fit Herbert.

— Regardez l'image satellite. »

Herbert obéit.

« Le groupuscule terroriste continue de progresser sous le surplomb rocheux, comme ils l'ont fait depuis l'aube, expliqua Hood. Mais ils ont à présent une marge de manœuvre un peu plus grande pour évoluer. Toute cette partie dans l'obscurité. » Et Hood d'indiquer à l'écran les secteurs sombres aux contours dentelés. « Vous voyez comment les ombres s'allongent au fur et à mesure que le soleil descend derrière les crêtes de l'Himalaya ?

— Oui, confirma Herbert. Mais je ne vois pas où vous voulez en venir.

— Regardez la direction des ombres par rapport au soleil, lui dit Hood. Le groupe se déplace en gros vers l'ouest. Plus vers le nord-ouest. Ça a changé. »

Herbert contempla le moniteur avec plus d'attention. « Vous avez raison. Pourquoi diable feraient-ils une chose pareille ?

— Peut-être y a-t-il un raccourci ? suggéra Hood. Un itinéraire secret pour franchir le glacier ? »

Herbert afficha les cartes photographiques détaillées du service cartographique de la Défense intégré à la NASA. Portant des coordonnées, elles servaient à orienter la visée des satellites. Herbert demanda à l'ordinateur d'y reporter le secteur que Viens était en train d'analyser. Hood se pencha par-dessus le fauteuil roulant de Bob pour examiner de près l'écran tandis qu'un pâle curseur rouge se mettait à pulser sur la zone que les Pakistanais traversaient en ce moment.

« Aucun raccourci, commenta Herbert. Que diable fichent-ils donc ? Ils sont en train de faire un détour pour rejoindre la Ligne de contrôle.

— August peut-il encore les intercepter ?

— Oui », confirma le chef du renseignement. Et d'indiquer une zone légèrement au nord de l'emplacement où se trouvait le groupuscule. « Brett s'est posé ici. Il se dirige vers le sud-est. Il devrait même les rencontrer bien plus tôt que prévu. (Herbert étudia la carte.) N'empêche que ça ne tient toujours pas debout. Cette voie ne va pas les mener vers un terrain plus accessible. Elle s'éloigne de la LOC, elle n'est pas à plus basse altitude et n'a pas l'air plus facile à négocier.

— Peut-être ont-ils une cache d'armes ou une planque quelconque sur l'itinéraire, suggéra le patron.

— C'est possible, admit Herbert. (Il revint aux images en direct du NRO.) Mais ils étaient parvenus relativement près de la frontière, là où ils se trouvaient. Pourquoi donner aux Indiens un délai supplémentaire pour les rattraper ? »

Le téléphone entre services gouvernementaux se manifesta. Herbert appuya sur la touche ampli. « Oui ?

— Bob, c'est Viens. L'obscurité gagne la zone cible. La lumière est à présent assez faible pour nous permettre de passer en images infrarouges sans risque d'être éblouis. Nous devrions être en mesure de les suivre plus facilement.

— Allez-y. » Puis Herbert coupa le micro du téléphone.

Avec Hood, ils continuèrent d'observer la vue aérienne. Hood étudiait la zone qui s'étendait au pied du plateau.

« Bob, si nous déplaçons le satellite, est-ce que nous serons capables de voir dans cette vallée ? » demanda Hood en indiquant le carroyage numéroté 77.

« Je n'en sais rien », admit Herbert. Il se tourna pour lancer un coup d'œil au patron. « Paul, moi aussi, j'ai envie de retrouver Mike. Mais nous n'avons qu'un seul satellite sur zone. Est-ce qu'on tient à le bloquer pour le rechercher ?

— Mike a pu endommager ou perdre sa radio dans la chute. S'il est en vie, il peut, qui sait, donner un coup de main à Brett. On a besoin de tous les moyens disponibles sur place.

— Même s'ils sont à trois mille kilomètres à la verticale et à Dieu sait combien à vol d'oiseau ? demanda Herbert.

— Nous ne savons pas au juste où se trouve Mike, insista Hood. On doit en avoir le cœur net. »

Avant que le chef du renseignement ait pu réfléchir à la réponse de son supérieur, Viens revint en ligne.

« Bob, est-ce que vous regardez les nouvelles photos satellite ? » demanda Viens.

Herbert remit le micro. « Non, répondit-il avant, aussitôt, de revenir au faisceau d'OmniCom. Il y a un problème ?

— Ça se pourrait, l'informa Viens. Même quand le petit groupe était sous le surplomb, on arrivait toujours à détecter une tête ou un bras, ce qui nous confirmait qu'on ne les avait pas perdus. Qu'est-ce que vous voyez en ce moment ? »

Herbert et Hood s'approchèrent à l'unisson du moniteur à mesure que l'image s'y formait ligne à ligne. Elle avait un aspect psychédélique, comme un truc des années 1960. Des ombres rouge vif se déversaient sur un champ de rochers et de neige teints en vert.

Les ombres de trois personnes seulement.

« Bordel, mais qu'est-ce qui se passe ? s'exclama Herbert.

— Je n'en sais rien, admit Viens. Ils auraient pu perdre en route une partie des effectifs.

— Il est également possible qu'ils aient livré Friday et l'officier indien, pensa tout haut Herbert. Peut-être qu'ils ont eu des blessés. On devrait essayer de les joindre par radio.

— Non, coupa Hood. Contactez plutôt August et informez-le qu'il y a trois individus devant lui. Dites-lui qu'ils peuvent être hostiles et qu'il doit plutôt d'abord les filer discrètement que les affronter. Stephen, pouvez-vous m'avoir une vue sur le carreau 77, carte d'archives OP-1010.63 ?

— Je l'affiche pour vérifier si elle est dans la zone de visibilité de l'OmniCom, répondit Viens. Ça ne prendra qu'une minute.

— Merci », dit Hood.

Herbert hocha la tête. « Quelle raison auraient-ils d'attaquer Friday ?

— C'est peut-être lui qui s'est tourné contre eux », dit Hood. Puis il se raidit. « Attendez une minute… Il se pourrait aussi qu'il n'en ait rien été.

— Comment cela ?

— Ron Friday a dû prévenir le groupuscule que les soldats indiens se dirigeaient vers eux, expliqua Hood.

— C'est vrai.

— Les Pakistanais ne pouvaient pas avoir connaissance d'une menace avant que Friday ne les rejoigne, poursuivit Hood. Ils ignoraient que faire parvenir Nanda au Pakistan était peut-être le seul moyen d'interrompre un échange nucléaire. Que feriez-vous si vous le saviez, et qu'on vous informe en outre qu'un commando américain s'apprête à faire jonction avec vous ? dit Hood. Si vous étiez malin, audacieux et sans doute quelque peu aux abois, vous tenteriez une manœuvre inattendue.

— Comme de diviser vos forces et d'utiliser un des groupes pour entraîner les soldats indiens sur une fausse piste, termina Herbert.

— Tout juste. Ce qui veut dire que les quatre autres pourraient se trouver ailleurs, sans doute toujours sur l'itinéraire initial, compléta Hood.

— Si tel est le cas, cela signifie qu'il est inutile qu'August et Musicant fassent la jonction avec le groupe de diversion puisque ce dernier est probablement destiné à offrir une cible au feu indien, observa Herbert.

— Correct, Bob, autant avertir August de nos déductions », et Hood revint à son ordinateur pour étudier la carte de la NASA. « Stephen, j'ai besoin de savoir ce qu'il y a dans cette vallée.

— Je viens d'afficher votre carte, répondit Viens. Je suis en train de vérifier si les coordonnées sont dans l'ordinateur d'OmniCom. »

Pendant ce temps, Herbert composa le numéro du TAC-SAT des Attaquants. « Paul, vous ne pouvez pas penser ce que je vous soupçonne de penser…

— Oh, mais que si, confirma Hood.

— À supposer même qu'il soit indemne, vous ne savez même pas si vous pouvez lui parler, observa Herbert.

— Chaque chose en son temps.

— Je peux y arriver ! s'écria Viens à l'autre bout du fil. Je suis en train d'envoyer l'ordre au satellite. Je ne vous garantis rien pour ce qui est de la couverture nuageuse et de la visibilité, Paul, mais je vous conduis dans la vallée d'ici quatre-vingt-dix secondes.

— Merci.

— Vous cherchez quoi, au fait ?

— Un parachute, répondit Hood. Avec éventuellement Mike Rodgers au bout. »

# 39.

## *Vallée de la Mangala,*
## *jeudi, 17 h 30*

Lors de la descente du commando d'Attaquants, l'AN-12 avait opéré un rapide virage au sud, manœuvre à l'origine de turbulences dont le puissant courant descendant avait entraîné Mike Rodgers vers le centre du groupe de parachutistes. En conséquence, il s'était trouvé protégé du plus gros de l'attaque de DCA. Mais Rodgers avait entendu les détonations. Il en avait vu les résultats avec tous ses camarades qui dégringolaient autour de lui. Le temps qu'il réussisse à se diriger vers la cible, il n'y avait plus que lui et un autre Attaquant dans les airs. Malgré les efforts héroïques d'un des hommes à terre pour l'intercepter, Rodgers n'avait pas réussi à s'agripper au plateau. Il s'était cogné les tibias, puis éraflé la hanche droite et le torse contre l'arête du précipice. Par chance, son gilet d'équipements avait pris le plus gros du coup à la poitrine. Mais il tombait à présent trop vite sans pouvoir se rétablir. Il était en outre incapable de voir ce qui était arrivé à son ultime compagnon encore dans les airs. Au moins son parachute s'était-il trouvé du bon côté du plateau. S'il ou elle parvenait à se dégager des suspentes, tout irait bien, sans doute.

Alors que le plateau disparaissait de son champ visuel, Rodgers se mit à étudier le relief juste au-dessous de lui. Il n'avait pas renoncé à tenter de rejoindre les autres et cherchait une arête, une corniche à sa portée. Hélas, il ne pouvait pas serrer la montagne d'aussi près qu'il aurait voulu. Il y avait tant de rocs et d'aspérités qu'il courait à tout moment le risque d'y accrocher et déchirer son parachute. Il décida donc à contrecœur de descendre jusqu'au fond de la vallée.

Rodgers chercha des signes d'autres parachutes en contrebas. Il avait vu les Attaquants dégringoler et ne pensait pas que l'un d'eux ait pu survivre à pareille chute. S'il parvenait à se poser à proximité, il en aurait le cœur net. Le général refusait de songer à ces soldats presque certainement perdus. Il aurait tout le temps de les pleurer plus tard. La seule chose qui importait désormais, c'était la mission, et Rodgers devait trouver un moyen quelconque de réintégrer celle-ci.

Plus il descendait et plus les courants diminuaient. Comme il s'enfonçait dans la vallée, sa voilure cessa de se balancer. Il était désormais suspendu à la corolle, droit comme un fil à plomb, protégé par les montagnes des vents furieux qui balayaient les sommets de la chaîne. C'est en douceur qu'il traversa la couche de nuages cotonneux.

Rodgers jeta un œil à sa grosse montre lumineuse. Il était dans les airs depuis près de cinquante minutes. Il était désormais assez bas pour pouvoir ôter ses lunettes et son masque respiratoire. Il les fixa à sa ceinture. La vapeur d'eau des nuages se condensa sur son visage exposé à l'air libre. Elle rafraîchit la transpiration brûlante sur son front, ses joues – c'était revigorant. En dessous, les nuages commençaient à se dissiper. Il aperçut le terrain qui montait vers lui à toute vitesse.

Ça n'allait pas être de la tarte.

La formation en dessous était une vallée glaciaire. Une plaine étroite coincée entre deux chaînes de montagnes. Un torrent peu profond dévalait en son centre, la coupant en deux. Aux yeux de Mike Rodgers, toutefois, la petite formation dénudée n'était qu'une dépression rocheuse au milieu de contreforts escarpés. Le terrain pentu, accidenté, rendait impossible un atterrissage en douceur et, au mieux, problématique une réception sans danger. Au moins l'air était-il calme. Il pouvait manœuvrer sa corolle pour tenter d'éviter les endroits les plus précaires.

Lorsqu'il déboucha de sous la dernière strate nuageuse, il aperçut le premier parachute. Sa corolle était déployée comme une orchidée au milieu d'un petit lac glaciaire formé par le torrent. L'Attaquant était apparemment dessous. Bientôt, il avisa les autres parachutes. Deux étaient emmêlés au pied d'une des montagnes. Les Attaquants gisaient à côté, leur tenue d'hiver maculée de sang. Il découvrit le quatrième, plus loin, un peu plus haut. La corolle s'était prise à une légère saillie rocheuse, une dizaine de mètres plus haut. Sondra DeVonne était suspendue juste en dessous. Elle se balançait doucement au bout des suspentes.

N'y pense pas pour l'instant, se morigéna-t-il. Il devait regarder droit devant lui, fixer la cause pour laquelle ces soldats avaient sacrifié leur vie. Sinon, il y aurait bien d'autres pertes.

Beaucoup plus loin, au sud, il aperçut de la fumée qui s'élevait derrière un coude de la vallée. Quelque chose y avait explosé ou s'y était écrasé. Il ne pensait pas que ce soit l'AN-12. Si l'appareil avait été touché, le commando l'aurait entendu et l'aurait sans aucun doute vu s'abattre. Il jeta un bref coup d'œil du côté nord. Il apercevait la lèvre du glacier, toute proche. C'était pour ça qu'il régnait ici ce putain de froid polaire.

Le sol se rapprochait à toute vitesse. Il avait beau vouloir éviter les pentes, il n'avait pas envie de se flanquer à l'eau. Si près du coucher du soleil, sa tenue gèlerait en l'affaire de quelques minutes. Il ne voulait pas non plus se recevoir sur une des pentes déchiquetées qui bordaient la rivière. C'était le meilleur moyen de déchirer son uniforme isotherme ou de se rompre quelques os. Hélas, les falaises étaient si proches de la rive qu'il n'y avait guère de marge.

Ce qui lui laissait une seule autre option. Une option qu'il n'avait pas envie de prendre. Mais à la guerre comme à la guerre. Le général prit sa décision, vaille que vaille.

Il se dirigea vers la corolle du parachute qui s'était épanouie dans le lac. La toile était posée à califourchon en partie sur la rive est. On voyait des éclats de glace à la lisière qui flottait sur l'eau. La corolle paraissait suffisamment raidie pour supporter son poids sans le balancer dans la flotte. Avec un peu de chance, le général parviendrait à garder son équilibre et sauter sur la rive étroite avant que la corolle ne se replie entièrement.

Quelques secondes avant l'impact, Rodgers se positionna à la verticale du parachute. D'un côté, il avisa un bras étendu sous l'eau. La peau était bleu-blanc. Il ne voulait pas se poser sur le corps de l'Attaquant. Il garda les yeux rivés sur l'autre côté de la corolle.

La cible grossissait de plus en plus. Son approche rapide créait la nette illusion que la gravité s'était bel et bien emparée de lui. Désormais, il avait l'impression de tomber, plus du tout de flotter.

Rodgers atterrit en douceur sur la corolle. La toile rigide céda en son centre, là où il avait pris contact, mais les franges restèrent horizontales. Il avait réussi à rester debout. Il largua aussitôt son parachute et laissa le vent l'emporter. Puis se tourna vers le côté donnant sur la rive. Il ne fallut qu'un peu plus d'une seconde pour que la corolle s'enfonce suffisamment et que l'eau se mette à déborder par-dessus les côtés. Dans l'intervalle, Rodgers avait, en trois grandes enjambées, rejoint la rive et sauté sur la terre ferme. Le pied de la falaise de granit blanc brunâtre était distant de moins de deux mètres. Rodgers s'en approcha pour mieux embrasser du regard la vallée.

Son atterrissage sur le parachute avait fait dériver celui-ci légèrement en aval. Quand Rodgers regarda vers l'amont, il découvrit un corps gisant à plat ventre sous la surface. Les vêtements de l'homme étaient gorgés d'eau. Les suspentes étaient les seuls éléments qui bougeaient.

Rodgers n'y toucha pas. Il n'avait pas le temps. Il porta la main à son gilet d'équipements et ouvrit un rabat pour en sortir la radio.

Ou plutôt ce qu'il en restait.

Mike Rodgers contempla l'appareil au creux de sa main gantée. L'écran était cassé. Des fils verts et jaunes dépassaient du boîtier en plastique fendu. Plusieurs morceaux de carte imprimée cliquetaient au fond, avec d'autres composants électroniques. L'appareil avait dû être endommagé lorsque son flanc droit était entré en collision avec le rebord de la falaise.

Rodgers se tourna pour contempler le gilet d'équipements du soldat défunt. La pochette contenant la radio était sous l'eau. Même s'il retirait son uniforme pour la sécher et récupérait l'appareil, il était improbable qu'il remarche. Il regarda, en aval, les parachutes emmêlés des deux autres Attaquants. Leurs corolles en partie gonflées claquaient au vent. Les corps en dessous gisaient sur l'étroite bande de sol rocailleux formant cette rive du torrent. Le général se dirigea vers eux au petit trot. Son flanc droit et sa jambe l'élançaient mais ce n'était pas une raison pour ralentir.

Le soldat Terry Newmeyer et le caporal Pat Prementine gisaient, inertes, de l'autre côté des deux parachutes. Newmeyer était étendu sur le côté droit. Avec précaution, Rodgers le fit rouler sur le dos. Son uniforme et sa joue étaient imbibés d'un sang épais, presque gelé. Comme son corps, sa radio était brisée. Comme si elle avait reçu un éclat d'obus. Le général donna une tape affectueuse sur l'épaule du défunt puis s'approcha de Prementine. Le caporal gisait à plat dos. Un œil était fermé, l'autre mi-clos. Le bras gauche était posé en travers de la poitrine, le droit tordu sous le corps. Mais la radio semblait intacte. Après l'avoir extraite de sa pochette, Rodgers se dirigea vers la paroi rocheuse. Tout en s'approchant de la falaise, il alluma l'appareil. La diode rouge à l'angle supérieur droit s'illumina. Au moins restait-il encore un autre truc en vie dans cette putain de vallée, songea-t-il, amer.

Le général porta la radio à ses lèvres. Il pressa la touche *Speak*.

En espérant que l'armée indienne n'était pas à l'écoute de cette fréquence.

## 40.

### *Chaîne du Grand Himalaya, jeudi, 17 h 41*

Brett August et William Musicant avaient commencé à se diriger vers le sud en longeant le plateau. Ils avançaient contre la bise glaciale provoquée par le refroidissement de l'air et le blocage des courants ascendants. Les deux hommes avaient de nouveau chaussé leurs lunettes pour ne pas pleurer, alors qu'ils peinaient pour rejoindre une saillie à quelque quatre cents mètres devant eux. D'après le NRO, c'était la branche septentrionale de cette même corniche sur laquelle progressait le groupuscule de militants pakistanais.

Le colonel s'immobilisa en entendant un bip de son TAC-SAT. Il s'accroupit, saisit le combiné. C'était Bob Herbert. Le chef du renseignement leur ordonnait d'attendre sans bouger.

« Que se passe-t-il ? demanda August.

— Il y a une chance que le groupuscule se soit divisé, l'informa Herbert. La partie qui se dirige vers vous pourrait bien servir d'appât pour attirer les militaires indiens vers le nord-ouest.

— Ça serait logique, admit August.

— Oui, mais nous n'avons pas envie que vous vous retrouviez pris entre deux feux, dit Herbert. Il est également possible qu'il y ait eu une divergence quelconque au sein du groupe. Nous n'en savons strictement rien. Nous vous demandons donc de gagner une position avancée d'où vous pourrez vous défendre et d'attendre là-bas.

— Bien compris », dit August. Le point où le plateau s'étrécissait serait idéal.

« Paul a demandé à Stephen Viens d'examiner tout le secteur au nord-est du plateau, poursuivit Herbert. Nous avons des raisons de croire que le reste du groupuscule a pris cette direction.

— C'est par là que Mike est descendu, observa le colonel.

— Je sais. Paul pense que, si nous parvenons à le localiser, il peut nous aider à retrouver le groupe dissident… »

Un bip grave, intermittent, se mit à retentir, obstiné, dans une des poches du gilet d'équipements d'August.

« Bob, ne quittez pas ! l'interrompit le colonel. J'ai un appel au talkie-walkie !

— Gaffe, Brett », avertit Herbert.

Le colonel posa le téléphone-satellite par terre. Sortit la radio de son gilet et l'alluma. Il ne voulait pas se prendre à espérer qu'il s'agissait d'un de ses hommes. Plus probablement quelqu'un qui avait retrouvé une des radios ou un officier des transmissions de l'armée indienne qui intervenait sur leur fréquence.

« Atome », dit August. C'était l'indicatif codé qu'il s'était choisi. Inspiré de l'initiale de son nom. Les Attaquants recouraient à leur nom de code dès qu'ils avaient un doute sur l'origine d'un appel. Si l'un d'eux était fait prisonnier et qu'on le forçait à communiquer, il emploierait à ce moment un code de rechange, basé celui-ci sur l'initiale du prénom.

« Atome, c'est Reptile. »

August cessa de sentir le vent ou le froid. Le monde qui jusqu'ici lui avait paru si mort avait soudain un souffle de vie.

« Tu vas bien ? demanda August.

— Ouais, répondit Rodgers. Mais je suis le seul. Et toi ?

— Minuit et moi sommes OK », répondit-il. Tout en parlant, le colonel avait sorti d'une poche une des cartes de la région. Elles étaient toutes dotées d'un carroyage spécial. Codé. Il l'étala par terre, posa le pied sur un bout, et maintint l'autre d'une main. « Est-ce que tu as ta carte ? demanda August.

— Je la sors, dit Rodgers. Je suis en 37-49.

— Trois-sept-quatre-neuf, répéta August. Bien copié. Tu es sûr de ta position ?

— Ça m'en a tout l'air.

— Très bien. Je vais relayer cette information au central. Il se peut qu'on ait de nouvelles instructions.

— Bien compris. »

Le colonel August posa la radio sur la carte et reprit le combiné du TAC-SAT. En même temps, il leva le pouce à l'adresse de Musicant. Le toubib eut un sourire crispé. Mais enfin, c'était un sourire.

« Bob, c'était Mike, dit August. Il est sain et sauf dans la vallée, à environ quatre kilomètres et demi du pied du glacier.

— Dieu soit loué, dit Herbert. D'autres survivants ?

— Négatif.

— Je vois… Très bien, colonel, reprit Herbert. Installez votre périmètre, tenez bon et dites à Mike de faire pareil de son côté. Je transmets les nouvelles à Paul.

— Bob, gardez à l'esprit que le terrain par ici est pas mal accidenté, que la nuit tombe et que le froid gagne très vite, indiqua le colonel. Si nous devons envoyer Mike effectuer une mission de recherche et reconnaissance, il ne lui reste qu'une petite quarantaine de minutes de visibilité.

— Je suis conscient de la situation, lui assura Herbert. Dites-lui d'examiner attentivement le paysage alentour. On vous recontacte au plus vite. »

August raccrocha le TAC-SAT et mit rapidement au fait Rodgers. Le général se montra stoïque, comme à son habitude.

« Pas de problème pour moi dans le coin, répondit-il. Si je dois me diriger vers le nord, la route est à peu près dégagée jusqu'au glacier. Je n'aurai qu'à remonter le torrent.

— Bien. Ta combinaison est-elle intacte ? demanda August.

— Affirmatif. Il me manque juste un truc. Sans doute le même que toi, j'imagine.

— Quoi donc ?

— Retrouver le salaud qui nous a balancés et le lui faire regretter. »

## 41.

### *Washington, DC, jeudi, 8 h 30*

Paul Hood était au téléphone avec la sénatrice Barbara Fox quand la ligne intérieure se manifesta.

Maintenant que la mission avait franchi le point de non-retour et que les politiciens ne risquaient plus de se mêler de sécurité internationale, Hood mit rapidement la sénatrice au fait de la situation des Attaquants et de leur mission. Quelques années plus tôt, son interlocutrice avait perdu sa fille, encore adolescente, dans un attentat à Paris. Hood avait espéré qu'elle réagirait avec compassion en lui procurant le soutien nécessaire à son personnel qui se trouvait encore sur le terrain.

Elle n'en fit rien. Elle était furieuse.

« L'Op-Center a pris bien trop de responsabilités dans cette opération, chargea-t-elle, bille en tête. Les autres services de renseignement auraient dû être plus impliqués.

— Sénateur, j'ai dit à la Commission parlementaire de surveillance du renseignement que nous avions sur les bras une crise exigeant une attention immédiate, rétorqua Hood. J'ai bien précisé que nous impliquions le NRO et la NSA dans la mesure où nous le permettraient les délais et les forces placées sur zone. À l'époque, vous n'avez soulevé aucune objection à nous voir gérer la crise.

— Vous n'aviez pas souligné en détail les risques encourus… juste la gravité de la menace.

— Nous n'avions pas connaissance des détails jusqu'à ce que nous nous retrouvions embringués dedans, fit remarquer Hood.

— C'est justement là où le bât blesse, répliqua-t-elle. Vous avez envoyé des ressources traiter une situation sans disposer de l'*intelligence* adéquate. Et prenez le mot aux deux sens du terme, monsieur Hood. »

La ligne entre services émit un nouveau bip.

« Voulez-vous que j'extraie les éléments qui nous restent ? » demanda-t-il à la sénatrice. Putain, si elle voulait critiquer son jugement, autant lui fourguer le reste de la mission, qu'elle se démerde.

« Y a-t-il un autre moyen de résoudre la crise ?

— Pas à notre connaissance, dit Hood.

— Alors, nous sommes malheureusement mariés au scénario que vous venez de décrire. »

Évidemment, songea Hood. C'était une situation à perte nulle pour la politicienne. Si tout se passait bien, elle tirerait profit d'avoir impliqué la Commission à ce moment de la crise, pour sauver la vie du reste des Attaquants mais également celle d'innombrables Indiens et Pakistanais. En revanche, si la mission échouait, c'est Hood qui porterait le chapeau. Ce n'était pas la première crise qu'ils avaient à affronter ensemble. Mais c'était la première de cette ampleur et avec un enjeu aussi élevé. Hood fut déçu de voir qu'elle cherchait un bouc émissaire plutôt qu'une solution.

Ou peut-être était-ce lui qui en cherchait un, après tout ? Et si la sénatrice avait raison ? Et s'il avait précipité cette opération simplement parce que les Attaquants étaient en route et qu'elle avait paru d'emblée relativement sans risque ? Peut-être qu'il aurait dû tout arrêter, sitôt conscient des risques du parachutage ? Peut-être s'était-il laissé enfermer par le chronomètre qu'il redoutait tant au lieu de s'en tenir aux éléments connus avec certitude ?

La ligne intérieure émit un troisième bip.

Des années auparavant, Chad Malcolm, son prédécesseur au siège de maire de Los Angeles, lui avait donné le meilleur conseil qu'il ait jamais reçu : Malcolm avait dit qu'un bon dirigeant recueillait l'information, la traitait mais continuait néanmoins d'agir avec ses tripes. « Tout comme le corps humain, avait observé l'ancien maire. Ça entre par le haut et ça ressort par le bas. Les autres méthodes ne sont pas aussi naturelles. »

Le sénateur Fox informa Hood que la Commission parlementaire traiterait de ce « fiasco » en séance extraordinaire. Hood n'avait rien à rajouter. Il coupa la chique à la sénatrice et prit l'autre appel.

« Oui ? fit-il.

— Paul, on l'a retrouvé, dit Herbert. Brett vient de parler à Mike.

— Sain et sauf ?

— Oui, confirma Herbert. Il s'est posé dans la vallée au pied du plateau.

— Bob, merci. » Il aurait voulu crier ou pleurer, sans doute les deux. Il opta pour un gros soupir et un sourire reconnaissant.

« Pendant que je patientais au bout du fil, j'ai appelé Viens, lui indiqua Herbert. Au lieu de le lancer à la recherche de Mike, je lui ai demandé de vérifier si le groupuscule ne s'était pas divisé. D'après ce que je vois sur la carte, il y a un point entre l'endroit où Ron Friday les a rejoints et celui où le colonel August se trouve en ce moment, qui aurait été parfait pour une division du groupe de militants. Si une partie filait droit vers le Pakistan, ils auraient une distance relativement faible à parcourir – une quinzaine de kilomètres. Les deux obstacles devant eux étant la Ligne de contrôle et le glacier de Siachen. Mais si des soldats indiens ont été déplacés de la Ligne de contrôle vers cette nouvelle ligne de front, cela laisserait la frontière relativement dégagée.

— Ce qui fait du glacier le principal obstacle, conclut Hood.

— Exact. Mais, d'un autre côté, c'est l'endurance contre la loi des grands nombres, observa le chef du renseignement. Vu les circonstances, c'est le défi que j'aurais choisi d'affronter.

— D'accord avec vous.

— La bonne nouvelle, c'est que Mike se trouve déjà au pied du glacier, poursuivit Herbert. Si nous trouvons un second groupe de Pakistanais, il est bien placé pour les intercepter. »

Hood afficha la carte sur son ordinateur. Il l'étudia un moment. « Qui est en contact avec Mike ?

— Brett.

— Bob, il va falloir qu'on demande à Mike de quitter la vallée maintenant, dit Hood.

— Waouh, fit Herbert. Vous voulez qu'il monte sur le glacier avant même qu'on ait la certitude que les Pakistanais s'y trouvent ?

— On n'a pas le choix.

— Si ! protesta Herbert. Primo, on trouve ce fameux groupe. Secundo, s'ils existent, on voit ce qu'ils font. S'ils se dirigent vers la vallée et qu'on l'expédie sur le glacier, on l'engage pour rien sur un terrain bougrement inhospitalier.

— Je suis en train de consulter la carte physique de la région, dit Hood. Ils sont forcés de passer par le glacier. L'itinéraire par la vallée les rallonge d'une trentaine de kilomètres.

— De terrain facile et relativement plat, ajouta Herbert. Écoutez-moi, Paul. Ce glacier culmine à plus de six mille mètres d'altitude.

— Je vois ça.

— Le groupuscule se trouvait déjà à près de deux mille cinq cents mètres quand Friday les a rejoints, poursuivit Herbert. Il faudrait qu'ils soient cinglés d'être allés aussi haut quand ils auraient pu emprunter une vallée située à six cents mètres à peine au-dessus du niveau de la mer.

— C'est à coup sûr ce qu'imaginerait l'armée indienne, observa Hood.

— Peut-être…

— Non, ils n'ont pas le choix, insista Hood. Réfléchissez. Si vous ne disposiez que d'effectifs réduits le long de la LOC, vous choisiriez quoi ? De renforcer le débouché de la vallée ou le glacier ? Surtout si vous pensiez que le groupuscule se dirige dans une tout autre direction ?

— Je pense simplement qu'il est prématuré d'envoyer Mike là-haut. Si c'est en plus pour se retrouver amené à redescendre avec le groupuscule. Ce qu'il faut, c'est demander à Viens de nous localiser celui-ci et de voir où ils vont. Alors seulement on pourra décider.

— Si Viens les trouve et s'il reste assez de temps à Mike pour les rejoindre là-haut, observa Hood. Le satellite a une sacrée superficie à couvrir.

— Dans ce cas, il y a un autre plan, s'emporta Herbert. Pourquoi ne pas demander à August de braquer une AK-47 sous le nez du groupe qui se dirige vers lui et de les forcer à lui révéler leurs plans ?

— Vous vous fieriez à ce qu'ils racontent ? »

La réponse prit manifestement Herbert à contre-pied. Il resta silencieux.

« Faites preuve de logique, Bob, continua Hood. Si le groupuscule s'est divisé, ils n'ont certainement pas l'intention de tomber sur une force armée indienne non négligeable. Ce qui signifie qu'ils vont emprunter la voie du glacier, or c'est là qu'ils auront peut-être le plus besoin de l'aide de Mike. S'il ne s'ébranle pas maintenant, il y a un risque qu'il ne parvienne pas à les rattraper.

— Si... peut-être... ça fait beaucoup d'hypothèses, Paul. Un sacré paquet.

— Ouais, admit Hood. Et Barbara vient de me passer un savon pour avoir laissé filer cette mission sans une base de renseignements suffisante. Peut-être bien. Une guerre nucléaire, c'est un truc sérieux. Mais, pour l'heure, l'objectif est parfaitement clair : le personnage clé n'est pas Mike, c'est cette fille de Kargil. Et la mission est de la conduire saine et sauve au Pakistan. S'il y a un second groupe de Pakistanais et qu'ils passent par le glacier, on ne peut pas se permettre de laisser Mike planté dans la vallée ou leur courir après pour les rattraper. Il est notre atout principal – le seul, peut-être. On a besoin de le jouer.

— Très bien, Paul, dit Herbert. C'est votre décision. Je vais demander à Brett de relayer vos ordres à Mike.

— Merci.

— Mais je ne vous suis pas sur ce coup-ci, ajouta le chef du renseignement, acerbe. Mes tripes ne me disent pas grand-chose… elles sont trop nouées en ce moment. Mais mon cerveau me dit en revanche qu'avant d'expédier Mike sur le glacier, on a besoin de plus de temps et d'infos pour évaluer correctement la situation. »

Et Herbert raccrocha.

Lentement, Paul Hood reposa le combiné. Puis il revint à son ordinateur et réduisit l'image de la carte de l'Himalaya. Il bascula sur le programme de liaison en direct avec le NRO.

L'OmniCom terminait son repointage et l'image d'un paysage désolé, brun et blanc, se mit à remplir l'écran. Hood regarda, les yeux tirés, les pixels arriver. En ce moment, il aurait voulu être là-bas, sur le terrain, aux côtés de Mike Rodgers. Le général avait une solide organisation derrière lui, des gens qui priaient pour lui, et la perspective de l'espoir ou de l'horreur, selon la tournure que prendraient les événements.

Mais à peine cette idée l'avait-elle effleuré que deux autres vinrent la bousculer sans ménagement. La première était qu'il n'avait aucun droit de penser à lui. Pas après le sacrifice qu'avaient fait les Attaquants ni avec les risques que Mike Rodgers, Brett August et les autres étaient en train de prendre.

La seconde était qu'il devait poursuivre et achever l'opération qu'il avait lancée. Or il n'y avait qu'un moyen d'y parvenir.

Avec une résolution encore supérieure à celle des gens qui l'avaient entamée.

## 42.

## *Chaîne du Grand Himalaya, jeudi, 18 h 42*

Brett August était devenu soldat pour deux raisons très différentes.

L'une était de contribuer à la puissance de son pays. Quand il était en sixième, il avait lu dans un bouquin d'histoire comment des pays comme l'Angleterre et l'Italie avaient perdu des guerres. Le jeune natif de la Nouvelle-Angleterre n'arrivait pas à imaginer son état d'esprit s'il avait dû prononcer le serment au drapeau chaque matin, alors que les États-Unis auraient été vaincus ou se trouveraient sous la botte d'un occupant.

L'autre raison qui l'avait poussé à devenir soldat était qu'il adorait l'aventure. Enfant, il avait été nourri d'histoires de cow-boys et de militaires à la télévision, et de bandes dessinées comme *GI War Tales* ou *4-Star Battle Tales*. Ses activités favorites étaient de bâtir des forts avec des boules de neige l'hiver et des forts avec des branches d'arbres l'été. Ces derniers étaient confectionnés à l'aide d'un soigneux entrelacs de branches coupées sur les peupliers de la cour. Mike Rodgers et lui se relayaient alors pour tenir les rôles du colonel Thaddeus Gearhart à Fort Russell ou de William Barrett Travis à Alamo. Rodgers aimait jouer le rôle d'un jeune officier qui trouvait une mort dramatique en luttant contre des forces largement supérieures.

La réalité de tout ce qu'August avait prévu devait se révéler bien différente de ce qu'il avait toujours imaginé.

Les plus grandes menaces contre les États-Unis ne venaient pas de forces situées à l'extérieur mais bien à l'intérieur des frontières. Il l'avait constaté dès son retour de captivité au Viêt-nam, lorsqu'il avait affronté non pas les honneurs mais la condamnation de nombre de ses anciennes connaissances pour avoir participé à une guerre immorale. Condamnation également de certaines instances militaires parce qu'il avait manifesté le désir de retourner au front achever la tâche qu'il avait commencée. Ils voulaient soumettre le Viêtcong sous les bombes. Le melting-pot américain, ce chaudron où se mêlaient les origines, était devenu un chaudron de sorcière. Où les gens s'affrontaient au lieu de tirer des leçons de leurs différences.

Quant à l'aventure, il y avait de la bravoure mais bien peu de drame ou de gloire dans le massacre et la captivité. La mort n'avait rien de grandiose et de flamboyant. Elle était moche et solitaire. Le blessé mourant ne marquait pas une pause pour saluer le fier étendard du Texas ou du Colorado mais il hurlait dans les affres de la douleur, ou pleurait en réclamant sa bien-aimée à l'autre bout du monde. La peur pour soi et ses amis avait toujours empêché August de ressentir autre chose qu'un bête soulagement chaque fois que sa patrouille revenait à la base.

Pour l'heure, August n'était mû que par une seule force : la résolution nourrie au combat d'un soldat de métier. Même son instinct de survie n'était pas aussi fort. Presque tous ses compagnons étaient morts. Vivre avec cette perte allait s'avérer difficile. Il se demanda, sans joie, si c'était pour cette raison que William Barrett Travis s'était, comme le racontait la légende, lancé seul à la charge contre l'armée mexicaine au début de la bataille d'Alamo. Non pas par courage mais pour s'épargner la douleur d'assister à la perte de son autorité.

August décida que l'heure n'était pas à la nostalgie ou aux songes creux. Il devait être dans le réel, le présent, et il devait gagner.

Tapi derrière un rocher déchiqueté haut comme deux fois sa taille, August observait l'étroite corniche qui s'incurvait devant lui. La courbe serrée réduisait sa visibilité à une cinquantaine de mètres. Bientôt, l'obscurité allait leur poser un problème. Le soleil était presque couché et il devrait chausser ses lunettes de vision nocturne. Il voulait attendre le plus possible pour économiser ses piles. Ils risquaient d'avoir à s'engager dans une escarmouche avec les Indiens avant la fin de la nuit.

Musicant était derrière un rocher encore plus gros, situé une vingtaine de mètres sur sa gauche. À eux deux, les Attaquants couvraient à feux croisés le terrain de l'extrémité de la corniche au plateau. Personne ne pourrait passer sans devoir s'identifier ou se voir désarmé si nécessaire.

À droite d'August, le TAC-SAT. Il avait commuté la sonnerie en signal visuel pour ne pas éveiller l'attention. Le témoin était en mode atténué. Même s'il s'éclairait, sa lumière resterait invisible de l'autre côté du rocher.

Un vent constant leur soufflait dans le dos. Il ramenait de fines particules de glace soulevées du plateau ou arrachées des sommets. La brume glacée s'élevait en fines arches ou larges cercles, assez haut pour miroiter aux derniers rayons du soleil avant de redescendre en tournoyant vers la roche noire. August n'était pas mécontent de voir ces turbulences d'altitude. Elles étaient propres à limiter la visibilité de quiconque cheminerait le long de la corniche.

August se tenait tapi contre la roche froide quand le TAC-SAT clignota. Il saisit le combiné sans quitter des yeux la corniche.

« Oui ! » s'écria-t-il. Il dut plaquer la main contre sa capuche pour se boucher l'autre oreille.

« Brett, c'est Bob. Du nouveau ?

— Toujours pas, répondit August. Et vous, de votre côté ?

— On a besoin que vous préveniez Mike par radio, dit Herbert. Nous pensons que le groupe s'est divisé et qu'une partie pourrait se diriger vers le glacier de Siachen. Viens est à leur recherche. En attendant, Paul veut que Mike aille là-haut.

— C'est une putain de trotte.

— Je ne vous le fais pas dire. S'il y a bien un groupe séparé, Paul redoute que Mike ne les rate s'il ne se met pas en route tout de suite. Dites-lui que, si Viens les localise, on transmettra leur position.

— Très bien, répondit August. Et si ce groupe sait quoi que ce soit, je vous en informe, vous et Mike.

— Parfait, dit Herbert. J'ai bien tenté de les joindre par radio mais ils ne répondent pas. Écoutez, Brett. Si

Mike ne pense pas être en mesure de le faire, je tiens à le savoir.

— Vous croyez vraiment que Mike Rodgers refuserait une mission ? demanda August.

— Jamais, admit Herbert. C'est bien pourquoi j'ai besoin que vous sachiez lire entre les lignes. S'il y a le moindre problème, dites-le-moi.

— Compris », dit August.

Le colonel coupa la communication, puis il décrocha la radio de sa ceinture. Mike était le plus grand spécialiste de la litote de toutes les forces armées des États-Unis. Le seul moyen pour August de découvrir s'il avait un problème au cours d'une mission était de lui poser carrément la question. Et même dans ce cas-là, il n'était pas toujours dit qu'il lui fournisse une réponse.

Rodgers répondit et August lui transmit les instructions de Hood.

« Merci, répondit Rodgers. Je m'y mets.

— Mike, est-ce faisable sans autre équipement ? Herbert voudrait savoir.

— Si je ne réponds plus à la radio, c'est que ça ne l'était pas.

— Sois pas casse-couilles, l'avertit August.

— Si tu es capable de sentir tes couilles en ce moment, alors t'es vachement plus doué que moi.

— Un point pour toi, vieux. On reste en contact.

— D'accord », répondit Rodgers.

August régla le signal du talkie-walkie en vibreur plutôt qu'en bip. Puis il le remit dans son étui de ceinture. Il observait toujours la corniche. Le vent avait forci au cours des dernières minutes. Les cristaux de glace ne dessinaient plus d'agréables motifs. Ils encadraient le rocher de leurs rideaux serrés tombant en diagonale. Les fines particules heurtaient la falaise et ricochaient à angle droit, donnant l'impression d'une résille suspendue devant la corniche.

Soudain, une silhouette obscure apparut derrière le rideau de givre. Elle était plus noire que le noir ambré du crépuscule environnant. Elle n'avait pas l'air armée, même s'il faisait trop sombre pour en être sûr.

August fit signe à Musicant qui, d'un signe de tête, indiqua qu'il avait vu.

Pour le colonel, le reste du monde, l'avenir et les considérations philosophiques s'évanouirent. Il n'avait plus qu'un souci en tête :

Survivre à l'instant présent.

## 43.

### *Chaîne du Grand Himalaya, jeudi, 18 h 57*

Sharab avait perdu toute notion du temps. Elle savait qu'ils marchaient depuis des heures mais elle n'aurait su dire combien. Ses cuisses la brûlaient après les efforts de l'ascension puis de la descente, ses pieds étaient couverts d'ampoules, des orteils au talon. Chaque pas engendrait une douleur brûlante, abrasive. Elle ne savait pas combien de temps encore elle réussirait à tenir. Nul doute que redescendre jusqu'à l'endroit où, croyait-elle, se trouvait l'armée indienne était une tâche virtuellement impossible. Il allait falloir qu'elle trouve un moyen de ralentir l'ennemi depuis là.

Les hommes derrière elle n'étaient guère mieux lotis. Ils s'étaient débarrassés de leurs torches électriques et de leurs lourdes armes d'épaule. Ils avaient également laissé derrière eux presque tous les explosifs qu'il avaient compté utiliser pour retarder les militaires indiens. Ils avaient mangé leurs vivres pour ne plus avoir à les trimbaler. L'eau ayant gelé dans les gourdes, ils avaient également abandonné celles-ci.

Quand ils avaient soif, ils brisaient simplement les glaçons qu'ils trouvaient suspendus aux petites anfractuosités. Ils n'étaient lestés chacun que d'un fusil avec une poignée de cartouches plus un pistolet avec deux chargeurs de rechange. Si c'était une armée qui s'avançait à leur rencontre, Sharab savait qu'elle ne serait pas en mesure de les vaincre. Tout ce qu'elle pouvait espérer désormais, c'était de les distraire et les retarder assez longtemps pour laisser à l'Américain, à Nanda et aux autres une chance de rallier le Pakistan.

Survivre devenait de plus en plus improbable. Si les Indiens ne les tuaient pas, les éléments s'en chargeraient.

Sharab en venait même à douter qu'ils parviennent à trouver cette insaisissable armée indienne. Ils avaient bien entendu ce qui ressemblait à des tirs d'artillerie un peu plus tôt. Elle se demanda si l'unité d'élite américaine avait atterri et engagé le combat avec l'ennemi. Elle espérait que non. La dernière chose qu'elle voulait, c'était renvoyer les Indiens de l'autre côté de la Ligne de contrôle. Cela ne ferait que pousser les militaires à faire venir des renforts. D'un autre côté, si quelques-uns des Américains avaient réussi à se poser, c'était un bon point. Ils n'auraient sûrement pas trop de leur aide pour combattre les Indiens.

Sharab n'avait hélas aucun moyen de savoir ce qui s'était passé. La radio qu'elle avait utilisée pour communiquer avec Washington était devenue un tel fardeau qu'elle avait dû s'en débarrasser.

Des particules de glace chassées par le vent tapissaient sa cagoule de laine et y demeuraient accrochées. Le froid lui avait déjà engourdi le crâne après avoir gelé ses cheveux trempés de sueur. Le poids de la cagoule était devenu tel qu'il l'obligeait à baisser la tête. Tant mieux. Ainsi ses joues et ses yeux étaient-ils protégés du crible des cristaux de glace.

Sharab progressait à tâtons en longeant la paroi qui lui servait en même temps d'appui. Ali, derrière elle, se tenait au pan de son anorak. De temps à autre, elle sentait une traction lorsqu'il s'arrêtait ou trébuchait. Hassan était derrière Ali. Sharab savait qu'il était toujours là parce qu'elle l'entendait prier.

Alors que la corniche s'élargissait, Sharab perçut un nouveau bruit. Au début, on aurait dit comme une brusque et violente poussée du vent. Et puis elle l'entendit à nouveau. Plus fort. Ce n'était pas le vent. Quelqu'un criait.

Sharab s'arrêta, leva les yeux. La main en visière pour les protéger, elle regarda devant elle.

La jeune femme découvrit un rocher gros comme une maison, avec un truc de bonne taille qui bougeait derrière, du côté droit. Elle était incapable de reconnaître ce que c'était. Elle se repassa mentalement le hurlement. Les ours noirs ou les daims ne vivaient pas à cette altitude. Peut-être un porc ou une chèvre sauvage.

Ce pouvait être également un homme.

Le hurlement reprit. Sharab ôta sa cagoule et tourna l'oreille droite vers le rocher. Elle retira également son gant, le fourra dans sa poche gauche et sortit le pistolet rangé dans la droite.

« Qui êtes-vous ? » cria la silhouette.

Sharab eut un mouvement de recul. « Qui veut le savoir ? » lança-t-elle à son tour. Elle fut surprise de l'effort exigé pour crier. D'ailleurs, son cœur s'était mis à battre la chamade. Sa voix semblait creuse dans cet air froid et raréfié.

« Nous sommes avec l'homme qui vous a rejoint auparavant, dit l'autre. Où est-il ?

— Lequel ? demanda Sharab. Ils étaient deux. » Le type parlait anglais avec un accent américain. C'était encourageant.

« Nous n'en connaissons qu'un, dit son interlocuteur.

— Quel est son nom ? »

L'homme hésita. Il était évident que quelqu'un allait devoir faire le premier pas pour prouver son identité. Ce ne serait pas Sharab.

« Friday », dit l'homme.

Sharab s'avança de nouveau, hésitante. « Il n'est pas avec nous !

— Que lui est-il arrivé ?

— Il est parti, répondit-elle. Parlons en tête à tête.

— Approchez-vous, les mains en l'air », dit l'Américain.

Il ne sortit pas de derrière le rocher. C'était au tour de la femme de lui faire confiance.

Sharab se protégea de nouveau les yeux et chercha à scruter les alentours du rocher. Elle en avisa un second, plus petit, sur la droite, mais pas trace d'autres soldats. On ne pouvait pas en planquer tant que ça derrière deux malheureux rochers. En revanche, ils procuraient une bonne couverture pour des tirs croisés.

Sharab dit à Hassan et Ali de rester où ils étaient. Ils acquiescèrent. Les deux hommes avaient dégainé leurs armes et se tenaient blottis contre la falaise. Ali s'était toutefois légèrement écarté pour lui procurer un minimum d'appui.

« Si jamais il m'arrive quelque chose, tâchez de vous tirer de là, ajouta-t-elle. Vous devez absolument ralentir l'armée indienne. »

Les deux hommes acquiescèrent derechef.

Son interlocuteur était à quelques dizaines de mètres. Sharab ne déposa pas son arme. Elle leva les bras à la hauteur des épaules et s'avança en direction du rocher le plus proche. Il n'était pas facile à distinguer à cause des bourrasques de glace qui la forçaient à tourner le visage de côté. Son écharpe était tombée et voletait derrière elle. Les particules de glace lui lacéraient la chair. Elle avait l'impression d'avoir la joue en feu. Elle dut finalement rabaisser le bras gauche pour la protéger. Il n'y avait plus de paroi rocheuse où prendre appui de sorte que ses pieds endoloris supportaient tout son poids. Elle se balançait d'une jambe sur l'autre pour les soulager alternativement. Au moins le terrain était-il à peu près plat. C'était déjà moins dur pour les muscles de ses jambes.

Les yeux larmoyants à cause du vent et de la douleur, Sharab franchit en titubant les derniers mètres. Elle s'effondra contre le rocher, les genoux tremblants. Ils se dérobèrent et elle se mit à glisser. Deux vigoureuses mains gantées l'étreignirent et l'aidèrent à se redresser. Elle tenait toujours son arme. Mais quand bien même elle aurait voulu se défendre, ses doigts étaient trop gelés pour appuyer sur la détente.

Un homme en tenue d'hiver blanche la tira derrière le rocher. Il l'assit et fit un barrage de son corps pour l'abriter du vent. Il se pencha près de son oreille.

« Êtes-vous leur chef ? demanda-t-il.

— Identifiez-vous d'abord », réussit-elle à dire. Ses lèvres tremblaient.

« Je suis le colonel August de l'unité d'intervention américaine des Attaquants.

— Je suis le chef de ces combattants de la FKM », répondit-elle faiblement. Elle loucha vers l'obscurité de l'autre côté du plateau. Et y découvrit un autre homme tapi.

« C'est monsieur Musicant, mon toubib, expliqua August. Si l'un des vôtres a besoin de soins, je vous l'enverrai.

— Je pense que ça pourrait aller, s'il n'y avait pas ce froid, dit la femme. Aux doigts, aux pieds, aux lèvres. »

L'homme se pencha un peu plus. Il exhala de l'air chaud sur ses lèvres. C'était agréable. Il recommença.

« Combien d'hommes avez-vous ? demanda Sharab.

— Trois. »

Elle le fusilla du regard. « Trois, c'est tout ? »

Il acquiesça.

« Les bruits qu'on a entendus… ? demanda-t-elle.

— Des tirs antiaériens de l'armée indienne. Ils ont décimé toute mon équipe. Où est M. Friday ?

— Nous nous sommes divisés, expliqua Sharab. Il est avec les autres. Ils ont pris une autre direction.

— Par le glacier ? » demanda le colonel.

Sharab acquiesça.

« C'est ainsi qu'ils comptent retourner au Pakistan ? » August voulait en avoir le cœur net.

La femme ne répondit pas d'emblée. Elle releva la tête pour scruter son visage. Il portait des lunettes et ses yeux demeuraient invisibles. Ses lèvres droites ne trahissaient aucune émotion. Il avait le teint pâle mais la peau burinée. Un Américain, aucun doute, et qui avait dû connaître pas mal d'épreuves.

« Que ferez-vous de cette information ? insista-t-elle.

— Le troisième survivant de notre parachutage a atterri dans la vallée. Il va tenter de faire la jonction avec vos camarades.

— Je vois, fit-elle. Oui. Les autres vont essayer de rester sur le glacier jusqu'à ce qu'ils soient revenus au pays.

— Avez-vous un moyen d'entrer en contact avec eux ? »

Elle secoua la tête.

« Et qu'est-ce que vous cherchiez à faire ? Détourner l'attention des soldats indiens pour les éloigner de l'autre groupe, au nord-ouest ?

— Oui, confirma Sharab. Nous transportons des explosifs. Nous pensions attirer leur attention, provoquer peut-être quelques éboulements.

— Ce ne sera pas nécessaire, l'informa August. La force indienne se dirige vers nous. Ils risquent d'avoir pas mal de difficultés à grimper jusqu'ici, aussi on devrait pouvoir les tenir occupés le temps qu'ils fassent venir des hélicos depuis la Ligne de contrôle. (August tendit la main vers sa radio.) Avez-vous besoin d'eau ou de vivres, vous et vos hommes ?

— De la nourriture, volontiers », admit-elle.

August laissa la radio à sa ceinture. À la place, il ouvrit une poche de son gilet et en sortit plusieurs rations de bœuf séchée. « Donnez-en à vos camarades et demandez-leur de nous rejoindre, dit-il tout en lui tendant les sachets aplatis. On devrait installer un périmètre défensif sur ce plateau. Les Indiens nous ont vus descendre par ici. Je suis à peu près sûr que, si on attend, ils vont venir nous chercher. Ça nous donnera une chance de récupérer, surtout s'ils attendent l'aube pour se lancer après nous.

— Très bien. »

Déjà, elle se relevait. August l'y aida. Et comme il le faisait, elle leva les yeux vers lui. « Je suis désolée pour vos compatriotes.

— Merci, répondit-il.

— Mais consolez-vous, ajouta-t-elle. Leur mort au service de notre peuple leur vaut une place au Paradis. "Ceux qui croient et accomplissent les bonnes œuvres : ceux-là auront une récompense jamais interrompue[1]" », l'assura-t-elle.

L'Américain eut un sourire crispé. Il laissa la femme appuyée contre le rocher, le temps de récupérer sa radio.

Sharab grimaça lorsqu'elle fit à nouveau porter son poids sur ses pieds gonflés. Elle repartit en clopinant vers la corniche. Mais au moins savait-elle une chose qu'elle ignorait encore quelques minutes plus tôt.

Les souffrances prendraient fin très bientôt.

1. Le Coran, sourate 95, *At-Tin (Le Figuier)*, verset 6.

## 44.

***Washington, DC, jeudi, 10 h 30***

Pour Paul Hood, ces quatre-vingt-dix minutes avaient été exténuantes. Mais enfin la souffrance était relative, se dit-il. Il ne courait aucun danger physique. Ses enfants étaient en bonne santé. Cela l'aidait à remettre la situation en perspective.

Après son désaccord avec Bob Herbert, Paul Hood avait convoqué dans son bureau Liz Gordon, Lowell Coffey, Ann Farris et Ron Plummer, le responsable des relations politiques. Il voulait leur annoncer ce qui était arrivé aux Attaquants. Mais il avait également besoin de leur mobilisation immédiate. Liz devrait former une cellule de soutien psychologique pour le personnel de l'Op-Center comme pour les parents et les proches des disparus. Coffey devrait se préparer à traiter toutes les ramifications légales susceptibles de naître lors de la récupération des dépouilles. Et, pour la première fois en toutes ces années, Ann devrait ne rien faire. Vis-à-vis des autorités du pays aussi bien que vis-à-vis des gouvernements étrangers, l'Op-Center s'en tiendrait à son profil de mission initial. L'unité avait été dépêchée au Cachemire à la requête du gouvernement indien pour localiser des sites de missiles nucléaires. Les Attaquants avaient été abattus accidentellement par des soldats indiens lancés à la recherche de terroristes pakistanais. Si jamais Ann avait une dette quelconque envers un des grands médias, elle pourrait toujours leur raconter ce que l'Op-Center disait aux autorités gouvernementales. Ça et rien de plus. Très professionnelle, Ann se montra d'un grand secours. Si elle soupçonnait qu'il pouvait y avoir un problème entre Hood et elle, elle n'en laissa rien paraître.

Seul le président avait eu droit à la vérité. Lawrence et Hood avaient eu un bref entretien téléphonique avant que les autres ne viennent assister à la réunion. Le président n'avait paru ni ébranlé ni ravi par ce que lui avait dit Hood. Il s'était contenté de dire qu'il soutenait le plan à partir de maintenant. Cette absence de tout commentaire du chef de l'exécutif ne le surprit pas outre mesure. Cela lui laissait toute latitude pour louer ou vilipender le Centre national de gestion de crises à la fin de la journée, selon la tournure que prendraient les événements.

Le président Lawrence suggéra toutefois avec fermeté que l'ambassadeur du Pakistan soit sur-le-champ tenu informé de la vérité. Il n'avait pas envie de voir Islamabad ou l'ambassadeur Simathna publier des communiqués sur les activités antimusulmanes de l'Amérique ou ses tendances pro-indiennes. Si par la suite Mike devait réapparaître avec le groupuscule de militants pakistanais, cela ne pourrait qu'entacher la validité de l'opération. Cela laisserait accroire que les États-Unis avaient forcé Nanda à mentir pour renouer les fils avec le Pakistan et le monde musulman.

Hood refila la tâche à Ron Plummer. Il voulait en outre que ce dernier reste ostensiblement avec l'ambassadeur pour le tenir au fait des tout derniers développements. En fait, Hood voulait s'assurer que la vérité ne s'ébruite pas trop tôt. Il redoutait en effet que l'Inde réagisse par une frappe massive dans la région. Comme les terroristes étaient toujours en fuite et qu'on continuait de les accuser de tous les attentats à la bombe, New Delhi aurait beau jeu de brandir la morale outragée en ayant l'opinion internationale de son côté.

Alors que la réunion touchait à sa fin, Hood reçut un appel de Bob Herbert.

« Je viens de parler avec Brett August et j'ai quelques bonnes nouvelles, l'informa Herbert. Il vient d'établir la jonction avec le groupuscule. »

Hood fit signe à Ron Plummer de rester et de fermer la porte. Le petit homme mince referma la porte derrière Lowell Coffey. Il resta debout.

« Dieu soit loué, dit Hood. Bob, Ron est ici avec moi. Je vous bascule sur l'ampli.

— OK, dit Herbert. En tout cas, nous avions raison, poursuivit-il. Les Pakistanais se sont bien divisés en deux groupes. Nanda Kumar et son grand-père en font partie, avec Ron Friday et l'un des Pakistanais. Et vous aviez vu juste, Paul. Ils s'apprêtent à traverser le glacier de Siachen.

— Brett a-t-il parlé à Mike ? s'enquit Hood.

— Pas encore. Ils ont des interférences électrostatiques à cause du blizzard sur le plateau. Brett dit que les nuages de glace arrivent par vagues. Il va essayer de continuer à chercher une fenêtre. »

Hood se mit soudain à culpabiliser un max avec son bureau bien chauffé et son téléphone parfaitement fonctionnel.

« Paul, j'ai une suggestion, dit Herbert. Je pense que l'on devrait demander au Pakistan de nous aider à exfiltrer les unités. Après tout, on est en train de leur tirer les marrons du feu.

— On ne peut pas faire une chose pareille, l'avertit Plummer.

— Pourquoi pas ? demanda Herbert, à l'autre bout du fil.

— Si la situation est aussi tendue que l'a décrite Paul, une incursion de l'aviation pakistanaise ne ferait qu'aggraver les choses. En donnant aux militaires indiens un argument de plus pour attaquer.

— Au moins cela déboucherait-il sur un affrontement classique, nota Herbert.

— Pas obligatoirement, intervint Plummer, surtout s'il y a des silos de missiles pakistanais quelque part dans ces montagnes. En outre, nous informerions les Pakistanais d'un risque d'attaque nucléaire. Cela pourrait les inciter à une première frappe.

— Lancer un jihad, dit Hood.

— Les religieux peuvent l'appeler ainsi, observa Plummer. Pour les généraux, ce serait simplement une manœuvre tactique responsable. La situation est déjà bien assez tendue sans qu'on aille jeter dans la bataille d'autres armées partisanes.

— Et si les États-Unis envoyaient des renforts dans ces montagnes ? suggéra Hood.

— Ça ne risque pas, dit gravement Herbert. Même si l'État-major interarmes et le président approuvaient l'envoi d'une force d'intervention de Turquie ou du

Moyen-Orient, il leur faudrait des heures pour les amener sur zone.

— Il y a un truc qui m'échappe, là, nota Plummer. Pourquoi avons-nous besoin d'une riposte militaire ? Ne peut-on pas laisser filtrer auprès des Indiens les actes commis par leur Force spéciale des frontières ? Je suis sûr qu'il n'y a pas grand monde dans leur gouvernement qui soit au courant du complot destiné à piéger les terroristes.

— Certes, le complot était l'œuvre d'un tout petit groupe. Le problème, du reste, est que nous ne savons même pas qui en faisait partie.

— Quelqu'un, en tout cas, qui a des connexions avec la filière Op-Center – New Delhi. Sinon comment auraient-ils pu avoir eu vent de la mission des Attaquants ? En tout cas, avant l'attentat à la bombe, les Indiens modérés auraient pu faire quelque chose. Mais Kev Custer surveille pour nous leurs émissions de radio et de télé. On note l'émergence rapide d'un mouvement populaire pour soutenir les militants.

— Ce qui expliquerait la réticence des modérés à exprimer leur opinion, nota Hood.

— Tout juste, renchérit Herbert.

— Et la secrétaire générale des Nations unies ? intervint Plummer. Vous la connaissez, Paul. Oubliez un instant vos prises de bec. C'est une Indienne. Elle aura une excellente raison de faire jaillir la vérité sur l'attentat.

— Mala Chatterjee ? fit Herbert. Elle est d'une telle indulgence vis-à-vis du terrorisme que ses discours vous transforment en faucons acharnés les plus indécrottables cœurs sensibles. Elle s'est contentée de paroles lénifiantes pendant que des otages se faisaient assassiner en pleine salle du Conseil de sécurité[1].

— Chatterjee a bien trop d'ennemis à elle toute seule, renchérit Hood. Au point où nous en sommes, son entrée en jeu ne ferait qu'aggraver les choses.

— Je vous le répète, Paul. Peut-être que les Russes seraient disposés à contribuer à remettre l'Inde dans le droit chemin, observa Herbert. Ils tiennent à renforcer leur nouvelle image d'artisans de la paix.

— C'est possible, admit Hood. Mais, à supposer que nous les abordions, le temps ne risque-t-il pas de poser un problème ?

— Le temps et les événements récents, nota Plummer. Le Pakistan a gardé des liens étroits avec l'Afghanistan. Il y a encore pas mal de dirigeants russes qui seraient ravis de voir les deux pays se faire battre à plates coutures.

— Mais une impasse permanente entre l'Inde et le Pakistan est synonyme de poursuite de la course aux armements, objecta Herbert. Les intérêts financiers priment. New Delhi devrait continuer à s'approvisionner en armes et en matériel auprès de Moscou.

— Certes, mais il reste le point qu'a soulevé Paul, nota Plummer. Ce débat que nous avons en ce moment risquerait d'occuper le Kremlin pendant des jours, sinon des semaines. Nous n'avons pas tout ce temps-là devant nous.

— Ma foi, Ron, je commence à me sentir à court d'idées et ça m'énerve un brin, voyez-vous, lâcha Herbert.

1. *Op-Center 6, État de siège, op. cit.*

— Hé, je me fais seulement l'avocat du diable, Bob, rétorqua Plummer, sur la défensive. On peut certes brandir toutes ces belles propositions à Moscou et au Pentagone, mais je n'en vois aucune recueillir le soutien que nous attendons.

— Hélas, c'est le problème de la gestion de crises par rapport à la prévention de celles-ci, s'attrista Hood. Une fois qu'on est dedans, on n'a plus des masses d'options.

— J'en compte exactement une », dit Herbert.

Le chef du renseignement avait bien entendu raison. Nonobstant toutes les ressources dont disposaient les États-Unis, il n'y avait qu'un seul atout pour se placer entre l'Inde, le Pakistan et un échange nucléaire. Un atout pour l'heure injoignable, sous-équipé et livré à lui-même.

Le général Mike Rodgers.

## 45.

## *Glacier de Siachen, jeudi, 21 h 11*

Mike Rodgers avait profité du vol interminable depuis Washington pour lire des masses de documentation sur le glacier de Siachen. Le rapport le plus intéressant avait été rédigé par un agent du renseignement pakistanais.

Surnommé le « champ de bataille sur le toit du monde » par la presse tant indienne que pakistanaise, le glacier de Siachen est dépourvu de tout intérêt stratégique. Revendiqué depuis toujours par le Pakistan, il culmine à près de six mille mètres de haut, les températures y descendent sous -35° Celsius, tandis que le blizzard à peu près constant et le manque d'oxygène rendent la région « sous-humaine », pour reprendre le qualificatif d'un rapport indien. Personne n'y vit et personne ne s'amuse à le traverser à pied.

Le glacier est devenu zone de guerre en 1984 quand des espions indiens ont commencé à se pointer dans la région. Leur idée, apparemment, était d'amener le Pakistan à y assigner des ressources humaines, qui seraient ainsi rendues indisponibles pour le conflit dans la partie habitable du Cachemire et le long de la Ligne de contrôle. Toutefois, le Pakistan s'aperçut assez tôt de la présence des éclaireurs indiens, en fait grâce à une publicité d'alpinisme parue dans un magazine. L'annonce en pleine page présentait en effet des clichés récents de la région, sans toutefois la nommer. L'argumentaire proposait à des alpinistes chevronnés l'aventure de leur vie, assortie de juteuses indemnisations, pour servir de guides dans des « territoires inexplorés ». Le contre-espionnage pakistanais se mit à repérer puis capturer les équipes de reconnaissance indiennes. L'escalade s'engagea et bientôt la région immobilisait des ressources dans chaque camp. Près de vingt années plus tard, des milliers d'hommes et des centaines d'appareils des deux camps restaient assignés aux missions de patrouille sur ce relief imposant.

Si toutefois elles étaient en vadrouille dans le coin, Rodgers n'en voyait ou entendait pas la moindre. Il avait pourtant connu bien des endroits perdus dans sa longue carrière de soldat mais jamais rien de comparable. Arrivé au pied du glacier, il n'était pas seulement tout seul, cerné par les montagnes et la glace, mais il ne pouvait voir plus loin que le faisceau de sa torche. Et il n'arrivait à capter sur sa radio rien d'autre que des parasites. Il éclaira la pente de glace blanche. Le pied du glacier à cet endroit lui faisait penser à une patte de lion : trois longues avancées massives de glace blanc sale de trois mètres de haut, séparées par des crevasses. Elles menaient à une zone en pente douce qui s'élevait à perte de vue dans l'obscurité. En comparaison, il se sentait fragile et insignifiant. Le glacier avait sans doute eu ce même aspect quand les premiers hommes se jetaient à la figure des branches et des fruits cueillis aux arbres de la vallée.

Soudain, la radio du général se manifesta. Il la saisit en hâte.

« Oui ?

— La cible est là-haut », dit le correspondant.

La transmission était hachée et la voix à peine reconnaissable. Mais Rodgers n'avait aucun doute : c'était Brett August. Le colonel ne savait pas combien de temps il serait en mesure de transmettre. Aussi alla-t-il au vif du sujet sans vain mot.

« Bien reçu.

— Un groupe de quatre. La fille et son grand-père, Friday et un membre du commando.

— Bien reçu, répéta Rodgers. Je suis au pied de la zone. Est-ce que je dois grimper tout de suite ?

— Si tu attends l'aube, tu risques de les rater. Désolé.

— Faut pas.

— On va tâcher de notre côté de tenir l'ennemi occupé », poursuivit August. Sa voix commençait à se briser. « Tempête par ici… commando épuisé… Manque de munitions.

— Alors tirez-vous, dit Rodgers. Je me démerderai. »

La réponse d'August se perdit dans les parasites.

« J'ai déjà pas mal d'avance », poursuivit-il. Il criait chaque syllabe, espérant qu'il serait entendu. « Même s'ils entrent dans la vallée maintenant, jamais ils ne pourront me rattraper. Je vous ordonne de vous retirer. Tu copies ? Retirez-vous ! »

Pas de réponse. Juste un crépitement intense. Frustrant.

Rodgers baissa le volume et laissa le canal en écoute quelques instants encore. Puis il coupa la radio pour économiser les piles et la remit à sa ceinture.

Le général espérait qu'August n'essaierait pas de s'accrocher. Redescendre de la montagne n'était peut-être pas une option pour August et les autres. Mais se trouver une caverne et y faire du feu serait peut-être une façon plus utile d'employer leur énergie que de s'accrocher sur une pente en essayant d'attirer l'armée indienne. Hélas, Rodgers connaissait trop bien le colonel. Pour lui, ce serait sans doute synonyme d'abandon de son ami mais aussi d'une position stratégique. Et aucune des deux éventualités n'était acceptable pour August.

Le plateau était en outre l'endroit où les Attaquants avaient trouvé la mort. Ce qui en faisait pour lui une terre sacrée. Il était tout simplement exclu qu'il tourne les talons et s'en aille. Rodgers comprenait cette réaction parce qu'il la partageait. Il était absurde de se battre pour une terre sans valeur stratégique. Mais, une fois que le sang y avait été répandu, on se battait en mémoire des camarades tombés au champ d'honneur. Cela validait leur sacrifice, mais cela, seuls des combattants pouvaient le comprendre.

Rodgers prit le temps d'arpenter le pied du glacier. Peu importait, semblait-il, l'endroit d'où il allait démarrer. Il fallait de toute façon qu'il se hisse sur un des « orteils » pour entamer l'ascension.

Il y avait dans son gilet des crampons rétractables en acier. Rodgers les sortit et les passa sur ses bottes rigides. Les griffes à deux pointes lui assureraient une meilleure accroche sur la glace. Il les fixa par leurs étriers, puis retira les pitons d'une autre poche. Il les garderait simplement dans les mains, telles des griffes pour l'aider à grimper. Il ne perdrait pas de temps à les enfoncer, sauf s'il y était obligé.

Avant de démarrer, Rodgers glissa la torche électrique sous son épaulette gauche. Ces lampes fabriquées tout spécialement était dotées de puissantes batteries au cadmium-nickel. Leur ampoule à faible intensité et faisceau large était disposée devant un miroir à réflectivité élevée. Elle devrait sans peine tenir toute la nuit. Au moment de poser la pointe du pied de sa botte gauche sur la « pointe du pied » du glacier, il embrassa d'un dernier regard la montagne de glace et murmura : « Je vais te battre. Je vais monter là-haut finir le boulot que mes hommes ont commencé. »

Son regard continua d'escalader les ténèbres. Il aperçut les étoiles, à peine visibles sous les nuages légers. Le temps parut s'abolir et Rodgers se sentit soudain l'incarnation de tous les guerriers qui avaient entrepris un long voyage, des Vikings à l'époque contemporaine. Et comme il enfonçait la base d'un crampon dans la glace et tendait son poing armé d'un piton, Mike Rodgers ne vit plus des étoiles. À la place, c'étaient les yeux de tous ces guerriers qui le contemplaient.

Et parmi ces yeux, ceux des Attaquants qui veillaient sur lui.

## 46.

## *Washington, DC, jeudi, 12 h 00*

L'ambassade de la république islamique du Pakistan occupe une petite propriété entourée de hautes grilles située sur Massachusetts Avenue, au nord-ouest de la capitale.

Ron Plummer arrêta sa Saab devant la grille, où une voix, à l'autre bout de l'interphone, lui donna l'autorisation d'entrer. Il monta la route en béton qui s'incurvait pour passer derrière le bâtiment où il tomba sur un deuxième poste de contrôle.

Il s'arrêta devant les doubles portes blanches et fut accueilli par un vigile. L'homme était en complet sombre. Il avait des lunettes noires, une oreillette et un gilet pare-balles sous sa chemise blanche. Il portait un pistolet dans un étui d'épaule. L'homme examina les papiers de l'Américain, puis il lui indiqua l'emplacement réservé aux visiteurs dans le petit parking. Il attendit qu'il se soit garé.

Alors qu'il revenait d'un bon pas vers le bâtiment, Ron Plummer passa une main dans ses cheveux châtains rebelles – mais qui se raréfiaient – tout en rajustant ses épaisses lunettes à montures noires. À trente-neuf ans, l'ex-analyste de la CIA pour l'Europe occidentale ne ressentait pas seulement le trac au moment d'entrer en scène pour jouer son rôle dans le drame. Cet agent de liaison politique, spécialiste en économie, était également conscient de la masse de choses qu'il convenait de rectifier si l'on voulait éviter que tout le sous-continent indien ne s'embrase.

Le Centre national de gestion de crises n'avait guère eu affaire dans le passé avec l'ambassade du Pakistan. Si l'ambassadeur, le Dr Ismail Simathna, le connaissait personnellement, c'était uniquement grâce à Paul Hood et Mike Rodgers. Après que les deux hommes avaient dénoué la prise d'otages aux Nations unies, Simathna leur avait demandé de lui rendre visite à l'ambassade. Plummer avait été convié à se joindre à eux. L'ambassadeur affirmait vouloir témoigner sa gratitude envers des agents du renseignement américain aussi brillants que courageux. Parmi les nombreuses vies qu'ils avaient sauvées, il y avait eu celles de l'ambassadeur du Pakistan auprès des Nations unies et de son épouse. Mais Hood et Plummer suspectaient Simathna d'avoir voulu les rencontrer uniquement pour embarrasser la secrétaire générale d'origine indienne. Impression renforcée par l'imposante couverture médiatique que leur visite reçut à Islamabad. Hood ne fut donc pas fâché que Plummer les ait accompagnés. La présence du spécialiste en géopolitique de l'Op-Center permettait de donner une apparence de crédibilité à une rencontre conçue à l'origine pour dénoncer l'inefficacité de la contribution indienne à la paix internationale.

L'agent de sécurité confia Plummer au secrétaire d'ambassade. Le jeune homme adressa un sourire aimable à l'Américain et le conduisit vers le bureau de Simathna. Le diplomate aux cheveux blancs quitta son bureau au plateau de verre pour l'accueillir. Il portait un costume marron et une cravate jaune paille. Âgé de soixante-trois ans, il avait combattu en première ligne et portait une cicatrice sur chaque joue, traces de la balle qui lui avait traversé la mâchoire de part en part. Il avait également été spécialiste en renseignement et professeur de sociologie et sciences politiques à l'université Quaid-el-Azam d'Islamabad avant d'être choisi pour représenter son pays à Washington. Il accueillit chaleureusement l'agent de liaison politique de l'Op-Center.

Plummer n'avait pas dit à l'ambassadeur pour quel motif il désirait le voir, juste que c'était urgent.

Les deux hommes s'installèrent dans des fauteuils modernes, côté fenêtre. Les épaisses vitres blindées étouffaient leurs voix. Quand Plummer parla, on aurait dit qu'il prenait un ton de conspirateur.

Le visage mince de son interlocuteur, quoique grave, ne trahit aucune émotion. Penché en avant, il écouta sans rien dire Plummer lui exposer l'opération des Attaquants depuis son origine, ainsi que les craintes de son patron concernant les activités de la SFF indienne. Quand Plummer eut terminé, l'ambassadeur se carra dans son fauteuil.

« Je suis déçu que vous ne soyez pas venu me voir pour me parler de la situation nucléaire au Cachemire, remarqua l'ambassadeur.

— Nous ne voulions pas abuser de votre amitié, répondit Plummer. Nous y tenons beaucoup.

— C'est délicat de votre part. (Son interlocuteur eut un petit sourire.) Mais vous venez me voir maintenant…

— Oui, admit Plummer. Pour profiter de vos conseils, de votre confiance, de votre patience, et par-dessus tout de votre parole. Nous pensons avoir de bonnes chances de maîtriser cette situation mais les heures qui viennent vont s'avérer extrêmement difficiles.

— On peut en effet décrire en ces termes l'escalade du chantage nucléaire, nota l'ambassadeur d'une voix douce. Vos Attaquants ont fait preuve d'une grande bravoure en se rendant en haute montagne comme ils l'ont fait. Et leurs survivants me donnent de l'espoir. Les nations ne sont pas monolithiques, pas même l'Inde et le Pakistan. Quand règne un minimum de confiance et d'estime mutuelles, on peut réaliser de grandes choses.

— Paul Hood et moi partageons votre optimisme.

— Même en ce moment ?

— Surtout en ce moment », répondit Plummer.

Durant tout ce dialogue, Plummer n'avait cessé d'observer les yeux sombres de l'ambassadeur. Simathna avait l'esprit ailleurs. L'Américain redoutait qu'il soit déjà en train de songer à alerter son gouvernement.

L'ambassadeur se leva. « Monsieur Plummer, voudriez-vous m'excuser quelques minutes ? »

Plummer se leva à son tour. « Monsieur l'ambassadeur, encore une chose.

— Oui ?

— Je ne voudrais pas vous forcer la main, monsieur, mais je veux m'assurer qu'il n'y a pas de malentendu, expliqua-t-il. Il est vital que votre gouvernement n'engage aucune action jusqu'à ce que nos hommes sur le terrain aient pu avoir une chance d'exfiltrer l'agent indien.

— Vous avez été parfaitement explicite, répondit l'ambassadeur.

— Il y a un très réel danger que même un seul mot imprudemment divulgué suffise à déclencher un engrenage cauchemardesque.

— Je suis bien d'accord », lui assura Simathna. Le grand Pakistanais esquissa un sourire puis se dirigea vers la porte.

« Monsieur l'ambassadeur, je vous en conjure, dites-moi ce que vous allez faire », implora l'Américain. Il n'aurait pas l'air idiot si son interlocuteur avait l'intention d'aller chercher une aspirine ou de faire un saut aux toilettes. Mais il fallait qu'il sache.

« Je m'en vais faire une chose qui va requérir votre aide, répondit Simathna.

— Tout ce que vous voudrez. Que puis-je faire ? »

L'ambassadeur ouvrit la porte et se retourna. « Vous devez me donner une chose que vous venez à l'instant de me demander.

— Bien sûr. Dites-moi laquelle », répondit l'agent de liaison politique, tout en se repassant mentalement en accéléré leur dialogue précédent, pour essayer de trouver ce qu'il avait bien pu lui demander.

« J'ai besoin de votre confiance, dit Simathna.

— Vous l'avez, monsieur. C'est pour cela que je suis venu ici, insista l'Américain. Ce que j'ai besoin de savoir, c'est si nous sommes bien l'un et l'autre sur la même page du manuel tactique.

— Nous y sommes, répondit Simathna. Néanmoins, j'ai accès à certaines notes complémentaires dont vous ne disposez pas. »

Sur ces mots, le Pakistanais quitta son bureau et referma doucement la porte derrière lui.

## 47.

## *Glacier de Siachen, jeudi, 22 h 57*

La colère de Ron Friday l'empêchait de geler sur pied.

L'agent de la NSA n'était pas en colère quand il avait entamé cette phase de la mission. Il avait même été optimiste. Il avait repris les rênes à Sharab. Même si la femme survivait à sa rencontre avec l'armée indienne, ce serait lui qui aurait ramené son groupuscule au Pakistan. À lui le triomphe. Et le parcours semblait faisable, du moins à en croire les cartes de reconnaissance aérienne indiennes qu'il avait trouvées dans l'hélicoptère. La Ligne de contrôle ne semblait guère gardée au col de Bellpora. La région, extrêmement vaste et dégagée, était facile à surveiller du haut des airs. Le capitaine Nazir avait du reste dit à Friday que quiconque s'aventurait dans cette zone glaciale et crevassée risquait de se faire repérer et intercepter. Aussi Friday et son petit groupe devraient-ils rester en éveil. S'ils étaient encore aux abords du col lors d'un vol de reconnaissance, ils devraient se trouver une planque jusqu'à ce que les appareils soient passés.

Son optimisme décrut toutefois à mesure que s'écoulaient les heures. Il était habitué à travailler seul. Ce qui lui avait toujours procuré un avantage psychologique. Ne pas avoir à dépendre de quelqu'un ou à compter dessus lui permettait d'effectuer des retournements tactiques rapides – aussi bien mentalement que matériellement. Il en avait été de même pour ses relations sentimentales. Elles étaient tarifées à l'heure. Ce qui les rendait faciles, adéquates et, plus important, transitoires.

Samouel tenait relativement bien le coup. Il ouvrait la marche. Maniant avec adresse un long bâton ramassé en chemin, le Pakistanais sondait le sol pour éviter les zones de glace fragile. Friday était juste derrière lui. Il avait, coincées sous le bras droit, prêtes à être allumées, deux torches confectionnées avec de solides branches récupérées sur la végétation avant qu'ils ne dépassent la limite de croissance des arbres. Ils les avaient couronnées d'un lacis de brins de lierre. Celui-ci brûlait moins qu'il ne se consumait. Friday avait introduit dans les interstices des touffes d'ivraie très sèche pour amorcer la combustion. Ils ne se serviraient des torches qu'en cas d'urgence. Friday avait cinq allumettes dans sa poche et il ne voulait pas les gâcher.

Nanda et son grand-père fermaient la marche. La jeune femme résistait plutôt bien. Elle était mince et perdait donc rapidement sa chaleur corporelle mais elle était combative et aurait pressé le pas sans la présence de son grand-père. Le vieillard était tout simplement épuisé. Si ce n'avait pas été pour sa petite-fille, le vieil Indien se serait sans doute allongé par terre pour se laisser mourir.

Plus l'obscurité descendait sur la glace, entraînant une chute de la température, et plus Friday se sentait dégoûté par les Kumar. Il n'éprouvait pas la moindre commisération pour l'infirmité d'Apu. Quant à la frustration de Nanda, elle lui portait sur les nerfs. Elle avait quand même la responsabilité de mettre fin à la crise qu'elle avait contribué à faire naître. Chaque minute passée à dorloter Apu sur le glacier ralentissait leur progression et vidait de leur énergie les trois autres.

La vie du vieux paysan n'avait pas une telle importance.

Friday avait jeté un dernier coup d'œil circulaire avant que la nuit ne les engloutisse. Leur groupe se trouvait sur une étendue plate et désolée. Sur la droite, à huit cents mètres environ, le glacier blanc bleuté se dressait presque à la verticale sur des centaines de mètres. La surface en semblait cahoteuse, crevassée, comme si un pan entier, gros comme une montagne, en avait été arraché. Sur la gauche, le terrain était bien plus lisse, sans doute usé par des siècles de pluie et de ruissellement. Il s'inclinait en pente douce vers ce qui ressemblait au loin à une vallée. Friday n'aurait su dire au juste car une brume s'élevait des couches inférieures, moins froides, du glacier.

Peu importait, du reste. Le Pakistan était droit devant, plein nord. Et s'il ne faisait rien pour accélérer la progression de ce groupe, jamais ils n'y parviendraient à temps – si tant est qu'ils y parviennent.

Friday sortit sa petite lampe de poche et la tendit à Samouel. Les piles ne dureraient sans doute pas jusqu'à l'aurore. Il dit au Pakistanais de bien examiner le terrain, puis d'éteindre la lampe pour ne la rallumer ensuite qu'en cas d'absolue nécessité. Puis l'Américain s'écarta sur la gauche de leur petite formation distendue. L'air était calme et la nuit tranquille. Le glacier les protégeait du blizzard venu des montagnes. Friday attendit que Nanda et son grand-père les aient rattrapés. Puis il accompagna la femme. Elle tenait la main d'Apu plaquée contre sa taille, marchant légèrement devant lui. À chaque pas, elle s'arrêtait pour quasiment tirer avec douceur mais fermeté son grand-père sur la glace. Elle soufflait comme un phoque et le vieil homme avançait plié en deux.

« On n'y arrivera jamais à ce train, observa Friday.

— Mais si.

— Pas à temps », insista l'Américain. Ce n'était pas une certitude absolue. Mais prendre un ton catégorique lui donnerait plus de poids vis-à-vis de la femme.

Nanda ne broncha pas.

« Si l'un des camps lâche un missile nucléaire n'importe où dans ces montagnes, le glacier se transformera en lac d'eau douce, souligna Friday. On va laisser Samouel avec votre grand-père. Vous venez avec moi. Dès qu'on sera au Pakistan, on pourra leur faire envoyer des secours.

— Confier mon grand-père à l'un des hommes qui nous ont retenus en otages ? dit-elle. Comment voulez-vous que je lui fasse confiance ?

— Les circonstances ont changé, nota Friday. Samouel veut sauver ses compatriotes. Cela veut dire protéger votre grand-père. »

Nanda continua d'aider l'ancêtre à progresser. Friday ne pouvait pas distinguer l'expression de la jeune femme. Mais il entendait les pieds du vieux paysan racler la glace. Ce seul bruit était crispant.

« Nanda, j'ai besoin de votre coopération, pressa l'Américain.

— Mais je coopère, répondit-elle sur un ton égal.

— Vous ne comprenez pas. Nous n'avons aucune idée de ce qui se passe dans le monde extérieur. Nous devons vous faire franchir au plus vite la Ligne de contrôle. »

Nanda s'arrêta. Elle dit à son grand-père de se reposer un petit moment. Le paysan s'agenouilla sans demander son reste tandis que la jeune femme attirait Friday à l'écart. L'Américain dit à Samouel de continuer d'avancer. Il le retrouverait aisément grâce à ses coups de torche.

« Si on laisse ici le terroriste avec mon grand-père, dit Nanda, personne ne reviendra les chercher. Je connais bien cette région frontalière. Il y aura une énorme tension de part et d'autre du glacier. Personne ne voudra se risquer à des manœuvres militaires inutiles ou susceptibles d'être jugées hostiles. Samouel le laissera tomber.

— Nous renverrons ici un hélico civil, promit Friday. L'ambassade peut arranger ça vite fait.

— Ils seront morts d'ici là. Mon grand-père est au bout du rouleau. Si je l'abandonne, il se laissera mourir.

— Nanda, si vous ne venez pas, c'est deux pays qui risquent de cesser d'exister, souligna l'Américain. Vous avez joué un rôle clé dans cette affaire. Il est de votre devoir de rectifier les dégâts. »

La jeune femme demeura silencieuse. Friday ne pouvait pas la voir dans l'obscurité mais il entendait sa respiration : elle avait ralenti. Elle réfléchissait. Mollissait.

Elle allait céder.

« D'accord, dit-elle enfin. Je ferai ce que vous demandez mais à la condition que vous restiez aider mon grand-père. »

Cela le prit de court. « Pourquoi ?

— Vous savez comment survivre ici », répondit Nanda. Elle posa la main sur les torches en branchages pour souligner son propos. « Je crois avoir aperçu une vallée, à l'ouest. Vous pourrez y descendre dans le noir, y trouver un abri, de la chaleur, de l'eau. Promettez-moi de vous occuper de lui et je continuerai la route avec Samouel. »

La transpiration sur le visage de l'Américain commençait à geler. La sensation était curieuse, comme de la cire à bougie qui se fige. Il avait l'intérieur des cuisses tout irrité et les poumons douloureux à cause de l'air glacial qu'ils respiraient. Plus il s'attardait et plus il prenait conscience de leur vulnérabilité. On pouvait aisément mourir ici pour être resté un peu trop longtemps sans bouger.

Friday déposa par terre les deux torches pour ôter le gant de sa main droite. Il racla les gouttes de transpiration gelées sur son front et ses joues. Puis il glissa la main dans sa poche de manteau. Nanda était son trophée. Il n'avait aucune intention de rester derrière ou se laisser dicter des ordres.

Il retira de sa poche le pistolet. Nanda ne pouvait pas le voir ou savoir ce qu'il allait faire. S'il logeait une balle dans la tête du fermier, Nanda n'aurait pas d'autre choix que de continuer, quand bien même ce ne serait que pour livrer Friday à la justice. Friday prétendrait bien sûr qu'Apu avait été bouleversé à l'idée de retarder les autres. Qu'il avait cherché à s'emparer de l'arme pour mettre fin à ses jours. Il y avait eu lutte. Le coup était parti.

Friday hésita. Il envisagea l'éventualité qu'un coup de feu pût attirer l'attention des soldats indiens de la Ligne de contrôle. Mais il se dit que ce dédale de pics et de vallées glaciaires sinueuses en rendrait la localisation impossible. Et ces pics glacés étaient par ailleurs trop éloignés pour que la détonation risque de déclencher une avalanche. Surtout si elle était assourdie par la parka du vieillard.

Friday contourna Nanda. « Très bien, dit-il sur un ton sans appel. Je vais m'occuper de votre grand-père. »

## 48.

## *Washington, DC,*
## *jeudi, 13 h 28*

Ron Plummer n'était pas un homme patient. Et cela lui avait été d'un grand secours tout au long de sa carrière.

Les espions et les agents de liaison ne pouvaient se permettre ce luxe. Ils devaient avoir l'esprit en éveil et l'imagination curieuse. Sinon, ils seraient incapables de motiver leurs hommes – ou de se motiver eux-mêmes – pour se forcer à regarder au-delà des évidences ou accepter les impasses. Néanmoins, il y fallait également de la maîtrise. La capacité à paraître calme même quand on ne l'était pas.

D'ordinaire, Ron Plummer était également un homme calme. Pour l'heure, sa maîtrise de soi était mise à rude épreuve. Non pas par la crise en cours mais bien par la seule chose qu'un ancien espion détestait le plus.

L'ignorance.

Cela faisait bientôt trois quarts d'heure que l'ambassadeur Simathna avait quitté le bureau. Plummer était resté assis quelques minutes, puis s'était levé pour arpenter lentement la pièce, puis il s'était rassis, puis relevé encore une fois pour se mettre à tourner en rond dans le vaste bureau. Il contempla les rayonnages remplis de livres d'histoire et de biographies. La plupart étaient en anglais, certains en urdu. Les murs lambrissés étaient décorés de plaques, de dédicaces et de photos de l'ambassadeur en compagnie de plusieurs grands dirigeants internationaux. Il y en avait même une de Simathna avec la secrétaire générale des Nations unies Chatterjee. Ni l'un ni l'autre ne souriait. L'agent de liaison politique espéra ne pas y voir un présage. Il s'arrêta devant un document encadré accroché près du bureau du diplomate. Il avait été signé en 1906 par Aga Khan III, un musulman indien. C'était la déclaration détaillée des objectifs de la Ligue des musulmans de l'Inde, une organisation fondée par le fils du sultan Aga Khan II pour superviser l'instauration d'un État musulman dans la région. Plummer se demanda si ce n'était pas la dernière fois que les intérêts des Indiens et des musulmans avaient coïncidé.

Plummer considéra son reflet dans la glace filtrante. L'image était translucide, ce qui convenait à merveille. Un agent de liaison politique devait avoir assez de poids pour tenir sa position mais assez de souplesse pour savoir envisager les exigences des autres. Il devait posséder en outre des talents d'intermédiaire pour jouer les bons offices entre les diverses parties. Même des hommes de valeur, lucides et bien intentionnés comme Hood et Simathna pouvaient avoir des désaccords marqués.

Plummer regarda sa montre. Paul Hood attendait les nouvelles. Mais il ne voulait pas appeler l'Op-Center. Tout d'abord, il n'avait rien à signaler. Ensuite, l'ambassade était sans aucun doute truffée de micros. Le bureau et les téléphones étaient certainement sur écoute. Et tous les numéros que Plummer pianoterait sur son téléphone mobile seraient aussitôt interceptés par des détecteurs d'impulsions électroniques. Ces bidules étaient de la taille et de la forme d'une montre-gousset. Ils étaient conçus pour reconnaître et enregistrer exclusivement les impulsions émises par les téléphones mobiles. Ensuite, chaque fois que le numéro détecté était composé à portée de détection des antennes de l'ambassade, le renseignement pakistanais – ou l'éventuel commanditaire à qui Islamabad avait revendu les données – pouvait intercepter la communication et l'écouter. C'était une chose quand des utilisateurs de téléphone mobile interceptaient accidentellement une conversation qui ne leur était pas destinée. C'en était une autre quand ces appels étaient systématiquement sur écoute.

Plummer envisagea ce que pouvait mitonner l'ambassadeur Simathna. Il envisageait trois possibilités. Il avait pu transmettre l'information au chef de l'État, le général Qureshi. Auquel cas, soit la capitale, soit l'ambassade pouvaient diffuser un communiqué de presse condamnant New Delhi pour sa duplicité. Bien entendu, les Indiens nieraient l'accusation avec véhémence. Ce qui rassemblerait les peuples autour de leurs dirigeants respectifs et ferait croître encore la tension d'un cran. En particulier à l'Op-Center, qui se verrait à coup sûr cité comme source par Islamabad.

La deuxième possibilité était qu'il n'y ait pas de communiqué de presse. Pas encore. Au lieu de cela, Qureshi et les généraux de son Conseil de sécurité nationale prépareraient une première frappe rapide, impitoyable contre l'Inde. Cela en vue de détruire le maximum possible d'installations nucléaires stratégiques avant de diffuser les renseignements fournis par l'Op-Center. Ce qui aurait pour effet d'entraîner dans le conflit les États-Unis, devenus par la force des choses les alliés du Pakistan.

Hood et Plummer savaient déjà que ces deux éventualités étaient possibles. Ils avaient simplement espéré voir triompher la raison. Dans l'ensemble, l'ambassadeur Simathna était un homme raisonnable.

Ce qui autorisait Plummer à fonder des espoirs sur une troisième hypothèse, qu'il baptisait « le cent quatre-vingts ». C'était une option qu'aucun expert n'avait envisagée, un développement qui allait à cent quatre-vingts degrés du sens commun. C'était les Alliés débarquant sur les plages de Normandie plutôt qu'à Calais durant la Seconde Guerre mondiale. C'était Harry Truman battant Thomas Dewey lors de la présidentielle de 1948.

Les derniers mots de Simathna, sur ces fameuses « notes complémentaires » auxquelles Plummer n'avait pas eu accès, lui donnaient l'espoir de voir se réaliser ce cent quatre-vingts.

La porte s'ouvrit alors que Plummer lisait le document vieux de près d'un siècle signé par Aga Khan III.

« Je suis souvent à votre place pour contempler ce document, déclara l'ambassadeur en entrant dans la pièce. Il me rappelle le rêve dont j'ai l'honneur d'être un des gardiens. »

Le Pakistanais referma la lourde porte et se dirigea vers le bureau. Il semblait un peu plus distrait qu'auparavant. Cela pouvait être un bien ou un mal pour Plummer. Soit la diplomatie avait triomphé et Islamabad laisserait à Mike Rodgers le temps d'essayer d'achever sa mission. Cela voulait dire que l'ambassadeur serait soit le héros soit le bouc émissaire. À moins que les descendants d'Aga Khan III ne s'apprêtent à rédiger une nouvelle version de la charte de la Ligue des musulmans. Qui serait marquée dans les livres d'histoire au plutonium 239.

Simathna passa rapidement derrière son bureau. Il indiqua le siège placé en face. Plummer s'assit après l'ambassadeur. Ce dernier tourna alors un poste téléphonique vers l'agent de liaison politique.

« Voudriez-vous, je vous prie, appeler M. Hood pour lui demander de vous passer le général Rodgers, dit Simathna. Je dois parler avec eux deux. »

Plummer s'avança dans son fauteuil. « Qu'allez-vous leur dire ?

— Je me suis entretenu avec le général Qureshi et les membres du Conseil national de sécurité, lui dit l'ambassadeur. Il régnait une profonde inquiétude mais aucune panique. Des préparatifs sont discrètement en cours pour activer les systèmes de défense et les politiques déjà définies. Si ce que vous dites de cette Indienne est vrai, nous pensons que l'escalade est inutile.

— Comment l'Op-Center peut-il vous aider ? » insista Plummer.

L'ambassadeur lui dévoila ce dont les dirigeants de son pays avaient débattu. Leur plan était plus qu'un cent quatre-vingts. C'était une option que l'Américain n'aurait jamais pu imaginer.

Plummer se rendit compte aussi qu'un tel plan était terriblement risqué. Les Pakistanais pouvaient rechercher un allié dans une guerre contre l'Inde. Si l'ambassadeur trompait Plummer sur les intentions de son pays, la proposition placerait les États-Unis à l'épicentre de la conflagration.

Au sens propre.

Heureusement ou malencontreusement, tout ce que Plummer avait à faire, c'était donner le coup de téléphone.

C'est à Paul Hood que reviendrait la responsabilité de prendre la décision.

## 49.

## *Washington, DC,*
## *jeudi, 13 h 36*

Paul Hood était en train de piquer une tranche de pizza sur le bureau de son assistant quand on lui annonça l'appel de Ron Plummer. Hood fit signe à Bugs de demander à Bob Herbert de le rejoindre. Puis il retourna précipitamment à son bureau pour prendre la communication.

« Qu'avez-vous obtenu ? » demanda-t-il en décrochant. Il entendit dans l'écouteur une légère réverbération, signe que l'appel était passé sur haut-parleur. Il fit de même.

« Paul, je suis ici avec l'ambassadeur Simathna, dit Plummer. Il a une proposition.

— Bon après-midi, monsieur l'ambassadeur, dit Hood. Dites-moi comment nous pouvons vous aider. »

Herbert entrait à l'instant avec son fauteuil ; il referma la porte derrière lui.

« Avant tout, directeur Hood, je tiens à vous présenter mes condoléances pour la perte tragique de votre unité d'Attaquants, ainsi que la gratitude de mon gouvernement pour ce que vous tentez de réaliser.

— Merci », répondit Hood. L'ambassadeur lui semblait un peu trop compatissant. Il avait à l'évidence découvert que le but initial de la présence de l'unité dans la région n'était pas d'aider à stopper l'agression indienne.

Herbert se montra un peu plus direct. Le chef du renseignement agita le poing de haut en bas.

« En second lieu, mon gouvernement a un plan susceptible d'aider le général Rodgers et son personnel, poursuivit Simathna. Comme je l'ai déjà expliqué à M. Plummer, il exigera que votre gouvernement accepte que les détails de l'opération demeurent confidentiels.

— Je ne suis pas en position de m'exprimer au nom du gouvernement, seulement en mon nom propre, nota Herbert. Mais, si vous m'exposez votre idée, j'en ferai part aussitôt aux personnes à même d'offrir ces garanties. »

Paul était sur des charbons ardents. Des secondes vitales, et peut-être même des vies humaines, s'envolaient alors que l'ambassadeur et lui prenaient des poses. Mais c'était le jeu de la diplomatie.

« Le plan propose que votre groupe se dirige vers un site de missiles nucléaires que nos militaires ont installé sur le glacier, expliqua l'ambassadeur. Il est commandé à distance et doté à l'intérieur de caméras de vidéosurveillance. L'Indienne peut transmettre sa déclaration depuis l'intérieur du silo. »

Hood dévisagea Bob Herbert. Mike Rodgers était invité à rendre visite à l'un des silos que les Attaquants avaient eu justement pour mission première de découvrir. L'ironie de la proposition était presque douloureuse. La difficulté, c'était toutefois d'évaluer les dangers inhérents à un tel plan.

« Monsieur l'ambassadeur, voulez-vous m'excuser une minute ? demanda Hood.

— Compte tenu de la situation, je ne pourrai vous accorder guère plus, observa son interlocuteur.

— Je comprends, monsieur, mais j'ai besoin de conférer avec l'un de mes collaborateurs.

— Bien entendu, faites. »

Hood mit la sourdine au micro. « Que vous dit votre petit doigt, Bob ? Est-ce qu'ils nous manœuvrent ?

— Mon vieux, je n'en sais trop rien, admit Herbert. Mon petit doigt me dit que nos gars ont besoin de gagner au plus vite le refuge le plus proche pour s'abriter du froid. Plus j'examine les photos de ce glacier, plus je me dis qu'ils n'arriveront jamais à le traverser avec les seuls équipements et réserves dont ils disposent. Et les prévisions météo pour la région sont calamiteuses. Il va faire aux alentours de moins vingt-cinq avant minuit. Mais je dois vous dire une chose. Parmi tous les abris où ils pourraient se rendre, un silo nucléaire pakistanais serait bien le dernier que je choisirais.

— Je suis d'accord sur tous les points, répondit Hood. Le problème est que nous devons également amener Nanda Kumar devant une caméra le plus vite possible.

— Nanda, oui, admit Herbert. Le problème est pour Mike et Ron Friday. Si les Pakistanais les ont sur une vidéo, nul ne sait quel coup tordu Islamabad pourrait bien mitonner. Ils pourraient couper la piste son et diffuser la vidéo aux médias en racontant que Mike et Friday sont là au titre de conseillers techniques. Vous imaginez la réaction en Inde, en Russie, en Chine et Dieu sait où encore ? Un général et un espion américains travaillant sur un site de missiles nucléaires pakistanais ?

— Ils diraient que nous sommes mouillés depuis le début dans l'opération des Pakistanais, admit Hood. C'est juste que je ne vois pas d'autre option viable… »

Herbert hocha la tête. « Rien ne me vient dans l'immédiat, à moi non plus.

— Dans ce cas, allons-y en tâchant de voir où nous mettons les pieds, lui dit Hood. La première chose à faire est d'essayer d'avoir Brett. Voir déjà s'il peut contacter Mike.

— Je m'y mets, dit Herbert.

— De mon côté, je vais demander à Simathna de me fournir les coordonnées du silo de missile. J'appellerai ensuite Hank Lewis, le sénateur Fox et le président pour leur faire part de nos intentions.

— Vous n'aurez le soutien ni de Fox ni du président, observa Herbert.

— Je sais, mais je ne pense pas non plus qu'ils interrompront l'opération. Nous sommes allés déjà trop loin. Si Mike et Friday traversent la Ligne de contrôle avec le commando pakistanais, Islamabad racontera que les États-Unis les auront aidés à s'échapper. Ce serait presque aussi désastreux. »

Herbert acquiesça. Il fit pivoter son fauteuil pour gagner un coin de la pièce avant de composer le numéro de TAC-SAT sur le téléphone intégré à l'accoudoir.

Pendant ce temps, Paul Hood reprit la communication avec Simathna. Il coupa l'ampli pour ne pas gêner Herbert.

« Monsieur l'ambassadeur ?

— Je suis toujours là.

— Merci pour votre patience, monsieur. Nous sommes tombés d'accord pour estimer que votre proposition devait être poursuivie.

— "Poursuivie", répéta l'ambassadeur. Dois-je comprendre que vous envisagez d'autres actions ?

— Pas pour l'instant.

— Mais vous pourriez..., insista l'ambassadeur.

— C'est possible, admit Hood. À l'heure actuelle, nous ne sommes même pas certains de pouvoir toucher le général Rodgers, sans parler de lui faire gagner le silo. Nous ignorons également l'état de ses compagnons.

— Je mesure vos incertitudes, mais vous devez comprendre mon inquiétude. Nous ne désirons pas vous fournir la position de notre silo défensif si votre officier ne doit pas en faire usage. »

Leur dialogue était en train de devenir un exercice d'esquive, pas de coopération. Hood devait y remédier, surtout s'il devait confier le sort de Mike Rodgers à cet homme.

« Je comprends parfaitement, monsieur l'ambassadeur. »

Soudain, Herbert se tourna. Il hocha la tête.

« Un instant, monsieur l'ambassadeur », dit soudain Hood. Il écrasa la touche sourdine. « Qu'est-ce qu'il y a, Bob ?

— Brett n'arrive pas à contacter Mike. »

Hood étouffa un juron.

« Tout ce qu'il capte, c'est une pluie de parasites, poursuivit Herbert. Sharab lui indique qu'il n'y aura pas d'accalmie de la météo avant cinq ou six heures.

— Ça ne nous aide pas beaucoup. »

Hood réfléchit un moment. Ils avaient des milliers de satellites dans les airs et des avant-postes dans toute la région. Il devait bien y avoir un moyen de faire parvenir un message à Mike Rodgers.

Ou à quelqu'un avec lui, pensa Hood, soudain.

« Bob, on devrait peut-être pouvoir faire quelque chose. Dites à Brett qu'on le recontacte dans quelques minutes. Puis appelez-moi Hank Lewis.

— Entendu. »

Hood remit le micro. « Monsieur l'ambassadeur, pouvez-vous rester en ligne ?

— La sécurité de mon pays est en jeu, observa son interlocuteur.

— Dois-je comprendre "oui", monsieur ? » insista Hood. Il n'avait pas le temps à perdre en laïus.

« C'est oui, cent fois oui, monsieur Hood.

— M. Plummer est-il toujours avec vous ?

— Je suis là, Paul, intervint Plummer.

— Bien. J'aurai besoin de votre aide.

— Je comprends.

— Je vous mets tous les deux sur l'ampli pour que vous puissiez tous les deux prendre part aux événements », dit Hood.

L'ambassadeur le remercia.

Simathna paraissait sincère. Hood l'espérait. Parce que, s'il faisait quoi que ce soit pour compromettre la mission, il le saurait aussitôt.

Ron Plummer y veillerait.

## 50.

## *Glacier de Siachen, jeudi, 23 h 40*

C'était bien la dernière chose que Ron Friday se serait attendu à sentir.

Alors qu'il s'approchait du corps agenouillé d'Apu Kamar, Friday sentit le téléphone mobile se mettre à vibrer dans sa poche de gilet. L'appel ne pouvait émaner que de la NSA. Mais il était absolument impossible que le signal puisse l'atteindre ici. Pas avec ces montagnes cernant le glacier, pas à cette distance des mâts d'émission du Cachemire, pas avec le blizzard qui fouettait les pics dans la nuit. La friction des particules de glace engendrait en effet des décharges électrostatiques qui rendaient difficiles même les communications par talkie-walkie.

Pourtant, la ligne téléphonique était bel et bien active. C'était absurde, comme s'il voyageait dans le métro de Washington au lieu de se trouver sur un glacier perdu au milieu de l'Himalaya. Friday s'immobilisa et laissa l'arme glisser à nouveau dans sa poche. Il mit la main à l'intérieur de son anorak, sortit le téléphone, pressa la touche conversation.

« Oui ?

— Est-ce bien Ron Friday ? » demanda le correspondant d'une voix parfaitement audible.

« Et à qui ai-je l'honneur ? lança Friday, incrédule.

— Colonel Brett August, des Attaquants, dit son interlocuteur.

— Des Attaquants ? Où êtes-vous ? Quand vous êtes-vous posés ?

— Je suis avec Sharab dans les montagnes qui dominent votre position, répondit August. Je vous appelle sur notre TAC-SAT. Le directeur Lewis nous a donné votre numéro et le code d'appel 1272000. »

C'était bien le bon numéro d'identification du directeur de la NSA pour les transmissions codées. Malgré tout, Friday demeurait méfiant.

« Combien êtes-vous, là haut ?

— Nous ne sommes que trois, l'informa August.

— Trois ? Que s'est-il passé ?

— Nous avons été pris sous le feu de l'armée indienne. Le général Rodgers est-il avec vous ?

— Non, répondit Friday.

— Il faut absolument que vous le guettiez pour établir la jonction avec lui.

— Où est-il ?

— Le général a gagné la Vallée de la Mangala et se dirige vers l'est, dit August. Il a eu votre position approximative grâce à nos satellites.

— La vallée », dit Friday. Ses yeux glissèrent vers la direction où Samouel progressait dans l'obscurité. « Elle est juste devant nous.

— Bien. Dès que vous avez établi la jonction, vous devez vous rendre à ces coordonnées sur votre carte de reconnaissance aérienne, poursuivit August.

— Quittez pas… le temps que je la sorte », dit Friday.

L'Américain s'accroupit et posa le téléphone sur la glace. Il sortit de sa poche la carte avec un stylo. Il essaya bien de déchiffrer la carte à la lueur verte de l'écran du téléphone mais c'était impossible. Il dut allumer une de ses torches. L'éclat soudain le fit grimacer. Il essaya de planter la branche dans le glacier mais la surface était trop dure. Apu se pencha pour la lui tenir. Friday resta accroupi, la carte étalée devant lui.

« Je suis prêt, dit-il cependant que ses yeux s'accoutumaient à la lumière.

— Allez à dix-sept virgule trois degrés nord, vingt et un virgule trois degrés est », lui dit August.

Friday regarda aux coordonnées indiquées. Il ne vit absolument rien sur la carte, hormis une vaste étendue de glace.

« Il y a quoi, là-bas ?

— Je n'en sais rien, lui dit le colonel.

— Pardon ?

— Je n'en sais rien, répéta August.

— Alors qui le sait ? insista Friday.

— Je n'en sais rien non plus, admit le colonel. Je ne fais que relayer les ordres de nos supérieurs à l'Op-Center et à la NSA.

— Eh bien, moi je ne me lance pas dans des missions à l'aveuglette », protesta Friday tout en continuant d'étudier la carte. « Et je constate que, si l'on se rend aux coordonnées que vous m'avez transmises, cela nous éloignera de la Ligne de contrôle.

— Écoutez, fit August. Vous savez ce qui est en jeu dans la région. Washington aussi. Ils ne vous demanderaient pas d'aller là-bas si ce n'était pas important. Moi, je me retrouve coincé ici avec mes forces réduites à rien, et l'armée indienne à mes pieds. Je dois faire avec. Moi ou William Musicant, on vous rappellera dans deux heures avec d'autres informations. C'est à peu près le temps qu'il devrait vous falloir pour rejoindre les coordonnées depuis l'entrée de la vallée.

— À supposer qu'on y aille, s'entêta Friday.

— Je suppose que vous suivrez les ordres comme le faisaient mes hommes, dit le colonel. August terminé. »

La communication fut coupée. Friday éteignit son téléphone et le déposa. L'arrogant fils de pute.

La voix de Nanda s'éleva de l'obscurité. « Qu'est-ce qu'il y a ? » demanda-t-elle.

Friday resta accroupi sans bouger. La torche faisait fondre la glace à côté de lui mais la chaleur était agréable. La femme n'avait manifestement pas vu ce qu'il s'apprêtait à faire avant que le vibreur du téléphone ne se manifeste.

« Les messieurs je-sais-tout de Washington ont un nouveau plan pour nous mais ils ne veulent pas nous dire lequel, expliqua Friday. Ils veulent que nous nous rendions à un point sur la carte pour y attendre leurs instructions. »

Nanda s'approcha. « Lequel ? »

Friday le lui montra.

« Le milieu du glacier, commenta-t-elle.

— Vous avez une idée de ce qui pourrait s'y trouver ?

— Non, aucune.

— J'aime pas ça. Je ne sais même pas si c'était bien le colonel August, au bout du fil. L'armée indienne aurait très bien pu le capturer, le contraindre à leur fournir le numéro de code.

— Il n'en a rien été », dit une voix jaillie des ténèbres.

Friday et Nanda sursautèrent à l'unisson. L'Américain saisit la torche et la brandit sur sa gauche. C'était la direction d'où était provenue la voix.

Un homme approchait. Il était en combinaison blanche de chasseur alpin avec un gilet d'équipement de l'armée américaine et il portait une lampe de poche. Samouel le suivait, légèrement en retrait. Friday fit passer la torche dans sa main gauche. Il remit discrètement la main droite dans sa poche d'anorak où se trouvait le flingue, puis se releva.

« Je suis le général Mike Rodgers du commando d'Attaquants, dit le nouveau venu. Je présume que vous êtes Friday et Mlle Kumar.

— Oui », dit la femme.

Friday n'était pas ravi d'avoir de la compagnie. Pour commencer, il voulait être sûr que l'homme était bien celui qu'il prétendait être. Il l'étudia attentivement tandis qu'il approchait. Il n'avait pas l'air d'avoir le type indien. En outre, ses joues et le tour de ses yeux étaient à vif et rougis par le froid et le vent. Tout portait à croire qu'il avait fait du chemin pour arriver jusqu'ici.

« Comment savez-vous que c'était bien August qui m'a appelé ? demanda Friday.

— Le colonel August a passé plusieurs années aux bons soins des Nord-Viêtnamiens, dit Rodgers. Il ne leur a jamais rien révélé de ce qu'ils désiraient savoir. Rien n'a changé. Pourquoi vous a-t-il contacté ?

— Washington veut que nous nous rendions à un point situé au nord-est d'ici, à l'écart de la Ligne de contrôle, répondit Friday. Mais ils ne nous ont pas dit pourquoi.

— Bien sûr que non. Si nous sommes capturés par l'ennemi, nous ne pourrons pas leur révéler notre destination. » Il ôta sa radio, l'essaya. Ne capta que des parasites. « Comment le colonel August vous a-t-il contacté ?

— TAC-SAT vers téléphone mobile, répondit Friday.

— Pas con. Il tient le coup ? »

Friday acquiesça. Aussi longtemps qu'August parvenait à éloigner les Indiens de leur piste, peu lui importait de savoir comment résistait la meute.

Rodgers s'approcha d'Apu et lui tendit la main. De l'eau avait commencé à se former autour des pieds de sa petite-fille.

« Je suggère qu'on se remette en route avant de geler sur place.

— Alors, c'est comme ça ? protesta Friday. Vous avez décidé qu'on devait s'enfoncer un peu plus sur le glacier ?

— Non. Pas moi. Washington », rectifia Rodgers. Il aida la jeune femme à se relever mais sans quitter des yeux Friday.

« Même si on ne sait pas où on va, répéta ce dernier.

— Surtout parce qu'on ne le sait pas. S'ils veulent garder secret l'objectif, c'est que ce doit être important. »

Friday ne disait pas non. C'est juste qu'il ne se fiait pas aux gens de Washington pour décider à sa place de ce qui valait mieux pour lui. Pour couronner le tout, il méprisait Rodgers. Il n'avait jamais aimé les militaires. Une bande d'animaux qui comptaient voir tous les autres obéir aux ordres du chef de la meute, se conformer aux plans de la meute, même si cela signifiait mourir pour celle-ci. Résister à ceux qui les avaient capturés au lieu de coopérer pour le bien de tous. Ce n'était pas son style. C'était la raison qui le faisait travailler en solo. Un homme seul pouvait toujours trouver moyen de survivre, de s'en tirer.

Nanda et Samouel s'étaient rapprochés. Si l'Indienne avait décidé de poursuivre sa route vers la Ligne de contrôle, Friday l'aurait accompagnée. Mais si elle se joignait à Rodgers, il n'aurait d'autre choix que de suivre le mouvement.

Pour le moment.

Friday éteignit la torche en la retournant sur la glace fondue. L'eau regèlerait en quelques secondes et il pourrait toujours éliminer la carapace de glace s'ils en avaient besoin de nouveau.

Le groupe poursuivit sa route sur le glacier, Samouel ouvrant la marche, suivi de Rodgers et Nanda aidant Apu. Friday gardait la main droite dans la poche, sur la crosse de son arme. Si, à un moment quelconque, il n'aimait pas la tournure que prenaient les événements, il remettrait tout le monde sur le cap initial.

Avec ou sans le général Rodgers.

# 51.

## *Pics d'Himachal, jeudi, 23 h 41*

La journée avait été rude pour le commandant Dev Puri et les deux cents hommes de son régiment d'élite de première ligne. Leur mission était censée consister en un ratissage systématique des contreforts de la chaîne du Grand Himalaya. Au lieu de cela, elle s'était muée en une marche forcée ponctuée d'incroyables rapports de renseignement, d'ennemis inattendus, de stratégies fluctuantes et d'incessants changements d'objectifs.

Le plus récent bouleversement était le plus risqué. Il comportait le danger d'attirer l'attention des forces frontalières pakistanaises. À cause de la mission de Puri, il devenait bien plus aisé pour l'ennemi de franchir la Ligne de contrôle à la hauteur de la Base 3.

Les soldats indiens avaient marché quasiment sans un seul instant de repos depuis qu'ils avaient quitté les tranchées. Au début, le terrain était accidenté, sans plus. Puis l'altitude avait amené le froid et les murailles de vent. La réussite de l'attaque contre les parachutistes leur avait donné un coup de fouet au moral bienvenu pour la poursuite de leur traque du groupuscule de terroristes pakistanais. Mais l'obscurité et la neige fondue avaient bientôt refroidi leurs ardeurs alors qu'ils poursuivaient leur ascension. Et voilà qu'ils s'apprêtaient à en entamer une qui allait mobiliser leur énergie jusqu'à l'extrême limite. Sans parler de l'inconnue que restaient la force et la position exacte de l'ennemi. Ce n'était pas ainsi que le commandant Puri aurait envisagé de mener campagne.

Près de huit heures auparavant, les soldats indiens avaient commencé à serrer les rangs au pied de la Tour de Gompa dans les arêtes de l'Himachal. Les derniers rapports que Puri avait reçus signalaient que des soldats américains étaient largués pour aider les terroristes à regagner le Pakistan par la Ligne de contrôle. C'était la destination qu'avaient prise les parachutistes. Le groupuscule de Pakistanais était sans aucun doute là-bas, lui aussi. Ils n'avaient pas d'autre passage possible sinon à travers les troupes indiennes. Les Pakistanais étaient sans aucun doute épuisés et relativement désarmés maintenant que les Américains avaient été stoppés. Malgré tout, le commandant Puri se gardait bien de les sous-estimer. Il ne prenait jamais à la légère un adversaire quand celui-ci avait l'avantage d'une position surélevée.

Le plan qu'il avait élaboré avec ses lieutenants était de faire escalader le pic à vingt-cinq hommes tandis que le reste de l'unité les couvrait d'en bas à l'aide de fusils à longue portée munis de lunettes de visée. Vingt-cinq autres éléments étaient prêts à se lancer à leur tour dans l'ascension s'il fallait des renforts. L'une ou l'autre escouade devait s'emparer du groupuscule. L'une ou l'autre devait s'attendre à subir des pertes. Malheureusement, le ministre de la Défense Kabir ne voulait pas attendre que les Pakistanais redescendent. Maintenant que les Américains avaient été tués, on ne manquerait pas d'interroger avec insistance Washington et New Delhi sur le sort des parachutistes. Le ministre faisait de son mieux pour retarder toute reconnaissance aérienne susceptible de localiser et rapatrier les dépouilles des Américains. Il avait déjà informé son Premier ministre que le régiment du commandant Puri était dans la région et indiquerait leur position aux Aigles de l'Himalaya. Ce que redoutait Kabir, c'était que des appareils de reconnaissance localisent les Pakistanais en même temps que les cadavres des paras. Le ministre de la Défense ne tenait pas du tout à ce que les terroristes soient capturés vivants.

Équipées de lunettes de vision nocturne et de torches électriques dotées d'écrans de protection, les troupes indiennes avaient déployé leur matériel d'escalade. Les soldats avaient détecté de faibles signatures thermiques au-dessus d'eux et savaient que l'ennemi était quelque part là-haut, à les attendre. Malheureusement, les vols de reconnaissance ne leur seraient plus d'un grand secours : les blizzards violents à cette altitude rendaient la visibilité comme la navigation difficiles. Et ce n'était pas en bombardant la région à l'aveuglette qu'ils arrêteraient les terroristes. Il y avait des grottes où ils pourraient se réfugier. De surcroît, on comptait plusieurs sectes d'anachorètes et des tribus de montagnards troglodytes qui vivaient sur les contreforts et dans certaines des cavernes les plus élevées. La dernière chose que voulait l'un ou l'autre camp, c'était la destruction collatérale des habitations ou des temples de ces populations neutres. Cela ne pourrait que les jeter, elles ou leurs soutiens internationaux, dans l'activisme politique ou militaire.

Les soldats indiens étaient presque arrivés à mi-préparatifs de leur ascension quand le commandant Puri reçut par radio un communiqué étonnant. Un peu plus tôt dans la journée, un hélicoptère en patrouille de routine avait signalé ce qui ressemblait à l'épave d'un appareil au fond de la vallée de la Mangala. Il n'y avait toutefois pas de place pour permettre à l'hélico de descendre rechercher d'éventuels survivants. Le commandant Puri avait donc dépêché une escouade de quatre soldats pour aller ratisser la zone. Deux heures auparavant, les hommes avaient confirmé par radio la découverte d'un hélicoptère abattu. Apparemment un Ka-25. Mais l'épave était tellement endommagée par le feu qu'ils ne pouvaient l'affirmer avec certitude. Puri appela le centre de transmissions de la Base 3 qui aussitôt vérifia les plans de vol auprès du ministère de l'Air. Aucun hélicoptère n'avait reçu de mission spéciale dans la région.

Comme l'appareil s'était écrasé dans une vallée étroite, les secours ne seraient pas envoyés avant le lendemain. Un parachutage de nuit serait par trop risqué, et de toute manière, il n'y avait pas de survivants.

Une heure plus tard, le groupe de Puri découvrit les restes de dix parachutistes américains. Le commandant relaya l'information au ministre de la Défense. Celui-ci lui dit qu'il la garderait par-devers lui jusqu'à ce que le groupuscule soit capturé. Il avait déjà concocté un scénario dans lequel, à la suite d'une erreur regrettable, le détachement indien, ayant pris les Américains pour des Pakistanais, les avait tous abattus.

Ce qui surprit l'escouade de reconnaissance fut ce qu'ils découvrirent sur le corps de l'un des soldats américains. Une femme noire, suspendue par son parachute à un escarpement rocheux. Il y avait un talkie-walkie dans sa ceinture d'équipements. De temps en temps, la diode rouge « signal » clignotait. Quelqu'un tentait de la contacter ou de contacter quelqu'un d'autre sur cette fréquence. Ce qui voulait dire que tous les paras n'avaient pas été tués. Malheureusement, les soldats indiens ne pouvaient pas le confirmer. Tout ce qu'ils captaient par radio, c'étaient des parasites.

Puri s'attendait à découvrir ces survivants dans les pentes au-dessus d'eux, avec les Pakistanais. Mais l'unité dépêchée dans la Vallée de la Mangala avait utilisé des lunettes infrarouges pour scruter la région. Et abouti à un scénario différent.

« Nous détectons une source de chaleur très intense, quelques kilomètres au nord-est », avait signalé le sergent Baliah, chef de l'unité de reconnaissance. « Une source bien localisée, sur le glacier.

— Il pourrait s'agir d'autochtones », hasarda Puri.

Plusieurs groupes de montagnards comme les Tarari vivaient en effet au pied des derniers contreforts des chaînes entourant le glacier. Ils chassaient souvent la nuit le petit gibier voire les gazelles qui revenaient gagner leurs antres et leurs tanières. Ils profitaient également de l'obscurité pour poser des pièges destinés aux prédateurs qui chassaient au petit matin. Les Tarari ne mangeaient pas les loups et les renards mais employaient leur fourrure pour se vêtir. Les pièges permettaient en outre de réguler leurs populations et ainsi d'éviter une raréfaction des proies.

« C'est un peu trop à l'ouest pour ces peuplades, remarqua Baliah. Par ailleurs, la signature thermique est inférieure à celle que nous obtiendrions d'une rangée de torches. Non, je me demande si ça ne pourrait pas être certains des Américains. Si leur équipement s'est trouvé endommagé lors du saut, ils pourraient avoir allumé un feu de camp.

— Ça fait combien, au juste, tes "quelques" kilomètres ? s'enquit le commandant.

— Approximativement quatre, indiqua Baliah. Ce que je ne pige pas, c'est pourquoi les Américains auraient quitté la vallée. Les conditions climatiques y sont nettement plus clémentes. Ils ne peuvent pas ne pas avoir vu la glace.

— Les rescapés auront pu découvrir l'épave de l'hélicoptère et anticipé la venue d'une unité de reconnaissance. Ils auront obliqué pour l'éviter, suggéra le commandant.

— Mais, dans ce cas, pourquoi avoir laissé la radio ? se demanda tout haut le sergent. Ils auraient pu aisément l'escamoter. Et supprimer ainsi toute preuve qu'il restait des survivants.

— À moins au contraire qu'elle n'ait été placée exprès pour qu'on la découvre, envisagea Puri. Et ainsi nous induire sur une fausse piste. » Et pourtant, alors même qu'il l'énonçait, le commandant se rendit compte que son hypothèse ne tenait pas la route. Finalement non, les Américains n'auraient pas pu savoir qu'une unité de reconnaissance se portait vers le site.

Puri se mit à envisager d'autres scénarios plausibles. L'hélicoptère était sans doute dans la vallée en appui à l'opération clandestine des Américains. Peut-être était-il sur zone pour exfiltrer les soldats une fois leur mission achevée. Ce qui expliquerait l'absence de plan de vol. Peut-être les Américains étaient-ils juste censés faire jonction avec les Pakistanais et les raccompagner jusqu'à la frontière.

Et puis, cela le frappa comme une évidence : peut-être était-ce toujours leur objectif.

« Sergent, demanda-t-il aussitôt, pouvez-vous vous porter au pas redoublé vers la source de chaleur ?

— Affirmatif, répondit Baliah. Que pensez-vous qu'il se passe, mon commandant ?

— Je ne suis pas sûr, lui confia l'officier. Il est possible que certains Américains aient survécu au largage et qu'ils aient rejoint le groupuscule de Pakistanais sur notre plateau. Mais d'autres paras auraient pu avoir été déportés par le vent à l'extérieur de la vallée.

— Et vous pensez que les deux groupes essaieraient de rester en contact par talkie-walkie pour se retrouver ?

— C'est possible », admit Puri.

Le commandant leva les yeux pour embrasser du regard les contreforts du plateau que ses hommes s'apprêtaient à gravir. Le pic était obscur mais il en devinait les contours aux nuages qui s'accummulaient contre ses flancs. Hormis la présence des paras américains, rien ne l'assurait que le groupuscule se trouvait bien là-haut. Et si tel n'était pas le cas ? Si le largage américain n'avait été qu'une feinte ? Le trajet le plus court pour rejoindre le Pakistan depuis cette région passait par le glacier de Siachen et le secteur de la Base 3.

Pile à travers son secteur de commandement.

« Sergent, poursuivez l'élément sur le Siachen, décida Puri. Je m'en vais réquérir un appui aérien immédiat dans cette zone.

— De nuit ?

— De nuit, confirma Puri. Le capitaine Anand connaît la région. Il peut mener un hélicoptère de combat sur la cible. Je veux que vous soyez sur place au cas où un ennemi serait présent et se planquerait pour se placer hors d'atteinte des roquettes.

— On y va, répondit le sergent. Vous aurez un rapport dans deux heures environ.

— Ça devrait en gros correspondre à l'heure d'arrivée de l'hélico, observa Puri. Bonne chance, sergent. »

Le sous-officier le remercia et coupa la communication.

Le commandant se porta vers son officier de transmissions et lui demanda d'appeler la base. Il comptait informer le capitaine Anand et mettre en œuvre la reconnaissance aérienne. Il veillerait toutefois à ce que l'opération demeure aussi discrète que possible. Anand devait mobiliser un seul hélico et limiter au strict nécessaire les communications avec la base. Même si les Pakistanais ne pouvaient interpréter les messages codés, un soudain accroissement du trafic radio risquait de leur donner l'alerte.

En attendant d'avoir le capitaine Anand, le commandant dit au lieutenant responsable de l'ascension d'achever les préparatifs mais de suspendre provisoirement l'opération. Ils pouvaient se permettre d'attendre deux heures avant de se risquer sur les pentes de la falaise. Après tout, les Pakistanais sur le plateau ne risquaient d'aller nulle part.

En admettant qu'il y ait effectivement des Pakistanais là-haut.

# 52.

## *Glacier de Siachen, vendredi, 00 h 00*

Quand Mike Rodgers était en camp d'entraînement, son sergent instructeur lui avait dit un truc qu'il s'était absolument refusé à croire.

Le S. I s'appelait Glen « le Marteau » Sheehy. Et le Marteau disait que, lorsqu'un adversaire était touché lors d'une attaque, il y avait de bonnes chances qu'il ne ressente rien.

« L'organisme ignore toute agression non létale, lui avait dit l'instructeur. Je ne sais trop quelle substance interne se déverse comme le feraient des renforts pour engourdir la douleur d'un coup de poing, d'un coup de poignard, voire d'un coup de feu, et susciter le besoin de riposter. »

Rodgers n'y avait pas cru jusqu'au moment où il se retrouva pour la première fois de sa vie dans un corps-à-corps au Viêt-nam. Deux unités de reconnaissance américaine et viêtcong s'étaient retrouvées nez à nez lors d'une patrouille au nord de Bo Duc, près de la frontière du Cambodge. Rodgers avait reçu un coup de couteau en haut du bras gauche. Mais il ne s'en était rendu compte qu'après la bataille. Un de ses copains avait reçu une balle dans la fesse mais avait continué. Après que leur unité fut revenue au camp et que les toubibs eurent raccommodé les survivants, un des potes de Rodgers lui donna un bandana noir sur lequel était inscrit en rouge au crayon gras : « Ça ne fait mal que lorsque j'arrête de me battre. »

C'était vrai. De plus, on n'avait pas le temps d'avoir mal. Pas quand d'autres existences dépendaient de vous.

La réalité de la perte des Attaquants hantait Rodgers à chaque seconde. Mais la douleur n'avait pas encore fait son chemin. Il était trop occupé à rester concentré sur l'objectif qui les avait menés ici.

Rodgers avait les jambes lasses tandis qu'avec son groupe ils traversaient le paysage le plus désolé qu'il ait jamais connu. La glace était lisse comme le verre et difficile à négocier. Nanda et Samouel glissaient de plus en plus souvent. Rodgers n'était pas mécontent d'avoir gardé ses crampons, malgré leur poids. Il continuait d'aider Apu Kemar à progresser. Le vieux paysan avait le bras gauche passé autour du cou de Rodgers et ils se trouvaient sur une pente douce. Il lui fallait quasiment hisser le vieillard qui traînait les pieds sans trop faire d'effort. Rodgers soupçonnait que son unique motivation était le désir de voir sa petite-fille en lieu sûr. L'officier américain l'aurait aidé, de toute manière, mais cette attitude le touchait.

Apparemment, ce n'était pas un sentiment partagé par Ron Friday.

Friday s'était tenu plusieurs pas en retrait derrière Rodgers, Apu et Nanda. Samouel ouvrait toujours la marche, allumant sa torche électrique à intervalles réguliers. Juste avant la fin de la première heure de marche, Friday se porta à la hauteur de Rodgers. Il haletait, la respiration ponctuée de petites bouffées de vapeur blanche.

« Vous vous rendez compte que vous risquez de compromettre le reste de cette mission en le traînant avec nous », observa l'agent de la NSA.

Il avait beau parler à voix basse, sa voix portait dans l'air calme et froid. Rodgers était sûr que Nanda l'avait entendu.

« Je ne vois pas les choses comme ça, répondit Rodgers.

— Le retard est exponentiel, poursuivit Friday. Plus le temps passe, plus il faiblit et plus il nous ralentit.

— Dans ce cas, partez devant.

— C'est ce que je vais faire. Avec Nanda. De l'autre côté de la frontière.

— Non ! s'exclama-t-elle, catégorique.

— Je ne vois pas pourquoi vous tenez vraiment à vous fier à ces enculés de Washington, continua Friday. Nous sommes ici au plus près de la frontière. Elle n'est qu'à vingt minutes, une demi-heure au nord. Des troupes en ont sans doute été retirées pour aller occuper la ligne d'incursion.

— En partie, seulement, admit Rodgers. Pas toutes.

— Bien assez, rétorqua Friday. Filer direct là-bas, c'est quand même plus logique que de continuer encore une heure vers le nord-est pour aller Dieu sait où.

— Pas pour ceux à qui nous rendons compte, lui rappela Rodgers.

— Ils ne sont pas ici. Ils n'ont aucune info précise. Ils ne sont pas à notre place.

— Ils ne sont pas des agents de terrain, souligna Rodgers. C'est justement pour ça qu'on a été formés.

— À la fidélité aveugle et stupide ? Ça aussi, ça faisait partie de votre formation, général ?

— Non. À la confiance, rectifia Rodgers. Je respecte le jugement des hommes avec qui je travaille.

— C'est peut-être pour ça que vous vous êtes retrouvé au fond d'une vallée pleine de soldats refroidis. »

Mike Rodgers ne releva pas. Il valait mieux. Il n'avait ni le temps ni l'énergie de fracasser la mâchoire de ce type.

Friday était toujours à sa hauteur. Il secoua la tête.

« Combien de catastrophes faut-il qu'un militaire se prenne sur la gueule avant qu'il se décide à prendre des initiatives ? Merde, votre Herbert n'est même pas officier supérieur. Vous recevez des ordres d'un civil.

— Et vous, vous donnez des leçons.

— Laissez-moi vous demander un truc, poursuivit Friday. Si vous saviez que vous pouvez traverser la Ligne de contrôle et conduire Nanda dans un lieu sûr d'où elle pourrait raconter son histoire, est-ce que vous désobéiriez aux ordres ?

— Non, répondit Rodgers.

— Pourquoi ?

— Parce qu'il pourrait y avoir dans tout ça un élément que nous ignorons.

— Quoi, par exemple ?

— Vous en voulez un ? Vous avez débarqué ici, piloté en hélico par un officier indien, au lieu d'attendre qu'on ait rejoint le groupuscule, enfreignant les instructions. Enfin, bon, vous détestez recevoir des ordres. Peut-être qu'on peut mettre ça sur le compte de l'impétuosité. Ou peut-être que vous collaborez avec la

SFF. Il se pourrait qu'en suivant votre suggestion de petit saut jusqu'à la frontière, on n'aboutisse jamais au Pakistan.

— C'est fort possible, reconnut Friday. Mais, dans ce cas, pourquoi ne vous ai-je pas réglé votre compte en bas dans la vallée ? J'aurais eu les coudées franches.

— Parce qu'à ce moment-là, Nanda aurait su qu'elle était perdue.

— Est-ce que vous pouvez garantir que ce n'est pas ce qui lui arrivera si elle se traîne à travers le glacier en votre compagnie ? »

Rodgers ne répondit pas. Friday avait un esprit acéré, chirurgical. Tout ce que le général pourrait dire serait aussitôt décortiqué et remodelé pour soutenir le point de vue de son interlocuteur. Avant de lui être renvoyé dans la figure. Rodgers ne voulait rien faire qui pût nourrir le doute dans l'esprit de Nanda.

« Réfléchissez un peu, poursuivit Friday. Nous suivons les instructions de bureaucrates de Washington sans savoir où nous allons ni pourquoi. On court dans les montagnes depuis des heures sans vivres ni repos. Il se peut même qu'on n'atteigne jamais le but, surtout si on commence à se bouffer le nez. Avez-vous envisagé que ce pourrait être un plan délibéré ?

— Monsieur Friday, si vous voulez traverser la Ligne de contrôle, je ne vous retiens pas.

— C'est ce que je vais faire », confirma son interlocuteur. Il se pencha, regarda Nanda. « Si elle vient avec moi, je la mènerai au Pakistan, en lieu sûr.

— Je reste avec mon grand-père, dit la femme.

— Vous étiez prête à l'abandonner tout à l'heure, lui rappela Friday.

— C'était tout à l'heure.

— Qu'est-ce qui vous a fait changer d'avis ?

— Vous, répondit-elle. Mon grand-père était à genoux et vous vous êtes approché de lui.

— J'allais lui porter secours.

— Je ne crois pas. Vous étiez en colère...

— Comment le savez-vous ? Vous ne pouviez pas me voir...

— J'ai entendu vos pas sur la glace.

— Mes pas ? lâcha Friday, avec dédain.

— Durant notre captivité, on restait assis dans la chambre à écouter les Pakistanais de l'autre côté de la porte, lui expliqua Nanda. On ne pouvait pas entendre ce qu'ils se disaient mais je suis toujours arrivée à deviner leurs sentiments rien qu'au bruit de leurs pas sur les planches du parquet – lents, rapides, légers, pesants –, leur façon d'arrêter, de repartir. La démarche de chacun révélait son humeur.

— J'allais l'aider, s'entêta Friday.

— Vous vouliez faire du mal à mon grand-père. Je le sais.

— Je ne pense pas, rétorqua l'Américain. Et qu'importe votre grand-père ! Des millions de gens risquent de finir au diable à cause de vous et, vous, vous venez me parler de la démarche de tel ou tel. »

Mike Rodgers ne voulait pas se mêler de leur querelle. Mais il ne voulait pas non plus la voir s'envenimer. Il n'était même plus sûr, désormais, d'avoir envie de garder Ron Friday. Il avait eu l'occasion de travailler avec des dizaines d'agents de renseignement durant sa carrière militaire. C'étaient par nature des loups solitaires mais il était rare, pour ne pas dire exclu, qu'ils enfreignent les ordres de leurs supérieurs. En tout cas jamais d'une manière aussi flagrante. Une des raisons qui les poussait à faire ce métier était justement le défi d'exécuter des ordres en dépit des circonstances.

Ron Friday était plus qu'un simple électron libre. Il semblait égaré. Rodgers le soupçonnait d'être mû par d'autres motivations. Qu'il le veuille ou non, il faudrait bien qu'il arrive à découvrir lesquelles.

« Nous allons sauver le grand-père de Nanda ainsi que tous ces millions de gens dont le sort vous importe tant, dit Rodgers d'une voix ferme. Et on va le faire en nous dirigeant au nord-est.

— Putain, mais vous êtes aveugle ! éclata Friday. Je suis cette affaire depuis le début. J'étais sur la place du marché au moment de l'attentat. J'ai flairé aussitôt la présence de deux poseurs de bombes, l'implication de la SFF, le double jeu de cette fille. » D'un geste menaçant, il désigna Nanda. « C'est des mecs qui tirent les ficelles que vous devriez vous méfier, pas d'un gars qui était au point zéro depuis le début. »

Friday était en train de perdre contenance. Rodgers n'avait aucune envie de gâcher son énergie à tenter de l'arrêter. Il voulait également voir où ce délire allait mener. Les gens furieux parlaient souvent trop.

Friday ralluma sa torche. La lumière fit cligner Rodgers. Il ralentit tandis que Friday passait devant eux et se retournait pour leur barrer le passage.

« Alors, c'est comme ça, hein ? lança l'agent de la NSA.

— Dégagez le passage, ordonna Rodgers.

— Bob Herbert aboie, Mike Rodgers se couche, et l'Op-Center reprend les rênes de la mission.

— Parce que c'est ça, le problème ? dit Rodgers. Vos états de service ?

— Je ne parle pas des honneurs, lâcha Friday. Je parle de notre gagne-pain. Qui est de recueillir et d'exploiter des informations.

— Le vôtre, corrigea Rodgers.

— Parfaitement, le mien, admit Friday. Je me mets en position pour apprendre des choses, rencontrer des gens. Mais nous, enfin notre pays, a besoin d'alliés au Pakistan et dans le monde musulman. Si nous restons sur ce glacier nous sommes toujours derrière les lignes indiennes. Ça ne nous rapporte rien.

— Vous n'en savez rien, objecta Rodgers.

— Exact. Mais ce que je sais, c'est que, si nous allons à Islamabad, avec l'aura d'Américains qui auront sauvé le Pakistan d'un anéantissement nucléaire, nous nous ouvrons un boulevard pour le renseignement et la coopération dans cette partie du monde.

— Monsieur Friday, ça, ça relève du calcul politique, pas de la tactique militaire. Si nous réussissons, alors Washington pourra en effet entamer des avancées sur les pistes que vous venez d'évoquer. »

Apu toujours accroché à lui, Rodgers voulut contourner Friday. La main de l'agent de la NSA se tendit pour l'arrêter.

« Washington est impuissant, dit Friday. Les politiciens vivent en surface. Ce sont des comédiens. Ils se lancent dans leurs disputes et leurs grands numéros pour complaire à leur public, pour que la populace puisse les applaudir ou les siffler. Les gens qui comptent, c'est nous. Nous qui creusons, forons les tunnels, contrôlons les conduits.

— Monsieur Friday, avancez », dit Rodgers.

C'était une question de pouvoir personnel. Rodgers n'avait pas le temps pour ça.

« Je vais avancer. Mais avec Nanda, et vers la Ligne de contrôle. À deux, on peut la franchir. »

Rodgers était sur le point de le bousculer pour passer quand il ressentit quelque chose. Une vibration sourde, rapide, sous la plante des pieds. Un instant après, elle s'accentua. Il la sentit remonter ses chevilles.

« Donnez-moi cette torche ! dit-il soudain.

— Quoi ? »

Rodgers se pencha pour s'adresser à Samouel, derrière Friday. « Samouel… n'allumez pas la lampe !

— Non, non, aucun risque. Je le sens moi aussi !

— Quoi donc ? fit Nanda.

— Merde », dit soudain Friday. Il le sentait manifestement lui aussi et savait ce que ça signifiait. « Merde. »

Rodgers lui prit des mains la torche. Surpris, l'agent de la NSA ne résista pas. Le général brandit la torche au-dessus de sa tête et projeta la lumière autour de lui. Il y avait une falaise de glace sur leur droite, à quatre cents mètres de distance à peu près. Elle s'étendait sur des kilomètres dans les deux directions. Son sommet se perdait dans l'obscurité.

Rodgers tendit la torche à Nanda.

« Gagnez ce pic, ordonna-t-il. Samouel ! Suivez Nanda ! »

Samouel courait déjà dans leur direction. « D'accord ! s'écria-t-il.

— Mon grand-père… ! dit Nanda.

— Je m'en occupe, promit Rodgers. (Il regarda Friday.) Tu voulais du pouvoir ? Tu l'as. Protège-la donc, fils de pute ! »

Friday tourna les talons et, mi-courant, mi-glissant, fila sur la glace aux trousses de Nanda.

Rodgers se pencha vers l'oreille du vieil Apu. « On va devoir avancer le plus vite possible. Accrochez-vous.

— Entendu », dit le vieillard.

Leur petit groupe se mit à filer cahin-caha en direction du pic. Les vibrations étaient à présent assez intenses pour ébranler tout le corps du général. Peu après, le claquement des rotors devint audible tandis que l'hélicoptère indien surgissait en vrombissant au ras de l'horizon.

# 53.

## *Glacier de Siachen, vendredi, 00 h 53*

Le puissant hélicoptère Mikoyan Mi-35 de fabrication russe filait en rase-mottes au-dessus du glacier. Son équipage de deux aviateurs observait avec attention la surface qui défilait quarante mètres sous eux. Ils volaient tous feux éteints pour éviter d'être repérés et pris pour cibles du sol. Leur radar les empêchait de percuter les colonnes de glace. Les casques dotés de lunettes de vision nocturne et le vol à basse altitude leur permettaient de traquer leur proie.

Le Mi-35 est le principal hélicoptère d'attaque de l'aviation indienne. Doté sous le nez de mitrailleuses de gros calibre à quatre canons et de six missiles antichars, il est dévolu à l'interdiction de toutes les attaques par des unités de surface, qu'il s'agisse d'éléments infiltrés ou de déploiements de grande envergure.

L'équipage poussait sa machine à fond. Les hommes n'avaient aucune envie de s'attarder plus que nécessaire. Même à cette altitude relativement basse, le froid sur le glacier était intense. Des bourrasques de vent violent descendant des montagnes pouvaient accélérer le givrage des tubulures et de l'équipement. Les fantassins pouvaient toujours s'arrêter pour nettoyer leur barda des paquets de glace accumulée. Un luxe interdit aux pilotes d'hélico. Ils avaient tendance à s'apercevoir des problèmes quand il était trop tard, à savoir quand le rotor principal ou le rotor de queue cessaient soudain de tourner.

Par chance, l'équipage réussit à localiser la « cible probable » soixante-dix minutes exactement après l'envol. Le copilote signala aussitôt la découverte au commandant Puri.

« Cinq personnes courent sur la glace, dit l'aviateur.

— Courent ? dit le commandant.

— Oui, confirma l'aviateur. Ils n'ont pas l'air d'autochtones. L'un d'eux est vêtu d'une tenue de saut en haute altitude.

— Blanche ? demanda Puri.

— Affirmatif.

— Alors, c'est un des paras américains. Est-ce que vous pouvez dire qui est avec lui ?

— Il est en train d'aider quelqu'un à progresser sur la glace. Cette personne porte une parka. Il y en a trois autres devant. Une en parka, les deux dernières en tenue d'alpinistes. Je ne peux pas dire la couleur à cause des lunettes amplificatrices. Mais elles ont l'air sombres.

— Le terroriste tué dans la grotte de montagne portait une tenue bleu marine, observa Puri. Je dois savoir la couleur.

— Ne quittez pas », répondit l'aviateur.

L'homme se pencha vers l'interrupteur d'éclairage extérieur situé sur la console entre les sièges. Il dit au pilote d'interrompre un instant ses amplificateurs de vision. Sinon, la lumière risquait de l'aveugler. Les deux hommes coupèrent les amplis et relevèrent leurs visières. Le copilote alluma le projecteur. Le pare-brise fut noyé sous une lueur d'un blanc aveuglant réfléchie par la glace. Le copilote prit les jumelles dans l'espace de rangement intégré à la porte. Ayant visé une des silhouettes, il plissa les yeux pour examiner son vêtement.

Bleu marine. L'aviateur transmit l'information au commandant Puri.

« C'est un des terroristes, dit l'officier. Neutralisez-les et revenez.

— Voulez-vous répéter, mon commandant ?

— Vous avez trouvé le groupuscule terroriste. Vous avez ordre de recourir à une force létale pour les neutraliser…

— Mon commandant, l'interrompit le pilote. Y aura-t-il confirmation de cet ordre par le QG de la base ?

— Je vous transmets un ordre d'urgence Gamma-Zéro-Rouge-Huit, dit Puri. Voilà votre autorisation. »

Le pilote examina son affichage tête haute tandis que son voisin entrait le code sur un clavier situé sur la console. L'ordinateur de bord prit quelques instants pour traiter les données. Gamma-Zéro-Rouge-Huit était le code d'autorisation du ministre de la Défense John Kabir.

« Bien reçu, autorisation Gamma-Zéro-Rouge-Huit, répondit le pilote. Nous procédons à la mission. »

Un instant après, le pilote remit en place ses lunettes amplificatrices. Le copilote avait coupé l'éclairage extérieur et remis lui aussi ses lunettes. Puis il descendit jusqu'à une altitude de cinquante pieds. Fit basculer le viseur de casque par-dessus ses verres de vision nocturne, glissa la main gauche sur le joystick qui commandait la mitrailleuse et fondit vers les silhouettes en fuite.

## 54.

## *Glacier de Siachen, vendredi, 00 h 55*

Le bras passé autour de la taille d'Apu, Mike Rodgers contemplait le terrain découpé dans le faisceau du projecteur de l'hélicoptère. L'Américain regarda, impuissant, Nanda tomber, glisser, puis s'efforcer de se relever.

« Continuez d'avancer ! cria-t-il. Même si c'est en rampant, rapprochez-vous des sommets ! »

C'était sans doute la dernière chose qu'il parviendrait à dire à la jeune femme. Le fracas du rotor de l'hélicoptère en approche devenait de plus en plus assourdissant. Son martèlement lourd grondait derrière eux et revenait après s'être réverbéré sur la paroi largement incurvée de la pente glacée qui se dressait face à eux.

Ron Friday avait plusieurs pas d'avance sur Nanda et Samouel était encore devant lui. Avant que les projecteurs de l'hélico ne s'éteignent, Rodgers vit les deux hommes se retourner pour aider la jeune femme à monter. Friday l'aidait sans doute pour servir sa cause personnelle du contrôle de l'information ou encore un de ses délires. Pour l'heure, en tout cas, Mike Rodgers se contrefichait totalement des raisons de Ron Friday. Au moins lui portait-il secours.

Friday était chaussé de bottes à semelles crantées qui lui procuraient un meilleur équilibre que Nanda. Au moment où les projecteurs s'éteignaient, il souleva la femme, la remit debout, puis la hissa vers le sommet.

Même si l'obscurité était retombée sur la glace, Rodgers savait qu'ils n'étaient pas invisibles. L'équipage était sans aucun doute muni d'un équipement de vision infrarouge. Ce qui voulait dire que la mitrailleuse de nez allait entrer en action très bientôt. Rodgers n'avait qu'un espoir de les garder en vie. Le plan exigeait qu'ils continuent d'avancer.

Un instant après, la mitrailleuse frontale se mit à crépiter. L'air parut se transformer en masse compacte tandis que le bruit les cernait de toutes parts. Rodgers perçut les premiers impacts de balles sur la glace derrière lui. Il attira le paysan vers le sol et tous deux se mirent à rouler et dévaler la pente dans une glissade parallèle à la paroi glacée.

Les balles délogeaient des fragments de glace acérés. Rodgers entendit la grêle d'impacts et presque aussitôt il sentit la douleur cuisante des minuscules éclats acérés qui lui criblaient le visage et le cou. Le temps se ralentit, comme toujours lors des combats. Rodgers avait conscience de tout. De l'air froid dans ses narines et sur sa nuque. De la chaleur de la transpiration dans le dos de son maillot isotherme. De l'odeur et de la texture de la parka d'Apu alors qu'il le serrait de toute ses forces contre lui. La mince couche de glace de surface s'élevait en fine brume, accompagnant leur dégringolade. Ce devait être leur seul moyen d'en réchapper. Et par la même occasion, peut-être, celui d'aider Nanda et Ron Friday. Comme dans un état second, Rodgers essayait de savourer toutes les sensations que lui transmettaient ses yeux, ses oreilles, sa chair. Car ces instants interminables pouvaient bien être ses derniers.

Ils atteignirent une section horizontale et cessèrent de glisser. La fusillade cessa.

« À genoux ! » s'écria le général.

Les deux hommes allaient devoir ramper dans une autre direction. Il faudrait un bref laps de temps au mitrailleur pour recaler sa visée. Rodgers força le vieillard à s'agenouiller. Ils devaient être ailleurs quand la fusillade reprendrait.

Les deux hommes étaient accroupis, l'un en face de l'autre, dans le noir. Apu était à genoux, à moitié appuyé contre le buste de Rodgers. Soudain, le paysan l'agrippa aux épaules. Et poussa. N'ayant rien pour le retenir, le général bascula à la renverse, Apu au-dessus de lui.

« Sauvez Nanda », l'implora-t-il.

Le mitraillage reprit. Les balles hachèrent la glace puis vinrent perforer le dos du vieux fermier. Apu étreignit Rodgers tandis que les balles s'enfonçaient dans sa chair. Les blessures maculaient de taches humides le visage de Rodgers. Celui-ci ressentait l'impact sourd de chacun des projectiles transperçant le corps de l'homme. Machinalement, Rodgers rentra le cou dans les épaules, ramenant la tête sous le visage d'Apu. Il l'entendit grogner sous les impacts. Ce n'étaient pas des cris de douleur mais celui de l'expiration forcée de l'air chassé de ses poumons transpercés par l'arrière. Apu était désormais littéralement au-dessus de toute douleur.

Rodgers ramena légèrement ses genoux sous lui pour se maintenir enfoui sous le corps de l'Indien. Le général s'était remis à penser, plus seulement à réagir. Et il se rendit compte que c'était ce qu'avait voulu le vieux fermier. Apu s'était sacrifié pour que Rodgers reste en vie et puisse protéger sa petite-fille. La dévotion et la confiance qu'impliquait un tel geste leur donnaient une pureté indicible.

Rodgers entendit plusieurs balles siffler près de sa tête. Il ressentit une brûlure soudaine à l'épaule droite. Une des balles avait dû l'érafler. Son bras et son dos se réchauffèrent au contact du sang coulant sur la peau froide.

Rodgers demeura couché, immobile. Leur fuite et le sacrifice d'Apu avaient tenu l'hélicoptère occupé durant un petit moment. Suffisant, par chance, pour permettre à Nanda, Friday et Samouel de gagner le pic.

La fusillade cessa. Après quelques instants, Rodgers entendit le bruit de l'engin passer au-dessus de sa tête. L'hélico avait mis le cap sur les pentes glacées. Il était temps de se bouger.

Apu l'agrippait toujours. Rodgers saisit aux coudes sa parka pour éloigner les bras avec précaution. Puis, se glissant sur la droite, il s'écarta de sous le corps. Le sang s'écoulant de son cou avait goutté sur la joue gauche de Rodgers, y laissant une marque comme une peinture de guerre. Le vieillard n'avait pas sacrifié sa vie en vain.

Rodgers se remit debout. Il prit le temps d'ôter la parka du défunt avant de courir vers la pente. L'hélicoptère progressait lentement et l'Américain cala son rythme dessus pour rester toujours derrière, hors du champ visuel du cockpit. Il attendait que le Mi-35 se rapproche un peu plus. C'est à ce moment qu'il devrait commencer à se passer quelque chose.

La mitrailleuse de nez se remit à cracher des flammes. Les éclats jaune rouge illuminaient la pente comme de minuscules stroboscopes. Rodgers avisa Nanda et les deux hommes qui couraient en suivant la base incurvée du cirque glaciaire, fuyant l'appareil. Le relief empêchait le pilote d'avoir une position dégagée.

L'hélico ralentit aux abords de la pente. Les canons se turent tandis que la machine traquait sa proie. À cette distance réduite, les aviateurs devaient songer à l'encombrement du rotor, à l'influence des vents et des remous occasionnés par les pales. Rodgers espérait que c'était là l'unique préoccupation des pilotes. Cela signerait leur fin.

Rodgers atteignit la base de la pente escarpée. Il progressa à tâtons. Le souffle du rotor de queue était intense, pareil à des déferlantes d'eau glacée. Il se protégea les yeux tant bien que mal. Il y verrait clair à nouveau dès que les canons se remettraient à tirer. À ce moment, il faudrait qu'il agisse vite.

L'hélico continuait de progresser au ralenti le long de la paroi du glacier Le son guttural des rotors détachait des fissures des nuages de poudreuse. Rodgers les sentait cribler ses joues dénudées.

C'était tout bon. Le plan pouvait marcher.

Quelques secondes plus tard, les canons se remirent à parler. Rodgers vit la falaise s'illuminer et courut aussitôt vers les autres. Comme il l'avait prévu, si près de la pente, le bruit du rotor et des canons ébranlait la paroi d'où se détacha une pluie de fragments de glace. La zone entourant l'hélicoptère fut bientôt noyée sous un rideau de blanc. Et ces flocons ne tombaient pas : le souffle les brassait, les maintenant dans les airs, ajoutant ainsi couche après couche. En quelques instants, la visibilité était réduite à zéro.

Les canons se turent au moment précis où Rodgers filait au pas de course sous le nez de l'hélicoptère. Même avec ses lunettes de vision nocturne, l'équipage serait dans l'impossibilité de le voir ou de voir sa proie.

Rodgers avait estimé la distance le séparant des autres. Il se guida vers eux en effleurant de la main la pente. Malgré les crampes qui gagnaient ses jambes, il refusa de s'arrêter.

« Il faut qu'on avance ! » hurla-t-il en s'approchant de l'endroit où il avait vu le groupe.

« Qu'est-ce qui se passe ? s'écria Nanda.

— Continuez d'avancer ! hurla Rodgers.

— Est-ce que mon grand-père va bien ? »

Au son de sa voix, Rodgers estima qu'il était encore à une trentaine de mètres d'elle. Il continua de courir à fond. Quelques secondes encore et il se heurta à l'un des réfugiés. À en juger par sa taille, c'était Friday. Ils s'étaient arrêtés. Rodgers le contourna pour s'approcher de Nanda qui était la suivante dans la file. La femme lui faisait face.

« Grand-père ? s'écria-t-elle.

— En avant, tout le monde ! » hurla Rodgers.

En situation de crise, les réflexes de fuite ou de lutte d'un individu entrent en conflit. Lorsque cela survient, le cri d'une figure d'autorité suffit normalement à faire taire le penchant combatif. Un ordre lancé d'une voix sévère aura généralement pour vertu de permettre à l'instinct de survie de reprendre le dessus en poussant le sujet à lui obéir. Dans ce cas, toutefois, le cri de Rodgers eut l'effet inverse. Friday s'immobilisa complètement lui aussi tandis que Nanda devenait aussi combative que Rodgers.

« Où est-il ? hurla la femme.

— Votre grand-père n'a pas réussi à s'en sortir », répondit Rodgers.

Elle se remit à hurler et voulut revenir sur ses pas. Rodgers fourra sous son bras la parka d'Apu pour saisir Nanda aux deux épaules. Il la tint avec fermeté et la força à faire demi-tour.

« Je ne l'abandonnerai pas !

— Nanda, il a fait un rempart de son corps pour me protéger ! s'écria Rodgers. Il m'a supplié de vous sauver ! »

La jeune femme continuait à s'agripper et se débattre pour tenter de rebrousser chemin. Rodgers n'avait pas le temps de la raisonner. Il la souleva littéralement du sol, lui fit faire un demi-tour et la força à avancer. Elle se débattit pour reprendre pied, mais au moins cela l'empêchait-elle de lutter avec lui.

Mi-portant, mi-traînant la jeune femme, il reprit sa course éperdue. Elle réussit à retrouver son équilibre et Rodgers alors lui prit la main. Et continua de la tirer. Elle suivit le mouvement, même s'il entendait encore ses sanglots sous le grondement sourd de l'hélicoptère en approche. Pas grave, tant que ça ne l'empêchait pas d'avancer.

La pente s'incurvait fortement vers le nord-est. Samouel ouvrait toujours la marche alors qu'ils fonçaient tous les trois pour rester hors de la ligne de visée de l'hélico. Mais, faute du claquement supplémentaire des mitrailleuses pour déloger et soulever les fines particules de glace, le pilote n'allait plus tarder à les apercevoir de nouveau. Rodgers devait absolument faire quelque chose.

« Samouel, prends la main de Nanda et continue d'avancer ! ordonna-t-il alors.

— Bien, mon général. »

L'Américain tendit le bras de la jeune femme droit devant elle, en même temps que le Pakistanais tâtonnait derrière lui. Dès qu'il eut trouvé la main de Nanda, Rodgers la relâcha. Ils continuèrent tous les deux d'avancer. Rodgers s'arrêta et Friday lui rentra dedans.

« Qu'est-ce que vous faites ? demanda ce dernier.

— Passez-moi les torches et les allumettes. Puis allez avec eux », dit Rodgers tout en sortant de sous son bras la parka d'Apu.

L'agent de la NSA obéit. Quand Friday fut parti, Rodgers prit une des torches, l'alluma et la coinça dans une petite fissure de la pente. Puis il accrocha l'anorak d'Apu à une saillie juste derrière. Ôtant alors son pistolet de la ceinture d'équipements, Rodgers s'écarta de la paroi rocheuse. Il mit un genou en terre, posa la torche en travers de sa botte pour qu'elle ne se mouille pas, puis il pointa son automatique à un angle de soixante degrés environ. Cela porterait le coup une vingtaine de mètres environ plus haut sur la falaise. Il n'y voyait goutte au-delà de sept ou huit mètres, mais peu importait.

Pour l'instant.

Quelques secondes plus tard, l'hélicoptère apparut au détour de la courbe du glacier. Les pilotes prirent le temps de couper leurs lunettes de vision nocturne pour ne pas être éblouis par leur tir. Ils allumèrent le projecteur extérieur, illuminant le flanc de la falaise. Dès qu'ils ouvrirent le feu sur ce qu'ils croyaient être un des terroristes, Rodgers se mit à tirer à son tour. Mais sa cible était les saillies de glace les plus proches du haut de l'appareil. Le canon de nez déchiqueta la torche, en soufflant la flamme, en même temps que son grondement décollait de nouveau la glace de surface. Au même moment, le tir de barrage de Rodgers expédia d'autres fragments plus épais dans le disque du rotor. Les lames cisaillèrent la glace, la pulvérisant en neige fondue qui vint ruisseler sur le cockpit et le pare-brise avant de givrer instantanément.

L'hélico cessa le feu.

Rodgers aussi.

Tant que l'appareil avait encore ses feux allumés, le général envisagea un bref instant de viser la cabine. Toutefois, depuis l'Afghanistan et la Tchétchénie, les Russes avaient doté une grande partie de leurs hélicoptères d'assaut Mikoyan de vitres pare-balles pour les protéger des tireurs embusqués. Et Rodgers n'avait pas non plus envie d'être trahi par les éclairs jaillis du canon de son arme.

Le général s'accroupit à découvert, attendant de voir ce qu'allait faire l'hélico. Il calcula que l'appareil devait être en vol depuis au moins une heure et demie. Le pilote devait en compter au moins autant pour regagner sa base. Cela pousserait à la limite l'autonomie en carburant du Mi-35. Mais aussi sa tolérance thermique, surtout si l'équipage devait affronter une tempête de glace chaque fois qu'il tirait au canon de nez. Même si le pare-brise arrivait à dégivrer en une minute ou deux, la glace accumulée finirait par geler le carter du rotor.

Rodgers vit que l'appareil restait en vol stationnaire. Son cœur se mit à palpiter, autant à cause de l'excitation que du froid. En dehors du fait qu'il devait avoir bougrement plus chaud, Rodgers se demanda si le jeune berger David avait ressenti la même chose après avoir expédié le petit caillou de sa fronde contre un certain champion philistin du nom de Goliath. S'il réussissait, le pari de David déboucherait sur la victoire pour son peuple. En cas d'échec, le garçon serait promis à une mort obscure, sinistre, dans la poussière de la vallée d'Elah.

Les feux extérieurs de l'hélico s'éteignirent d'un coup. Le glacier se retrouva plongé dans l'obscurité. Tout ce que Rodgers pouvait faire maintenant, c'était attendre en prêtant l'oreille. Il lui fallut exactement quinze battements de cœur pour entendre ce qu'il avait guetté : dans un brusque sursaut de puissance, le Mi-35 vira pour repartir en longeant le glacier. Le claquement du rotor décrut rapidement derrière la muraille de glace.

Rodgers attendit jusqu'à être sûr que l'hélicoptère était bien parti. Une minute encore et le silence revint sur le glacier. Glissant alors le pistolet dans son gilet, il sortit les allumettes de sa poche de blouson pour allumer la torche. Il la brandit devant lui. La flamme jeta sur la glace une larme orangée vacillante. Elle éclairait à peine la paroi de glace. Et, en même temps, l'autre torche abattue et la parka déchiquetée.

« Merci, Apu, de m'avoir sauvé une seconde fois », dit Rodgers. Puis, après un bref salut, il tourna les talons et se dirigea vers le nord-est, à la suite des autres.

# 55.

## *Washington, DC, jeudi, 16 h 30*

Paul Hood regarda les chiffres de l'horloge défiler sur son ordinateur. « Appelez, Bob », dit-il.

Bob Herbert et Lowell Coffey III l'avaient rejoint dans son bureau. La porte était fermée et Bugs Benet avait reçu instruction de ne pas les interrompre, sauf appel du président ou du sénateur Fox. Herbert décrocha le téléphone intégré à son fauteuil pour appeler Brett August. Coffey s'était assis à côté de lui dans un fauteuil de cuir. L'avocat serait présent jusqu'à la fin de la mission. Sa tâche était de conseiller Hood pour toutes les questions de droit international qui pourraient se présenter. Coffey lui avait déjà bien fait sentir qu'il n'était pas du tout ravi de la tournure des événements. À savoir un officier américain menant un groupe formé d'un terroriste pakistanais, d'un agent de la NSA et en définitive de deux otages indiens. Et, qui plus est, pour les conduire à l'intérieur d'un site de missiles nucléaires pakistanais construit sur un territoire contesté. Que ce petit groupe puisse constituer – même pour la forme –

une équipe d'inspection des Nations unies était une idée qu'il avait encore du mal à gober.

Hood admit volontiers que le plan de l'ambassadeur Simathna n'était pas renversant. Hélas, c'était le seul. De ce côté, Bob Herbert et Ron Plummer soutenaient à fond leur patron.

La séquence chiffrée de TAC-SAT qu'Herbert devait composer était formée du numéro de l'unité suivi d'un code d'accès au satellite. Ce qui compliquait fortement la tâche de qui voudrait appeler l'appareil ou bien s'en servir après avoir mis la main dessus. Hood attendit que son chef du renseignement eût fini d'entrer l'interminable séquence.

Comme il s'y était attendu, Hood n'avait toujours pas eu de nouvelles du président ou de la Commission parlementaire de surveillance du renseignement. Une heure et demie auparavant, il leur avait transmis par courrier électronique un résumé du plan pakistanais. D'après les secrétaires du président Lawrence et du sénateur Fox, l'un et l'autre étaient encore en train d'« étudier » la proposition de l'Op-Center. Après une brève discussion orageuse avec Coffey, Hood décida de ne pas révéler au président ou à la sénatrice le type d'installation militaire pakistanaise que s'apprêtait à visiter Rodgers. Il n'avait pas envie de voir la CIA harceler toutes ses sources dans la région pour tâcher de découvrir ce qui s'y cachait. L'avocat souligna que, face à des événements qui échappaient à leur contrôle direct, il était de la responsabilité de Hood de livrer au président tous les faits, avérés ou non, en sa possession. Et que c'était au président, pas à Hood, de décider s'il convenait ou non de faire intervenir la CIA. Hood n'était pas d'accord. Il n'avait après tout que la bonne parole de l'ambassadeur pour affirmer qu'il y avait là-bas un site nucléaire. Et il n'avait aucune envie de se faire complice d'un éventuel stratagème des Pakistanais en le transmettant à la Maison-Blanche, lui offrant ainsi un semblant de légitimité. Qui plus est, l'annonce de l'existence d'un silo de missiles nucléaires pouvait déclencher une frappe indienne alors que Rodgers se trouverait là-bas. Là aussi, cela pouvait servir les intérêts pakistanais en forçant les États-Unis à une confrontation avec l'Inde.

Même avec le rapport édulcoré qu'il avait présenté, Hood ne s'attendait pas à avoir des nouvelles du président ou de Fox avant l'heure H. Si l'opération échouait, ils diraient que le patron de l'Op-Center avait agi de son propre chef. Ce serait Oliver North-le Retour. Si la mission des Attaquants était couronnée de succès, ils s'empresseraient de prendre le train en marche, comme les Soviétiques déclarant la guerre au Japon aux dernières heures de la Seconde Guerre mondiale.

Après tout ce qu'il avait fait pour aider le président, Hood aurait aimé un soutien un peu plus affirmé du chef de l'exécutif. Mais là encore, en sauvant le gouvernement d'une tentative de coup d'État, il n'avait jamais fait que remplir sa mission. Maintenant, le président Lawrence était dans son rôle, lui aussi. Il temporisait. En exploitant ce délai pour se préparer une voie de sortie plausible. Cela mettrait les États-Unis à l'abri de réactions violentes, toujours possibles, de la communauté internationale, si la situation explosait au Cachemire. Le lâchage n'avait rien de personnel. Simplement, Hood le ressentait ainsi.

Hood, lui, n'avait pas le luxe de pouvoir gagner du temps. Il avait dit à Mike Rodgers qu'il aurait des nouvelles de Brett August dans un délai de deux heures. Deux heures s'étaient écoulées. Il était temps de passer cet appel.

Rarement le directeur de l'Op-Center s'était senti aussi isolé. Ils avaient d'habitude l'appui d'agents sur le terrain ou d'organisations internationales, qu'il s'agisse d'Interpol ou de l'Op-Center russe. Même quand il avait dû traiter avec les terroristes aux Nations unies, il avait eu l'appui des Affaires étrangères. Mais là, hormis le soutien pour la forme du nouveau patron de la NSA et l'aide concrète de Stephen Viens au NRO, ils étaient seuls. Seuls à vouloir empêcher une guerre nucléaire, à l'autre bout du monde, avec pour unique arme un téléphone cellulaire. Et même le Service national de reconnaissance n'était plus guère en mesure de les aider à présent. Les pics élevés ceinturant le glacier bloquaient une bonne partie de la vue du satellite sur le « terrain de jeu », pour reprendre l'expression utilisée par les spécialistes du renseignement pour désigner une région de crise. Et des tempêtes de neige bouchaient le reste. Viens n'avait même pas été en mesure de vérifier s'il y avait autre chose que de la glace aux coordonnées fournies par l'ambassadeur du Pakistan.

Herbert et August n'avaient plus eu de contacts depuis près d'une heure. Herbert n'avait pas voulu le distraire. Hood espérait qu'il y avait quelqu'un à l'autre bout de la ligne pour décrocher le TAC-SAT…

Le colonel August répondit presque aussitôt. Herbert mit sur ampli la conversation. Nonobstant les hurlements du vent en fond sonore, la voix du colonel était forte et claire.

Ron Plummer et l'ambassadeur du Pakistan étaient encore au bout du fil de leur côté. Comme le leur avait promis Hood, il laissa également l'ampli sur cette ligne.

« Colonel, je suis avec Paul et Lowell Coffey, l'informa Herbert. Nous avons également l'ambassadeur du Pakistan et Ron Plummer sur l'autre poste. Vous êtes tous sur ampli.

— Bien compris », dit August.

Le colonel se garderait désormais de dire quoi que ce soit qui pût compromettre visées de sécurité ou manœuvres américaines.

« Que se passe-t-il, chez vous ? demanda Herbert.

— Rien, apparemment.

— Rien du tout ?

— On n'y voit pas grand-chose à cause de la nuit et du blizzard, lui dit August. Mais les Indiens allument de temps en temps des lumières et, pour autant qu'on puisse en juger, il reste encore dans les deux cents soldats au pied du plateau. On les a vus faire des préparatifs d'escalade et puis ils ont tout arrêté il y a quatre-vingt-dix minutes environ. Ils semblent attendre, à présent.

— Des renforts ?

— C'est possible, monsieur. Le délai pourrait être également dû aux conditions météo. Nous avons essuyé un méchant blizzard. L'escalade risquait de ne pas être une partie de plaisir. Sharab dit que les vents retombent peu après l'aube. Il se pourrait que les Indiens attendent cette accalmie. Qui leur permettrait de surcroît de bénéficier d'un appui aérien à basse altitude. À moins qu'ils n'attendent tout simplement qu'on gèle sur pied.

— Dans l'immédiat, vous ne vous sentez pas en danger ? intervint Hood.

— Non, monsieur, apparemment, non, l'informa le colonel. Mis à part le froid, tout va bien.

— On espère bien être en mesure de vous faire bouger bientôt, reprit Herbert. Colonel, nous aimerions que vous contactiez Mike et son groupe. S'ils sont parvenus aux coordonnées et seulement dans ce cas, dites-leur qu'ils ont atteint un site enterré de missile nucléaire pakistanais. Le site n'est pas gardé et il est commandé à distance. Dites-leur de ne rien faire et de me rappeler aussitôt. L'ambassadeur nous fournira les mots de passe qui leur permettront de pénétrer dans le silo. Une fois à l'intérieur, ils recevront des instructions pour accéder à l'équipement vidéo utilisé par les militaires pakistanais pour surveiller les installations.

— Je comprends, dit August. Je m'en vais à présent contacter le général Rodgers.

— Prévenez-nous s'il n'a pas encore atteint les coordonnées et dites-nous également dans quel état se trouve son groupe », ajouta Herbert.

August acquiesça avant de couper.

En l'état actuel de la situation, Hood ignorait toujours si ce qu'avait raconté l'ambassadeur Simathna était vrai. Mais il ne pouvait qu'être d'accord avec lui lorsqu'il déclara, après qu'Herbert eut raccroché : « Votre colonel est un homme courageux. »

## 56.

## *Glacier de Siachen, vendredi, 2 h 07*

Épuisés, transis, Rodgers et son groupe parvinrent aux coordonnées fournies par Brett August.

Rodgers s'était à moitié attendu à trouver un espace dégagé abritant un avant-poste pakistanais temporaire. Avec peut-être quelques lance-missiles mobiles, des balises d'atterrissage pour hélicoptères et un ou deux baraquements camouflés. Il se trompait. Ils trouvèrent un des terrains les plus inhospitaliers qu'ils aient rencontrés depuis le début. Rodgers avait l'impression d'avoir pénétré dans un décor évoquant une période glaciaire.

Délimité par des pics escarpés, ils se trouvaient dans un cirque d'environ cinq hectares. Pour traverser la paroi, leur groupe avait dû emprunter un vaste tunnel circulaire apparemment artificiel. Partant très près du sol, les flancs du cirque se redressaient très vite de manière abrupte. Jadis ou naguère, des plaques de glace avaient dû se détacher des parois et leurs débris recouvraient le sol. Ou bien s'agissait-il simplement d'une grotte de glace dont le plafond se serait effondré. Le terrain proprement dit était extrêmement inégal et cahoteux, encombré de blocs de glace aux arêtes aiguës et traversé en zig-zag de minces crevasses. La rudesse du terrain suggérait qu'il ne voyait pas beaucoup le soleil. Nulle part n'apparaissait ce modelé lisse associé en général aux successions de phases de gel et de dégel. Ils se trouvaient par ailleurs à une altitude bien plus élevée qu'à l'orée de la vallée. Rodgers n'avait pas l'impression que la température montait ici au-dessus de moins vingt.

Samouel et Friday étaient encore relativement alertes mais Nanda était hébétée. Peu après que le Mi-35 eut fait demi-tour, un grand calme l'avait envahie. Ses muscles et son expression s'étaient relâchés, on aurait presque dit qu'elle était en transe. Certes, elle avançait encore quand il la tirait par la main. Mais elle avait une attitude ramollie, distraite. Rodgers avait déjà observé ce genre de paralysie émotionnelle au Viêt-nam. Elle survenait en général après qu'un GI avait perdu un copain au combat. Cliniquement parlant, il ignorait combien de temps les victimes étaient affectées. Mais ce qu'il savait, c'est qu'il ne pouvait plus ensuite compter sur elles pendant de longs jours. Après tout ce qu'ils avaient vécu, ce serait une tragédie s'ils ne pouvaient même pas réussir à amener la jeune femme à narrer son récit.

Samouel et Friday progressaient quelques pas devant Rodgers et Nanda. Quand ils eurent une chance d'inspecter le sol et les parois à la lumière de leurs torches et de leurs lampes électriques, ils retournèrent vers le général. Friday tendit à ce dernier le téléphone cellulaire.

« Eh bien, nous y sommes, lança Friday d'une voix rogue. La question à présent, c'est : où, au juste ? »

Rodgers lâcha la main de Nanda. Elle continua de fixer le vide de l'obscurité tandis que Rodgers ouvrait l'appareil pour vérifier l'heure sur l'écran. Le froid était si intense que l'écran à cristaux liquides se fendit. Les chiffres disparurent aussitôt.

« Bien joué », railla Friday.

Rodgers ne réagit pas. Lui aussi, il était furieux contre lui. Le téléphone cellulaire était leur seul et unique lien avec le monde extérieur. Il aurait dû prévoir les effets de cette température glaciale. Il referma le téléphone, le fourra dans sa poche, où il serait relativement au chaud. Puis il se tourna vers Nanda. Il réchauffa de son souffle ses joues exposées à l'air glacé et se sentit encouragé quand elle tourna les yeux vers lui.

« Regardez partout, tâchez de découvrir pourquoi on nous a envoyés ici, dit le général aux deux hommes.

— Sans doute pour mourir, répondit Friday. Je ne fais confiance à aucun de ces salopards, pas plus les Indiens que les Pakistanais.

— Pas même non plus à votre propre gouvernement, releva Samouel.

— Oh, t'as entendu ? Eh bien, t'as raison. Je ne me fie pas non plus aux politiciens de Washington. Ils ont tous une bonne raison de se servir de nous…

— Oui, la paix, insista Samouel.

— Parce que c'est ce que vous faisiez, au Cachemire ?

— On essayait d'affaiblir un ennemi qui nous opprime depuis des siècles. Plus nous serons forts, plus grande sera notre capacité à maintenir la paix.

— Ah, se battre pour la paix, le grand oxymore, railla Friday. Quelle connerie ! Vous voulez le pouvoir, comme tous les autres. »

Rodgers avait laissé la discussion se poursuivre parce que la colère engendrait de la chaleur corporelle. Mais à présent, ça suffisait. Il s'interposa.

« Je veux que vous inspectiez le périmètre. Maintenant.

— Pour quoi faire ? demanda Friday. Trouver un passage secret, Sésame ouvre-toi ? La Forteresse de solitude de Superman ?

— Monsieur Friday, vous me poussez à bout 1

— On se retrouve, grâce aux bureaucrates, au beau milieu d'un gigantesque stand de tir glacial, mais c'est moi qui vous pousse à bout ? Putain, j'y crois pas ! »

Le téléphone se mit à vibrer dans la poche de Rodgers. Le général fut reconnaissant de l'interruption. Il avait été à deux doigts de mettre un terme au débat en envoyant valser Friday. Ce n'était pas une solution d'une logique hégélienne mais il s'en serait contenté. Largement.

Le général sortit le téléphone et le protégea sous son col relevé.

« Rodgers à l'appareil !

— Mike, c'est Brett, dit August. Alors, vous y êtes ?

— On arrive tout juste. Ça va, toi ?

— Jusqu'ici. Et toi ?

— On survit.

— Te refroidis pas.

— Merci. »

Le général referma le téléphone, le remit dans sa poche gauche. Comme il avait les doigts engourdis, il y laissa la main. Friday et Samouel avaient coincé leurs torches dans une étroite fissure et se réchauffaient autour. Tous deux se retournèrent dès la fin de la communication.

« Ça n'a pas été long, constata Friday.

— L'Op-Center voulait confirmation que nous étions ici. On aura le reste du plan dès que possible.

— L'Op-Center a-t-il déjà le plan ou va-t-il leur être dicté d'ailleurs, au Pakistan ?

— Je n'en sais rien, admit Rodgers.

— On nous a tendu un traquenard. Je le sens.

— Expliquez-vous. » Le type était peut-être désagréable mais ce n'est pas pour autant qu'il avait tort.

« Jack Fenwick avait un terme pour désigner les agents qui acceptaient des codes incomplets ou des portions de cartes, dit Friday. C'était "macchabée". Si vous ne pouvez pas contrôler vous-même votre emploi du temps, vos mouvements, cela veut dire qu'un autre s'en charge.

— Dans le cas qui nous occupe, il y a une raison, lui rappela Rodgers. La sécurité.

— Une raison qui sert Islamabad et Washington, pas nous. Jamais Fenwick n'aurait passé ce genre de marché avec un gouvernement hostile. »

Tous les agents infiltrés étaient prudents. Mais il y avait chez cet homme quelque chose qui confinait à la paranoïa. Peut-être que les tensions de leur pénible randonnée avaient fini par lui porter sur leurs nerfs. À moins que la première impression de Rodgers ne fût la bonne. Ce fils de pute était déglingué. Peut-être que sa méfiance envers Washington était encore plus profonde qu'il ne le laissait paraître.

Fenwick était comme ça, lui aussi.

« Avez-vous eu beaucoup de contacts avec le directeur Fenwick ? » demanda Rodgers.

La question parut surprendre Friday. Il ne répondit pas tout de suite.

« Je ne travaillais pas en liaison étroite avec Jack Fenwick, non. Il était patron de la NSA. Moi, j'opère sur le terrain. On ne peut pas dire que nos deux domaines d'activité se recoupent vraiment.

— Mais vous avez eu manifestement des contacts avec lui, insista Rodgers. Vous étiez en poste en Azerbaïdjan. C'est là que s'est déroulée sa dernière opération. Il y était impliqué d'une manière directe, personnelle.

— Nous avons parlé plusieurs fois, admit Friday. Il réclamait des informations. Je les lui trouvais. Rien que de très banal. Pourquoi cette question ?

— Vous faites énormément confiance à votre instinct. C'est notre cas à tous quand on est sur le terrain. Je me demandais seulement s'il vous a jamais dit que Fenwick était un traître ?

— Non.

— Donc, il peut vous tromper », insista Rodgers.

Friday fit une drôle de grimace, comme s'il répugnait à l'idée d'avoir pu avoir tort.

À moins qu'il ne soit dérangé par autre chose, s'avisa soudain Rodgers. Peut-être que l'homme ne pouvait admettre que son instinct l'avait trompé parce que ce n'était pas vrai. Peut-être qu'il avait su depuis le début que Jack Fenwick tentait de renverser le gouvernement des États-Unis. Or, ça non plus, il ne pouvait sûrement pas l'admettre.

Les implications du silence de Ron Friday étaient inquiétantes. Une des clés du plan de Fenwick avait été le déclenchement d'une guerre du pétrole entre l'Azerbaïdjan, l'Iran et la Russie[1]. À cet effet, des agents de la CIA en poste à l'ambassade des États-Unis avaient été assassinés. Le meurtrier de l'un de ces agents n'avait jamais été retrouvé.

Le téléphone se manifesta de nouveau. Rodgers et Friday continuaient à se dévisager. Les mains de l'agent de la NSA étaient toujours tendues vers la chaleur du feu. Celle de Rodgers était toujours dans sa poche. Dans cette situation, tous deux reproduisaient une subtile interaction de mâles dominants. Friday se mit à retirer sa main droite du feu. Comme s'il voulait la glisser dans la poche où il gardait son arme. Rodgers enfonça la sienne un peu plus, ce qui fit saillir sa propre poche. Friday ignorait où le général avait mis son arme. Il se trouvait qu'elle était restée dans son gilet d'équipements, mais apparemment Friday ne s'en était pas rendu compte. Sa main droite demeurait visible.

Dans l'intervalle, Rodgers avait sorti le téléphone. « Oui ?

— Mike, est-ce que vous êtes dans un cirque bordé d'une muraille de glace ? demanda le colonel.

— Affirmatif.

— Parfait, dit August. Regarde vers le nord-ouest du cirque. À la base d'une des pentes vous devriez voir une dalle de glace, blanche, parfaitement lisse, d'environ deux mètres sur deux. »

Rodgers dit à Friday de prendre une des torches. Puis à Samouel de s'asseoir avec Nanda. Ensemble, le

1. Cf. *Op-Center 7, Diviser pour régner, op. cit.*

général et l'agent se dirigèrent vers le flanc nord-est du cirque.

« On est en train de s'y rendre, commenta Rodgers au téléphone. Brett, t'as une idée de la forme de la dalle de glace qu'on cherche ?

— Bob n'a rien dit, répondit August. J'imagine qu'elle doit être carrée... »

Les deux hommes continuèrent de progresser sur ce terrain inégal. Il était difficile de garder son équilibre entre tous ces trous, ces fissures, et parfois ces plaques de glace lisse. Prudent, Rodgers se maintenait plusieurs pas derrière Friday. Même s'il ne trébuchait pas, un individu muni d'une torche enflammée pouvait s'avérer un formidable adversaire.

Soudain, Rodgers avisa un morceau de glace dont les dimensions correspondaient à celles fournies par August. Ils se dirigèrent vers lui.

« Je crois qu'on l'a !

— Bien, dit le colonel. Vous allez devoir le déplacer puis attendre que je rappelle.

— Pour quoi faire ?

— Pour que je te donne le code qui ouvrira la trappe planquée dessous.

— Une trappe qui donne sur... ?

— Sur un silo automatique de lancement de missiles nucléaires, lui révéla August. Apparemment, les Pakistanais contrôlent à distance les installations avec un système de vidéosurveillance. Vous allez vous en servir pour effectuer votre émission.

— Je vois. Quitte pas... »

Mike Rodgers sentit un grand frisson l'envahir. Le décor n'avait plus du tout l'air préhistorique. Il semblait soudain calculé, comme l'aménagement d'un parc de loisirs. La glace était vraie mais elle avait été sans doute arrangée pour donner cet aspect rébarbatif et déroutant, afin de décourager toute velléité de visite au sol ou de surveillance aérienne. Des soldats pakistanais avaient dû camper ici sous des tentes camouflées durant des mois, si ce n'est des années, pour creuser le silo et aménager ce décor. L'aviation pakistanaise avait dû amener les pièces et les fournitures, sans doute par des vols de nuit en solo pour minimiser les risques d'être découverte. S'ils disaient vrai, c'était une réalisation impressionnante.

Rodgers tâta du bout du pied la dalle de glace. Elle était lourde. Ils allaient avoir besoin d'aide. Le général se retourna. Il fit signe à Samouel de prendre avec lui Nanda et de les rejoindre.

Juste à cet instant, Rodgers discerna du mouvement dans la pénombre de la paroi derrière Samouel. Des ombres qui dansaient sur la glace près de la pente nord-est. Le mouvement était causé par la torche. Mais ces ombres n'étaient pas projetées par les monticules de glace : celles de la glace entassée près des parois montaient et descendaient au rythme des flammes. Or celles-ci rampaient latéralement.

Juste à côté du tunnel d'accès au cirque.

« Friday, dit Rodgers d'une voix calme mais ferme. Éteignez et éloignez-vous de moi, vite. »

L'urgence dans le ton de Mike Rodgers avait dû impressionner Ron Friday. L'agent de la NSA enfourna la torche dans une fissure puis s'écarta d'un bond sur sa gauche.

« Samouel, abrite-toi derrière quelque chose ! » s'écria Rodgers.

La voix du général résonnait encore dans le cirque quand il s'élança. Craignant que le téléphone ne tombe de sa poche, il le fourra dans son gilet d'équipements. Deux secondes après, il trébucha sur un trou et chut en se cognant l'épaule gauche contre une saillie de glace. Au lieu de se relever, il poursuivit à quatre pattes, en crabe. C'était le seul moyen de négocier ce terrain inégal sans tomber. Il continua dans la direction où il avait aperçu pour la dernière fois Samouel et Nanda. Il ne sentait aucune douleur. La seule chose qui importait désormais était d'atteindre la jeune femme. En espérant avoir eu la berlue.

Mais non.

Quelques secondes plus tard, les rafales d'armes automatiques émirent des claquements sonores accompagnés de ternes étincelles qui ricochèrent sur les murs de glace.

## 57.

### *Washington, DC, jeudi, 17 h 00*

Il régnait dans le bureau de Paul Hood un silence surnaturel quand le téléphone d'Herbert grelotta. Son cœur s'était emballé quelques secondes auparavant, comme s'il avait pressenti l'appel. Ou peut-être son anxiété grandissait-elle à mesure que les minutes s'écoulaient, interminables. Même si rien ne se passait, Herbert détestait rester dans le noir.

Le chef du renseignement écrasa la touche ampli. Le hurlement du vent jaillit du minuscule haut-parleur. Comme s'il l'aspirait vers l'Himalaya. Ou bien c'était autre chose. L'impression d'être exposé. Le bruit était aspiré du haut-parleur de son accoudoir vers le micro du téléphone amplifié posé sur le bureau du patron. L'agent de renseignement n'avait guère l'habitude de travailler en public. Il n'aimait pas ça.

« Allez-y, s'écria-t-il.

— Bob, je crois qu'il vient de se produire quelque chose sur le site de missile », l'informa le colonel August.

Herbert lança un regard furieux vers le téléphone amplifié du patron. Puis il regarda ce dernier. Il voulait le voir couper cette saloperie.

« C'est la vie de Mike qui est en jeu », siffla Herbert entre ses dents serrées.

« Le mal est déjà fait », constata Hood, d'une voix douce, en indiquant d'un signe de tête le téléphone posé sur son bureau, au bout duquel l'ambassadeur du Pakistan était toujours en ligne. Il éleva la voix. « Colonel, quelle est la situation ?

— Je n'ai aucune certitude. J'ai entendu des coups de feu et des cris. Puis plus rien. J'ai attendu plusieurs minutes avant de me décider à vous appeler. J'ai pensé que je pouvais utiliser ce répit pour obtenir les codes au cas où Mike reviendrait en ligne.

— Colonel, y avait-il un élément quelconque vous permettant de savoir qui tirait sur qui ? demanda Herbert.

— Négatif. Juste avant le début de la fusillade, tout ce que j'ai entendu, c'est une voix criant aux autres de se baisser et se planquer. Ce devait être celle du général Rodgers.

— Êtes-vous toujours en sécurité ?

— Rien n'a changé pour nous ici.

— Très bien, dit Herbert. Ne quittez pas. »

Hood se tourna vers son téléphone. « Monsieur l'ambassadeur, avez-vous entendu le rapport du colonel ?

— Mot pour mot, répondit l'ambassadeur Simathna. La situation n'a pas l'air réjouissante.

— Nous n'en savons pas assez pour évaluer précisément la situation, fit remarquer Hood. Mais je suis d'accord avec le colonel August pour ce qui est d'avoir les codes à notre disposition pour Mike Rodgers. Peut-être que s'il peut s'introduire à l'intérieur du silo...

— Je ne peux pas accepter, l'interrompit l'ambassadeur.

— Pourquoi cela, monsieur ?

— Ce sont presque à coup sûr des troupes indiennes qui attaquent le groupe du général.

— Comment savons-nous qu'il ne s'agit pas de troupes pakistanaises protégeant le site ? rétorqua Herbert.

— Parce que les troupes de chasseurs alpins qui surveillent le glacier sont restées de notre côté de la Ligne de contrôle, l'informa Simathna. Elles étaient informées de votre incursion.

— "Notre" incursion, railla Herbert, sans même chercher à masquer son dégoût. Il y a quand même un Pakistanais dans le groupe.

— Placé sous le commandement d'un officier de l'armée américaine, lui rappela l'ambassadeur.

— Comment savez-vous que vos troupes ont obéi aux ordres ? insista Herbert.

— Moi, je vous le dis », rétorqua son interlocuteur.

Hood grimaça et passa le pouce en travers de sa gorge pour faire signe à Herbert de mettre un terme à la discussion entamée avec l'ambassadeur. Herbert aurait préféré mettre un terme à la vie de ce dernier. Ils essayaient d'empêcher son pays de se faire vaporiser et lui ne lèverait pas le petit doigt pour aider Mike Rodgers ?

« Monsieur l'ambassadeur, reprit Hood, nous devons supposer que le général Rodgers et son groupe auront le dessus. Cela fait, ils devront pénétrer dans le silo le plus vite possible. Il serait prudent de donner les codes au colonel August.

— Encore une fois, je ne peux pas le permettre, répondit Simathna. Il est déjà bien assez malencontreux que nos ennemis puissent apprendre l'existence de ce site stratégique. Mais au moins les protections sont-elles toujours en place.

— Quelles protections ? demanda aussitôt Hood.

— Retirer le bloc de glace à l'entrée du silo déclenche une bombe à retardement installée derrière la trappe d'accès, lui expliqua l'ambassadeur. Sauf si le bon code est entré dans un délai de soixante minutes, la bombe détonera. Déclenchant une série d'explosions conventionnelles qui détruiront toute la zone en surface.

— Tuant l'ennemi tout en laissant le silo intact.

— C'est exact.

— Monsieur l'ambassadeur, nous sommes toujours confrontés au risque d'une attaque nucléaire contre le Pakistan, insista Hood.

— Nous en sommes conscients, raison de plus pour protéger nos silos de toute découverte. »

Cette remarque éveilla l'attention d'Herbert. Celle de Hood également, à en juger par son expression. L'ambassadeur venait de leur révéler l'existence d'autres silos, sans doute dans d'autres zones isolées. Ce n'était pas accidentel. Il avait voulu que l'Op-Center le sache. Et tout de suite.

Herbert savait qu'il serait vain de demander leur nombre et leur localisation. La question était de savoir si révéler cette information à New Delhi allait déclencher une frappe nucléaire immédiate sur la région ou si elle allait au contraire forcer l'Inde à modérer ses ardeurs. Sans doute la dernière hypothèse. Si le renseignement indien n'était pas déjà au courant de leur existence, ils ne sauraient pas où frapper. Peut-être était-ce pour cela que Simathna l'avait dévoilé. L'information aurait un plus grand cachet d'authenticité si elle filtrait à New Delhi par le truchement d'une branche de l'espionnage américain.

Bien sûr, comme pour tout ce que leur disait Simathna, Herbert n'avait aucun moyen de savoir si c'était vrai. Jusqu'à plus ample informé, il n'y avait que ce seul et unique silo. Et il n'y avait aucun moyen de savoir si même il contenait un missile opérationnel. Peut-être était-il encore en cours d'aménagement.

« Monsieur l'ambassadeur, je m'en vais demander au colonel August de libérer sa ligne téléphonique, l'informa Hood. Il nous recontactera sitôt qu'il aura des nouvelles du général Rodgers. »

Hood regarda Herbert. Celui-ci acquiesça et dit à August de terminer et de ne rappeler qu'après qu'il aurait rétabli le contact avec Rodgers. Puis Herbert coupa le téléphone à son tour et se carra contre le dossier.

« Merci, dit Simathna. Je vous en prie, essayez de comprendre notre position.

— J'essaie », insista Hood.

Herbert essayait aussi. Il comprenait surtout que Rodgers et August étaient en train de risquer leur peau pour des gens qui ne lèveraient pas le petit doigt pour les aider. Il était depuis trop longtemps dans ce métier pour ne pas ignorer que les agents en mission clandestine étaient considérés comme des denrées périssables. Ils venaient en premier dans la liste des articles à jeter.

Sauf quand on les connaissait.

Quand ils avaient un nom, un visage, une vie qui croisaient la vôtre chaque jour.

Comme Rodgers et August.

Comme les Attaquants.

Le silence retomba dans la pièce. Et l'immobilité.

À l'exception du cœur d'Herbert qui continuait à battre la chamade.

## 58.

## *Glacier de Siachen,*
## *vendredi, 2 h 35*

Rouges, blanches, des fusées éclairantes explosèrent dans le ciel au-dessus du cirque glaciaire. Rodgers pouvait distinguer à présent les soldats qui les canardaient. Une poignée de fantassins de l'armée régulière indienne, sans doute distraits de la Ligne de contrôle. Les quatre ou cinq hommes avaient pris position derrière des blocs de glace près de l'entrée.

Rodgers se jeta aussitôt à plat ventre pour se mettre à ramper sur le terrain accidenté. Friday était tapi derrière le bloc de glace à l'entrée du silo. Il tirait sur les Indiens pour les fixer. Rodgers surveillait le débouché du cirque, guettant le signe de l'arrivée de renforts. Il n'y en avait pas.

Les fusées permirent également à Rodgers de repérer Samouel et Nanda. Tous deux étaient à une dizaine de mètres. Ils étaient couchés sur le flanc, derrière un épais bloc de glace. La congère formait une barricade d'un peu moins d'un mètre de haut sur près de cinq de large. Le Pakistanais était étendu derrière la femme. Il lui plaquait le visage sur la glace, l'entourant de son bras et la protégeant de tous côtés. Rodgers n'eut guère le temps de s'y attarder, mais l'ironie d'un terroriste pakistanais protégeant une espionne indienne ne lui avait pas échappé.

Des balles ricochaient furieusement du sommet de la formation. Sous l'attaque, ils étaient noyés tous deux sous une grêle de fragments de glace. Tandis que leur barrage protecteur s'émiettait, Samouel regarda les alentours. Mike Rodgers était situé derrière eux, légèrement sur la droite. Le Pakistanais ne parut pas l'avoir remarqué.

« Samouel ! » hurla Rodgers.

L'autre regarda de nouveau. Rodgers se glissa sur la droite, derrière une formation grosse comme un rocher. Il voulait que Nanda soit le plus près possible, au cas où ils réussiraient à pénétrer dans le silo.

« Revenez par ici ! cria-t-il. Je vous couvre ! »

Samouel acquiesça. Le Pakistanais écarta Nanda du mur de glace et la blottit dans ses bras. Puis, se ramassant le plus possible, il courut vers Rodgers. Le général se leva et tira plusieurs coups sur les Indiens. Mais comme la lueur des fusées commençait à décroître et que leurs dernières braises retombaient en pluie vers le sol, les soldats cessèrent le feu. Il était manifeste qu'ils désiraient économiser leurs fusées et leurs munitions. Bien que Rodgers continuât de tenir son automatique braqué sur l'entrée, il n'y eut pas d'autre échange de tirs. Les parois du cirque les isolaient même du vent soufflant à l'extérieur. Un calme sinistre s'installa dans l'enceinte de glace. Ne restait plus que le crissement des bottes de Samouel et ce gel intense, si intense qu'il vous brûlait la peau là où elle était exposée, autour des yeux.

Samouel et Nanda parvinrent au bloc de glace. Le Pakistanais s'agenouilla près de Rodgers. Il haletait quand il déposa Nanda, le dos collé à la paroi. La jeune femme était sortie de son état quasi catatonique. Ses yeux étaient rougis et larmoyants, même si Rodgers n'aurait su dire si c'était de tristesse ou de froid. Quoi qu'il en soit, ils bougeaient sans arrêt et elle semblait enfin avoir un minimum de conscience de son environnement.

Samouel s'approcha de Rodgers. Il haleta : « Général, j'ai vu quelque chose quand les fusées se sont éteintes.

— Quoi donc ?

— C'était juste derrière l'endroit où vous étiez avec M. Friday, poursuivit le Pakistanais. Sur un des premiers replats de la pente, à deux-trois mètres de haut. On aurait dit une antenne parabolique. »

Une liaison satellite, songea Rodgers. Bien sûr.

« Ça expliquerait peut-être pourquoi on nous a envoyés ici, poursuivit Samouel.

— J'en suis quasiment certain, renchérit le général. La parabole était-elle installée à l'extérieur ?

— Pas vraiment. Elle était disposée dans un petit renfoncement. Un mètre cinquante, deux mètres de profondeur. » Le Pakistanais hocha la tête. Soupira. « Je ne peux pas affirmer avec certitude qu'il s'agit d'une parabole. J'ai vu comme un treillis blanc, mais cela aurait pu être dû à des stalactites de glace et un effet de lumière.

— L'emplacement aurait-il été visible d'en haut ? insista Rodgers.

— Pas directement à la verticale. »

Rodgers regarda derrière lui. Il faisait trop noir pour distinguer la paroi, désormais. Mais ce que venait de dire Samouel se tenait. Si le silo était bien équipé d'un système de vidéosurveillance, alors il y avait forcément une parabole émettrice quelque part dehors. Celle-ci n'avait pas besoin d'être située en hauteur. Il suffisait qu'elle ait une vue dégagée sur la bonne zone du ciel. Le point précis où un satellite de communications, sans doute russe ou chinois, orbitait en position géostationnaire. Les câbles reliant l'antenne au silo étaient sans doute enfouis assez loin dans la paroi de glace. Les concepteurs avaient sans doute évité de faire passer leur câblage trop près de la surface. Le dégel risquait d'exposer les câbles au vent, au grésil ou autres éléments corrosifs, sans parler du risque d'être rendus repérables lors du survol d'un avion de reconnaissance.

« Dites-moi une chose, Samouel, fit Rodgers. Vous avez eu l'occasion de câbler des bombes et des détonateurs pour Sharab, n'est-ce pas ?

— Oui, concéda Samouel, doucement.

— Avez-vous une expérience quelconque en radio ?

— J'ai travaillé sur toutes sortes d'appareils électroniques, lui révéla le Pakistanais. Je faisais les réparations pour la milice islamique et…

— Sur des radios portatives, aussi ? l'interrompit Rodgers.

— Des talkies-walkies ?

— Pas seulement. » Rodgers se tut un moment pour rassembler ses esprits. Ses questions et ses plans se bousculaient dans sa tête, précédant les réponses. « Ce que je veux dire, c'est ceci. S'il y a bien une parabole satellite sur la corniche, est-ce que vous seriez capable d'y connecter un téléphone cellulaire ?

— Je vois, répondit Samouel. Est-ce un téléphone gouvernemental avec un dispositif de sécurité quelconque ?

— Non, je ne pense pas.

— Alors, je peux sans doute bricoler quelque chose, si vous arrivez à me dégager le câble de raccordement.

— De quel genre d'outil avez-vous besoin ?

— Rien de plus que mon couteau de poche, j'imagine.

— Parfait, dit le général. À présent, dites-m'en un peu plus sur cette corniche. Y a-t-il un moyen d'accéder à la parabole qui s'y trouve ? Des replats, des saillies, des prises ?

— Je n'ai pas l'impression, avoua Samouel. La paroi a l'air parfaitement lisse et verticale.

— Je vois... »

Le général était quelque peu désorienté après s'être précipité pour sauver Nanda. Il avait besoin de retrouver ses repères. Il fit un demi-tour complet. Normalement, il devait à présent se trouver face à la paroi arrière de l'enceinte. Il s'accroupit sur la pointe des pieds.

« Friday, vous êtes toujours devant la plaque ? » s'écria Rodgers.

Pas de réponse.

« Dites quelque chose ! hurla Rodgers.

— Je suis là », répondit l'agent de la NSA.

Rodgers repéra d'où venait la voix. Sans quitter des yeux la zone d'ombre, il glissa la main dans son gilet, en sortit le téléphone mobile et le confia à Samouel.

« Si jamais le colonel August appelle, dites-lui de rester en ligne.

— Qu'allez-vous faire ? demanda le Pakistanais.

— Essayer d'accéder à cette parabole, répondit le général. Vous en êtes où, côté munitions ?

— J'ai quelques balles et un chargeur supplémentaire.

— Économisez-les, conseilla Rodgers. Il se peut que j'aie besoin d'être couvert quand je vais gravir la pente.

— Je ferai attention », promit Samouel.

Mike Rodgers fléchit ses doigts glacés sous les gants, puis il posa les mains par terre. Il était anxieux. Quantité de choses allaient se jouer sur ce qu'il savait être un pari risqué. Il était également préoccupé par Ron Friday. Par un truc que l'agent de la NSA avait dit un peu plus tôt. Même s'ils sortaient de cette impasse, il se demandait si un piège plus redoutable ne les attendait pas ensuite. Mais l'heure n'était pas à s'en inquiéter. À chaque jour, ou plutôt chaque bataille, suffit sa peine.

Après avoir marqué un temps pour prendre une longue inspiration, le général repartit en sens inverse, toujours en crabe, sur le terrain accidenté.

## 59.

## *Glacier de Siachen, vendredi, 2 h 42*

Ron Friday tendit l'oreille en entendant quelqu'un approcher. Il supposa que c'était Samouel ou Rodgers.

Plutôt ce dernier, estima l'agent de la NSA. Le monsieur va-t-en-guerre. Le général aurait encore un plan pour sauver la mission. À la bonne heure. Personne n'avait envie d'une guerre nucléaire. Mais, en dehors dudit plan, Friday était également pressé de quitter ce putain de glacier et de rejoindre le Pakistan. Et, de là, de filer ailleurs. N'importe où, pourvu que ce ne soit pas sous le vent des retombées qui allaient recouvrir le continent indien.

S'il voulait filer, ce n'est pas parce qu'il avait peur de mourir. Ce qui lui flanquait la trouille, c'était de mourir bêtement. Non pas pour un trophée ou pour la gloire mais à cause d'un plan foireux. Or, ils se trouvaient en ce moment précis au beau milieu d'un plan foireux d'envergure cosmique. Avec ce détour qui n'aurait jamais dû avoir lieu. Et tout ça, parce qu'ils s'étaient fiés aux bureaucrates de Washington et d'Islamabad.

Friday attendit derrière la dalle. Les Indiens avaient dû entendre le mouvement eux aussi, parce qu'une nouvelle fusillade retentit dans le périmètre. Les coups demeuraient espacés. Les assaillants ménageaient manifestement leurs munitions. Ils tiraient juste pour contraindre l'adversaire à bouger et rentrer la tête dans les épaules.

Friday scruta les ténèbres. Il avait sorti son arme. Le froid tranchant lui brûlait les narines et les poumons. Ses orteils et ses doigts étaient engourdis, malgré les lourdes bottes et les gants épais. S'il se faisait buter, il se demanda combien de temps il faudrait à son sang pour geler.

Mais, avant tout, il était furieux. Il ne faudrait pas le pousser trop pour qu'il pointe son arme sur Rodgers et presse la détente. Il essayait de calculer le gain éventuel à se rendre aux troupes indiennes. À supposer qu'ils ne les flinguent pas de but en blanc, ils pourraient apprécier que l'Américain leur livre un des auteurs de l'attentat du marché. Leur reddition pouvait aussi bien déclencher la frappe nucléaire tant redoutée contre le Pakistan. Mais elle pouvait aussi les empêcher de crever ici.

La silhouette arriva. C'était bien Rodgers. Il rampa derrière la dalle et s'agenouilla près de Friday.

« Qu'est-ce qui se passe ? demanda ce dernier.

— Il y a peut-être un moyen de diffuser la confession de Nanda sans avoir à pénétrer dans le silo, expliqua Rodgers.

— Un silo… Alors, c'est donc ça ? »

Rodgers ignora la question pour poursuivre : « Samouel pense avoir aperçu une antenne parabolique à trois mètres de hauteur environ, sur la pente.

— Ça correspondrait bien, observa Friday.

— Expliquez-vous.

— Quand ils ont lancé les fusées éclairantes, j'ai pu avoir une bonne vue de la muraille surmontant l'entrée, expliqua Friday. À trois mètres de haut sur ce flanc, on a une vue suffisamment dégagée au-dessus de la pente opposée.

— C'est ce que j'espérais, dit Rodgers. S'il y a bien une parabole et qu'on parvient à dégager le câble de transmission, Samouel pourrait bricoler une connexion avec le téléphone cellulaire. »

Les deux hommes entendirent du mouvement en provenance de l'autre côté du cirque. Friday ne pensait pas à une attaque des Indiens. Ils attendraient d'abord le retour de l'hélicoptère. Mais ils pouvaient chercher à se positionner pour établir un feu croisé. S'ils capturaient Nanda, la partie était finie. Leurs vies aussi.

« Il va d'abord falloir regarder de plus près cette antenne avant de faire quoi que ce soit, dit Friday.

— Pourquoi ça ?

— Il faut qu'on localise la source d'alimentation, expliqua l'agent de la NSA. C'est l'endroit idéal pour utiliser une antenne à batterie intégrée. C'est ce que font les compagnies pétrolières en environnement polaire. Outre la production d'électricité, la chaleur émise empêche les éléments mécaniques de geler. Si c'est le cas, on n'aura même pas besoin de monter là-haut. On peut dégager le câble n'importe où, on pourra être sûr que c'est celui de transmission.

— En revanche, si l'alimentation est située dans le silo, il faudra qu'on aille au pied de l'antenne repérer les divers câbles, dit Rodgers.

— Tout juste.

— Je vais vous dire un truc, dit Rodgers. Vous, vous restez planqué là et vous gardez l'œil sur la corniche.

— Et vous, qu'est-ce que vous allez faire ?

— Vous donner de la lumière… »

## 60.

### *Glacier de Siachen, vendredi, 2 h 51*

Mike Rodgers se dirigea vers le fond du cirque. Il s'arrêta au pied de la pente. Toujours tapi, le plus silencieusement possible, il se faufila le long de la paroi. Il voulait s'éloigner suffisamment de la dalle pour que Friday soit protégé. Non pas de ce qu'il comptait faire mais de la riposte éventuelle des Indiens.

Le général espérait que Friday aurait une bonne vue de l'antenne. Il y avait des chances que, de son côté, il ne voie pas grand-chose. Trop occupé qu'il serait à chercher un endroit où se planquer.

Il s'arrêta à une vingtaine de mètres de l'agent de la NSA. À cette distance, il n'y avait plus de risque. Il ouvrit son blouson et en retira l'une des deux *flash-bangs* qu'il avait emportées. L'engin avait la forme et les dimensions d'une bombe de mousse à raser. Il ôta ses gants et les tint entre ses dents serrées. Puis il posa la main droite sur la cuiller d'amorçage et glissa l'index gauche sous l'anneau de la goupille de sécurité. Il déposa le récipient par terre et s'accroupit à côté. Il tâtonna du pied droit sur le sol pour repérer où se trouvait la paroi de glace. Il en aurait besoin pour se guider. Puis il ôta la goupille, lâcha la cuiller et se leva. Il se tourna, plaqua la paume nue de sa main gauche sur la pente. À tâtons, il s'éloigna entre les épais blocs de glace et les zones dégagées. Il avait intérêt à faire vite. Mais, s'il tombait en trébuchant sur un obstacle, il risquait d'être une cible parfaitement visible quand la grenade exploserait.

Il compta en même temps qu'il avançait. Lorsqu'il parvint à dix, la grenade à concussion explosa.

La *flashbang*, également appelée grenade assourdissante-aveuglante, était conçue pour détoner en zone confinée afin de distraire et désorienter les occupants par une succession d'éclairs aussi aveuglants que des flashes de magnésium accompagnés d'une pétarade assourdissante. En l'occurrence, Rodgers espérait que la grenade illuminerait juste assez longtemps le périmètre pour, un, permettre à Friday de repérer l'antenne et, deux, lui permettre à lui de trouver un endroit où se planquer.

Il y avait une série de blocs de glace au sommet arrondi, deux ou trois mètres devant lui. Elles arrivaient à la hauteur de sa taille, avec le diamètre d'une pile de pont. Elles avaient sans doute été bien plus élancées dans le temps mais semblaient, à force de gels et de dégels quotidiens, avoir gagné en embonpoint ce qu'elles avaient perdu en hauteur. Plus question de courir : Rodgers plongea.

Le choc fut rude. Il lui coupa le souffle, ses gants lui échappèrent et malgré tout il n'atteignit pas tout à fait la congère. Mais il en était assez près pour réussir à se glisser derrière en un clin d'œil. Veine, le clin d'œil était encore une unité de temps suffisante alors que les balles indiennes hachaient menue la glace sur laquelle il s'était tenu une fraction de seconde auparavant. Dès qu'il fut tapi à couvert, il lorgna du côté de Ron Friday. Toujours accroupi derrière la dalle, l'agent américain lui adressa un signe, le pouce levé. Rodgers considéra le replat sur lequel se trouvait l'antenne. Il avisa un gros carénage noir derrière la base de celle-ci. Une chance que Friday ait su de quoi il s'agissait. Si ça n'avait tenu qu'à lui, il aurait dû grimper là-haut pour forcer le couvercle du boîtier et tâcher de repérer les câbles à l'intérieur.

Profitant des dernières lueurs de la grenade, Rodgers jeta un œil vers Samouel et Nanda. Le Pakistanais était toujours à terre. Mais il s'était retourné pour regarder du côté des assaillants. Rodgers avait besoin de le faire venir ici avec Nanda et le téléphone cellulaire. C'était sans doute le moment où jamais.

Il sortit son arme et fit signe à Friday de l'imiter. Puis il se déporta vers l'autre extrémité de la congère. C'est de là qu'il avait la meilleure vue sur Samouel. Il leva trois doigts. Le Pakistanais comprit : à trois, il devait sortir. Rodgers lui laissa le temps de se préparer.

Samouel écarta Nanda du bloc de glace derrière lequel ils étaient restés couchés. Le Pakistanais l'aida à s'agenouiller puis à se mettre en position accroupie. Elle semblait coopérer, être consciente de ce qu'elle avait à faire. Samouel regarda Rodgers. Le général étendit rapidement les doigts un par un. À trois, Samouel se releva et tira Nanda avec lui. Elle était devant, le Pakistanais lui faisant un rempart de son corps. Dès qu'ils se mirent à courir, Rodgers et Friday se levèrent et se mirent à canarder les Indiens. Les fantassins étaient hors de portée mais ils l'ignoraient manifestement car ils se planquèrent aussitôt, donnant à Samouel le temps de couvrir les trois quarts de la distance jusqu'à l'entrée du silo.

Alors que les ténèbres enveloppaient à nouveau le cirque glaciaire, quelques coups de feu épars retentirent encore, tirés du côté indien.

« Ne ripostez pas ! » lança Rodgers à Friday.

Le général avait peur de toucher Samouel et Nanda dans le noir.

Les hommes tendirent l'oreille au crissement des bottes qui approchaient. Les pas étaient tout proches, mais irréguliers. Peut-être à cause du terrain glacé, inconnu. Le son obliqua vers la droite de Rodgers, s'éloignant du silo. Il rampa vers ce côté de sa position et attendit.

Quelques secondes plus tard, quelqu'un se laissa tomber près de lui. Le général tâtonna au jugé pour l'attirer à l'abri. C'était Nanda. Toujours à genoux, il l'entoura de ses bras et la souleva littéralement pour la faire passer derrière lui. Puis il se retourna de nouveau sur sa droite. Il entendit des grognements à quelques pas de lui. Il rampa dans cette direction. Et trouva Samouel devant la congère. Le Pakistanais était à plat ventre. Le général le saisit sous les aisselles. Sa main droite dégantée sentit quelque chose d'humide et d'épais. Il tira Samouel derrière l'abri de la masse de glace.

« Samouel, est-ce que vous m'entendez ?

— Oui », répondit le Pakistanais.

Le général tâta le flanc gauche de l'homme. L'humidité s'étendait. Pas de doute, c'était du sang.

« Samouel, vous êtes blessé.

— Je sais. Général, j'ai fait une connerie…

— Non. Vous avez fait du bon boulot. On va arranger ça…

— Ce n'est pas ce que je veux dire, coupa Samouel. J'ai… j'ai perdu le téléphone. »

Les mots assommèrent Rodgers comme un impact de balle.

Soudain, une fusillade éclata sur sa gauche. Les détonations brèves étaient venues de Ron Friday.

« Nos copains ont de nouveau la bougeotte ! commenta Friday.

— Planquez-vous ! » s'écria le général.

Il n'avait plus le temps de s'occuper d'eux. Il glissa la main dans son gilet et en sortit une des deux grenades cylindriques qu'il avait sur lui. Celles devant lesquelles personne n'avait envie de se trouver, les grenades à fragmentation. Sans hésiter, le général la dégoupilla et la balança, bras tendu, au milieu du cirque. Il n'avait pas l'intention de tuer les Indiens mais il ne pouvait plus se permettre de perdre du temps. Pas avec Samouel blessé.

Rodgers rentra la tête dans les épaules et demanda à Nanda de se baisser. Quelques secondes plus tard, la grenade explosa et la détonation se réverbéra sur les parois du cirque en faisant trembler le sol. Avant même que les échos se soient éteints, Rodgers avait sorti de son gilet d'équipements le couteau à lame de vingt-deux centimètres. Il avait aussitôt commencé à sérier les priorités. Stopper les Indiens. Stopper l'hémorragie de Samouel. Il s'inquiéterait ensuite du téléphone.

« Ne vous en faites pas pour moi, dit Samouel. Ça va.

— Vous êtes blessé. »

Le général fit une découpe dans le manteau de l'homme. Introduisit la main droite dans l'ouverture. Chercha la blessure à tâtons.

Il la trouva. Une entrée de balle juste sous l'omoplate gauche. Il tâtonna sur sa droite pour retrouver ses gants. Il les prit, en découpa la doublure intérieure en tissu doux, qu'il plaça sur la blessure. Puis il appuya avec force. Il ne savait trop que faire d'autre.

Le silence retomba sur le cirque avec l'extinction des derniers échos de la grenade. Pas de gémissements dans le camp adverse, pas de cris. Juste ce silence mortel, tandis que le temps et les options filaient. Sans téléphone mobile, ils ne pouvaient pas communiquer avec August ou se connecter à la parabole. Retrouver l'appareil dans le noir serait une perte de temps, quand bien même ce serait faisable. Sortir à découvert avec une torche serait du suicide. Et s'ils perdaient Samouel, plus rien n'aurait, de toute façon, d'importance.

C'était pourtant un bon plan. Comble de l'ironie, ils auraient été mieux lotis s'ils avaient plutôt suivi l'instinct d'un homme qui pouvait bien être un traître.

Accroupi, les bras baissés, Mike Rodgers continuait d'appuyer sur son pansement improvisé, dans l'espoir que le sang, dessous, allait finir par geler. Quand ce serait fait, il faudrait encore qu'il essaie de récupérer le téléphone, fût-ce au prix de sa vie.

Il en était là quand son coude droit heurta quelque chose à sa ceinture.

Il se rendit compte aussitôt de ce que c'était.

Peut-être leur planche de salut.

# 61.

## *Base 3 de Siachen, vendredi, 3 h 22*

L'hélicoptère Mikoyan MI-35 se posa sur sa petite aire d'atterrissage au revêtement noir. De forme carrée, elle était formée de deux couches d'asphalte séparées par une épaisseur de coton. Le textile empêchait le gel de la couche inférieure de se transmettre à celle du dessus.

À peine le pilote avait-il coupé les deux rotors qu'il entendit un message dans son casque.

« Capitaine, nous venons de recevoir un message du commandant Puri, l'informa le directeur des transmissions de la base. Vous devez refaire le plein, dégivrer et redécoller. »

Le capitaine échangea un regard torve avec son copilote. Le cockpit était mal chauffé et ils étaient déjà épuisés après ce vol difficile. Ils n'avaient pas envie d'entreprendre une nouvelle mission.

Le pilote, encore tourné vers son compagnon, vit, derrière lui, par la baie vitrée de droite, le personnel d'entretien au sol qui approchait déjà. Deux camions traversaient la piste dans sa direction. Le premier était un camion-citerne, l'autre un plateau équipé de lances à haute pression et de bidons d'une solution de chlorure de sodium dans du ferrocyanure ferrique.

« Quel est l'objectif ? s'enquit le capitaine.

— La cellule terroriste que vous poursuiviez déjà, répondit le directeur des transmissions. L'une des unités du commandant Puri vient de les coincer. Ils estiment qu'il y a quatre individus, mais sans pouvoir dire s'ils sont ou non lourdement armés. »

La nouvelle combla d'aise le capitaine. Bien qu'il eût admiré cet homme qui, seul, armé d'un simple pistolet, avait réussi à les repousser, il avait horreur de se faire avoir.

« Où sont-ils ? » demanda-t-il, dans le même temps qu'il pianotait sur l'ordinateur de bord pour afficher la carte topographique.

« Le haut plateau de Chittisin », répondit l'officier en lui fournissant les coordonnées.

Le pilote entra les chiffres. Les criminels avaient simplement suivi la pente. C'était une zone particulièrement inhospitalière du glacier, située en altitude. Il se demanda s'ils s'y étaient rendus à dessein ou s'ils y avaient échoué par accident. Dans le premier cas, il avait du mal à imaginer ce qui se trouvait là-bas. Peut-être un refuge quelconque, une planque, une cache d'armes.

Quoi qu'il en soit, il pouvait contourner le glacier par le flanc sud-ouest et se trouver sur zone en quarante-cinq minutes.

« Quand nous les aurons trouvés, quels sont les ordres ?

— Vous devez récupérer l'escouade du commandant Puri, puis achever votre mission initiale », l'informa le responsable des transmissions.

Le capitaine obtempéra.

Dix minutes plus tard, il avait repris l'air et mis le cap sur l'objectif. Cette fois, il ne raterait pas l'extermination des terroristes.

## 62.

## *Glacier de Siachen, vendredi, 3 h 23*

Le sang de Samouel commençait à geler. Rodgers le sentait au bout de ses doigts. C'étaient les seules parties de ses mains à être restées encore chaudes.

Dès que le sang eut figé, il récupéra son couteau et se pencha vers Nanda. « Je veux que vous m'accompagniez.

— D'accord », répondit-elle.

Ensemble, ils traversèrent en rampant l'espace séparant la congère de l'entrée du silo.

« J'arrive avec Nanda », murmura Rodgers d'une voix assez forte pour que Friday l'entende. Il n'avait pas envie que ce dernier croie à une manœuvre d'encerclement des soldats indiens.

« Tout va bien ? s'enquit l'agent de la NSA.

— Samouel est blessé.

— C'est grave ?

— C'est grave, confirma Rodgers.

— Quels cons ! ronchonna Friday. Et je le suis encore plus de vous avoir suivis, tiens.

— Je veux bien le croire », répondit Rodgers. Il se coula auprès de Friday et lui tendit le couteau. « Si vous avez terminé votre débriefing, je retourne chercher Samouel. Pendant ce temps-là, j'aimerais que vous commenciez à me creuser une tranchée dans la glace le long du bord de l'entrée du silo.

— C'est comme ça que vous comptez repérer le câble ? demanda Friday.

— Comme ça, oui.

— Qui vous dit qu'il n'est pas enterré à trois mètres de profondeur ? s'exclama l'agent américain.

— Sûrement pas. Ils ont dû prévoir de ne pas l'enfouir trop pour y accéder plus aisément en cas de réparation.

— Peut-être. N'empêche, creuser même quelques dizaines de centimètres de glace, ça va prendre…

— Faites-le.

— Allez vous faire foutre. Si jamais l'ami Sammy clabote, de toute manière, on est fichus. Je crois que je vais plutôt avoir une petite conversation avec nos voisins indiens. Voir si on peut trouver un arrangement. »

Rodgers entendit le bruit du couteau tombant sur la glace.

Un instant après, il entendit la lame racler la surface.

« Je vais le faire, moi », dit Nanda en se mettant à l'ouvrage.

Cela prit Rodgers par surprise. Le ton de la jeune femme était assuré, signe tangible qu'elle était « revenue ». C'était la première bonne nouvelle depuis un bout de temps et elle n'aurait pas pu mieux tomber.

Rodgers ne pouvait pas distinguer l'agent américain mais il entendait parfaitement sa respiration rauque. Le général avait glissé la main droite dans sa poche de manteau. Il était prêt à descendre Friday s'il y était contraint. Non pas parce qu'il les quitterait. C'était son droit. Mais parce qu'il redoutait ce que pouvait révéler un homme épuisé, victime du froid et de la faim.

Le bruit de respiration de Ron Friday demeura localisé au même endroit. La réaction de Nanda avait dû lui faire honte. À moins qu'il n'ait cherché à tester Rodgers. Parfois, ce qu'un homme s'abstenait de dire en réaction à une menace était plus éloquent et souvent plus dangereux qu'une réplique cinglante.

« Je reviens tout de suite avec Samouel », dit Rodgers d'un ton égal.

Il tourna les talons pour refaire la brève traversée entre les deux positions. Les Indiens restaient silencieux. Rodgers pensait à présent qu'il devait s'agir d'un simple groupe d'éclaireurs. Leurs ordres étaient à l'évidence de fixer l'ennemi en attendant l'arrivée des renforts. Par chance, ce ne serait pas avant une demi-heure au bas mot. Si tout le reste de son improvisation se déroulait comme il fallait, il n'aurait pas besoin de plus.

Samouel respirait très vite quand Rodgers le rejoignit. Le général n'était pas médecin. Il ne savait pas si c'était bon ou mauvais signe. Compte tenu des circonstances, respirer, c'était déjà bien.

« Comment ça va ?

— Pas très fort », dit le Pakistanais. Sa respiration était sifflante. Comme s'il avait du sang dans la gorge.

« Vous êtes juste désorienté par le choc, mentit Rodgers. On va vous remettre sur pied dès qu'on sera sortis d'ici.

— Que peut-on faire sans le téléphone ? » demanda Samouel.

Rodgers glissa les bras sous les aisselles du Pakistanais.

« On a toujours mon talkie-walkie. Ça pourrait marcher ?

— Ça devrait, admit Samouel. Le câblage est en gros le même.

— C'est ce que je me disais. Je vais vous ramener là-bas avec moi, jusqu'au câble. Puis je démonterai l'arrière de mon émetteur. Vous n'aurez plus qu'à me dire ensuite comment procéder pour effectuer le raccordement au câble d'antenne.

— Attendez… », dit Samouel.

Rodgers hésita avant de le soulever.

« Écoutez, reprit le Pakistanais. Sur le câble enterré, cherchez le fil rouge. C'est toujours le signal audio. À l'intérieur de votre radio, repérez la plus grande des puces. Vous verrez deux fils qui en partent. Le premier est relié au micro. Le second à l'antenne. Coupez-le. Et connectez-le par une épissure au câble rouge raccordé à la parabole.

— Très bien.

— Vous avez bien tout compris ?

— Oui, lui assura Rodgers.

— Alors allez-y », dit Samouel.

La voix du Pakistanais avait faibli à mesure qu'il parlait. Rodgers ne chercha pas à discuter. Il prit juste le temps de serrer sa main avant de tourner les talons et de rejoindre en hâte l'entrée du silo.

## 63.

## *Glacier de Siachen, vendredi, 3 h 25*

Nanda ne se souvenait plus de grand-chose depuis l'attaque de l'hélicoptère. Elle savait que son grand-père était mort. Mais il lui semblait que par la suite son esprit était parti à la dérive. Elle était restée consciente, mais son âme était ailleurs. Le choc occasionné par la mort de son grand-père avait dû émousser sa Kundalini, sa force vitale. Ce qui avait obligé la Shakti à prendre le dessus. C'étaient les deux divinités féminines qui protégeaient le vrai croyant dans les temps d'épreuves. Usant de leurs mantras et mandalas secrets – les formules et diagrammes mystiques – la Shakti avait préservé la force vitale de la jeune femme jusqu'à ce que ses énergies naturelles affaiblies soient de nouveau capables de la ressusciter.

Le choc des dernières explosions et le crépitement de la fusillade avaient accéléré le processus. Le regain d'activité du général Rodgers au cours des dernières minutes l'avait parachevé. L'énergie qu'elle avait toujours eue quand elle collaborait avec la SFF lui était revenue. Et elle s'en félicitait. Son retour à la vie avait semblait-il désamorcé la tension accumulée entre Rodgers et son compatriote.

Nanda continuait de tailler, creuser et défoncer la glace. Elle travaillait de gauche à droite, découpant de nouvelles saignées avec la main droite puis extrayant les fragments avec la gauche. Dans le même temps, elle sondait la glace pour trouver un câble ou une gaine. Avec la chance qu'ils avaient, cette dernière serait en acier ou tout autre matériau incassable.

Quoi qu'il en soit, cet exercice physique lui faisait du bien. Il entretenait la circulation et lui permettait de garder torse et bras relativement au chaud.

Rodgers n'était parti qu'une minute ou deux. Mais, quand il revint, il était seul.

« Où est votre garçon ? demanda Friday.

— Il ne va pas trop bien, concéda Rodgers. Mais il m'a dit ce qu'il fallait faire. (Le général s'approcha de Nanda.) Attendez une seconde… Il faut que j'inspecte la saignée. »

Nanda obéit. Elle entendit le général Rodgers vérifier à tâtons le contour de la dalle de glace.

« C'est bon, commenta-t-il. Merci. À présent, je voudrais que vous vous reculiez tous les deux, jusqu'à la pente. Restez à terre, les genoux ramenés sous le menton, croisez les bras, les mains plaquées sur vos oreilles. Pour vous exposer le moins possible.

— Qu'est-ce que vous allez faire ? demanda Nanda.

— Il me reste encore une flash-bang comme celle que j'ai déjà utilisée, expliqua le général. Je m'en vais la poser là-dedans. Une bonne partie de l'énergie partira vers le bas. La chaleur de l'explosion devrait faire fondre la glace sur plusieurs dizaines de centimètres dans toutes les directions.

— Votre copain terroriste vous a-t-il dit la marche à suivre si votre câble est planqué dans un tube épais de cinq centimètres ? s'enquit Friday.

— Dans ce cas, on enfouira la grenade à fragmentation qui me reste. Ça devrait pouvoir entamer sérieusement n'importe quelle gaine. À présent, reculez-vous, poursuivit-il. Je suis prêt à la lâcher. »

Les mains tendues devant elle, Nanda se dirigea à genoux vers la pente. Le sol inégal aux arêtes vives faisait mal. Mais la douleur était bienvenue. Des années plus tôt, un potier de Srînagar, appartenant à la caste servile des Sudra, lui avait dit que mieux valait ressentir quelque chose – même si c'était la faim – que ne rien ressentir du tout. Songeant à sa propre souffrance puis à son défunt grand-père, elle comprenait enfin ce que l'homme avait voulu dire.

Quand elle eut atteint la paroi, elle se blottit, en boule, sur la glace, comme le lui avait indiqué Rodgers.

Il ne lui échappa pas que l'Américain avait pris le temps de la remercier du travail accompli. Dans tout ce désarroi et ce doute, entre l'horreur du passé et celle qui s'annonçait peut-être, ce merci avait la senteur d'une rose unique et magnifique.

Telle était l'agréable image que la jeune femme avait à l'esprit quand le sol se souleva, qu'elle sentit son dos la brûler soudain malgré l'épaisseur des vêtements tandis que le grondement lui traversait les mains et carillonnait à l'intérieur de son crâne.

## 64.

### *Glacier de Siachen, vendredi, 3 h 27*

Rodgers ne s'éloigna pas autant que les autres du point zéro de l'explosion. Il savait qu'elle ne lui ferait pas de mal même si elle dégageait une intense chaleur. Mais il comptait justement là-dessus. Ses doigts dénudés étaient engourdis et il allait avoir besoin de les réchauffer pour pouvoir travailler. Il alla jusqu'au bord de la dalle et s'assit, le visage enfoui entre ses genoux relevés. L'intérieur de ceux-ci lui protégeait les oreilles. Il avait croisé les bras autour d'eux. Bref, il était prêt à encaisser une bonne secousse quand la grenade sauterait.

Avant de s'asseoir, il vérifia que le couteau avait retrouvé sa place dans son gilet et que la radio était bien arrimée à sa ceinture. Et il se pencha le plus possible du côté gauche. Ainsi, même si le souffle le renversait, il espérait au moins éviter de l'écraser sous son poids.

L'explosion dans la saignée fut encore plus puissante qu'il ne l'avait imaginé. La glace sous lui fut ébranlée, mais sans pour autant le renverser. En revanche, le souffle arracha un pan de la dalle. Rodgers l'entendit filer vers le ciel. Le bruit était assez perçant pour couvrir le grondement de la détonation. Le fragment retomba quelque part sur la gauche. Il imagina les Indiens convaincus dans un premier temps d'avoir subi un tir de mortier. Ce n'est qu'après un moment qu'ils s'apercevraient sans doute que l'ennemi avait fait sauter une autre grenade assourdissante.

Il y eut une série d'éclairs et de crépitements moins intenses, à mesure que la charge finissait de se consumer. Ils ne s'étaient pas encore éteints que le général avait rejoint le point zéro. L'explosion avait découpé dans la glace un trou d'environ un mètre vingt de côté. De la glace fondue remplissait l'excavation. Près du centre, il avisa un câble sectionné.

Tandis que les derniers fragments incandescents brûlaient encore au bord du trou, Rodgers se mit à plat ventre pour saisir la partie du câble raccordé à l'antenne. Il y avait trois fils entrelacés à l'intérieur d'une gaine en plastique d'une douzaine de millimètres d'épaisseur. Un des fils était rouge, le deuxième jaune, le troisième bleu. Rodgers sortit son couteau et sépara le rouge des deux autres. Il en trancha proprement l'extrémité, puis, à l'aide de la pointe de sa lame, le dénuda sur quelques millimètres. Il terminait quand les dernières braises s'éteignirent.

« Friday, des allumettes ! »

Pas de réponse.

« Friday !

— Il n'est pas ici », dit Nanda.

Rodgers se retourna. Il faisait trop sombre pour y voir jusque-là. Soit l'agent de la NSA restait planqué jusqu'à ce qu'il ait vu la tournure prise par les événements, soit, anticipant l'échec, il s'était déjà dirigé vers la partie du cirque où se trouvaient tapis les soldats indiens. Quoi qu'il en soit, Rodgers avait d'autres chats à fouetter pour l'instant. Il reposa le câble en prenant garde à ce que son extrémité ne trempe pas dans la glace fondue. Puis, à gestes rapides mais économes, habité par une anxiété d'une intensité qu'il n'avait encore jamais connue, Rodgers sortit la carte topographique de sa poche de gilet. Il la déplia à l'écart des braises mourantes pour éviter de faire un courant d'air. Puis, retenant son souffle, il se pencha pour poser délicatement l'angle de la carte contre le filament de magnésium tout juste encore incandescent. Il redoutait qu'un contact trop brusque ne l'éteigne. Mais, trop léger, le papier ne s'enflammerait pas.

Le destin de deux nations était réduit à cela : un homme aux prises avec la première et la plus primitive des technologies adoptées par l'espèce humaine. Voilà qui remettait en perspective quarante millénaires de progrès. Nous étions toujours des carnivores territoriaux blottis dans l'obscurité de leurs cavernes.

Le papier se mit à fumer puis rougeoyer sur les bords. Un instant après, une petite flamme orangée jaillit et traversa, triomphante, l'image imprimée du Cachemire. Ça semblait vouloir marcher.

« Nanda, par ici ! »

La femme s'approcha en hâte. Pour peu que les Indiens s'abstiennent de leur fondre dessus, leur duo était désormais en sûreté. La partie intacte de la dalle devrait leur assurer une protection suffisante tant qu'ils ne bougeraient pas d'ici.

Rodgers tendit la feuille à Nanda sitôt qu'elle fut arrivée. Il ôta son manteau, l'étala sur la glace près du trou et dit à la jeune femme de poser dessus le papier enflammé. Il lui expliqua que le vêtement ne brûlerait pas mais qu'il avait besoin d'autre chose pour alimenter le feu.

« Et vite, ajouta-t-il.

— Attendez voir... », dit Nanda.

La jeune femme plongea la main dans sa poche de manteau et en sortit le petit volume des Upanishad qu'elle gardait toujours sur elle. Elle sortit également la liasse de documents qu'elle était censée planquer sur les terroristes pour les mouiller lorsqu'ils seraient capturés.

« Ces textes pieux vont sauver plus de vies que les brahmanes n'auront pu l'imaginer », observa-t-elle.

À l'évidence, la jeune femme était à peu près dans la même disposition d'esprit à la fois atavique et mystique que Rodgers. Ou peut-être étaient-ils l'un et l'autre épuisés.

Tandis que les papiers brûlaient, le général sortit la radio de sa boucle de ceinture et la posa sur le manteau. Il se pencha au-dessus.

Le boîtier était une coque protectrice moulée sous vide. Rodgers savait qu'il ne pourrait pas l'ouvrir sans risquer de briser les composants dont il avait besoin. Alors, il choisit d'introduire son couteau dans l'espace autour du micro encastré. Il dégagea délicatement celui-ci. Il avait juste besoin d'accéder à l'un des fils fixés derrière et à la puce à laquelle celui-ci était connecté.

Sans cesser de guetter l'apparition de bruits trahissant une activité de l'autre côté du cirque, Rodgers se servit du couteau pour extraire la puce reliée au micro. Il ne pouvait pas se permettre de la dessouder du circuit imprimé. Sinon, la puce ne serait plus alimentée par la pile de l'appareil. Il devait donc être sûr de bien sectionner le bon fil pour effectuer l'épissure. Il tira le plus possible le micro puis inclina l'ouverture ainsi dégagée vers la lumière. Vingt ans plus tôt, c'eût été mission impossible. En ce temps-là, les émetteurs radio étaient bourrés de transistors, de fils et de circuits impossibles à déchiffrer. L'intérieur de celui-ci était relativement propre et aéré : juste quelques puces et des fils.

Rodgers repéra l'accu et le fil qui le reliait au circuit avec la puce et le micro. L'autre fil, celui qui était raccordé à l'antenne intégrée, était celui qu'il devait sectionner.

Reposant délicatement l'appareil sur le manteau, il se servit à nouveau du couteau pour trancher le fil au plus près possible de l'antenne. Cela lui donnerait environ cinq centimètres de débattement pour travailler.

Accroupi, prenant l'extrémité de sa botte comme surface de coupe, Rodgers entailla puis dénuda le reste de fil. Puis il récupéra le câble venant de l'antenne et fit de même avec la gaine en plastique. Quand une quinzaine de millimètres de fil de cuivre fut dénudée, il tortilla les deux brins pour former une épissure, et enfin alluma son talkie-walkie. Puis il s'effaça et poussa doucement Nanda devant l'objet.

Un objet qui était le plus improbable et le plus monstrueux bricolage à la Frankenstein que Mike Rodgers ait connu dans toutes ses années de service. Mais peu importait. L'essentiel n'était pas là.

L'essentiel était qu'il marche.

## 65.

### *Washington, DC,*
### *jeudi, 18 h 21*

L'expérience était inédite pour Ron Plummer. Un instant d'intense euphorie, suivi d'un moment si insupportable que la chute était littéralement vertigineuse.

Quand l'appel était venu d'Islamabad, l'ambassadeur Simathna avait écouté un moment avant d'avoir un sourire épanoui. Plummer n'avait pas eu besoin d'attendre que son vis-à-vis mette l'ampli pour deviner de quoi il retournait.

Mike Rodgers avait réussi. D'une manière ou d'une autre, le général avait transmis le message à la base qui contrôlait le silo. Laquelle l'avait aussitôt fait suivre au ministre pakistanais de la Défense. De là, la cassette avait été donnée à CNN pour être diffusée dans le monde entier.

« Je m'appelle Nanda Kumar, disait la voix aiguë, crissante, de l'enregistrement. Je suis une citoyenne indienne du Jammu-et-Cachemire et un agent du réseau civil. Pendant plusieurs mois, j'ai collaboré avec la Force spéciale des frontières pour infiltrer et saper un groupuscule de terroristes pakistanais. La SFF m'avait dit que mes activités déboucheraient sur l'arrestation des terroristes. Au lieu de cela, les renseignements que j'ai fournis leur ont permis de piéger les Pakistanais. Ces terroristes ont sur la conscience quantité d'actes épouvantables. Mais ils n'ont aucune responsabilité dans l'attentat de mercredi dernier contre un bus de pèlerins et un temple hindou devant le marché de Srînagar. C'était l'œuvre de la SFF indienne. »

L'ambassadeur souriait encore quand il coupa le téléphone et se pencha vers un second appareil amplifié. Celui-ci était en liaison directe avec le bureau de Paul Hood à l'Op-Center.

« Directeur Hood, avez-vous entendu ? demanda l'ambassadeur.

— Oui, confirma Hood. Ça passe également sur CNN en ce moment même.

— Vous m'en voyez ravi, dit Simathna. Je vous félicite, vous et le général Rodgers. J'ignore comment il est parvenu à transmettre le message mais c'est très impressionnant.

— Le général Rodgers est un homme très impressionnant, reconnut Hood. Nous aimerions bien le savoir nous aussi. Bob Herbert me dit que le colonel August est incapable de le joindre. Son téléphone mobile a dû rendre l'âme.

— Tant que ce n'est que le téléphone, plaisanta l'ambassadeur. Bien sûr, les Indiens ne manqueront pas de clamer que Mlle Kumar a subi un lavage de cerveau par les Pakistanais. Mais le général Rodgers aidera à démasquer ces manœuvres de propagande.

— Le général Rodgers dira la vérité, quelle qu'elle soit », observa Hood, diplomate.

Tandis que Hood parlait, l'autre téléphone de Simathna se mit à pépier. Il pria son interlocuteur de l'excuser et répondit.

Le sourire de l'ambassadeur vacilla un instant avant de s'effacer. Son visage maigre devint livide. Ron Plummer n'osa pas imaginer ce qu'il venait d'apprendre. La vision d'une frappe nucléaire pakistanaise traversa en un éclair son esprit aux abois.

Simathna ne dit rien. Il écoutait, c'est tout. Au bout de longues secondes, il raccrocha le combiné et regarda l'Américain. Une profonde tristesse se lisait dans ses yeux.

« Monsieur Hood, j'ai peur d'avoir une mauvaise nouvelle à vous annoncer, dit l'ambassadeur.

— Quel genre de mauvaise nouvelle ? demanda son interlocuteur au bout du fil.

— Apparemment, la dalle posée sur le silo a été retirée ou bien a subi des dégâts significatifs lors de l'action du général Rodgers, expliqua Simathna.

— Ne me dites pas ça, avertit Hood. Putain, ne me dites pas ça. »

Simathna n'avait pas besoin. Tous savaient ce que cela signifiait.

Les charges défensives placées autour du silo avaient été automatiquement activées. Sans quelqu'un à l'intérieur pour annuler la séquence, elles exploseraient tout au plus dans quelques minutes.

## 66.

### *Washington, DC, jeudi, 18 h 24*

Paul Hood refusait de croire que Mike Rodgers ait pu aller aussi loin, accomplir un tel miracle, pour se retrouver pulvérisé par un truc qu'on pouvait empêcher. Mais, pour l'empêcher, encore fallait-il pouvoir y accéder. Même si Hood, Herbert et Coffey restaient silencieux, leur frustration sous-jacente était intense. Nonobstant l'arsenal technologique à leur disposition, ils étaient aussi démunis que s'ils vivaient à l'âge de pierre.

Hood était effondré dans son siège en cuir, les yeux baissés, humilié par cet inhabituel sentiment d'impuissance. Jusque-là, ils avaient toujours eu une solution de rechange. Avec quelqu'un qu'ils pouvaient appeler à l'aide, ou du temps pour mettre en position des renforts ou, au pire, un moyen de communication. Pas là. Et il suspectait que Mike, Nanda ou les autres avaient épuisé leurs quotas d'anges gardiens en s'employant à empêcher une guerre nucléaire. Hood ne voyait plus trop l'utilité désormais de prier pour leur salut. Peut-être que leur vie comme la vie des Attaquants était le prix à payer. Malgré tout, Hood demanda quand même silencieusement aux entités, qu'elle soient chrétiennes, musulmanes ou hindoues, qui les avaient protégées jusque-là, de faire encore un petit effort. Paul Hood n'était pas prêt à perdre Mike Rodgers. Pas encore.

« Peut-être que Mike et la fille auront quitté la zone après avoir rempli leur mission, suggéra Coffey.

— C'est possible, concéda Herbert. Malgré tout, connaissant Mike, je pense qu'il continuera d'émettre. Ils n'ont peut-être aucun moyen de savoir si leur message est passé. »

Coffey grimaça.

« Même s'ils sont bien partis, je ne suis pas sûr qu'ils aient pu aller bien loin, poursuivit Herbert.

— Comment cela ? demanda Coffey.

— Il fait nuit noire là où ils se trouvent, expliqua le chef du renseignement. D'après moi, une fois qu'ils auront terminé, Mike aura voulu trouver un endroit où bivouaquer et attendre bien après le lever du soleil. Que la région se réchauffe un peu. Quoi qu'il ait pu se produire, si l'un d'eux a été blessé, Mike aura voulu prendre le temps de pratiquer les premiers soins. Le hic, c'est que nous ne savons pas combien de temps il reste au juste avant que tout saute. Il est manifeste que Mike a réussi d'une manière ou d'une autre à pénétrer dans le silo pour effectuer la transmission. Les explosifs ont été armés quand il a déplacé la dalle. Cela veut dire que le compte à rebours est déjà bien entamé.

— Je n'arrive pas à croire que ces salauds de Pakistanais ne soient pas fichus de l'interrompre, protesta Coffey.

— Moi, si, répondit Herbert. Et je vais même vous dire ce qui se produit en ce moment. J'y ai réfléchi. Je vous parie qu'ils ont installé dans le coin tout un réseau de silos enterrés, tous reliés par des tunnels. À l'heure où je vous parle, le missile est automatiquement transféré sur un autre site.

— Comme des Scuds enterrés ?

— Tout juste, répondit Herbert. Dès que l'engin est en sécurité, le silo et ceux qui l'auront découvert se retrouvent pulvérisés. Plus la moindre trace de la présence d'un missile dans les décombres. Ils pourront toujours prétendre que l'installation était un abri destiné à des glaciologues en mission d'étude, à des soldats en patrouille dans la région, ou autres balivernes.

— Tout ça ne nous aide guère à tirer Mike de ce guêpier », nota gravement Coffey.

Le téléphone sonna au moment où Herbert allait répondre. Hood décrocha. C'était Stephen Viens au Service national de reconnaissance.

« Paul, si Mike est toujours sur le plateau de Chittisin, la caméra à grand angle vient de repérer un truc qu'on aurait intérêt à lui signaler. »

Hood pressa la touche ampli du téléphone et se redressa sur son siège. « Allez-y, Stephen.

— Il y a deux minutes, nous avons vu un spot revenir vers la zone, expliqua Viens. Nous pensons qu'il s'agit d'un Mi-35 indien, sans doute celui-là même avec lequel ils ont eu déjà maille à partir. Il reviendra faire un passage après être rentré se ravitailler. »

Tandis que Viens parlait, Hood et Herbert échangèrent brièvement un regard plein d'espoir. Ils n'avaient pas besoin de dire quoi que ce soit. Voilà soudain qu'une option se présentait. La question était de savoir s'ils auraient le temps de l'utiliser.

« Stephen, restez en ligne, dit Hood. Et encore merci. Merci de tout cœur. »

Avec une hâte mal contenue, Herbert saisit le combiné intégré au bras de son fauteuil et pressa la touche mémoire pour adresser un message à son contact au sein de l'armée indienne.

Hood fit de même, en son for intérieur.

Il adressa un message de remerciement silencieux à celui, quel qu'il soit, qui veillait sur Mike.

## 67.

## *Glacier de Siachen, vendredi, 4 h 00*

Accroupi à l'abri de la dalle, l'arme dégainée, Rodgers parcourut du regard le cirque glaciaire. Il avait laissé le feu s'éteindre tandis que Nanda poursuivait sa transmission. Même si les Indiens n'avaient pas encore bougé, il n'avait pas envie de leur offrir une cible si jamais ils changeaient d'avis. Et ce n'étaient pas les bonnes raisons qui manquaient.

Si le message de Nanda était passé, les soldats l'auraient certainement déjà fait savoir à Rodgers. Les Indiens n'avaient pas plus envie que lui de risquer leur peau. Leur silence semblait donc indiquer, soit qu'ils attendaient qu'il se manifeste, soit qu'ils attendaient l'arrivée de renforts. Sans doute patienteraient-ils jusqu'à l'aube. Ils avaient des armes de plus longue portée. Tout ce qui leur fallait, c'était de la lumière pour pouvoir escalader les pentes et repérer leurs cibles. Il était également possible qu'ils aient déjà commencé à faire mouvement sur eux, avec lenteur et précaution. Ron Friday était peut-être allé balancer leur position actuelle auprès des Indiens en échange d'une protection. Cela n'aurait pas étonné outre mesure le général. L'homme s'était déjà trahi quand il n'avait manifesté aucune surprise à l'énoncé des raisons qui avaient amené Fenwick à démissionner. Or, seuls Hood, le vice-président, le président et son épouse ainsi que le secrétaire de Fenwick avaient su qu'il était un traître.

Mais Friday le savait. Friday le savait parce qu'il avait fort bien pu être l'homme de main de ce salopard en Azerbaïdjan. Pour autant que Rodgers le sache, il avait peut-être bien trempé dans l'attentat contre les agents de la CIA en poste à Bakou. D'une manière ou d'une autre, Ron Friday devrait en répondre. Soit le général allait le traquer ici, soit il terminerait l'émission par un message personnel adressé à Hood.

Maintenant que le feu était éteint, Rodgers avait toutefois un autre souci. Il avait sacrifié à la cause ses gants et son manteau. Ses mains étaient engourdies, il avait le buste et les bras gelés. S'il n'y portait pas remède au plus vite, il périrait d'hypothermie.

Il prit le temps de s'assurer que Nanda était à l'abri des tirs par ce qui restait de la dalle. Puis il revint en rampant à l'endroit où il avait laissé Samouel, derrière la congère.

Le Pakistanais était mort.

Cela ne surprit pas Rodgers. Ce qui le surprit, ce fut sa tristesse à la découverte de son corps sans vie.

Il y avait quelque chose chez cet homme qui ne collait pas au cliché du terroriste aveugle. Dans ses derniers instants, alors qu'il aurait pu prier Allah de l'accueillir au Paradis, il avait pris le temps d'expliquer à Rodgers comment raccorder l'antenne à sa radio.

Cela, plus sa quête obstinée aux côtés de deux ennemis historiques, n'avait pas manqué de toucher Rodgers.

Et maintenant encore, même dans la mort, Samouel allait être responsable de la survie de Rodgers. Lorsque celui-ci lui ôta ses gants et son manteau, il se sentit empli de reconnaissance. Dévêtir le corps des ennemis avait toujours fait partie des traditions guerrières. En revanche, les soldats répugnaient en général à dépouiller, même du nécessaire, les alliés tombés à leurs côtés. Quelque part, toutefois, cela relevait plus du don de soi que d'un acte de pillage.

Rodgers s'était agenouillé près du corps pour se rhabiller. Il terminait quand ses genoux se mirent à le chatouiller. Au début, il mit la chose sur le compte du froid. Puis il se rendit compte que le sol vibrait imperceptiblement. Un instant plus tard, il perçut un grondement sourd, très bas.

On aurait dit les prémices d'une avalanche. Il se demanda si les explosions des grenades n'avaient pas affaibli les pentes et si elles ne s'étaient pas mises à lui dévaler dessus. Si tel était le cas, mieux valait éviter de s'attarder à leur pied.

Rodgers se releva et courut rejoindre Nanda. Dans le même temps, il sentit monter un frémissement dans ses entrailles. Il l'avait déjà ressenti. Il le reconnut.

Ce n'était pas une avalanche. C'était pire. C'était la raison qui expliquait pourquoi les Indiens avaient retardé leur attaque.

Un instant après, les sommets des pics environnants furent découpés par une lumière qui s'élevait du nord. Le grondement et le rugissement s'étaient mués en un claquement bien caractéristique au fur et à mesure que l'hélicoptère indien se rapprochait. Il aurait dû s'y attendre. Les soldats avaient transmis par radio leur position au Mi-35 qui avait tenté de les éliminer un peu plus tôt.

Rodgers se coula près de Nanda et s'agenouilla devant elle. À tâtons dans le noir, il chercha ses joues et les tint entre ses mains serrées. Il s'en servit pour guider sa bouche tout près de son oreille afin qu'elle l'entende malgré le fracas de l'appareil.

« Je veux que vous essayez de parvenir à l'entrée pendant que je tiendrai occupé l'hélico, expliqua Rodgers. Ce ne sera pas évident de franchir la ligne de soldats, mais il se peut que ce soit votre seul espoir.

— Comment savons-nous qu'ils vont nous tuer ?

— On n'en sait rien, reconnut Rodgers. Mais mieux vaut s'en assurer en tentant de s'échapper plutôt qu'en se rendant.

— Là, je suis d'accord avec vous », répondit Nanda.

Rodgers décela le sourire dans sa voix.

« Commencez déjà à vous faufiler le long de la paroi derrière moi. Avec de la chance, l'hélico déclenchera une avalanche de leur côté.

— J'espère bien que non. Ce sont mes compatriotes. »

*Touché*, songea Rodgers.

« Mais merci quand même, reprit-elle. Merci de faire vôtre ce combat. Bonne chance. »

Le général lui donna une tape sur la joue puis elle partit. Il continua d'observer alors que l'hélico descendait. Soudain, l'oiseau russe s'immobilisa. Il resta en vol stationnaire au-dessus du cirque, à mi-distance de Rodgers et des Indiens. Une vingtaine de secondes s'écoula, puis l'appareil s'éleva brusquement et mit le cap au sud. Il disparut derrière une des arêtes de glace près de l'entrée. L'éclat de ses phares baigna soudain l'étroite caverne du tunnel d'accès.

Rodgers coula un œil par-dessus la dalle. L'hélico s'était posé de l'autre côté, à l'extérieur du cirque. Peut-être que, redoutant de causer une avalanche, ils avaient décidé de déployer des troupes au sol. Cela interdisait virtuellement le passage à la jeune femme. Il se redressa aussitôt pour se lancer à ses trousses. Il fallait qu'il la ramène et réfléchisse à une autre stratégie. Peut-être négocier sa libération avec ces gens. Après tout, c'étaient ses compatriotes, elle l'avait dit.

Mais, alors qu'il courait, Rodgers vit une chose qui le surprit. Droit devant. Trois des soldats indiens s'éloignaient du cirque en toute hâte. Ils n'allaient pas attaquer. On procédait à leur évacuation.

Ce qui se produisit ensuite redoubla sa surprise.

« Général Rodgers ! » s'écria quelqu'un.

Rodgers se tourna vers l'ouest de l'entrée. Quelqu'un se tenait là, à demi caché derrière une congère.

Très bien, se dit Rodgers. Il allait jouer le jeu. « Oui ? s'écria-t-il à son tour.

— Votre message est passé ! dit l'Indien. Nous devons évacuer le site immédiatement ! »

Des membres au cerveau en passant par l'esprit, Rodgers eut l'impression d'avoir reçu une décharge d'adrénaline. Il continua de courir, sautant les crevasses, esquivant les blocs de glace. Soit Ron Friday avait réussi un sacré numéro de bonimenteur, soit le type disait la vérité. Quoi qu'il en soit, Rodgers tentait le coup. Il n'avait pas le choix.

Devant lui, il vit Nanda parvenir à l'entrée du cirque. Elle poursuivit vers la lumière. Rodgers y parvint quelques secondes après. Le militaire indien, un sergent, arriva en même temps que lui. Il avait le fusil en bandoulière. Il n'y avait pas d'arme dans ses mains gantées.

« Il faut se dépêcher », expliqua l'Indien alors qu'ils fonçaient dans le tunnel d'accès. « Toute cette zone est une bombe à retardement de l'armée pakistanaise. Une sorte d'arsenal. Vous en avez déclenché le système de défense. »

Sans doute en bidouillant la liaison satellite, songea Rodgers. Ou, plus probablement, les militaires pakistanais voulaient les éliminer tous pour garder le secret sur leur silo de missile nucléaire.

« Je n'arrive pas à croire que vous n'étiez que deux, confia le sergent alors qu'ils couraient dans l'étroite galerie. On pensait que vous étiez plus nombreux.

— On l'était. » Rodgers avait le regard fixé sur l'hélico devant lui. Il vit les soldats aider Nanda à grimper à bord et comprit à ce moment que Friday les avait lâchés. « Mais ils sont tous morts. »

Les hommes se ruèrent hors de l'entrée et foncèrent pour couvrir les vingt-cinq derniers mètres jusqu'à l'hélico. Rodgers et le sergent s'engouffrèrent d'un bond par la porte ouverte. Le Mi-35 s'éleva rapidement, tout en s'éloignant au plus vite de la base piégée.

Tandis qu'on refermait derrière lui la portière coulissante, Rodgers se dirigea en titubant vers le flanc de la soute encombrée. Il n'y avait pas de sièges, juste les contours de corps épuisés, frigorifiés. Le général sentit le flot d'adrénaline le quitter au moment où ses jambes se dérobaient et où il s'écroulait sur le plancher de l'appareil. Il ne fut pas surpris d'y retrouver Nanda, affalée contre une caisse de munitions. Rodgers se glissa vers elle tandis que l'hélicoptère se mettait en palier et filait plein nord. Il lui prit la main et se blottit contre elle, chacun soutenant l'autre. Les Indiens assis alentour allumaient des cigarettes et soufflaient sur leurs mains pour les réchauffer.

La température à l'intérieur de la cabine de l'hélicoptère était tout juste au-dessus de zéro, mais cette chaleur relative était une bénédiction. Rodgers en avait d'agréables picotements sur la peau. Ses paupières se fermèrent. Il ne pouvait s'en empêcher. Son esprit suivit la même pente.

Mais, juste avant, l'Américain éprouva une bouffée de satisfaction à l'idée que Samouel était mort en fin de compte sur le sol de sa patrie. Silo ou arsenal, quel que soit le terme qu'employait Islamabad, au moins était-ce l'ouvrage de Pakistanais.

Pour ce qui était de Friday, Rodgers n'était pas mécontent non plus. Pas mécontent de savoir qu'il allait mourir aux antipodes du pays qu'il avait trahi.

Joie pour un terroriste. Haine pour un Américain.

Rodgers fut heureux de reporter ces pensées à plus tard.

## 68.

## *Glacier de Siachen, vendredi, 4 h 07*

Ron Friday n'avait pas compris, au début, en voyant l'hélicoptère quitter le cirque glaciaire.

Son plan avait été simple. Si le chef scout Rodgers avait réussi à prendre l'avantage, Friday lui aurait expliqué qu'il s'était déporté latéralement pour guetter le déclenchement d'un assaut indien. Si les Indiens au contraire avaient gagné, comme il l'escomptait, il aurait expliqué qu'il avait cherché à les rejoindre pour essayer de mettre fin à l'épreuve de force.

Il n'avait pas du tout prévu que les deux parties aboutissent à une sorte de détente soudaine et lèvent le camp ensemble. Il n'avait pas du tout prévu de se retrouver abandonné ici, à l'autre extrémité du cirque où le claquement des pales de l'hélicoptère avait étouffé ses cris. Non, il n'avait pas du tout prévu d'être abandonné ici.

Mais, alors qu'il regardait décoller l'appareil, il ne se sentait ni trompé ni furieux. Il se sentait surtout seul mais enfin, ça n'avait rien de nouveau. Son souci premier était de prendre un peu de repos et de survivre aux dernières heures de froid nocturne. Ensuite seulement, il pourrait envisager de regagner la Ligne de contrôle, le lendemain.

Sa destination initiale.

Cela fait, il trouverait bien moyen de tourner la situation à son avantage. Il demeurait un acteur clé dans une opération qui avait évité un incident nucléaire au Cachemire. Et, au passage, il avait appris des choses qui seraient d'une valeur inestimable pour l'un et l'autre camp.

Friday se trouvait légèrement au nord-est du centre du cirque glaciaire quand les feux de l'hélicoptère disparurent derrière les crêtes. Il n'avait vu que deux silhouettes rejoindre les Indiens. Ce qui voulait dire que l'un des trois, Samouel sans doute, était mort près de l'entrée du silo. Le Pakistanais n'aurait plus besoin de ses vêtements. S'il réussissait à se trouver une petite anfractuosité quelque part, il pourrait tendre les habits devant pour se protéger du froid. Et puis il avait toujours les allumettes. Peut-être qu'il trouverait de quoi faire un petit feu de camp. Tant qu'il y avait de la vie, il y avait de l'espoir.

Un instant après, dans un jaillissement apocalyptique de feu et de glace, tout espoir prit fin pour Ron Friday.

# 69.

## *Pics d'Himachal, vendredi, 4 h 12*

Tapi contre les rochers à la lisière du plateau, Brett August et William Musicant purent voir – puis entendre – une explosion au loin. Elle ébranla la corniche et projeta une lueur rouge carmin sur les pics et le ciel au nord-est. La lumière rappelait à August celle qui émergeait d'un barbecue quand on en remuait les braises sur le point de s'éteindre. Une espèce de lumière fuligineuse, rouge sang, d'une intensité uniforme.

August regarda pour voir si une traînée de condensation s'élevait de la boule de feu. Il n'en vit aucune. Ce n'était donc pas un tir de missile. La détonation était venue de la direction prise par Mike Rodgers. August espérait de tout cœur que son vieux pote était l'auteur du phénomène inconnu et non pas sa victime.

L'enfer persista quelques secondes encore avant de se dissiper très vite. August n'imaginait pas qu'il y ait une grande quantité de matériau combustible là-bas sur le glacier. Il ramena ses yeux brûlants de fatigue vers la vallée en contrebas. Où se trouvaient les hommes qui avaient tué ses soldats. En les tirant comme des pigeons avant même qu'ils aient pu dégainer leurs armes. Il avait beau répugner à voir la situation dégénérer, une partie de lui désirait que les Indiens entreprennent l'escalade. Il brûlait du désir de venger son équipe.

La tempête de neige avait cessé, mais pas les vents. Il faudrait la chaleur du soleil pour les réchauffer et les inverser. Mais, pour l'heure, ils continuaient de déferler des sommets avec la même intensité, la même température glaciale et la même constance. C'était le sifflement ininterrompu qui était le pire. August se demanda si c'étaient des vents qui avaient inspiré les légendes des Sirènes. Dans certains contes, le chant des nymphes océanes plongeait les marins dans la folie. Le colonel saisissait maintenant pourquoi.

Son ouïe en était si affectée qu'il n'entendit même pas le bip du TAC-SAT. Heureusement, il remarqua le clignotement de sa diode rouge. Il déboutonna le col qui recouvrait le bas de son visage jusqu'à l'arête du nez. Puis il monta le volume de l'appareil avant de répondre. Il aurait besoin de toute la puissance de l'ampli pour entendre Bob Herbert.

« Oui ? s'écria-t-il dans le micro.

— Colonel, c'est terminé, dit Herbert.

— Répétez, SVP ? » hurla August. Il avait cru entendre Herbert dire que tout était terminé.

« Mike a pu faire passer le message », dit Herbert, plus fort, en détachant les mots. « Les troupes indiennes de la Ligne de contrôle sont en train d'être rappelées. Un hélicoptère viendra vous récupérer à l'aube.

— Bien reçu, dit August. Nous avons vu une explosion au nord-est il y a une minute. Est-ce le fait de Mike ?

— Façon de parler, répondit Herbert. On vous en dira plus quand vous serez dans les airs.

— Et les Attaquants ? demanda August.

— Il faudra qu'on étudie la question, dit Herbert.

— Je refuse de partir sans eux.

— Colonel, ici Paul, intervint Hood. Nous devons déterminer sous quelle juridiction se trouve la vallée…

— Je refuse de partir sans eux », répéta August.

Il y eut un long silence. « Je comprends, répondit Hood.

— Brett, pouvez-vous tenir le coup jusqu'aux environs du milieu de la matinée ?

— Je tiendrai le temps qu'il faudra.

— Très bien, dit Herbert. L'hélico peut récupérer le caporal Musicant. Je vous promets de régler la situation le plus vite possible.

— Merci, monsieur, dit August. Quels sont mes ordres en ce qui concerne les trois Pakistanais ?

— Vous me connaissez, dit Herbert. Si ça ne tenait qu'à moi, maintenant qu'ils ont rempli leur rôle, je vous dirais volontiers de leur loger une balle dans leur sale petite tronche d'assassins. Je suis sûr que ma femme là-haut surveille la route. Pour s'assurer que leur bus pour le Paradis fera demi-tour.

— Toute question de morale mise à part, il y a des considérations légales et politiques à envisager, sans parler de l'éventualité d'une résistance armée, intervint Hood. L'Op-Center n'a aucun pouvoir d'action sur la FKM et l'Inde n'a diligenté aucune enquête officielle contre le reste des membres du groupuscule. Ils sont libres comme l'air. Si les Pakistanais désirent se rendre, je suis sûr qu'ils seront arrêtés et jugés par les Indiens. S'ils se retournent contre vous, vous devez être en mesure de réagir de la façon qui vous semblera la plus appropriée.

— Paul a raison, reprit Herbert. Le plus important est de vous récupérer sains et saufs, le caporal et vous. »

August répondit qu'il comprenait. Il ajouta qu'il accepterait volontiers les vivres et l'eau que pourrait lui apporter l'hélico. Ensuite, il descendrait dans la vallée de la Mangala récupérer les dépouilles des Attaquants.

Après avoir raccroché le TAC-SAT, August se redressa lentement sur ses jambes engourdies par le froid. Il alluma sa torche et traversa la corniche verglacée pour rejoindre la position de Musicant. Il donna au toubib les bonnes nouvelles puis retourna vers l'endroit où Sharab et ses deux complices restaient blottis. Contrairement aux Attaquants, ils n'avaient pas subi un entraînement aux conditions de froid extrêmes. Et ils n'étaient pas non plus vêtus aussi chaudement que les deux officiers américains.

August s'accroupit à côté d'eux. Ils grimacèrent sous le faisceau de la lampe. Ils lui faisaient penser à ces lépreux qui se cachaient du soleil. Sharab tremblait. Ses yeux étaient rouges et vitreux. Il y avait de la glace dans ses cheveux et ses sourcils. Ses lèvres étaient fendues, ses joues rouge écarlate. August ne pouvait s'empêcher de la plaindre. Ses deux complices étaient encore en plus piètre état. Leur nez était à vif et saignait, leurs oreilles étaient déjà gelées – ils allaient sans doute les perdre. Leurs gants étaient recouverts d'une couche de glace si épaisse qu'August ne pensait même pas qu'ils pouvaient encore bouger les doigts.

En les regardant, le colonel se rendit compte que Sharab et ses deux compatriotes n'allaient ni se battre contre eux ni s'enfuir. August se pencha vers eux.

« Le général Rodgers et Nanda ont achevé leur mission », leur dit-il.

Sharab fixait le vide. Ses yeux rouges s'emplirent de larmes. Ses lèvres exposées bougèrent sans bruit. Pour prier, sans doute. Les deux hommes étreignirent faiblement ses bras, émirent eux aussi des prières muettes.

« Un hélicoptère indien arrivera à l'aube, poursuivit le colonel. Le caporal Musicant repartira à son bord. Quant à moi, je redescendrai dans la vallée retrouver les dépouilles du reste de mon équipe. Que voulez-vous faire ? »

Sharab tourna vers August ses yeux embués de larmes. Un désespoir intense se lisait dans son regard. Quand elle parla, ce fut d'une voix tremblante et rauque. « Est-ce que l'Amérique… nous aidera… à plaider la cause… d'un Cachemire pakistanais ? demanda-t-elle.

— Je pense que les choses vont changer après ce qui s'est passé ici ces derniers jours, admit August. Mais je ne sais pas ce que mon pays va dire ou faire. »

Sharab posa un gant glacé sur l'avant-bras du colonel. Sa voix se fit pressante : « Allez-vous… nous aider ? Ils ont tué… vos hommes.

— C'est la folie entre vos deux pays qui a tué mes hommes, rectifia August.

— Non. » D'un geste violent, elle montra le rebord du plateau. « Ce sont les hommes… en bas, dans la vallée… qui les ont tués. Ils sont impies… mauvais. »

August n'avait aucune envie de se lancer dans une telle discussion. Pas avec quelqu'un dont l'activité habituelle était de faire sauter des bâtiments publics et des commissariats de police.

« Sharab, j'ai collaboré avec vous jusqu'ici. Je ne peux pas en faire plus. Il y aura un procès, des auditions. Si vous vous rendez, vous aurez la possibilité de présenter favorablement la cause de votre peuple.

— Ça n'aidera pas à grand-chose.

— Ce sera déjà un début, rétorqua August.

— Et si… si nous retournons… au pied de la montagne ? demanda la jeune femme. Qu'est-ce que vous ferez ?

— J'imagine que je vous dirai au revoir.

— Vous… vous n'essaierez pas de nous empêcher ? insista Sharab.

— Non, lui assura le colonel. À présent, excusez-moi. Je m'en vais rejoindre le reste de mon unité. »

Son regard s'attarda quelques instants encore sur la fière Pakistanaise. La haine et la rage de la femme brûlaient malgré le froid et l'épuisement physique. Dans la vie, il en avait vu, des combattants déterminés. Des Viêtcongs, des résistants kurdes. Des gens qui se battaient pour leur terre et leur famille. Mais ce chaudron brûlant était une vision terrifiante.

Le colonel August fit demi-tour et retraversa la corniche glissante et battue par les vents. Les tribunaux seraient un bon début. Mais il en faudrait plus pour éradiquer les différends entre Indiens et Pakistanais. Il faudrait une guerre comme celle qu'ils venaient d'éviter de justesse. Ou un effort international continu sans précédent, se prolongeant sur des générations.

Durant un triste et fugace moment, August partagea quelque chose avec Sharab.

Un profond désespoir.

## 70.

## *Washington, DC, mardi, 7 h 10*

Paul Hood était seul dans son bureau. Assis devant son ordinateur, il révisait l'allocution qu'il comptait faire à dix heures pour la cérémonie commémorative en hommage aux Attaquants.

Comme promis, Herbert avait persuadé les Indiens de dépêcher des hélicos depuis la Ligne de contrôle pour récupérer les dépouilles des commandos américains. Son moyen de pression avait été simple. Les Pakistanais acceptaient d'évacuer la région, même s'ils continuaient à revendiquer la vallée. Herbert avait convaincu New Delhi que ce ne serait pas une bonne idée de laisser les Pakistanais récupérer les corps d'Américains tombés sous des balles indiennes. Cela aurait provoqué une situation politique que ni l'Inde ni les États-Unis ne désiraient.

Le colonel August était dans la vallée pour accueillir les deux Mi-35 quand ils se présentèrent le vendredi en fin d'après-midi. Les corps avaient été déjà récupérés et rassemblés près de la voilure de leurs parachutes. August demeura auprès des dépouilles jusqu'au vol de retour vers Quantico, le dimanche suivant. Ce n'est qu'à cet instant seulement que le colonel daigna se rendre à l'hôpital. Mike Rodgers l'y attendait pour l'accueillir.

Hood et Rodgers en avaient accompli bien trop, de ces cérémonies commémoratives depuis la constitution officielle de l'Op-Center. Mike Rodgers parlait comme de juste avec son éloquence habituelle de devoir et de métier des armes. D'héroïsme et de tradition. Hood essayait toujours de trouver un moyen de remettre en perspective ce sacrifice. Le salut d'un pays, la sauvegarde de vies humaines ou la prévention d'une guerre. Les hommes laissaient invariablement des familles endeuillées mais habitées d'un sentiment d'espoir plutôt que de futilité, et remplies d'une fierté qui atténuait leur sentiment de perte.

Mais là, c'était différent. C'était plus que les vies des Attaquants qu'on célébrait aujourd'hui.

New Delhi avait publiquement remercié l'Op-Center pour la découverte d'une cellule terroriste pakistanaise. Les corps de trois terroristes avaient été retrouvés au pied des pics d'Himachal dans l'Himalaya. Ils semblaient avoir glissé d'une corniche avant de s'écraser dans un ravin. Ils avaient pu être identifiés grâce aux fichiers de la Force spéciale des frontières.

Islamabad aussi avait publiquement remercié l'Op-Center pour avoir contribué à dissuader l'Inde d'une frappe nucléaire contre le Pakistan. Même si le ministre indien de la Défense John Kabir avait été nommément désigné par le commandant Puri et d'autres officiers comme à l'origine du complot, Kabir avait nié ces allégations. Il avait promis de se défendre contre tout procès que pourrait envisager d'intenter contre lui le gouvernement. Hood soupçonnait que le ministre et d'autres hauts dignitaires présenteraient leur démission et qu'on en resterait là. New Delhi préférerait enterrer toute preuve de méfait qu'offrir sur un plateau au Pakistan un regain de crédibilité aux yeux de l'opinion internationale.

Hood eut même droit à un coup de fil de remerciements de Nanda Kumar. La jeune femme appela de New Delhi pour dire que le général Rodgers s'était comporté en héros et en gentleman. Même s'il n'avait pas été en mesure de sauver son grand-père, elle s'était rendu compte que le général américain avait fait le maximum pour adoucir son épreuve. Elle ajouta qu'elle espérait lui rendre visite à Washington à sa sortie d'hôpital. Même si elle restait, techniquement, un agent de renseignement indien, Hood ne doutait pas un instant qu'elle obtiendrait un visa. Son message radiophonique lui avait procuré une célébrité internationale. Elle passerait le reste de sa vie à raconter et écrire son expérience. Hood espérait que la jeune femme était plus sage que ses vingt-deux ans le laissaient croire. Il espérait qu'elle profiterait de son accès aux médias pour prêcher la tolérance et la paix au Cachemire, et non les programmes de l'Inde en général ou de Nanda Kumar en particulier.

Ce concert de louanges de l'étranger était unique. Même quand l'Op-Center réussissait à éviter un désastre, Hood et son équipe se voyaient invariablement accusés d'ingérence dans les affaires intérieures d'un autre pays – qu'il s'agisse de l'Espagne, de la Corée, du Liban ou de toute autre région où ils avaient dû gérer une crise.

Malgré ces louanges venues de l'extérieur, l'Op-Center reçut quelques attaques sans précédent sur le front intérieur : la plupart vinrent de Hank Lewis et de la Commission parlementaire de surveillance du renseignement. On voulait savoir pourquoi le général Rodgers avait quitté le glacier de Siachen sans Ron Friday. Pourquoi les Attaquants avaient sauté au beau milieu d'une zone militaire active, de jour et non pas de nuit. Pourquoi le NRO avait été impliqué dans l'opération mais pas la CIA ou la NSA avec toutes ses capacités, alors même qu'elle disposait d'un agent sur le terrain. Hood et Rodgers étaient allés au Congrès l'expliquer à Lewis, Fox et leurs collègues de la commission parlementaire.

Ils auraient aussi bien pu leur parler en urdu. La CPSR avait déjà décidé qu'en plus de la réduction de personnel déjà décidée, l'Op-Center serait désormais privé d'échelon militaire. L'unité d'Attaquants était officiellement dissoute. Le colonel August et le caporal Musicant seraient mutés et le rôle du général Rodgers « réévalué ».

Hood fut en outre informé qu'il devrait présenter des rapports quotidiens et non plus bihebdomadaires devant la commission. Les parlementaires désiraient connaître tous les détails des activités de l'agence, des analyses de situation à la reconnaissance photographique.

Hood soupçonnait que la seule protection qui restait encore acquise à l'Op-Center était celle du président des États-Unis. Le président Lawrence et la secrétaire générale des Nations unies Mala Chatterjee avaient publié une déclaration commune félicitant Paul Hood pour les efforts impartiaux de son groupe déployés au nom des droits de l'homme et de la paix internationale. Ce n'était pas un document que la CPSR pouvait ignorer, surtout après l'aigre dénonciation par cette même Chatterjee de la gestion par Hood de la prise d'otages au Conseil de sécurité. Hood avait du mal à imaginer quelle sorte de pression Lawrence avait dû exercer pour lui extorquer cette déclaration. Il s'interrogeait également sur les sentiments réels de Chatterjee. Elle, une Indienne pacifiste dont le pays avait tenté de déclencher une guerre nucléaire contre son voisin. Sauf à s'obstiner dans le déni des faits, elle aurait dû mal à concilier les deux. Hood ne serait pas surpris d'apprendre qu'elle démissionnait de son poste pour retourner briguer des responsabilités politiques dans son pays. Ce serait sans aucun doute une grande étape vers la paix dans la région.

Tout cela contribuait à changer du tout au tout cet instant, cette cérémonie commémorative. Ce serait la dernière fois que Paul Hood et l'Op-Center originel accompliraient une tâche en tant que coéquipiers. Les autres ne le sauraient pas tout de suite.

Mais Paul Hood, si. Il voulait dire quelque chose pour évoquer la nouvelle perte que tous éprouveraient bientôt.

Il relut l'introduction de son témoignage.

« C'est la deuxième famille que je perds en l'espace de deux mois… »

Il effaça la phrase. Trop personnelle. Trop axée sur sa propre perte.

Mais cela le porta à réfléchir. Même s'il ne vivait plus avec Sharon et les gosses, il avait toujours l'impression qu'ils étaient ensemble, quelque part. Sinon physiquement, du moins en esprit.

Et puis cela lui vint. Hood sut que la phrase était la bonne parce que sa gorge se serra quand il voulut la dire à haute voix.

Hood tapa avec deux index tremblants tout en essayant de déchiffrer l'écran de son ordinateur. Il était flou parce qu'il essayait de chasser des larmes versées sur ce qui était censé n'être qu'un simple boulot.

« Voilà ce que j'ai appris, rédigea-t-il avec confiance. Où que le destin doive emporter l'un de nous, nous resterons à jamais une famille… »

# Glossaire

Le lecteur trouvera ci-dessous un glossaire des principaux acronymes et sigles cités dans le roman. Certains correspondent à la réalité, d'autres à de libres transpositions faites par les auteurs (dans ce cas, repérées par un astérisque).

*JB*

*BSF = Border Security Force* : Force de sécurité des frontières. Force paramilitaire indienne aux prérogatives limitées, par opposition à la CPRF.

* *Centre national de gestion de crises* : dénomination officielle de l'Op-Center.

*CNO = Civilian Network Operatives* : « Agents de réseau civil ». Agents infiltrés de la SFF indienne.

CPRF = *Central Reserve Police Force* : Force centrale de la police de réserve. Cette force paramilitaire peut opérer sur tout le territoire indien, à l'initiative d'un État de la Confédération ou du pouvoir central.

*DAI = Directorat of Air Intelligence* : Direction du renseignement de l'armée de l'air indienne.

*Frontier constabulary* : Armée de la frontière nord-ouest du Pakistan dépendant du ministère de l'Intérieur.

*HM = Hizbul Mujahidin* : mouvement fondé en 1989 par Mohammad Youssouf Shah, dit Saïed Salahudin.

HUM = *Harakatul Mujahidin* (*Harakatul Anssar* jusqu'en 1994) : Brigade des combattants du jihad. Guérilla du JUI au Cachemire.

IIB = *Indian Intelligence Bureau* : Service du renseignement indien (renseignement intérieur indien).

IOK = *Indian Occupied Kashmir* : Cachemire occupé par l'Inde (nom du Jammu-et-Cachemire pour le Pakistan).

ISI = *Inter-Services Intelligence* : services secrets militaires pakistanais. Très liés à la CIA, ils forment un véritable État dans l'État.

*jihad* : guerre sainte – au sens étymologique, guerre contre soi, effort pour atteindre la perfection.

JIP = *Jamiat-I-Islami Pakistan* : parti islamiste pakistanais « modéré ».

JKNLF = *Jammu and Kashmir National Liberation Front* : Front de libération nationale du Jammu-et-Cachemire. Fondé en 1966 en Azad Cachemire (pakistanais), devenu en 1976 le JKLF.

*JKLF = Jammu and Kashmir Liberation Front :* Front de libération du Jammu-et-Cachemire, issu du JKNLF, créé en 1976 par Amanullah Khan alors en exil au Angleterre.

JUI = *Jamiat-i-uleman-i-islam* : parti salafiste pakistanais (donc d'obédience fondamentaliste).

LOAC = *(Line Of Actual Control)* : Ligne de contrôle effectif. Frontière himalayenne qui s'est substituée à la ligne Mac-Mahon, établie entre les anciennes Indes britanniques (Inde, Pakistan) et la Chine, et jamais reconnue par celle-ci.

LOC = *(Line Of Control)* : Ligne de contrôle de 1972 (accord du 2 juillet 1972, à l'issue de la conférence indo-pakistanaise de Simla). Reprend à peu près le tracé de la ligne de cessez-le-feu de 1949, après le premier conflit indo-pakistanais.

* *MEAN = Mountain Elite Attack Nation* (d'où l'acronyme « Mean » = « méchant ») : Premier mouvement de résistance indien à l'empire britannique, créé au début du XX^e siècle.

*moudjahid, -in* : combattant(s) de Dieu.

NRO = *National Reconnaissance Office* : Service national de reconnaissance américain.

*NSG = National Security Guard* : Garde de sécurité nationale. Créée en 1986 pour servir de force antiterroriste. Surnommée les « Black Cats » – les « Chats noirs ».

NuRRD = *Nuclear Rapid Reaction Division* : Division de réaction rapide nucléaire de l'armée de l'air américaine.

OHS = *Office for Homeland Security* : ministère de la Sécurité intérieure (créé aux États-Unis en nov. 2001).

*PFNO* = province de la frontière nord-ouest du Pakistan (cap. Peshawar).

*POK = Pakistan Occupied Kashmir* : « Cachemire occupé par le Pakistan » (nom de l'Azad. Cachemire et des Territoires du Nord pour l'Inde).

RAW = *Research and Analysis Wing* : Division recherche analyse. Service de renseignement indien.

* ROC = *Regional Op-Center* : Op-Center régional. Prototype de PC mobile blindé proposé pour

« localiser » l’agence de surveillance et d’intervention américaine.

* SFF = *Special Frontier Forces* : Forces spéciales des frontières. Unité spéciale de protection des frontières de l’armée indienne. Chargée en particulier de surveiller la frontière indo-pakistanaise. Correspond en réalité à la BSF (Border Security Force).

SPIN = *Segmented, Polycentric, Ideologically integrated Network* : réseau segmenté de cellules polycentriques et idéologiquement intégré.

*UNMOGIP = United Nations Military Observators on Ground in India and Pakistan* : groupe d’observateurs militaires des Nations unies installé en 1949 pour surveiller la ligne de cessez-le-feu du 1/1/49 (toujours en place en 2003. Il en reste une soixantaine).

Tom Clancy & Steve Pieczenik
**Op-Center - État de siège**

Coup dur pour le groupement secret chargé de prévenir les crises dans le monde entier, l'Op-Center : son chef, Paul Hood, a démissionné. La fille de Paul, Harleigh, âgée de 14 ans, est violoniste et a été sélectionnée pour un concert organisé au siège des Nations unies. La famille Hood au grand complet s'envole alors pour New York. Mais un groupe de cinq hommes, anciens Casques bleus, donne l'assaut à l'ONU au moment du concert. Des diplomates et quelques invités sont pris en otage, dont la fille de Paul…

Pocket n° 11453

Tom Clancy & Steve Pieczenik
**Op-Center - Diviser pour régner**

Lorsqu'un attentat contre une plate-forme pétrolière iranienne de la mer Caspienne ravive les tensions entre l'Iran et l'Azerbaïdjan, les états-Unis et la Russie se retrouvent impliqués dans la crise diplomatique. Paul Hood de l'Op-Center et son homologue russe, Orlov, vont tenter de démanteler le réseau terroriste. Il faut agir vite, Paul en a l'intuition : à la Maison Blanche, un traître profiterait de la situation chaotique pour affaiblir le pouvoir du Président…

Pocket n° 11902

**Pour en savoir plus : www.pocket.fr**

## Collection Thriller

Chris Ryan

**Cibles à abattre**

Ancien du SAS, l'unité spéciale de l'armée britannique, Neil Slater rempile au sein d'une division des services secrets. Sa mission, aussi simple que terrible : « éliminer les problèmes ». Cette fois-ci, la cible a pour nom Antoine Fanon-Khayat, un marchand d'armes franco-libanais. Et l'opération, qui devait se dérouler discrètement à Paris, se révèle plus délicate que prévu. Neil va devoir à nouveau survivre en territoire hostile…

Pocket n° 13061

Robert Ludlum

**L'illusion Scorpio**

Son seul code est la terreur, et sa devise : « mort à toute autorité ». Monnayant ses services, Amaya Bajaratt intervient partout où règnent le désordre, la révolte et l'insurrection. Pour la soutenir : les terroristes palestiniens et l'organisation occulte Scorpio. Pour la contrer : un homme seul, l'officier d'élite Tyrrel Hawthorne, son ex-amant. Mais quelle vengeance personnelle poursuit-elle au-delà de son implacable métier ?

Pocket n° 4217

*Impression réalisée sur Presse Offset par*

CPI
Brodard & Taupin

47998 – La Flèche (Sarthe), le 19-06-2008
Dépôt légal : juillet 2008

POCKET – 12, avenue d'Italie - 75627 Paris cedex 13

*Imprimé en France*